ESPELHO CEGO

ROBERT MENASSE

Espelho cego

Tradução
George Bernard Sperber

COMPANHIA DAS LETRAS

Título original
Selige Zeiten, brüchige Welt

Capa
Angelo Venosa

Preparação
Beti Kaphan

Revisão
Maysa Monção
Carmen S. da Costa

O tradutor agradece a leitura de Lúcia Sperber.

Dados Internacionais de Catalogação na Publicação (CIP)
(Câmara Brasileira do Livro, SP, Brasil)

Menasse, Robert
Espelho cego / Robert Menasse ; tradução George Bernard Sperber. — São Paulo : Companhia das Letras, 2000.

Título original: Selige Zeiten, brüchige Welt.
ISBN 85-359-0062-4

1. Romance alemão — Escritores austríacos I. Título.

00-4365 CDD-833.91

Índices para catálogo sistemático:
1. Romances : Século 20 : Literatura austríaca em alemão 833.91
2. Século 20 : Romances : Literatura austríaca em alemão 833.91

[2000]

EDITORA SCHWARCZ LTDA.
Rua Bandeira Paulista 702 cj. 32
04532-002 — São Paulo — SP
Telefone (11) 3846-0801
Fax (11) 3846-0814
www.companhiadasletras.com.br

ESPELHO CEGO

No dia 26 de fevereiro de 1959, Kurt Walmen, então com 52 anos de idade, jogou um copo de removedor da marca Universal na pintura de Rubens *A queda dos réprobos ao inferno*, exposta na Pinacoteca de Munique. A obra, atingida pelo líquido corrosivo, ficou desfigurada para sempre. Embora, antes de entrar no edifício onde se encontra o acervo pictórico do Estado da Baviera, houvesse enviado às agências de notícias e às redações dos jornais cartas assumindo o feito e dando a conhecer os motivos de sua ação, o autor do atentado pôde deixar o local do fato sem ser incomodado por ninguém. Para ele, impunha-se "sacrificar" aquela obra de arte a fim de salvar todas as outras obras de arte da humanidade, salvar inclusive a própria humanidade. Porque o mundo estava se encaminhando para uma nova guerra. Mas, ele, Walmen, teria desenvolvido um sistema filosófico no qual a filosofia, pensada até as últimas conseqüências, constituiria um conjunto ordenado de idéias e princípios que, vindo a ser conhecido pelos homens, poderia modificar o mundo desde a sua base, conduzindo-o à paz duradoura. Sendo uma pessoa totalmente desconhecida, não teria nenhuma outra forma de chamar a atenção sobre si, de modo que suas teses filosóficas fossem ouvidas, a não ser mediante aquele ato, que tornaria conhecidas idéias absolutamente indispensáveis à sobrevivência do mundo no futuro. Pois, como dizia Walmen, as bombas atômicas fariam um estrago muito maior do que uma porção ínfima de solvente. A sua intenção era transformar o tribunal em um palco de onde pudesse apresentar as suas teorias no decurso da audiência.

No dia seguinte, Walmen apresentou-se à polícia. Durante a audiência, contudo, o juiz foi extremamente sumário e não deu o menor espaço para que o réu fizesse a sua apresentação. Qualificado pela mídia como "doido" e "excêntrico", o autor do atentado contra a obra de Rubens foi considerado plenamente imputável, condenado a uma pena de reclusão sem sursis, e logo voltou a cair no esquecimento.

Quando, porém, Leo Singer e Judith Katz se conheceram em Viena, na primavera de 1965, foi justamente Kurt Walmen quem se transformou em tema da primeira conversa mais prolongada entre os dois. Leo contou prolixamente a história daquele autoproclamado gênio, incompreendido e fracassado, com uma ênfase que ele mesmo achou surpreendente, considerando a intensa atração física que Judith Katz exercia sobre ele e que, como acreditava, o fazia perder a cabeça e a fala a ponto de não conseguir saber de onde provinham suas muitas palavras. Entretanto, esse preâmbulo parecia estar tão afinado com o relacionamento que os dois iniciaram naquele dia e que iria durar, com algumas interrupções, dezoito anos ao todo, como se Leo o tivesse programado conscientemente, sabendo de antemão qual seria o ato final, como se desejasse poder justificá-lo, em algum momento posterior, como a última conseqüência lógica daquilo que se colocara desde o início.

Veja você, disse Leo, já contando com a concordância e, por extensão, com a cumplicidade de Judith contra todo o resto daquele mundo absurdo, hoje em dia se é rotulado de doido ao manifestar a pretensão de mudar o mundo, ou ao dizer que se pensa a filosofia até as últimas conseqüências. Mas não foi exatamente isso o que Wittgenstein disse depois de ter escrito o *Tractatus*? Foi exatamente a mesma coisa!

Isso eu não sei. Mas esse, como é mesmo que ele se chama, esse Walmen não foi chamado de doido por causa disso, mas porque destruiu a pintura de Rubens.

Não, ele já era chamado de doido antes disso, antes mesmo de ter destruído o quadro. Löwinger também sempre dizia: o doido!

Sim, foi por ter mencionado Löwinger que Leo Singer veio a falar sobre o malogrado salvador do mundo. Leo Singer havia visto Judith Katz na universidade, na lanchonete junto ao salão nobre, e sentiu-se imediatamente tão arrebatado pela sua presença, que foi andando, como se tomado por uma espécie de transe, até a mesa em que ela estava, para poder lhe falar. Durante um instante decisivo, isso lhe pareceu mais lógico do que comer alguma coisa, por estar com fome, ou do que ficar com palpitação, por estar com medo; e quando ele despertou daquele transe, angustiado com a possibilidade de vir a ser humilhado ou rejeitado de alguma forma, o seu "Estou incomodando? Posso sentar aqui?" já havia sido dito, e ele já havia observado, como se o fizesse através de um vidro embaçado, que Judith consentia com um movimento de cabeça. Meia hora depois, eles saíam juntos da universidade para continuar a conversa com mais calma em outro lugar, para contar tudo um ao outro, quase como se já constituíssem um casal, fatalmente destinados um ao outro.

Que maravilhosa casualidade a gente ter se encontrado.

Era inevitável, disse Judith, de um jeito ou de outro a gente acabaria se encontrando, mais cedo ou mais tarde.

Pois é, talvez todo encontro casual seja, na verdade, um encontro marcado.

Ambos eram filhos de judeus vienenses que haviam fugido em 1938 dos nazistas, indo parar no Brasil. Leo ainda nascera em Viena, mas havia passado a infância em São Paulo; Judith tinha nascido em Porto Alegre e também se mudara para São Paulo, junto com os pais. Agora os dois estavam estudando em Viena. Leo Singer porque havia voltado para Viena com seus pais em 1959, "infelizmente", como disse quando estes decidiram retornar para sua terra natal, "porque tudo estava novamente em ordem". Judith Katz, porém, tivera que impor o seu desejo de estudar em Viena, sua cidade de origem, desconhecida para ela, aos pais que, por mais estranho que pudesse parecer, embora falassem sempre alemão em casa, absolutamente não cogitavam de um retorno à Áustria.

A caminho do Café Sport, eles já estavam empenhados em verificar se tinham conhecidos comuns em São Paulo. Leo perguntou se ela conhecia um tal de Löwinger. Josef Löwinger, o melhor amigo dos pais dele, algo assim como um segundo pai, ele também um imigrante judeu, que chegara a ser diretor de um grande banco no Brasil e havia empregado o mesmo afinco e a mesma coerência com que impulsionara a sua carreira profissional em montar uma das maiores coleções particulares de arte de seu tempo. Na sua espaçosa residência em São Paulo, ele mantinha uma espécie de salão, freqüentado não apenas pela colônia de língua alemã da cidade mas também pelos mais renomados artistas e intelectuais de todo o Brasil, até mesmo da América Latina. Judith disse que, pelo que sabia, seus pais haviam estado algumas vezes na casa de Löwinger mas nunca a tinham levado junto, provavelmente porque, na época, ela ainda era muito criança. Já ele, ao contrário, contou Leo, justamente quando criança costumava passar muito tempo na casa de Löwinger, e não apenas nas ocasiões em que esta estava aberta às visitas. A casa de Löwinger e seu amplo jardim eram bem mais interessantes do que o apartamento de seus pais, e Löwinger — o tio Zé — o amava de um jeito comedido e paciente, dando-lhe mais atenção, no fim das contas, do que seu pai verdadeiro. Mostrava-lhe obras da sua coleção de arte e perguntava a respeito de suas impressões com uma curiosidade sincera, como se Leo fosse um adulto. Os dois ficavam horas sentados nas poltronas de couro na biblioteca de Löwinger, a qual havia atingido tais dimensões, que requerera a contratação de um bibliotecário permanente. Com a seriedade com que ele havia aprendido ao observar Löwinger inclinado sobre um livro, Leo folheava um volume ilustrado; cego diante das figuras do pesado volume que tinha aberto sobre os joelhos, experimentava um difuso sentimento de reverência e uma timidez grave e bela; finalmente, tio Zé o sentava no colo e lhe contava alguma história, fazendo perguntas que deveriam estimular sua fantasia e induzi-lo a respostas que, por fim, davam a Leo a sensação de ter inventado ele próprio uma parte da história. Mas, no imenso jardim, contou Leo, brincava sozinho, porque Löwinger não nutria uma afeição real pela "natureza selvagem", como a chamava; para ele o jardim era meramente uma vista apaziguadora e uma proteção contra um vizinho próximo. Ao cabo de dois ou três passeios que fizeram juntos pelo extenso jardim, Leo havia irritado tão profundamente Löwinger ao perguntar várias vezes como se chamava essa planta ou aquela árvore, que Löwinger, após uma série de respostas inicialmente absurdas ou tautológicas ("Isso são azaléias, só que são maiores do que as azaléias, ou ao menos algo parecido!", ou: "Esse arbusto aí? Bem, é um arbusto!"), emudecera e não mais acompanhara Leo ao jardim. Mas as histórias que Löwinger contava e que Leo ouvia tão quieto e contido dentro da casa, ele as levava consigo, para fora, para o jardim, onde como que as vivenciava de verdade. Leo contou como percorria o jardim feito um bandeirante, para conquistar e subjugar o interior ignoto e finalmente fundar São Paulo. Depois, o jardim era a Europa toda e ele era Napoleão, e as pontas dos seus dedos ainda sentiam as páginas do livro que segurara nas mãos havia instantes, e esse livro era o Código Civil que ele levava aos povos da Europa. E depois sempre havia muita gente, muitas pessoas, quando Löwinger abria a casa às visitas, ou estas vinham isoladas, personalidades importantes que, de passagem por São Paulo, faziam questão de visitar Löwinger, como Otto Maria Carpeaux, que sempre lhe dava chocolate, ou Jorge Amado, Carlos Drummond de Andrade, Guimarães Rosa, Di Cavalcanti, Portinari, Villa-Lobos, até mesmo Jorge Luis Borges tinha aparecido uma vez. Este dera a Leo a impressão, muito mais do que o tio Zé, de ser um homem que já viera ao mundo como um velho senhor.

Ele me sentou no seu colo e sussurrou algo ao meu ouvido em alemão, sim, em alemão. Sua voz soava como se viesse de muito longe, esgueirando-se por muitos cantos, como se viesse de um labirinto, mentiu Leo. E depois alguém me disse: você sabe quem era esse senhor, menino? Era o Borges! E outro perguntou: o que foi que o Borges falou ao seu ouvido? — Isso eu nunca vou esquecer!

E uma vez esse tal de Kurt Walmen também apareceu na casa de Löwinger, provavelmente trazido por alguém da colônia alemã, diziam que ele havia fugido dos nazistas para a América Latina, que teria se virado fazendo biscates em vários lugares e que agora desejava estabelecer-se em São Paulo. Walmen se autoproclamava filósofo, e Leo conseguia lembrar-se muito claramente dele, não só porque afirmava ter chegado à América Latina como clandestino, algo que naturalmente incendiava a fantasia infantil, mas sobretudo pelo jeito como Walmen encenava sua aparição: enquanto a respeito das outras visitas de Löwinger o pequeno Leo só ouvia dizer *o* quanto elas eram importantes, Walmen cultivava uma entrada em cena que permitiria a qualquer criança reconhecer sua importância e genialidade. Diferentemente do que acontecia com as histórias que Löwinger lhe contava, Leo não entendia absolutamente nada das acaloradas discussões que transcorriam no salão, mas os gestos amplos de Walmen ficaram marcados de forma duradoura em sua memória, o seu jeito intolerante e apodítico de falar, de desprezar objeções, de pular da poltrona e perorar em tom profético, compondo longas tiradas das quais Leo só captava palavras como "indubitavelmente", "manifestamente", "inteiramente", "absolutamente", e o tempo todo "o mundo" ou "a humanidade", proferidas com uma veemência tal que parecia que ele mesmo as tinha criado.

Imerso numa embriaguez discursiva, Leo foi percebendo, à medida que contava esse caso para Judith, o quanto estava inebriado pelo fato de estar sendo levado a modificar e enfeitar a sua fala dizendo do "olhar embaciado" de Walmen e da "gélida estranheza" que se difundia por entre os presentes, da qual, contudo, ele só viria a tomar conhecimento posteriormente, quando, bem mais tarde, se voltou a falar em Walmen. Mas nesse momento ele estava tão encantado com a própria narrativa, que era irrelevante perguntar se tudo havia realmente acontecido daquele jeito, nos mínimos detalhes.

Como não estivesse mesmo entendendo coisa alguma do debate que se travava no salão, Leo saiu correndo para o jardim e, depois de um tempo, voltou a entrar na casa, escondido, pela porta de serviço; agora ele era Lampião em luta contra os coronéis da terra. Esgueirou-se pelo corredor da casa grande, passou pela cozinha e ouviu barulhos estranhos por uma porta entreaberta. Espiou pela fresta e viu pés só de meias, um vestido levantado, as costas de um homem, mãos que puxavam uma camisa: era "o homem", Walmen, e a cozinheira, que rolavam pelo chão feito um par de lutadores.

Daí fui correndo para o salão, me plantei diante de Löwinger e, imitando os gestos e o jeito de falar de Walmen, proclamei: manifestamente a humanidade encontra-se numa luta de vida ou morte na cozinha! — Todos riram, só Löwinger olhou para mim, pensativo, e foi para a cozinha, porque entendeu o que era que eu tinha visto.

Não acredito!, disse Judith.

Claro que não é verdade, não foi assim. É verdade que Leo espiou pela fresta da porta da cozinha e viu Walmen e a cozinheira deitados no chão, e pode ser verdade também que ele tenha achado que era uma briga. Mas o que viu, ao mesmo tempo que lhe pareceu angustiante e enigmático, também o chocou, e de imediato ele soube que era para não tê-lo visto. Mas isso de ter imitado Walmen depois, no salão, isso lhe ocorreu apenas no momento da narração. E se fosse para Leo ser honesto, ele nem mesmo seria capaz de dizer se fora pelo comportamento de Walmen na reunião, ou pela aventura com a cozinheira, ou por algo totalmente diferente, que aquele homem tinha se tornado tão intratável e que, a partir de então, nunca mais tivesse aparecido na casa de Löwinger, embora de vez em quando se fizesse presente na conversa, quando se falava acaloradamente a seu respeito. Mesmo anos mais tarde. Leo disse que se comentava, por exemplo, que Walmen teria criado, depois da guerra, uma organização no Rio para ajudar os alemães a entrarem no Brasil e, mesmo tendo apenas ouvido falar por alto no assunto, ficara sabendo que se tratava de algo extremamente suspeito.

Foi então que voltou a se lembrar de como e por que havia chegado àquele tema. Eles estavam verificando se tinham conhecidos comuns em São Paulo, e Leo perguntara a Judith se ela conhecia Löwinger. E com isso lhe viera à mente o fato de que em 1959, quando ele visitou Löwinger pela última vez antes de partir para Viena, este lhe mostrara um recorte de jornal com uma foto de Walmen — o jornal trazia a notícia do atentado contra o quadro de Rubens em Munique —, perguntando: Você ainda se lembra desse louco? Olha só o que ele fez agora!

Imagine essa situação, disse Leo, eu realmente gosto muito do Löwinger, gosto dele como se fosse um pai, e justamente ele, um colecionador de arte, extremamente sensível, que provavelmente se encontra entre os maiores colecionadores do nosso tempo, lê no jornal a respeito de um homem que destruiu uma pintura, que talvez seja a obra mais importante de Rubens, e se dá conta de que, algum tempo antes, esse mesmo homem fora hóspede em sua casa. É claro que ele não pode entender um homem como esse. Mas talvez Walmen tenha razão. Quer dizer, talvez ele realmente tenha um sistema filosófico que possa mudar o mundo. Ninguém nunca lhe deu ouvidos. Ninguém nunca discutiu isso com ele. Deve ser terrível — não, espere! Imagine! Deve ser terrível saber algo de tão definitivo e ver que ninguém quer ouvir falar nisso, talvez por isso ele precise de uma tocha. O que vale uma pintura de Rubens contra o mundo todo, quer dizer, se tivesse dado certo. Mas depois disso eles o rotularam mesmo de doido, aí é que está o problema, eles apenas o obrigaram a isso, a dar-lhes uma justificativa daquilo que antes já lhe haviam imputado, ou seja, que ele era um louco. Mas visto desse jeito todos os outros são culpados da destruição do quadro, não Walmen!

Leo olhava para Judith com uma ansiedade que empurrava todos os ruídos do local contra a parede, à qual eles agora permaneciam grudados como quadros, e sabia que ainda se impunha falar e encantar durante horas, para depois, talvez, poder vir a seduzi-la; tudo o que ele vinha fazendo, com tanto esforço, estava sendo tão ineficiente, e o tempo todo apenas aquele sorriso "sabido", por meio do qual é tão fácil estabelecer uma cumplicidade amigável com qualquer pessoa, mas que nos deixa tão intrigados quando olhamos para um rosto como o de Judith.

Mas é totalmente absurdo, disse Judith, que alguém pense que pode mudar o mundo sozinho, apenas com suas idéias.

Por quê? Sempre foi assim! Apesar de seus vinte e nove anos, Leo Singer era surpreendentemente ingênuo e inocente. Napoleão, por exemplo, mudou o mundo, e o barulho que ele fez com isso penetrou no gabinete de Hegel, inspirando-o a elaborar uma filosofia que, por sua vez, deveria mudar o mundo, e assim por diante. A história não nos ensina outra coisa: as grandes mudanças foram obra de um só indivíduo. Assim Leo havia aprendido. Judith riu; e pelo tamanho de sua boca, o riso pareceu adquirir grandeza também no sentido lato da palavra, parecendo ser, portanto, um privilégio concedido apenas a poucos bem-aventurados. Leo era um homem baixo, magro, de uma fealdade afiada, quase se diria: corrosiva. Tudo nele era afiado: o nariz anguloso, que dominava o rosto, a boca estreita, cujo lábio inferior, ao falar, podia se projetar como uma ponta, carnudo, de forma um tanto obscena, as lentes grossas dos óculos de aros pretos que, às vezes, quando lhe apertavam uma verruga no nariz, ele erguia em direção aos cabelos rigorosamente penteados, parecendo estar engordurados. Mas Judith gostou dele, via nos traços afilados de seu rosto uma sensibilidade aguçada ao extremo, via bondade e via também uma cintilante "disponibilidade para o mundo" ainda não posta à prova. Com emoção, ela observava a gesticulação de suas mãos miúdas e tenras e ouvia o tom de sua fala, esse sotaque quase imperceptível, indefinível para qualquer outra pessoa mas que para ela soava imediatamente familiar, composto de uma infância brasileira e de pais vienenses. Leo teria gostado tanto de saber tudo sobre Judith, de conhecer tudo a respeito dela, sobre cada segundo de sua vida passada mas ela não conseguia nem começar a falar, porque, de tanta curiosidade a seu respeito, ele falava sem parar. O tema de Walmen, agora já ampliado, não o deixava em paz; ele falava da pretensão de mudar o mundo e de quais seriam os motivos para que o mundo entendesse hoje uma tal pretensão como um sinal de loucura. Os nazistas tinham destruído tudo, disse, inclusive o mais simples saber a respeito da história. E como haviam destruído tudo, para a geração das vítimas e da reconstrução, tudo o que ia além daquilo que eles estavam reconstruindo naquele preciso instante parecia loucura. Leo o dizia sem refletir, espontaneamente, assim como tudo o mais que estava dizendo, entusiasmado com as coisas que lhe vinham à cabeça, só porque a presença de Judith o incitava a tanto e porque soava como se ele lhe estivesse revelando de forma exclusiva os resultados de longos processos de reflexão. Suas teses pareciam bizarras numa cidade que se mostrava tão ignorante e refratária a qualquer idéia que pudesse trazer algo de diferente daquilo que sempre havia sido, uma cidade que parecia tão paralisada em seu ser, que a frase "Viena será sempre Viena" só era entendida como mentira porque parecia um eufemismo. Até o tempo futuro do verbo já era dinâmico demais. Eles haviam ido ao Café Sport, porque aquele era o lugar que, então, parecia ser mais liberal do que a cidade, o único local cosmopolita em toda Viena, mas ele não estava percebendo mais nada nem do espaço, nem do tempo, nem da sujeira do Café Sport, que servia àquele romantismo para o qual uma mancha de vinho tinto sobre uma mesa de mármore já parecia oferecer uma possibilidade de meditação; não via também a urbanidade, tão pouco usual em Viena, do público, que, na sua maioria, se constituía de árabes, persas ou gregos jogando dados; sim, o Sport era mais urbano do que Viena, mesmo que alguns clientes fossem vienenses, alguns poucos, que já haviam corrido o mundo e que agora estavam sentados ali, vestidos com casacos de pele do Canadá ou com ponchos do Peru; a maioria deles, porém, artistas, formando grupos e empenhando-se em treinar diferentes formas de proibir o acesso de outros clientes ao café, prática que mais tarde, quando eles mesmos viraram donos de cafés, iriam dominar à perfeição. Mas Leo estava surdo para os discos gregos ou franceses que ressoavam na caixa de som, cego para as pessoas que jogavam passa-dez ou para as outras, que discutiam e gritavam, ou ainda para aquelas que, por causa dos livros de poemas de Villon e dos romances de Kerouac sobre as mesas, se embebedavam e pensavam em parar de ler. Estava cego para os lambris marrons nas paredes e para os espelhos, todos também cegos. Mas Judith registrava tudo isso muito bem, incidentalmente e de passagem, como detalhes que, apenas percebidos, já se evaporavam diante de seus olhos, criando uma atmosfera, sem que ela deixasse de olhar para Leo, concentrada e contente. Ela achava o clima agradável; o café, que acabava de conhecer levada por Leo, com a sua singeleza gasta e colorida, lembrava o Sarado-Bar, na rua Dona Veridiana, em São Paulo, aonde ela gostava de ir antes do golpe militar, ponto de encontro dos estudantes do Mackenzie e lugar ao qual Judith devia o primeiro porre de sua vida, graças a muitas brahmas e a infinitas conversas sobre Deus e sobre o mundo.

Leo espreitava como um maníaco pelo menor sinal de interesse e divertimento que Judith pudesse manifestar; ela se inclinava em sua direção, sorria, apoiava o queixo na mão, depois jogava a cabeça para trás, rindo; era incrível a quantidade de cigarros que ela fumava, Leo nunca havia conhecido alguém que fumasse tanto assim. O vinho era péssimo mas fazia o efeito esperado, o incitava, soltava a sua língua, porém, se não pedisse logo alguma coisa para comer, iria passar mal. Judith também estava com fome mas não queria nem o salsichão, nem os sanduíches peculiares que constavam do cardápio; então, eles decidiram ir para outro lugar. Foram no velho fusca de Leo para uma pizzaria no sétimo distrito, que Leo conhecia, porque morava bem perto, na Schottenfeldgasse. Judith logo abaixou o vidro da janela, embora fizesse bastante frio, e disse: Num fusca como este a gente acha que está em casa, no Brasil!

Você tem muita saudade?

Mais ou menos. — Não é gozado? É como se fôssemos dois namorados, não é assim que se diz? Você sabe, dois namorados indo de fusca para o Bexiga comer pizza!

Leo olhava de uma forma quase patética através do pára-brisa; apesar do vidro aberto, sentia-se feliz e aquecido por esta referência ao casal de namorados e ao Bexiga, pois a entendia como o estabelecimento de uma comunidade, aliás, já pressuposta fazia tempo, recuperável a qualquer momento por algumas poucas palavras que, ali, naquele lugar, só tinham significado para eles dois.

Tudo bem, disse, vamos para o Bexiga!

A Pizzeria da Roberto era pequena, poucas mesas, com aquelas toalhas vermelhas de tecido grosso e uso universal, que, em Viena, se viam tanto nos restaurantes italianos, iugoslavos ou chineses como naqueles especializados em cozinha vienense ou de qualquer outra região da Áustria. Em todas as mesas havia uma vela, enfiada numa garrafa vazia de Chianti. Quando não estava falando, Leo tinha que se concentrar para não ficar brincando com a cera que havia escorrido pela garrafa, para não se pôr a escavá-la e a amassá-la, tão absorvido, que muitas vezes encontrava dificuldade para entender o que Judith estava dizendo.

Depois do golpe, ela contou, quis dar o fora do Brasil o quanto antes. Os pais não entenderam por quê. A sua sorte, sorte entre aspas, foi que logo as universidades deixaram de funcionar direito. O ensino ficou muito prejudicado. Em parte porque muitos professores de esquerda foram presos, outros, mandados para o exílio; os militares revistavam as bibliotecas à procura de literatura marxista, ou então professores e alunos faziam greve. Seus pais sempre quiseram que ela estudasse. Não cogitavam de qualquer outra possibilidade. Por isso foi que ela disse "sorte", porque assim ela podia dizer: se vocês realmente querem que eu estude, então vão ter que financiar meus estudos em Viena! Aquele tempo foi terrível, disse Judith, estranho e terrível, você talvez nem saiba, porque já está fora do Brasil há quase seis anos, mas depois do golpe houve gente que sumiu. Simplesmente sumiu, até mesmo uma grande amiga minha desapareceu, ninguém sabe onde ela está.

Uma pizza Cardinale, uma pizza Quattro Stagioni, meio litro de Chianti, disse Leo, que continuava se sentindo aquecido, o grande forno em atividade no meio da pizzaria.

Diziam que ela era membro de uma organização trotskista, prosseguiu Judith, pode ser que fosse verdade. Os pais deram queixa na polícia mas o delegado só ficava fazendo hora, sabe, sempre dizendo coisas ambíguas, porque sabia que era um caso político e que não podiam fazer outra coisa a não ser não fazer nada mas tampouco podiam falar claramente, e a garota continuava sumida.

Finalmente os pais de Judith concordaram, está bem, vamos pagar os seus estudos no exterior, mas por que não Paris? Porque não falo francês, respondeu Judith, eu falo alemão, graças a vocês, em casa sempre falamos alemão mas para a Alemanha eu não quero ir (ainda é um país ocupado, uma colônia dos americanos), mas isso ela apenas pensava, não dizia (e vocês não viviam falando de Viena?, agora eu quero conhecer essa cidade, por vocês, porque vocês não pretendem mais voltar para lá, e esse é o protoplasma que vocês puseram na minha cabeça), isso ela não disse mas meus pais acabaram entendendo, certo, para a Alemanha não, então, para Viena.

Meus pais não gostavam nem um pouco das greves na universidade, nem de que a minha amiga tivesse sumido, nem de todas as coisas esquisitas que aconteciam, imagine, você nem sabe disso, os professores da Faculdade de Filosofia de São José do Rio Preto andavam de carro pelas ruas, carros com alto-falantes, sabe, fazendo propaganda do amor livre. E daí? Como e daí? Alguns foram presos, outros foram para a clandestinidade. A situação era essa. Crítica e perigosa e infantil, tudo ao mesmo tempo. E daí eu venho para cá e me dou conta de que havia imaginado Viena de um jeito bem diferente. Como? Diferente do que é, o fascismo vencido, a esquerda por cima, sei lá mas se eu conto essas coisas para alguém aqui, por exemplo, o caso da minha amiga no Brasil, eles não têm a mínima idéia do que seja uma organização trotskista, por exemplo, aqui em Viena é tudo tão frio e escuro, como deve ser no outro lado da lua. Eles nem sabem que Marx se escreve com xis, e o golpe militar deve ter sido noticiado aqui nas seções de variedades dos jornais, porque, quando você fala do Brasil, o pessoal só pensa em futebol e carnaval.

Eu não entendi essa história dos professores da faculdade de Rio Preto, disse Leo, o que quer dizer com eles faziam propaganda do amor livre com alto-falantes, na rua?

Quer dizer exatamente isso, que eles andavam de carro pelas ruas, falando, pelos alto-falantes, da necessidade, ou melhor, das vantagens do amor livre.

Leo inclinou-se para a frente, interessado. Chegaram as pizzas. Cardinale? Para mim, sim, disse Leo. Ainda não tinha lido nem uma linha de Trotski — aliás Judith também não — mas essa história do amor livre era um bom ponto de partida. Haviam chegado ao tema.

Leo olhou nos olhos de Judith de forma decidida, com um olhar longo e voraz, ardente, quase grosseiro, um olhar que era como se pusesse um ponto de interrogação em brasa sobre uma bigorna, para martelar até transformá-lo num ponto de exclamação. Enquanto atacava a pizza, Leo começou a caçoar da propaganda do amor livre feita através de alto-falantes; segundo ele, tratava-se de uma reação irrefletida diante da insuportável carolice do catolicismo brasileiro, o reverso não compreendido de circunstâncias não compreendidas, como, aliás, também o era o carnaval, que na verdade representa uma válvula de escape medieval, permitindo suportar a impotência surda e a estúpida pudicícia católica reinantes pelo resto do ano. Mas dá para imaginar, disse Leo, como Walmen, no momento em que entrou na cozinha, deve ter deixado tudo muito claro, não usando alto-falantes mas com um simples olhar, antes de puxar a cozinheira para o chão, absolutamente seguro do que estava fazendo, porque seu olhar deve ter comunicado a ela claramente a sua intenção, e ele evidentemente pôde ler nos olhos da cozinheira que ela havia entendido e que compartilhava daquele desejo — o que demonstra que é apenas o filósofo quem pode liberar os desejos no momento da clareza absoluta.

Leo acreditou ver no sorriso de Judith algo mais do que um simples reflexo diante do que ele havia dito: pareceu-lhe ser a desejada resposta ao seu próprio desejo, a antecipação do sorriso que imaginava que ela iria exibir quando, mais tarde, eles fossem se abraçar, se afagando, ao irem para a cama. Leo viu os olhos claros de Judith fulgurarem, como se pudessem vislumbrar o que ele estava sentindo e pensando agora, como se ela estivesse compartilhando suas sensações e seus pensamentos. Os olhos são as janelas da alma apenas para quem sabe, disse Leo, e com isso queria dizer que eram os buracos das fechaduras que podiam dar acesso ao corpo. Procurava, com afinco, lançar um olhar como o de Walmen. Tinha absoluta certeza de que uma agulha havia mudado de posição naqueles trilhos, a locomotiva puxava com toda a força para chegar depressa ao destino da viagem, e, assim, se podia ficar à vontade no vagão, cruzando as pernas e recostando-se confortavelmente, batendo papo ou talvez comendo alguma coisa, ou ficar olhando pela janela, dava na mesma, de qualquer jeito logo se chegaria ao destino. Leo comia.

Judith achou o jeito de Leo olhar para ela um pouco esquisito, uma impressão que podia ser causada também pelo vinho ou pelo bruxulear da vela; em todo caso, ela não ficou pensando nisso. Apagou o cigarro no cinzeiro, sorrindo para Leo, e também começou a comer.

Leo, porém, ficou nervoso com o silêncio, talvez fosse melhor não deixar que surgisse nem silêncio nem tédio, porque então seria fácil o ambiente ficar pesado e opressivo naquele vagão. Enquanto ele ainda pensava sobre o que deveria dizer em seguida, para permanecer no mesmo tema, Judith voltou a falar, causando, de imediato, um certo alívio em Leo, mas que logo se transformou numa confusão rígida e seca. Judith contava de novo sobre o dia-a-dia depois do golpe militar, estava tão contente de finalmente poder se abrir com alguém para quem aquilo fazia sentido, e que, ao ouvir falar no Brasil, não pensava apenas em praia, samba e café. Contou principalmente de como se comentava o sumiço repentino de pessoas que tinham ido para o exílio ou sido presas, com ignorância ou medo ou raiva, dependendo de com quem a gente estivesse conversando, e de como as amizades acabavam por causa do medo de que essa amizade talvez pudesse ser comprometedora, ou inversamente, porque, de repente, a gente desprezava tanto o oportunismo inesperado, estúpido e ignorante dos que haviam sido amigos; e ela falou da censura, de como ela continuava a funcionar na cabeça das pessoas e de como ao mesmo tempo impedia a todos os seres pensantes qualquer forma de divertimento, coisas que a gente podia curtir sem remorsos antes, mas que agora eram vistas como meros sucedâneos ou como paliativos. Houve passeatas nas ruas, contou Judith, centenas de milhares de pessoas saíram às ruas para festejar o golpe, o "triunfo da revolução", como era chamado, e os jornais diziam: o povo agradece aos militares terem salvo o Brasil do perigo comunista! Era incrível, disse Judith, você devia ter visto, esses imbecis, como é que se diz mesmo, esses *Schwachköpfe*, de repente estavam em tudo quanto é lugar, no meio dos amigos, no meio dos conhecidos...

Tudo isso que Judith contava confundia Leo, porque provocava um distanciamento muito grande de algo que era familiar a ele, de algo que era familiar aos dois. Ele ouvia com surpresa o que Judith dizia como se a voz dela viesse de muito longe, de algum lugar distante que, embora fosse conhecido, e o estivesse vendo agora como que através de uma janela de onde se descortina uma bela vista, estava se apagando, porque fazia demasiado tempo desde a última vez que ele havia estado lá fora. Tudo isso parecia se perder no inimaginável e no desconhecido. O Brasil, que Leo havia deixado cinco anos antes, era um país totalmente diferente daquele de que Judith falava, era o paraíso perdido, o país de uma infância e de uma adolescência felizes, o país das primeiras e também das últimas experiências românticas. Um dia eternamente azul, férias no Guarujá, o suave ir-e-vir das ondas na praia de Pernambuco, fumar com audácia o primeiro Mustang junto com uma garota em cuja pele morena brilhavam ao sol as gotas da água do mar, como pequenos brilhantes. Uma imagem kitsch, está certo, mas era assim mesmo que Leo a guardava na memória, não como uma camada de umidade na pele toda, mas como muitas gotinhas, e cada uma delas brilhava, e cada uma dessas gotinhas brilhantes era uma metáfora para a própria e imensa sensação de euforia que se instaurava por qualquer motivo, por menor que fosse. E o cabelo da garota era como o de Judith, de um preto azulado, molhado e penteado para trás, daquele jeito que deixa ver os sulcos abertos pelo pente, e o dinheiro ainda dá para duas águas de coco bem geladas com uma dose de pinga, e falar sobre o que se queria estudar — você quer ser engenheiro? Não, eu quero estudar filosofia! E depois aquela risada escura, como um urubu que levanta vôo na praia, uma risada que ele nunca voltou a ouvir em Viena, nem mesmo, ou muito menos de pessoas que também achavam absurdo que alguém estudasse filosofia. Calor cintilante, de um amarelo-claro, quase branco, e azul, e então o toque de uma mão ainda fresca da água do mar, que não tem nada a ver com as mãos úmidas e quentes que acabam de sair de dentro das luvas, com a pele permanentemente ressecada no inverno vienense. E, depois, aquela chuva de São Paulo, a garoa, sob a qual o jardim de Löwinger se arvorava em verdes, vermelhos e amarelos, e dentro de casa a luz quente e ocre da biblioteca, onde se deixava ficar sentado numa das poltronas como um violino no seu estojo, ouvindo histórias que soavam como música das esferas, com aquela sensação de felicidade que fica gravada numa consciência cálida de que um dia se será capaz de tocar aquela mesma melodia.

Censura! O que uma palavra como "censura" tem a fazer numa história como essa? Onde é que dá para enxergá-la com um daqueles olhares retrospectivos? Leo, por assim dizer, fechou decididamente as cortinas de sua janela; agora ele não via mais nada e a dificuldade que estava sentindo em focalizar Judith, ele a atribuiu ao vinho, o qual sem dúvida era melhor ali do que no Café Sport mas do qual, de qualquer maneira, já consumira além da conta, pensou Leo. O segundo meio litro havia terminado, e a exaltação que o empolgara já tinha se evaporado; ele estava surpreso com a rapidez com que aquilo se dera. Interrompeu Judith para responder "quanto a isso, é necessário que se diga que", "a gente precisa ver com toda clareza que", "nós dois sabemos muito bem que", coisas que ele dizia com uma ênfase artificial, para contagiar a si mesmo com a ênfase que ele tinha perdido; e passou a falar de cátedra, proferindo, como ele mesmo sabia, asneiras sociopsicológicas de deixar os cabelos em pé a respeito da "mentalidade brasileira", asneiras nas quais ele ficava mais enredado ainda, quanto mais tentava se livrar delas.

Judith não estava entendendo nada do que Leo dizia agora, tinha dificuldade em acompanhá-lo, esbugalhava os olhos e o fitava concentrada, esperando, assim como esperava pelo vinho que ainda tinham pedido, por uma pequena brecha entre as frases que ele fazia desfilar diante dela, por alguma coisa na qual pudesse se enganchar novamente para ser levada junto, pelo movimento do seu discurso, de forma leve e natural, como antes, mas sentia-se pesada como chumbo e submergia sem nada encontrar. Quando voltava à tona com o olhar embotado, conseguindo ajustar outra vez o olhar e ver Leo com nitidez, muitas eram já as frases que lhe haviam escapado, e o que ele estava dizendo naquele preciso instante, ela entendia menos ainda. Por que Leo não voltava a falar de si mesmo, tudo aquilo que ele contava da sua infância no Brasil era tão apaixonante, isso do Löwinger, ou por que ele não contava como tinha se virado depois de mudar para Viena, ou como tinha sido quando soube, aqui em Viena, do golpe no Brasil, de quais tinham sido as informações que ele obteve, se tinha telefonado para o Brasil. Para que serviam essas generalizações sobre a situação política, sobre o catolicismo no Brasil, sobre a mentalidade brasileira e outras bobagens semelhantes?, ela deveria tê-lo interrompido mas agora era tarde demais, a situação tinha fugido ao seu controle. Talvez as suas teorias fossem até interessantes, só que ela não conseguia mais julgar, nem queria fazê-lo; estava se sentindo bem com Leo, aquele homem estranho, que entretanto já lhe parecia tão familiar e, naquele momento, se ele tivesse ficado quieto, teria sido maravilhoso. Então chegou o vinho, ela tomou, bebericando na borda do copo, que segurava o tempo todo, sem abaixá-lo. Judith mantinha os cotovelos apoiados sobre a mesa e segurava o copo com as duas mãos diante da boca, e por sobre o copo observava a boca de Leo, que se projetava o tempo todo formando um bico, para depois voltar a se espraiar entre os cantos dos lábios que se afastavam um do outro, parecendo presos apenas pelo grampo do lábio inferior. E ela observava as mãos, ágeis e pequenas, que se abriam e fechavam ritmicamente, e o dedo indicador sempre pulando para a frente, para assinalar pontos imaginários. Para Judith, a boca e as mãos de Leo pareciam uns animaizinhos exóticos que se cortejavam mutuamente ao som da música de sua fala. Contudo, a essa altura, com dificuldade de articular o pensamento, não apenas devido ao vinho ou porque era realmente difícil sustentar as teses que ele defendia mas porque os pensamentos dele já estavam longe das próprias palavras, o que Leo dizia tornava-se realmente difícil de entender. Leo ficou surpreendido com a irrelevância do que estava dizendo; era irrelevante porque, fosse a sua fala razoável ou fosse imbecil, em nada mudava o fato de que tudo parecia se encaminhar lindamente para a sua meta. Ele via Judith sentada à sua frente, inclinando-se para ele, praticamente empurrando o rosto em sua direção, logo mais iriam juntos para a cama, ele pensava, era evidente. Mas, de algum jeito, sentia que a situação tinha agora algo de totalmente equivocado, ele estava falando bobagem e sabia que estava falando bobagem; Judith, agora, já significava tanto para ele, tão mais do que qualquer outra mulher tinha significado antes, e justamente em companhia dela parecia que não era mais capaz de pronunciar nenhuma frase coerente, parecia não querer surgir nenhuma alegria natural, nenhuma perspectiva de sucesso fácil. Tudo estava indo pelo caminho errado — mas, mesmo assim, em direção à meta tão ardentemente desejada. Leo não entendia por quê, e não entendia a si mesmo, pois não tinha sido sempre, diferentemente de agora, o mestre dos descaminhos maravilhosamente bem traçados? Quantas vezes ele não tinha brilhado, ofuscado sua interlocutora, para depois ter que se satisfazer com um mero "muito obrigado pela conversa agradável!". O seu desejo sexual, que ele sempre tinha distribuído muito democraticamente, para não dizer às cegas, entre as mulheres — porque não possuía um ideal de beleza, tampouco esperava encontrar qualquer harmonia intelectual, muito menos espiritual, mas sentia-se repetidamente desafiado por estímulos mínimos a empreender esforços consideráveis, fosse pelo jeito distinto ou indistinto de uma mulher sorrir ou gesticular ou andar, às vezes até simplesmente pela maneira de uma mulher se vestir e de o contorno do seu corpo se desenhar através da roupa, era um comportamento incontrolável, como o de um jogador compulsivo, e o anseio maior, o primeiro prêmio, a grande salvação eventual, derivava certamente da solidão que ele sentia depois de já quase seis anos em Viena, sem nunca ter realmente se aclimatado à cidade —, esse desejo sexual, de qualquer maneira, sempre havia se comportado como um ímã que deveria ordenar todas as palavras a serem trocadas entre duas pessoas que viessem a se conhecer, de maneira a estabelecer um belo padrão harmônico, como se fossem limalhas mesmo que depois, quando os corpos fizessem uso da palavra, o fizessem sempre de forma desordenada, destruindo esse padrão. Por esse motivo Leo tinha, na realidade, muito menos experiência do que poderia ter conquistado. De fato, era incomumente inocente para sua idade, todavia não isento de culpa nisso. Porque ele nunca tinha treinado nenhum outro comportamento afora o do jogador que, mesmo levando muito a sério o seu desejo, ficava esperando a sorte grande de um destino que operasse cegamente, uma atitude que tornava inútil por princípio qualquer curiosidade ativa ou qualquer avaliação realista de uma situação. Por esse motivo Leo sentia agora, ao pensar que com Judith havia finalmente tirado a sorte grande, não apenas uma alegre e rigorosa agitação, mas também — e isso o deixava muito confuso — decepção. O que o decepcionava era que uma mulher como Judith iria imediatamente com ele para a cama, ao passo que outras conhecidas menos relevantes tinham sido difíceis ou até mesmo impossíveis de seduzir, embora ele sempre tivesse conseguido, à diferença de hoje, disparar sem cessar foguetes de graça, inteligência e charme, a ponto de ele próprio se derreter com tanto entusiasmo, mas justamente nisso residia o problema, apenas ele. E isso voltava a acontecer de novo agora, bem no momento em que ele mais teria gostado de brilhar até o último segundo, transformando aquele êxito discursivo, sem mediações, como que por efeito da pura exaltação, num êxito correspondente no que se referia ao funcionamento dos corpos. E depois de ter levado a bom termo tudo o que já estava fadado ao sucesso, sem qualquer turvação ou confusão, que agora, entretanto, ele já começava a sentir por trás de sua testa e contra as quais ele se defendia silenciosamente, ele teria querido sentir: sim, eu estou apaixonado!

Leo não entendia por que, precisamente sobre Judith, o seu discurso não lograva surtir o menor efeito, pois isso transformava o que ele esperava que se realizasse em um mero ato perdido e solipsista. Judith não podia ser uma dessas. Por outro lado, o sentimento de não ter nenhuma chance com ela era insuportável para Leo. Ele se perguntou se não seria o caso de apresentar a ela a sua teoria sobre a teleologia do desenvolvimento latino-americano, teoria que ele havia desenvolvido espontaneamente, certa vez, num momento de excitação bem-humorada, ao desejar impressionar uma colega de faculdade. A partir de uma mistura de anedotas latino-americanas peculiares com a dialética da história da fenomenologia de Hegel, ele havia elaborado prognósticos surpreendentes, que quase lhe conferiram a aura de possuir um poder original sobre a história. Devido ao sucesso obtido com essa teoria junto àquela colega, Leo viria a apresentá-la outras vezes com tanta freqüência que, de lá para cá, ele conseguia expô-la de maneira realmente arrebatadora. Pensativo, ele arrancou um pedaço de cera derretida da garrafa em que estava enfiada a vela, amassou-a entre os dedos e fitou Judith com os olhos embaçados por cima dos óculos, que haviam escorregado até a ponta do nariz. Já havia passado um, dois minutos sem que nada tivesse sido dito, Judith fumava e olhava para Leo. Agora ela estava se sentindo como se estivesse envolta por uma aura romântica, que atuava como um bálsamo, aliviando a tensão interior, deixando-se conduzir por aquele estranho e recorrente desejo de, contra todo bom senso, beber tanto que acabasse por cair embaixo da mesa, aquela volúpia que ela voltava a sentir mais uma vez e que a arrastava à procura de um excesso, fosse para anestesiar um sentimento intolerável, fosse para perder de vez todo o autocontrole num momento de prazer, eternizando-o num desmaio provocado. Um comportamento vicioso que ela costumava apresentar em momentos de infelicidade e de felicidade — na qual talvez não confiasse. Com gratidão, ela percebeu que não o estava tendo agora, ou quase não estava, pelo menos não até o ponto de conseguir dizer: Leo, vamos pedir a conta!

A conta!, gritou Leo de um jeito tão assustadoramente autoritário, que Judith teve que rir, ao que Leo reagiu com um meio sorriso. Saíram do restaurante. Judith deu o braço a Leo e se encostou nele de tal forma que logo se estabeleceu uma harmonia perfeita entre os passos de ambos, mas sem aparentemente parecer encaminhar para aquela situação em que, de repente, as pessoas param e se abraçam. Você me leva para casa?, perguntou Judith. Levo, disse Leo em voz baixa, ia acrescentar que ele morava logo na esquina, quando Judith deu seu endereço. Ela morava no terceiro distrito, numa travessa da Hauptstrasse, em Landstrasser. Durante o trajeto Leo quase não falou, estava confuso, muito feliz e muito infeliz ao mesmo tempo. E sentia muito frio. Judith havia aberto um pouco a janela de novo e cantarolava uma música brasileira que Leo conhecia, mas da qual havia esquecido o título e a letra. Quando entraram pela Petrusgasse, uma rua arborizada e tranqüila na qual Judith morava, ela exclamou pare!, é aquela casa ali, eu desço aqui. Estavam sentados um ao lado do outro no carro e se olhavam. As mãos de Leo, enfiadas em grossas luvas forradas, permaneceram agarradas ao volante, embora o carro estivesse parado. Posso, disse Leo e pigarreou alto demais, como lhe pareceu, posso entrar com você? Não, disse Judith, estou muito cansada, gostaria de dormir. Ela abriu a bolsa, tirou uma cadernetinha e um lápis e anotou seu número de telefone numa folha que arrancou e entregou a Leo.

Depois perguntou pelo número do telefone dele. Ele o enunciou como se fosse o código de um cofre, tomara Judith o abrisse imediatamente, talvez ele contivesse tesouros incomensuráveis. Judith anotou o número e beijou Leo em ambas as faces, sem que ele tivesse, em momento algum, se desprendido do volante.

Foi uma noite legal!

Foi sim, disse Leo, mas fala, será que não posso mesmo entrar com você? Sua voz quase rangia, estava fora de si, cego e surdo e mudo.

A gente se fala amanhã pelo telefone, certo? Durma bem!, disse Judith, sorriu e saiu do carro, ele teria querido gritar mas se viu reduzido a uma garganta surda e rouca e ao barulho da porta do carro ao fechar.

Agora, em vez de amá-la, ele teria desejado ser ela, não queria mais abraçá-la, mas ser Judith — com que intensidade ele teria então podido amar-se a si mesmo, e nesse estado de sintonia consigo próprio gostaria, então, de estar indo para a casa e para a cama.

Deu a partida, girou o volante para manobrar o carro, acelerou e tentou olhar, ao mesmo tempo, pelo espelho retrovisor, para ver Judith abrindo o portão. Viu-a ainda se voltar em sua direção, e aí a imagem dela sumiu do espelho, como se tivesse sido apagada; Leo jogou a cabeça para trás, houve um barulho e um tranco que lançou seu corpo para a frente — ao virar o carro, Leo tinha batido numa árvore na calçada do outro lado da rua.

Pasmo, olhou para a árvore que ele via tão próxima do pára-brisa como se estivesse enraizada no seu porta-malas, depois desceu do carro para ver os danos. Havia pego a árvore bem de frente, o pára-choque e o capô do fusca estavam amassados em forma de "v", os faróis do carro estavam virados para dentro, como os olhos de um vesgo, o vidro de um dos faróis havia quebrado. De repente Judith estava ao seu lado. Se isso foi um truque, disse, não vai adiantar. Você vai ter que ir para a sua casa assim mesmo.

Leo voltou a entrar no carro e deu marcha à ré por alguns metros. Depois verificou se as rodas da frente ainda tinham espaço suficiente para se movimentar dentro dos pára-lamas, apesar da lataria amassada; de fato, o carro ainda estava em condições de andar, de modo que ele poderia voltar para casa com o seu fusca. Virou-se para Judith, pois só agora havia percebido o que ela dissera, mas ficou pasmo, ela já havia sumido, e ele apenas pôde ver o vapor de sua respiração no ar frio, como uma grossa flecha de fumaça em direção ao portão fechado. Retornou devagar para a sua casa no sétimo distrito, percorrendo as ruas mortas da noite vienense, e todos os seus atos durante o trajeto, todos os pensamentos, que repisavam ininterruptamente o mesmo ponto, tinham por objeto uma idéia fixa: Judith. Amor que chegava a doer, e ódio, um ódio profundo, surdo. Quando bateu o portão atrás de si com violência, o barulho pareceu ser o de um raivoso bater de portas, mas era apenas a falta de controle de um bêbado; dispensou a minuteria no corredor e, logo após uns poucos passos, tropeçou e quase caiu. Depois, entrou no pátio interno da casa; morava no segundo andar. O pátio, pavimentado com paralelepípedos, estava cheio de anjos, anjos rezando, anjos cantando, anjos ajoelhados e anjos voadores, anjos segurando velas e anjos que carregavam lampiões, anjos guardiães e grupos de anjos abraçados, pedras com anjos em relevo, um deserto de anjos de pedra que, à luz acinzentada da lua, ofereciam a imagem decadente de uma salvação artesanal. Os anjos eram obras e amostras do trabalho do escultor funerário Zahradnik, que tinha sua oficina do lado mais amplo do pátio. À merda com o Zahradnik, pensou Leo enquanto subia pelas escadas para a sua casa.

A mesma luz, cinzenta, entrava pela janela do quarto úmido e frio. Leo adormeceu ouvindo a melodia que Judith cantarolara no carro.

Era um samba antigo, um dos discos preferidos de Judith, que ela estava pondo no toca-discos, em sua casa, depois de ter enchido um copo de vodca e acendido um cigarro. Por mais cansada que estivesse, não conseguia ir direto para a cama, sempre tinha que deixar esvoaçarem ou esmaecerem as últimas impressões e pensamentos, esperar até ficar totalmente vazia e inocente de novo, como a tela de um cinema depois do fim do filme, quando até mesmo o nome que encerrava a lista dos créditos já havia passado e o projetor já fora desligado; só então ela conseguia fechar os olhos. Judith não agüentava ficar muito tempo na cama, dormir não era para ela um prazer que esperasse com alegria ou que procurasse alongar. Quando acordava de manhã, mesmo depois de ter dormido pouco ou sem ter um compromisso que a obrigasse a levantar imediatamente, ela logo tinha fortes palpitações, como se já tivesse tomado um café forte, e pulava da cama. Na sua infância e também em seu tempo de escola, ela era obrigada a dormir uma hora após o almoço, e Judith sempre entendera essa ordem de sua mãe, para quem uma horinha de sono após o almoço era a melhor coisa do mundo, como um tormento, como uma interrupção insensata de uma brincadeira ou de uma leitura que ela teria preferido continuar.

Certa vez, quando ouviu seu pai dizer que fulano havia tido sorte pois morrera enquanto dormia, tinha adormecido sossegado e simplesmente não acordara, não entendeu por que aquilo haveria de ser uma sorte, mas o fato de que se podia morrer durante o sono acabou por se transformar em uma verdadeira fobia para ela, uma idéia fixa no sentido de que essa forma de morte lhe estaria destinada e de que, toda vez que ela dormisse mais do que o absolutamente necessário, estaria se expondo a um perigo mortal. Por isso, durante aquelas sestas compulsórias, ela sempre ficava acordada, exclusivamente concentrada em permanecer desperta e espreitando para ouvir se a mãe já estaria finalmente chegando para acordá-la. Era provavelmente daí que vinha sua dificuldade em adormecer, mas também o sentido aguçado da duração do tempo; uma hora, por exemplo, era uma eternidade, ou uma noite, para ela, podia durar tanto como uma vida, e era um milagre que não terminasse com a morte.

A sensação de que, em vista do pouco tempo restante, alguma coisa "não valesse mais a pena" era algo que Judith não conhecia. Ela poderia ter um compromisso daqui a uma hora e, mesmo assim, nessa pequena eternidade, pôr-se a fazer coisas como se tivesse o dia inteiro livre pela frente, e preenchia, de fato, essa hora de modo tão produtivo como se dispusesse de um dia inteiro. Judith sempre usufruiu das horas que roubava ao sono, como o fazia agora, adiando a ida para a cama, sem por isso dormir mais no dia seguinte; sentia essa sua possibilidade como um pequeno triunfo, embora ao mesmo tempo não desejasse nada mais ardentemente do que se sentir tão morta de cansaço que não só despencasse na cama, como ainda tivesse a garantia de que mergulharia imediatamente no sono sem mais prorrogações, sem outros pensamentos, sem nenhum medo. Andava de um lado para o outro pelo quarto com o copo de vodca e o cigarro, ouvindo a música, e às vezes a agulha pulava, porque o toca-discos, que estava no chão, oscilava com seus passos. Contraiu o rosto irritada e bebeu. Naquele momento vinha "Se você jurar", o samba que tinha cantarolado, de repente, no carro, durante aquela estranha e silenciosa viagem de volta. E Ataulfo Alves cantava então as palavras que Leo não lembrara quando ela lhe dera a melodia, palavras que, como ela só percebia agora, Leo deveria ter cantado, porque expressavam exatamente o que ela achava que ele deveria estar sentindo naquela hora e fora essa percepção que a inspirara a cantarolar o samba. "A mulher é um jogo/ difícil de acertar/ e o homem como um bobo/ não se cansa de jogar./ O que eu posso fazer/ é se você jurar/ arriscar a perder/ ou desta vez então ganhar". Lembrou-se das mãos de Leo, de suas mãos pequenas que tinham acenado de modo tão carinhoso, mas também tão apodítico diante de seus olhos, até desaparecerem naquelas luvas absurdamente grossas, que mais pareciam pertencer ao volante do carro do que a ele. E depois aquela batida infantil contra a árvore. "Ele é um bobo", *er ist ein Dummkopf*, ela pensou, mas sentindo um calorzinho na barriga, que, todavia, também poderia ser apenas um efeito da vodca. Serviu-se de mais uma dose e voltou a andar pelo quarto. A agulha voltou a pular e ela desligou o aparelho. Judith tinha uma pele tão lisa que parecia quase artificial. Como se não tivesse poros nem vasos por baixo. Sem qualquer impureza, sem ruguinhas, o seu rosto parecia estar revestido por uma máscara esmaltada. Mas quando ficava muito cansada — a expressão "morta de cansaço" ela não usava —, então seus olhos ficavam inchados até quase fechar, e ao redor deles formavam-se sombras e anéis tão escuros que pareciam negros, como uma pequena segunda máscara sobre a primeira. No espelho pendurado na parede do quarto, Judith olhou para os círculos escuros em torno dos olhos inchados; havia outro acima da escrivaninha, um terceiro na estante, à altura dos olhos, num espaço entre os livros. Olhou estática e sem emoção para sua imagem refletida, como se observasse através de um microscópio um tecido celular com o qual iria fazer alguma experiência. Quando a imagem começou a se borrar, como se quisesse se dissolver e desaparecer na superfície prateada do espelho, ela soube, sem necessidade de mais nenhuma ponderação, que iria conseguir adormecer. Bebeu o resto da vodca de um gole e foi para a cama.

Durante uma semana, Leo Singer conseguiu levar a ferro e a fogo o seu propósito de não telefonar imediatamente para Judith, esperando para ver se ela ligava, dando um tempo, com uma única exceção — mas daí Judith não estava em casa. Ele considerou essa única tentativa como extremamente humilhante, ao se ver suando de nervosismo, apertando o fone contra a orelha, ouvindo soar o toque ininterrupto e monótono da campainha, enquanto pigarreava várias vezes, tenso, esperando que, enfim, ela acabasse por atender. Depois disso, entretanto, ele permaneceu firme em sua decisão, mesmo porque logo ficou doente. A gripe já tinha dado sinais quando Leo visitara os pais, no dia seguinte àquele em que conhecera Judith – "no dia depois do acidente", teria dito ele. Os pais o haviam convidado pelo seu aniversário, que seria no primeiro de abril, mas como naquele dia seu pai estaria viajando a negócios, ele queria ver Leo ainda antes da viagem.

Leo tinha a intenção de pedir dinheiro ao pai para consertar o carro, eventualmente como presente de aniversário, embora fosse certo que os pais já tivessem providenciado alguma coisa. Desde o seu retorno a Viena, ele ganhava, com uma regularidade quase religiosa, quase sempre o mesmo presente, sem que nunca lhe perguntassem o que ele realmente queria. Todo Natal e todo aniversário "algo quente", um casaco grosso ou um pulôver, roupa de baixo anti-reumática, às vezes até um terno azul de lã grossa vinha integrar o seu guarda-roupa; ele vestia esses ternos também no verão, porque não tinha outros. E, junto, normalmente, vinha um par de luvas, o que fazia com que Leo fosse o feliz possuidor da maior coleção particular de luvas de Viena. A indefectível escolha de uma peça de vestuário como presente tinha a ver com o fato de o pai ter se transformado, durante aqueles anos, num atacadista de confecções, e quando o aniversário de Leo chegava, sua mãe pegava alguma peça "do estoque do seu pai", como ela dizia, envolvia-a num papel de presente usado, espólio precioso de suas compras em outras lojas, onde ela sempre fazia embrulhar tudo "para presente, por favor" para conseguir esse tipo de papel, que ela depois ia empilhando num armário grande, onde também iam parar as caixas de bombons e os licores, que ela havia ganhado numa oportunidade qualquer, os pacotes sem abrir, tal como os havia recebido, para poder passá-los adiante na primeira ocasião que surgisse, quando ela e o marido fossem convidados por alguém. A mãe colocava o pacotinho com o presente sobre uma cômoda com espelho que ela chamava de a *psyché* e, quando Leo chegava, dizia sempre com o mesmo áspero distanciamento, como se ela mesma tivesse medo de tocar naquela porcaria e de se contagiar com a falta de gosto que atribuía ao filho: O seu presente está sobre a *psyché*, Leo!

Leo odiava tanto sua mãe que teria sido capaz de matá-la, mas só se pudesse cometer um crime perfeito, porque se tivesse que cumprir pena por causa dela, por causa dela! teria sido apenas mais um triunfo da mãe. Já a caminho da casa dos pais, Leo tremia de ódio. O mero fato de que sua mãe, até onde sua memória alcançava, nunca tivesse tido um gesto de carinho, uma palavra amável, nem mesmo um olhar passível de ser interpretado, de algum modo, como um olhar amoroso para com o pai, aquele homem mole, fofo em todos os sentidos da palavra, que era tão correto quanto fraco, tão eficiente quanto inutilmente cheio de vida e necessitado de amor, um homem que quase explodia com uma esperança totalmente vã de felicidade e com um otimismo invariavelmente deslocado, como um balão cheio de água — isso tudo Leo nunca poderia perdoar à mãe. Embora ele também desprezasse o pai, justamente por aquela falta de firmeza, pelo seu jeito doentio de se acomodar àquela situação. Ao fazer a baldeação do bonde 58 para o J, Leo pensou que admirava os pais de Judith, tal como ele os imaginava, a sua recusa em voltar para Viena — em

Viena nós fomos perseguidos, mas aqui podemos viver e trabalhar em paz! —, essa posição era perfeitamente compreensível para ele, lhe parecia clara, forte e coerente. Seus pais também tinham sido obrigados a fugir de Viena para salvar a pele, e depois tinham vivido bem no Brasil, realmente muito bem, ele havia crescido lá, isso deveria ser suficiente para que chegassem à conclusão: Viena é o nome do lugar de nascimento e nada mais. Por que voltar? Por que dar aos Zahradniks a possibilidade de entalhar mais uma vez o programa assassino: nascido e morto em Viena!? Como se não bastasse terem voltado para Viena, embora já bem estabelecidos no Brasil, eles, ainda por cima, não haviam voltado triunfantes, seguros de si, vitoriosos, não, pelo contrário, se mostravam sempre submissos e medrosos; preocupado com sua estúpida reputação, o pai abaixava a cabeça quando se dirigia aos funcionários públicos que haviam servido ao aparelho nazista, para receber uma ridícula "indenização". E, como se não fosse o suficiente, para não dizer mais nada, ele havia começado a festejar o Natal em Viena, porque todo mundo o fazia. Enquanto, por um lado, pagava uma contribuição mensal para a comunidade judaica, por outro, se rendeu à festa católica, aqui é assim, isso não tem nada a ver com religião, é uma necessidade social, cultural, no fundo uma necessidade de negócios; como recebia brindes de Natal dos seus fornecedores e clientes, quase sempre as tais caixas de bombons e licores que a mãe ia estocando naquele armário horrível, sentia-se obrigado também a comemorá-lo na empresa e a dar presentes. Mas em casa? Em casa, no apartamento onde ninguém poderia controlar a sua forma de viver, a sua adequação ou não à tradição local, a sua submissão, era montada uma árvore devidamente enfeitada, e seu pai, pusilânime e subserviente, tinha o descaramento de entoar "Noite feliz" antes da troca de presentes — para Leo, as eternas luvas embrulhadas no papel de presente usado do magazine

Gerngross. Enquanto a mãe, dura como um pau, ao menos limitava-se a supervisionar com olhos frios o correto desenrolar da cerimônia para que tudo transcorresse como ela pensava que deveria ser, seu pai se exaltava mais e mais, como se todos os católicos com certidão de batismo de Viena o estivessem vendo cantar.

Quando o bonde J fez a curva do Ring para a Hauptstrasse, em Landstrasser, descarrilou "por motivos ainda não esclarecidos", como o jornal diria no dia seguinte, mas Leo ficou logo com a consciência pesada; acreditava, sem estar de fato consciente disso, que seu tremendo ódio, a raiva intensa e descontrolada que alimentava contra os pais, havia provocado o desastre. Todos os passageiros tiveram que descer, mas enquanto a maioria formou grupos para observar e comentar o acidente, Leo se afastou a passos rápidos como um criminoso em fuga. Como o bonde J, com seu reboque, impedia a passagem de todos os outros bondes, por ter saído dos trilhos, Leo foi obrigado a caminhar até a praça Rudolf von Alt e, sentindo o vento frio na pele suada, soube que não sobreviveria àquela loucura com saúde. O pai abriu a porta, seu rosto brilhava como se estivesse untado a óleo. Ao cumprimentar o filho, como em todas as outras vezes, no início pareceu querer abraçá-lo, para depois, subitamente, estender os braços que havia aberto para a frente, como se faz para afastar alguém, deixando em seguida o braço esquerdo descair ao lado do corpo, terminando por dar, com a mão direita, duas batidinhas no antebraço de Leo dizendo "Olá, meu filho". Como sempre, Leo, nesse momento, também se entregou à primeira impressão, abriu os braços, num movimento reflexo, para abraçar o pai com mais veemência e emoção do que as usuais, devido à sua agitação e à consciência pesada, mas o fez justamente no instante em que os gestos do pai assumiam um caráter defensivo, pois, mais uma vez, o receio que manifestava diante do contato físico, e que era bastante grande, tinha vencido. Reeditando constrangimento de muitas outras vezes, Leo ficou parado numa postura tão esquisita, que o pai lhe deu rapidamente as costas, disse "Vai entrando, Leo", e tomou a dianteira em direção à sala. Lá estava a mãe, rígida, com uma mão apoiada no encosto de uma cadeira junto à mesa já posta para o chá. Leo deu um beijo fugaz naquela face dura que se oferecia a ele, enquanto sentia uma mistura de repulsa e compaixão ao constatar que, nos últimos tempos, os pêlos pareciam estar crescendo com mais vigor no rosto da mãe. Após um olhar fiscalizador, ela disse: Você não se penteia mais, Leo? Não dá para andar desse jeito pela rua!

Leo disse que lá fora estava ventando muito, e — então a gente cobre a cabeça!, disse a mãe. Senta, Leo, disse o pai, esfregando as mãos sem cessar, como se prazeres inauditos os aguardassem, senta e conta! O que há de novo?

Numa pequena travessa havia quatro fatias finas de bolo; a mãe serviu primeiro ao pai, depois a Leo, depois a si mesma, uma fatia para cada um e, em seguida, serviu o chá na mesma ordem.

Não se fala de boca cheia. Esse era pelo menos um bom motivo para não começar a falar logo, e Leo devorou o seu pedaço de bolo com um alívio que beirava o pânico, percebendo tarde demais o olhar crítico da mãe, porque ele comia com a mão em vez de usar o garfo. Ouvia o barulho que os garfos faziam nos pratos dos pais, como se um dedo magro tocasse repetidamente o seu peito num gesto de reprovação. Mas era tarde demais, seu prato já estava vazio, e ele olhou ansioso para o último pedaço de bolo, que ainda restava sobre a travessa no meio da mesa. Pode pegar, Leo, disse o pai, ainda tem bastante. Ainda tem bolo lá na cozinha, não é?, perguntou à mãe, então pegue, Leo.

Leo olhou para a mãe e disse não, obrigado, ele não agüentava mais. As ondas no cabelo dela pareciam ter sido feitas com um ferro de frisar.

Percebeu que estava ficando com uma cãibra incontornável. Empurrou um pouco a cadeira para trás e cruzou as pernas, mas, ao fazê-lo, acabou batendo o pé contra a mesa com tanta força que as xícaras tilintaram nos pires e o chá quase derramou. Sentiu uma onda de calor invadi-lo, imediatamente seguida de calafrios.

Por que Leo estava contando tudo isso para Judith, com tantos detalhes, quando voltou a encontrá-la uma semana depois no Café Landtmann, pouco depois de ter sarado do resfriado? Judith parecia desconcentrada e impaciente, eles estavam sentados junto a uma das janelas, e ela olhava o tempo todo para fora, para a Ringstrasse ou para o interior do café, sem fixar Leo, como se estivesse procurando o garçom para pedir a conta, pagar e poder sair logo. Leo também estava muitíssimo irritado. Depois de uma semana inteira com febre, sozinho em casa, o café, lotado, parecia conter uma multidão ruidosa, mais do que ele poderia suportar, cujo burburinho o ensurdecia, soando como a récita de muitos jograis. Ele achava que estava entendendo perfeitamente a perturbação de Judith, pois estava se sentindo tão perturbado quanto ela, só que a sua irritação aumentava com isso. O jeito impaciente e desatento de Judith lhe transmitia a sensação de dispor apenas de um tempo limitado e muito curto para falar; em contrapartida, todas as frases que ele proferia despertavam nele uma tal multidão de associações e lembranças, que considerava necessário descrever cada detalhe ainda mais pormenorizadamente e explicar tudo com maior precisão ainda para se fazer entender. Contudo, quanto mais depressa ele falava, para pelo menos dizer o mais importante no menor espaço de tempo, tanto mais rapidamente também produzia um motivo atrás do outro para seguir elaborando o seu discurso até o infinito.

Você tem que entender, dizia Leo, que tudo veio à tona quando bati com o pé na mesa.

Ele inclinou-se bem para a frente, como se, passando por cima da mesa do café, quisesse murmurar algo ao ouvido de Judith. Ela fumava, tragando nervosamente, expelindo a fumaça de modo a compor diante do rosto de Leo uma grade tênue, que descia como uma fina cortina atrás da qual Judith oferecia a ele o ouvido, não, ela olhava de novo pela janela, o que é que Leo queria, confissão e absolvição? Absolvição por causa do seu desespero diante do pai que festejava o Natal? Apertou o rosto entre as palmas das mãos e começou a contar, com uma emoção que fazia parecer que tudo tivesse ocorrido ontem, de como, quando ainda era pequeno, seus pais o haviam levado junto com eles numa ocasião em que foram jogar bridge na casa de um outro emigrante austríaco em São Paulo. Durante horas ele tinha permanecido sentado numa cadeira ao lado da mesa sobre a qual os adultos jogavam cartas — pelo menos na sua memória foram horas — e ficara quieto, como se esperava dele. Ele não sabia mais o que fazer, quer dizer, ele não podia fazer outra coisa a não ser ficar ali, sentado e quieto, observando tudo o que havia para ser visto naquela sala. E já o tinha feito, deixado o olhar circular incontáveis vezes pela sala. De repente, contou Leo, sua mãe, que não havia se ocupado com ele nem um segundo sequer desde que chegaram àquela casa, voltou-se e disse: Não se deve ficar balançando as pernas desse jeito! Depois pegou as cartas, que tinha acabado de distribuir, e retomou o jogo.

O que eu percebi naquela hora, disse Leo, foi o desprezo brutal que minha mãe nutre por tudo o que não está sob seu controle: ela considera essencialmente animalesco, impulsivo e desprezível aquilo que não se submete ao rigoroso domínio que ela exerce sobre si mesma. Sempre fez com que me sentisse como se eu fosse a encarnação da mais estúpida impulsividade, nisto ela sempre foi imbatível, e — e!, repetiu Leo, porque Judith olhava novamente pela janela, inclinando a cabeça para bem perto do vidro, que barulho era aquele, Leo aumentou o tom de voz mas só um pouco, porque ainda tinha uma leve dor de garganta e, além disso, não queria externar aos gritos a sua intimidade, que estava expondo com um nervosismo febril diante de Judith. E, prosseguiu ele com voz rouca e num tom ligeiramente mais alto, aquilo estava longe de ser tudo. Só em raríssimas ocasiões os pais o levavam junto, constituindo as únicas exceções as visitas a Löwinger, porque este fazia questão de ver Leo. Normalmente ele era deixado em casa com a empregada. Leo lembrava-se daquela moça como de alguém cujo corpo grosseiro parecia quase disforme e cujo rosto tinha uma cor repulsivamente acinzentada, doentia, aparentando, além disso, ser extremamente medrosa e submissa à mãe de Leo. O que se explicava pelo fato de sua mãe, ao chegar em casa, ter o costume de pôr luvas brancas e percorrer todo o ambiente passando o dedo pelos móveis, na frente da empregada, que a seguia com devoção e nervosismo. E ai da moça se a luva branquíssima mostrasse a presença de sujeira ou poeira nas pontas dos dedos. Você consegue imaginar uma coisa dessas?, disse Leo, massageando as têmporas, mas isso ainda não era o pior: Maria, a tal empregada, tinha tanto medo da minha mãe que sempre me amarrava, eu, apenas uma criança, ainda tão pequena, me amarrava com uma corda de varal ao pé da mesa da sala de jantar, para evitar que eu desarrumasse ou sujasse alguma coisa sem que ela percebesse enquanto limpava e punha tudo em ordem, pois, caso isso acontecesse, era ela quem seria castigada. Só me desamarrava, depressa, ao perceber que meus pais estavam chegando e, então, precisava fazer o giro de inspeção com a patroa.

Não acredito, disse Judith.

Sim, é verdade, disse Leo, e foi disso que me lembrei hoje, quando bati com o pé contra a mesa e minha mãe voltou a me olhar com um olhar de censura, justamente ela. Em vez de — não sei. Hoje em dia eu não consigo entender por que a Maria não pedia as contas, assim como não entendo por que nunca contei essas coisas para minha mãe. Provavelmente eu pensava que ela sabia e queria que fosse daquele jeito, porque era sempre exatamente isso que ela queria, que eu ficasse quieto.

O movimento no café havia aumentado; durante um segundo Leo teve a impressão de que na mesa ao lado as pessoas estavam comentando horrorizadas o que acabava de contar sobre sua mãe, atrás dele alguém exclamou: "isso é criminoso", de repente Leo sentiu muito calor, talvez tivesse se levantado da cama cedo demais e agora estivesse tendo uma recaída, a febre parecendo querer voltar.

E você conseguiu o dinheiro para o conserto do carro?, perguntou Judith.

Leo respondeu que chegara a falar sobre o acidente, embora desde o começo a atmosfera na sua casa estivesse bastante carregada, mas, considerando que era sempre assim, ele tinha optado por contar, sem entrar em detalhes, que se tratava de uma batidinha de nada, dessas que podiam acontecer a qualquer um, e, lembrando que logo seria o seu aniversário, o que gostaria de ganhar mesmo, se pudesse pedir alguma coisa, seria, excepcionalmente, um apoio financeiro para poder pagar o conserto, pois este significava uma despesa extra, que não estava incluída na soma que ele recebia todo mês para pagar os estudos.

Dinheiro como presente de aniversário?, tinha dito sua mãe, não se dá dinheiro de presente. O seu presente está sobre a *psyché*, Leo.

Além disso, você precisa saber, disse Leo — mas não chegou a continuar, porque de repente algumas pessoas que estavam nas mesas do centro e do fundo do café se ergueram e rodearam as mesas junto às janelas para olhar para fora, para a rua. Subitamente um garçom ficou do lado de Leo, e também olhava com curiosidade para fora, para a Ringstrasse, dizendo algo sobre os selvagens estarem vindo de novo. Leo afastou o olhar do smoking preto do garçom em direção à janela através da qual não via nada a não ser uma correria fantástica em que as pessoas pareciam estar sendo varridas pela Ringstrasse, correndo diante das vidraças do café como alcatéias de sombras negras, no começo do crepúsculo, ouviam-se carros buzinando, e — aquilo eram tiros? Em todo caso, detonações de algum tipo, uns estalos que, dentro do café, em meio ao burburinho das vozes, pareciam estranhamente irreais, soando como se estivessem envoltos em algodão.

A passeata contra o Borodajkewicz, disse Judith.

Contra o quê?, perguntou Leo.

Borodajkewicz. O velho nazista que dá aulas de Comércio Internacional na universidade. Por favor, Leo, não é possível que você não saiba disso. Os antifascistas estão fazendo uma passeata, porque suas aulas estão sempre cheias de frases anti-semitas e de extrema direita. Anteontem já houve um comício, que foi atacado pelos neonazistas, e —

Como é que eu poderia saber disso?, perguntou Leo, eu estive doente.

E para hoje foi convocada mais uma passeata, disse Judith, que é essa aí. E os nazistas estão voltando a atacar. Vem, precisamos ir lá fora.

Eles que estudem, disse o garçom.

Vamos, Leo, vamos embora, disse Judith pagando o seu café sem deixar gorjeta; Leo deixou uma gorjeta maior, porque ficou encabulado.

Que idiota, disse Judith, enquanto vestia o mantô.

Mas o que é que a gente vai fazer lá fora, disse ele, eu acho —

Por favor, você não vai querer ficar sentado aí enquanto lá fora os neonazistas descem o pau nos antifascistas.

Eu acho, disse Leo enquanto abotoava cuidadosamente seu sobretudo, que sentido tem a gente apanhar também? Escuta, Judith —

Ela já estava se dirigindo para a saída do café, Leo foi atrás, o andar de Judith era firme, ela mantinha a postura ereta, o corpo era delgado e ascético, não, não lembrava sua mãe, que ele via daquele mesmo jeito. Leo sentia-se como que paralisado, cheio de medo, não tanto pelo perigo que os espreitava lá fora mas pelo perigo de perder o amor daquela mulher que ele desejava tanto, e antes mesmo de ter conseguido conquistá-lo. Diante do café, pegou assustado a mão de Judith, uma luvinha de lã agarrada pela sua grossa luva forrada de pele, uma sensação indistinta, desprovida do sentimento claro de um contato, a praça, entre o café e o Burgtheater, e a Ringstrasse estavam cheias de gente, milhares de pessoas, tudo imerso num movimento, numa correria, num empurra-empurra inauditos, a luvinha escapou da luvona, lá, do outro lado!, gritou Judith, Leo correu atrás dela, e de repente viu três rapazes vestidos com casacos de couro diante de si, brandindo correntes de ferro. Desviou para o lado, abaixando a cabeça para se safar do confronto, e aí explodiram foguetes e bombinhas e, então, ele queria alcançar a pista lateral da Ringstrasse, mas, vindo dali, um grupo avançava como uma falange fechada em sua direção gritando "Viva Auschwitz". Ele se apertou contra a parede dos edifícios, o ruído era ensurdecedor, Li-ber-da-de-de-en-si-no, li-ber-da-de-de-en-si-no!, onde estava Judith? Leo voltou a correr na direção em que vira Judith correr, mas o que era aquilo! Facas! Facas e tochas acesas voando pelos ares, voavam como fogos de artifício formando grandes arcos por cima da multidão, Na-zis-fo-ra! na-zis-fo-ra! Tudo isso parecia obedecer a uma coreografia que Leo não entendia de jeito nenhum, sentiu golpes nas costas e de um dos lados e, então, ele também começou a distribuir golpes ao redor de si, mas só queria se afastar, ir para longe dali. De repente, ele se viu ao pé da escadaria do Burgtheater, correu para cima, escondeu-se um pouco atrás de uma coluna e dessa posição elevada viu toda a confusão. Ovos, laranjas, tomates eram arremessados para todo lado, de repente, do meio de um grupo de estudantes, que carregavam faixas contra Borodajkewicz, começou a sair uma fumaça, as faixas caíram por terra, e o grupo se dispersou com as cabeças encolhidas, os braços apertados diante dos rostos. Os porcos estão jogando gás lacrimogêneo, gritou um deles sem fôlego, o gás lacrimogêneo a seu lado, esses porcos. Leo via as pessoas se afastarem, correndo sem parar, mas surpreendentemente a praça não se esvaziava, a cada instante a movimentação recomeçava. As pessoas avançavam de novo, tentavam se reagrupar. Era uma coisa muito estranha, e Leo ficou ainda mais surpreso quando percebeu que estava achando aquilo admirável. Depois, viu alguns jovens, que usavam os paus de carregar as faixas para tentar manter outros afastados de si, outros que lutavam com correntes de ferro, mangueiras de borracha ou varas de aço, e voltou a sentir medo. Na-zis-fo-ra! na-zis-fo-ra! Ju-deus-de-mer-da! Ju-deus-de-mer-da! Alguns jovens com braçadeiras, que deviam manter a ordem, gritavam: Para o Monumento da República! Para o Monumento da República! Tentavam reorganizar a passeata e dar-lhe uma nova direção. Leo ficou parado, sem reação, e olhava da sua posição elevada para o cenário como que através de um binóculo invertido e embaçado. A fumaça do gás lacrimogêneo e das tochas que se dispersava na escuridão da rua raiada pela luz dos lampiões jazia como uma névoa leitosa e suja diante de seus olhos, sua percepção, por mais viva que fosse, estava impedida. Outros integrantes do grupo do pessoal encarregado de manter a ordem passavam correndo, gritando agora "Para o parlamento!". De repente, viu também policiais formando um cordão que separava a passeata antifascista dos grupos de neonazistas, a passeata voltou a se compor e avançava gritando palavras de ordem, enquanto os neonazistas berravam as suas, contrárias àquelas. Porcos comunistas! ouviu. A Ringstrasse diante do Burgtheater começou a se esvaziar, gozado, pensou, os antifascistas vestem anoraques, os neonazistas casacos de couro. Onde estava Judith? Inerme, ele a procurou na multidão que se dissolvia mas naturalmente não a encontrou. Duas ou três vezes quis gritar "Judith!", só porque vira uma moça no meio da passeata, e apenas naquele momento percebeu que havia poucas mulheres participando dela. Devem estar todas sentadas com os seus namorados nos cafés, pensou, ou deitadas com eles na cama. Judith. Leo ainda ficou parado ali, uns quinze minutos, como um cego diante de uma rua movimentada, esperando que alguém o segurasse pelo braço e o ajudasse a atravessar. Então percebeu que estava sentindo muito frio: apesar do terno grosso e do sobretudo, sentia frio até nas mãos, mesmo com as luvas forradas — tinha ganhado um novo par de luvas e um casaco de lã de aniversário; é necessário se manter aquecido, quem se mantém aquecido sobrevive, dissera sua mãe, como se ela tivesse conseguido sobreviver, fugindo dos nazistas, graças à roupa que usava naquele momento. Você sabe, tinha dito o pai, enquanto a mãe tirava a mesa e sumia por um instante na cozinha, você sabe, mamãe só quer o seu bem, ela quer que você fique bem agasalhado, mas é claro que você também tem que mandar consertar o carro, eu entendo, e então ele tirou rapidamente duas notas da carteira e as pôs nas mãos de Leo. Obrigado, papai, disse Leo justamente no momento em que a mãe voltava à sala, e como vão seus estudos?, perguntou o pai em voz artificialmente alta. Vão bem, obrigado, papai.

Muito bem. Ele estava escrevendo sua tese? Diante da entrada do Burgtheater, era o observador de um espetáculo na rua. Um figurante, que queria ter um papel na vida de uma outra figurante. Estava com tanto frio. Começou a caminhar de volta para o carro, que havia estacionado a meio caminho entre o Burgtheater e o Volksgarten. Caminhava bem devagar, para ver se Judith estava procurando por ele em algum lugar próximo. De repente, ele se virou e voltou para trás, em direção ao café. Talvez ela estivesse esperando por ele lá, de novo, onde, no fim das contas, eles haviam marcado o encontro. Mas ela não estava. No café estava apenas mais quente, e nada mais. Então, Leo foi pegar o carro para voltar para casa.

Chegando perto do carro, que tinha retirado da oficina ainda naquela manhã, se deu conta de que o capô estava amassado e o pára-choque dianteiro, dobrado para baixo. Provavelmente, alguém da passeata tinha subido ou pulado sobre ele. Leo chorou. Dias depois, ao ler o jornal, ficou sabendo que também tinha havido um morto na passeata.

Com um grito, Leo pulou de costas sobre o capô do carro estacionado ao lado do seu. Mas não causou nenhum dano. Evidentemente, não era tão fácil assim amassar um carro. O seu cóccix, porém, continuou doendo durante dois dias.

Quando Judith foi visitá-lo na noite seguinte, Leo estava realmente com cara de doente. Ela telefonara para ele, que dissera ter tido uma recaída da gripe, não podendo sair de casa. Mas ficaria contente se ela viesse. Ele não apenas estava obviamente resfriado, mas também trazia estampada no rosto uma expressão tão sofrida que Judith, movida por um afeto maternal, sentiu vontade de enfiá-lo na cama, preparar-lhe um chá bem quente para que ele suasse, depois do que teria velado seu sono e seus sonhos febris. Um resquício desse sentimento ainda persistia quando ela, para não se deixar tomar por ele, dissera: Logo você vai estar melhor. Olha só o que eu trouxe para você. Antes mesmo de tirar o mantô, abriu uma bolsa de vime e retirou uma garrafa de pinga — a última garrafa de pinga que ainda tinha em casa, mas eu não queria tomá-la sozinha.

Judith teve que sorrir ao observar como Leo havia se arrumado para a sua visita: ele vestia um terno de flanela cinza e colete, parecia um velho professor que tivesse caído numa fonte da juventude sem ter, contudo, conseguido se livrar de todos os achaques da velhice. Sempre chique, até em casa, disse Judith, passando a mão pela lapela do paletó, como?, disse Leo, nada disso, eu sempre ganho estes ternos dos meus pais, da coleção do meu pai, eu já contei isso para você, não tenho outras coisas para vestir.

E agora, disse Judith como um mágico que tira um coelho da cartola, e tirou um abacaxi da bolsa, um abacaxi de verdade, fruta bem típica brasileira, eu tinha tanta saudade, como se diz, e você vai ver, Leo, vai lhe fazer bem.

Leo ficou tão comovido.

Hoje eu vi o abacaxi no mercado e não pude resistir.

Vá entrando, vá entrando, disse ele, que fazia inúmeros gestos incríveis de cortesia como ajudar a tirar o mantô, dar passos para a frente e para trás, gestos solícitos o tempo todo, por favor sente-se, fique à vontade, ah, desculpe, disse ele e tirou os livros que estavam sobre a poltrona, colocou-os no chão ao lado dela mas voltou a pegá-los do chão e os colocou sobre a escrivaninha, abaixou-se agitado para pegar outros livros, revistas, papéis espalhados pelo chão, pegou também a sua pasta, que estava no meio da sala, e deixou tudo sobre a escrivaninha. Parecia estar fazendo mesuras e reverências sem parar.

Não se preocupe, Leo, minha casa também fica assim quando estou trabalhando. Nada disso me incomoda. Sente-se, ele disse, espere, vou pegar copos e pratos, e saiu.

Um pequeno sofá-cama, baixo, estofado com o tecido original, marrom, manchado, em cima dele um cobertor pequeno, marrom, amassado como um cobertor de hospital, parecia que Leo sempre dormia vestido e calçado, preparado para fugir a qualquer hora. Só precisaria jogar livros e pastas numa mala, que estava no chão, à direita da escrivaninha. À esquerda da escrivaninha, a velha poltrona de couro que agora, sem os livros que antes estavam sobre o assento, já parecia, de algum modo, abandonada numa rápida fuga, ao lado uma mesinha de canto, e sobre ela o telefone e uma xícara vazia com um resto ressequido de chá no fundo. Na parede ao lado, um armário. Podia conter roupa ou livros ou nada. Talvez a roupa estivesse dentro da mala. No canto da sala, um pequeno aquecedor de ferro fundido, alimentado a carvão. Ainda estava quente. Quem morava aqui, portanto, não poderia ter partido há muito tempo. Em nenhum lugar se podia ver um objeto pessoal que permitisse tirar conclusões a respeito da identidade do habitante da casa, suas preferências, seus gostos, sua história. Nada que revelasse a necessidade de um arranjo mais confortável do espaço. Como se aqui tivesse morado alguém por pouco tempo, alguém que tivesse lido alguns livros e eventualmente feito algumas anotações a lápis. Um lápis sobre a mesa era o único utensílio para escrever que ela via. Se esquecido, seria fácil substituí-lo. Não havia nenhuma planta, ela exigiria cuidados regulares e acabaria morrendo quando fosse necessário partir. Não havia quadros, sim, havia um único quadro sobre a escrivaninha: atrás do monte de livros havia uma foto numa bela moldura de pau-brasil. Judith pegou a foto nas mãos, mostrava um homem de meia-idade sentado junto a uma mesa de calçada, num bar, era — de fato, sem dúvida, era em Copacabana, no Rio, o homem tinha o aspecto de um daqueles boêmios dos filmes brasileiros da década de quarenta ou cinqüenta, palheta, terno branco com um lenço no bolso de cima, sapato bicolor. Judith teve a impressão de que o homem tinha uma certa semelhança com Leo, sobretudo a boca e o nariz, mas não tinha certeza.

Onde estaria Leo? De repente, ela foi assaltada pela impressão de que ele havia fugido de verdade e a havia deixado sozinha naquela sala. Voltou a pôr a foto sobre a escrivaninha e escutou. Tranqüilizou-se ao ouvir o barulho que vinha da cozinha. Judith estava olhando pela janela quando Leo voltou a entrar na sala; dali, ela podia divisar algumas janelas iluminadas do outro lado e, lá embaixo, no pátio, apenas o brilho sujo e prateado dos paralelepípedos e das esculturas de pedra; ao mesmo tempo, refletido na vidraça, via-o colocar uma bandeja sobre a escrivaninha, trazendo dois copos e um prato com o abacaxi já descascado; na mão, uma faca grande. Ela o enxergava, de pé, atrás de si, olhando para ela com a faca na mão, talvez a quatro passos de suas costas, mas ao mesmo tempo ela o via à sua frente, como um fantasma a flutuar diante dela lá fora, na escuridão do pátio, era como se tivesse olhos na nuca, mas podia vê-lo cara a cara também, flutuando hirto à sua frente a olhar para ela, e ela olhava para ele, o Leo às suas costas pôs a faca sobre o prato, o Leo flutuando na escuridão lá fora pôs a faca sobre o prato e, de ambos os lados, pela frente e por trás, ele veio em sua direção, ela não se moveu, e agora ele a abraçava, beijava-a na nuca e no pescoço. Judith, que já estava enrijecida, não o impediu mas inteiriçou-se ainda mais, ele a beijava com tanto ardor e, ao mesmo tempo, parecia tão óbvio que o fizesse que ela não se moveu, não o afastou nem foi ao seu encontro, ele a beijava como a uma estátua, seus lábios úmidos eram como musgo sobre uma escultura de pedra. Durante um segundo, a idéia de que todos os anjos no pátio seriam vítimas de Leo a perturbou: seriam mulheres que ele havia beijado exatamente daquele jeito e que, depois, ao ganharem asas para poder fugir voando, se deram conta de que já era tarde demais, estavam petrificadas. Então, ele as havia depositado lá embaixo.

Judith jogou a cabeça para trás e riu, Leo saiu flutuando sobre o pátio, afastou-se por trás dela, ela se virou, ele estava de pé junto à escrivaninha, evitando o seu olhar, já com a faca na mão, cortando fatias de abacaxi. Foi uma idéia genial, disse, há quanto tempo não como abacaxi, só comi uma vez, mas era de lata, não é a mesma coisa, os abacaxis frescos são tão caros aqui em Viena, foi muito caro? Você não deveria ter gasto tudo isso. Ah, esqueci os talheres, espere, já vou pegar —

Deixa, Leo, vamos comer com a mão.

Leo lambeu os dedos, pegou a garrafa de pinga e ficou com ela na mão sem saber o que fazer. Infelizmente não tenho limões em casa, senão nós poderíamos fazer uma caipirinha, mas nós podemos tomá-la pura, disse Judith, prefiro emoções puras.

Comeram o abacaxi e beberam pinga de pé junto à escrivaninha, como se estivessem junto ao balcão de algum barzinho caótico em alguma esquina de São Paulo, Judith bebericava com prazer, depois esvaziou o copo de um gole só, Leo a olhava com olhos brilhantes e febris e a imitou, mais um copo, ao comer o abacaxi inclinavam a cabeça para a frente e mantinham a mão aberta embaixo do queixo, para aparar o sumo que escorria das fatias, olhavam um para o outro dando risada, Leo se esforçava para acompanhá-la na risada, embora também risse por sentir-se aliviado. Judith serviu mais pinga, lambendo os dedos, e então, de repente, Leo assumiu aquele olhar sério de novo, pegou a mão dela, levou-a à boca e beijou com a língua a palma lambuzada de abacaxi. Judith retirou a mão e enfiou o último pedaço de fruta na boca de Leo. Que delícia, disse ele de boca cheia, mas por que estamos de pé, sente-se, por favor, você não quer sentar?

Quem é este homem da foto? Seu pai?

Não, disse Leo, é o tio Zé, Löwinger, eu já lhe contei dele.

Ah, então é assim que ele é. Eu o imaginava mais velho.

É uma foto antiga. É assim que ele era quando eu era criança. Quer dizer, quando eu era bem pequeno, nas minhas primeira lembranças, ele tem o aspecto dessa foto.

E por que a foto dele está aqui?

Por isso, porque eu gosto dela. Porque eu gosto dele. Eu já lhe contei. Meus pais nunca me deram a sensação de que me amavam. Ele sim. Além do mais, ele é um exemplo de espírito aberto. Com o seu êxito profissional ele teria podido se permitir ser tão bobo e limitado como meus pais, por exemplo. Mas ele é um homem sensível, de muitas leituras, um excelente conhecedor de arte e literatura, o melhor crítico de artes plásticas que eu conheço. Você deveria vê-lo diante de um quadro, interpretando-o. De repente, o mundo se ordena. Todo o caos da assim chamada criação só é um caos porque não passa de material aleatório para a criação propriamente dita, a da arte. Só a arte expressa a necessidade em si. A gente pode —

Você acha que o mundo é ordenado apenas pela arte? Ou essa é uma das geniais interpretações de Löwinger?

Leo olhou para Judith com olhos vidrados, bebeu mais um gole e abanou a cabeça. Quando minha mãe, ele disse, quando minha mãe esteve aqui uma vez e viu essa fotografia, ela também fez esse tipo de perguntas. Por que você tem essa foto aí? Ah, é, e essas bobagens são tão interessantes assim? Não se deve tomar malucos e farsantes por modelo, Leo! E assim por diante. Eu tive a sensação exata de que ela considerava uma afronta eu ter aqui a foto do tio Zé. Foi gozado, nem faço idéia por quê. Dá na mesma, mas se é assim, a foto fica aqui com mais razão ainda.

Foi tirada em Copacabana?

Foi.

Você está se sentindo melhor, Leo?

Estou, disse ele, tomou o resto do seu copo, olhou para Judith durante alguns segundos, nos quais ela julgou ouvir as batidas do coração de Leo, mas talvez fossem as do seu próprio. Então ele acrescentou: eu estaria me sentindo melhor se a gente estivesse agora em Copacabana, estirados na areia quente, ao sol, longe do frio de Viena, você está com frio, espero que você não esteja sentindo frio demais. Leo foi até o aquecedor e pôs mais carvão nele.

Era impressionante ver como Leo se preocupava com tudo, tão sofregamente, é assim que se diz? Judith acendeu um cigarro enquanto o observava mexer no aquecedor, um foguista, metido num terno chique, numa espelunca; fosse pelo afeto, fosse pela pinga ou pelo aquecedor aceso, o fato é que ela sentia um calor intenso, uma quentura interna na qual seu medo se consumia como uma folha de papel em branco no fogo de uma lareira, tão rápida e efêmera, num instante a folha branca fica totalmente preta, e já sumiu, um medo súbito diante da solidão havia se apossado dela hoje à tarde em sua casa, medo diante das longas horas que faltavam para a chegada da noite, quando, então, ela estaria deitada sob um edredom fresco, sem poder adormecer, medo diante da morte, que não vinha e que ela enfrentava de olhos abertos na escuridão do quarto. E, então, ela teve vontade de tomar pinga, vontade de sentir o atordoamento e a excitação que a pinga dá, mas sentiu medo de beber sozinha, a cama fria, a impotência.

Ah, é, um cinzeiro, disse Leo, depois de ter se erguido de novo, eu já vou pegar.

Não vá, fique aqui, Leo, eu uso a xícara, posso?

Voltaram a beber, ainda de pé, mas calados. Judith percebeu que Leo queria dizer alguma coisa, embora evidentemente não soubesse por onde começar, talvez fosse apenas o seu resfriado que, obrigando-o a respirar o tempo todo pela boca, fazia com que parecesse querer dizer algo, mas acabava por não dizer nada. Judith achou aquilo divertido e riu, Leo sorriu de volta. É, você está melhor, estou vendo, disse ela. Você tomou o seu remédio direitinho. Agora eu receito umas férias na praia, para sarar de uma vez. Em Copacabana, por exemplo. Vamos já para lá. Venha.

Judith pegou-o pela mão, ele olhou para ela sem entender e cheio de expectativas, ela tomou mais um gole e saiu da sala, levando-o junto. Ali era a cozinha, e Judith olhou pela porta aberta, mas o que há atrás daquela outra porta? É o quarto de dormir, disse Leo e deu dois passos em direção ao quarto, mas Judith ficou parada; em seguida, puxou-o de novo e perguntou: onde é o banheiro?

É ali, disse Leo, aquela porta.

Ah, disse Judith, senhoras e senhores, em poucos minutos pousaremos no Rio de Janeiro.

Acendeu a luz, um banheiro simples, azulejos brancos nas paredes, com uma velha banheira de ferro esmaltado sobre pezinhos ornamentados. Tem aquecimento aqui?

Tem, disse Leo, é aqui.

Por cima da porta havia um aquecedor elétrico, que ele ligou.

A temperatura é de vinte e oito graus, a umidade relativa do ar é de noventa por cento. Desejamos a todos os passageiros uma agradável estada no Rio, disse Judith, e abriu a torneira da banheira. Vamos dar uma nadadinha no mar?

Enquanto a banheira se enchia de água, eles tiraram a roupa, Judith foi pegar a pinga e os copos na sala e também a cadeira que estava ao lado da escrivaninha. Usou a cadeira como mesinha junto à banheira, depositando a garrafa e os copos nela, e deslizou suspirando para dentro da água quente. Saúde, Leo! Ele também entrou na banheira, ela gostou do corpo dele, era delgado e firme, mas não estupidamente musculoso como o daqueles fetichistas que ficam praticando esporte o tempo todo e depois se exibem pelas praias. O peito era peludo, o pênis estava indecisamente ereto, gostoso, disse Judith.

Leo estava novamente com aquele olhar sério, apaixonado, e logo quis abraçar Judith, ensaboá-la, boliná-la.

Espere, disse ela, relaxe.

Ficaram sentados, encostados na banheira, olhando um para o outro, aconchegados na água quente, bebendo pinga.

Está quente demais para você?, perguntou Leo, e começou a abrir as torneiras, um jato frio se abateu sobre a água da banheira, Judith chiou e recolheu o joelho, um pouco de água transbordou. Deixa, está maravilhoso. Leo apressou-se em fechar a torneira de novo.

Que dia lindo, o Rio é uma maravilha, disse Judith. Você está melhor?, perguntou.

Estou, disse Leo, agora estou bem de novo. E contou que tinha passado o dia inteiro mal, para falar a verdade, já desde a noite anterior, quando Judith havia sumido na passeata. Foi bobagem a gente ter saído para a rua, disse, nós poderíamos —

Como, bobagem, você queria deixar a rua para os fascistas?, perguntou Judith. E aliás, mesmo que a gente se perca de vista por uns instantes, volta a se encontrar depois, acompanhando a passeata, você deve ter percebido que depois a gente seguiu para o parlamento.

Eu vi, sim, mas tinha aqueles caras com as correntes e os porretes, e eu fui empurrado para o lado. Vou deixar que eles me machuquem para quê? Além do mais, havia milhares de pessoas e, também, a polícia, é bobagem dizer que a gente teria deixado a rua para os fascistas se tivéssemos ido embora.

Leo, quem está falando bobagem é você, se todo o mundo tivesse feito isso não teria havido milhares de pessoas na rua, e a gente teria, sim, cedido o espaço aos fascistas, sem luta.

Não, disse Leo, os fascistas estavam na rua por causa da passeata, queriam atrapalhar a passeata —

Não, meu amor, a passeata saiu porque faz tempo que os fascistas saíram dos seus buracos, por exemplo, sob a forma de nazistas que dão aulas anti-semitas na universidade e de estudantes que os ouvem entusiasmados.

Bem, dá na mesma como tudo começou, disse Leo, mas o que isso tem a ver comigo? Com você? O que tem a ver conosco? Nós somos brasileiros,

Nossos pais são vienenses e foram humilhados por estes canalhas e enxotados daqui para o Brasil,

Por sorte, disse Leo, eles tiveram uma vida bem melhor no Brasil, e nós mesmos preferiríamos estar lá agora,

Leo, você está biruta, e

E além disso, disse Leo, os tempos de hoje são diferentes, com milhares de pessoas saindo à rua para protestar contra uns poucos nazistas, nossos pais nunca teriam sido perseguidos se naquele tempo tivesse sido como é hoje.

Ninguém está dizendo que hoje a situação é a mesma daquela época, mas é justamente disso que se trata, de que não volte a ficar como era no passado.

Nunca vai ficar como era no passado, independentemente de a gente sair do café para a rua ou não e se, assim mesmo, ficar como era então, isso aconteceria de qualquer jeito, com a gente apanhando ou não na porta do café. Você não entende que,

Você é que não entende do que está falando,

Entendo, sim, disse Leo, e golpeou a água, você é que tem uma idéia, como dizer, abstrusa da história, você não entende que estas coisas, justamente porque são parte do passado e se acabaram e tchau, ainda podem espernear um pouquinho, mas isso não significa absolutamente nada. A gente pode ficar olhando pelas janelas do café, a polícia protege todos os participantes e depois a imprensa tem a chance de se distanciar solenemente dos fascistas mais uma vez. Mas se tudo isso realmente tivesse alguma importância, então teria atingido as pessoas que estavam no café de um jeito bem diferente, mas nós fomos os únicos a sair logo para a rua. É o mesmo que acontece com o cabelo ou as unhas de um morto, que continuam a crescer um pouquinho, embora a pessoa já esteja morta, isso é totalmente irrelevante, nem por isso o morto vai ressuscitar. Tá certo, tá certo, tá, é bom que as pessoas façam passeatas quando os nazistas se atrevem de novo a aparecer, estou de acordo, mas o que eu quero dizer é que essas coisas acontecem, quer a gente participe quer não, e acontecem exatamente do jeito que acontecem, quer a gente participe quer não, quer a gente apanhe ou não, quer a gente fique resfriado ou não, quer a gente deixe que arrebentem com o nosso carro ou não, o meu carro!

Leo contou o que havia acontecido com seu carro, e Judith perguntou com ironia se ele a estava culpando do fato de alguém ter pulado em cima dele.

Não é isso, disse Leo e contou com riqueza de detalhes como havia sido humilhante pedir dinheiro aos pais para o conserto e que agora ele não poderia pedir ajuda de novo, imagina só o que a minha mãe iria dizer se eu pedisse dinheiro duas vezes na mesma semana.

Mas, afinal, que diabo de problema é esse que você tem com a sua mãe?, perguntou Judith, os nazistas berrando "viva Auschwitz", isso não te diz respeito? Além do que, o carro teria sido amassado mesmo que a gente tivesse ficado no café, então faça-me o favor de se queixar aos nazistas, e não a mim.

Tudo bem, disse Leo, mas por que a gente teve que marcar encontro justamente naquele café, você já tinha intenção de se juntar à passeata, e eu apenas tive permissão de acompanhá-la para encurtar a espera, até que a passeata chegasse ao Burgtheater.

Eu propus aquele café porque antes eu tinha aula, e o Landtmann é o café mais próximo da universidade. E se talvez eu tivesse a intenção de me juntar à passeata, também pensei que a gente iria junto, porque tudo isso atinge você do mesmo jeito, você, com a sua história e a sua consciência.

Eu só tenho consciência, interrompeu Leo, de que acho desprezível se entregar totalmente a uma coisa que viria a acontecer de qualquer jeito. Só se deve fazer aquilo que nós mesmos podemos fazer,

E o que seria isso?, perguntou Judith, espera aí! Já sei. Salvar o mundo sozinho, não é? Como aquele, aquele, como é que ele se chamava, aquele de quem você falou com tanto entusiasmo, o que destruiu o quadro de Rubens,

Walmen.

Certo, esse aí. Do jeito dele, não é? Pensar a filosofia até as últimas conseqüências. Só o senhor Walmen era capaz disso. E destruir um quadro de Rubens. Disso, só o senhor Walmen era capaz. É claro que ele também não tinha tempo para passeatas. E justamente por isso é que o mundo está tão bom agora, graças ao nosso querido senhor Walmen.

Leo golpeou a água com as duas mãos e gritou que era absurdo dizer que ele estava biruta só porque não considerava necessário participar de todas as passeatas, porque assim todos os filósofos seriam birutas, Hegel e

Será que você está se comparando a Hegel, só porque você tem medo de um par de nazistas e por isso não quer sair na rua?, gritou Judith,

Quem está me comparando é você! Está me comparando com Walmen, e quem tem medo de um par de nazistas é você! Porque você precisa de uma grande passeata quando em algum lugar aparece um par de nazistas.

Por favor, fique calmo.

Fique calma você.

Judith tentou mais uma vez explicar a Leo o seu ponto de vista, com toda calma, Leo retraiu-se sarcástico para a gélida posição do intelectual necessariamente solitário, que na melhor das hipóteses observa casualmente as passeatas da janela de seu gabinete, pois é, disse Judith, e veja que passeatas você tem lá fora, diante da sua janela: passeatas de monumentos funerários, os anjos da morte, os anjos caídos, que mais? E quando finalmente você acaba de observá-las, volta para junto da sua escrivaninha e torna a pensar a sua filosofia até as últimas conseqüências, não é verdade?

Leo levantou-se de um salto, vá correndo, gritou, vá com os seus imbecis que se sentem tão fortes e importantes na multidão, mas, mas, Leo chorava? Ou eram só as gotas da água do banho que escorriam por seu rosto, assim como a água escorria pelo seu corpo, Judith encheu o copo de pinga e o bebeu em três goles grandes, fixou Leo com um olhar gélido, como se o fizesse através de um filtro, quase fechou as pálpebras, havia um filtro, e ele filtrava toda ilusão falsa que uma pessoa pode ter diante de outra, agora ela o via claramente na sua escorregadia mesquinhez, com suas *allures* banais, tão agitado que tremia quando estas suas *allures* não eram reconhecidas, mas quem é que as reconheceria?, por isso essa ânsia para se esconder como um caracol, seu pênis amarrotado diante dos olhos dela, como um caracol sem casa que gostaria de ser pego cuidadosamente entre duas mãos, para ficar dentro delas protegido deste mundo tolo, que nada entende de caracóis, essa procura ansiosa de uma cúmplice diante de quem pudesse apresentar sua fuga como um ato heróico, e de passagem tudo isso ainda deveria ser confundido com amor, ele estava molhado e tremendo de pé diante dela, saiu da banheira, e só então Judith percebeu que a pele de Leo estava azul e arrepiada, percebeu que nesse meio tempo a água da banheira havia ficado gelada e que ela mesma sentia um frio medonho. Eles tinham brigado tanto que acabaram sentados na água fria; quando percebeu isso, ela teve que rir.

Judith!, disse Leo.

Secaram-se rapidamente e foram depressa para o quarto, para a cama, para se esquentar, mas não houve jeito de restabelecer a cordialidade nem a ternura.

Até na cama você tem que fumar, disse Leo, bebericando a pinga. Tudo o que ele dizia tinha um tom de censura, os dois já estavam bêbados, com o pensamento incoerente e a língua enrolada.

E aquele olhar embaciado, na verdade um olhar claro, cuja clareza se exercia justamente através de um filtro. Um quarto absurdo, um cubículo quase completamente tomado pelas duas imensas camas de solteiro, postas lado a lado para formar uma cama de casal. Eram camas no velho estilo alemão, com cabeceira elevada, parecendo uma fachada de catedral. À esquerda e à direita dessa cama dupla havia criados-mudos do mesmo feitio, imensos, com tampo de pedra preta, mármore? granito? Como lápides. Em cima deles, um abajur de vidro fosco cuja cúpula tinha a forma de uma touca vitoriana. E quando Judith virava a cabeça, desesperada, deparava ainda com um armário imenso, também em estilo alemão antigo, avançando tanto para dentro do quarto que chegava a encobrir boa parte da vista da janela. Quem compra uns móveis desses?, pensou Judith, ou melhor, onde é que são vendidos? Vai ver que já estavam aqui quando Leo se mudou para cá, devia ser um apartamento mobiliado, ele deixou tudo como estava, não mudou nada de lugar, não jogou nada fora, não acrescentou nada que fosse do seu gosto. Nem mesmo pendurou um quadro na parede, o grande amante das artes. A arte é uma de suas áreas de especialização, a estética. E é assim que ele vive. É aqui que ele reflete sobre a estética. E sobre o mundo, como é que ele disse agora mesmo: tato, toti, totalidade, caçoou Judith, por favor Leo, isso é ainda mais difícil de entender do que de falar.

Judith achou que estava sonhando, não, que estava vendo com clareza. Leo. Mais um gole. Fica falando aí de insistir na totalidade social e não dá conta nem mesmo de seu mundinho, tem vinte e nove anos e sofre pela falta de amor da mãe. Pode ficar falando durante horas numa cama em estilo alemão antigo. Na sua escrivaninha, a foto de um tio postiço, com a justificativa de que fora mais amado por ele do que pelos próprios pais. Como se todas as pessoas que foram amadas por seus pais tivessem fotografias deles sobre a escrivaninha. O mais importante era que a mãe tivesse ficado zangada com isso, o que, para Leo, já é uma justificativa. Totalidade, disse ele outra vez. Para Judith, ele lembrava o Tristram Shandy de Sterne. Tristram Shandy também não podia realizar o seu projeto, porque não conseguia suportar aquilo que a mãe havia dito no ato da sua geração. E porque o pai lhe havia dado aquele nome. Nunca conseguiu se haver com isso, nunca superou, mas tinha imensas pretensões: contar sua vida inteira. E o tio Toby, não, o tio Zé. Por que a mãe de Leo ficou tão zangada com a foto? Vai ver que aqui também aconteceu alguma coisa no momento da geração. O importante é que o filho mal-amado ficou contente, pois é. A vingança é doce.

Judith disse isso tudo? Se ela disse alguma coisa, agora não estava dizendo mais nada. O jeito autoritário de Leo sufocava qualquer conversa, assim como os imensos travesseiros, como esta cama, como este quarto todo, aliás.

No dia seguinte, Judith conseguia lembrar-se apenas das seguintes frases de Leo:

Deixe-me terminar de falar.

Não é disso que estamos falando.

Você está mudando de assunto.

Você precisa entender de uma vez por todas que.

Está fora de discussão que.

Não mude de assunto outra vez.

Você está fugindo do assunto.

Isso não tem nada a ver.

Eu já deixei bem claro que.

Isso são meras anedotas, que em nada contribuem para esclarecer.

Pode parecer assim, mas o fato é que.

É necessário ver claramente que.

Judith levantou-se, foi até o banheiro, pegou a sua roupa e se vestiu. Tirou uma escova da bolsa e escovou demoradamente e com força os cabelos, fixando ao mesmo tempo a sua imagem no espelho; o rosto parecia uma máscara branca, por trás da qual possivelmente nem era ela quem se escondia. Subitamente ela viu no espelho que Leo estava atrás dela e a observava.

Sem se virar, disse-lhe: Vá deitar, Leo, você está doente.

Depois, ela foi embora.

Leo no seu quarto. Que horas seriam? Talvez meio-dia. Mesmo a luz enevoada desse dia cinzento doía nos seus olhos.

Abaixou as persianas. Agora, na semi-escuridão do quarto, não havia nada que fosse apropriado para, na condição de um tênue raio de realidade, fluir rumo à sua consciência. Depois dessa noite em que, jogado sobre a cama, sofrera como se tivesse que representar sua dor diante de alguém, depois de um sono em que todos os seus sonhos o haviam torturado, Leo estava se sentindo como se estivesse morto. Desejou estar morto de verdade. Só a dor de cabeça. Só. Não se sentia capaz de ordenar os pensamentos, pior ainda, nem mesmo de pensar. Por que amava Judith?, ele não o sabia.

Depois de um tempo, lembrou-se dela nua, na noite anterior, no banheiro, diante dele. Ele a havia achado tão bela. Mas apenas beleza. O seu anseio não tinha sido sempre bem maior, um anseio por uma associação simbiótica com a mulher que mostrasse ter também uma afinidade intelectual com ele? Congenialidade. Com isso ele queria dizer: não banalidade, complacência, um deixar-se cair, inconsciente, mesmo que fosse agradável. Até as axilas de Judith estavam depiladas, e as pernas também. Mulher congenial. Com isso ele queria dizer aquela combinação de beleza e inteligência, a qual. Como eram naturais os movimentos de Judith, quando ela tirou a roupa. Tão harmônicos. Nada de medo. Beleza. E inteligência, ele queria dizer inteligência que estimula os sentidos, mas também o sentido. Estimula também intelectualmente. O sentido é. Melancólica, esta escuridão. Leo enrolou de novo as persianas e olhou pela janela. Alguns pombos estavam pousados sobre os anjos funerários. Harmônicos como o bater das asas de um pássaro, assim eram os movimentos de Judith, um pombo-correio, vindo do futuro, com a boa nova de que existe o amor, a sexualidade liberada, e o sentido. A congenialidade. O sentido é a vida sensível, não é uma tautologia! Cabe numa ordem que também pode servir a outros como norma de vida. Essa ordem se chama. Chama. Apagada. Aquecer. Leo tiritava. Claro que o aquecedor estava apagado. Com muito esforço conseguiu reacendê-lo. A fuligem. A cinza. Leo limpou as mãos nos fundilhos da calça. Os quadris de Judith. Se ele ainda pudesse vê-los. Em sua memória. A capacidade do ser humano de reconstruir uma imagem de memória é bem menor do que se imagina. A memória consiste em lembrar as formulações e as frases que construímos a respeito de alguma coisa enquanto acreditávamos estar apenas vendo esta coisa. Anotar já. Para quê? Por que ele amava Judith? Não sabia. Por que Judith, isso estava claro. Por que amar? Por quê? Melhor perguntar por que Judith. Para ficar pendurado no seu pescoço. Como mensagem. Para ser carregado por ela para o futuro. A mensagem dizia: houve um que pensou a ordem. Esse é o sentido. O sentido é a obra.

A obra. Leo deu uns passos para trás. Para longe da janela. Odiava Judith, ou odiava a si mesmo por causa dos acontecimentos de ontem? Deixou a pergunta pairar e continuou andando. Depois de um tempo lembrou: nada. Porém: ontem ela havia estado ao alcance de suas mãos, Judith, a resposta, ontem teria sido possível entender, Judith, sem dúvida. As respostas certas sempre precedem as perguntas. As perguntas não são mais do que. Essa dor de cabeça. Estou quebrando a cabeça. Como era bela a resposta, seu corpo, perfeito em sua forma, fora de questão. As questões estavam erradas. O que são questões? O que são perguntas? Nada mais do que sinais que conduzem de volta para aquilo que devia ter sido demonstrado. Não levaram de volta. Por quê? Justamente. Forma perfeita. Ao alcance das mãos. Inocente, enquanto ainda reinava a inocência. Subitamente tudo ficou claro. Forma e anseio. O golpe na água. Tudo uma coisa só: anseio e forma. E mesmo assim não há fusão. Por quê? Essa é a questão. Justamente. Não haviam reconduzido. Haviam seduzido. Para a vida falsa, falso!, para a vida. Viver significa: dois seres são dois seres, e não um. Obra e amor: não um. Não um, ele ainda conseguiu. Com todo o anseio. Queria dizer: se a obra é bem-sucedida, bem-sucedido é o amor. Se o amor é pura casualidade, a obra não é a necessidade em si. Falso! Totalmente falso! Leo enfiou-se na cama. Claro que odiava Judith. Tudo aquilo que ela havia dito. Se ele pudesse se lembrar. Nada que fosse apropriado. Nada que lhes fosse próprio. Isto e aquilo. Tudo composto de meros começos. Sem sentido. Sem finalidade. A finalidade é. A duplicação da força, para chegar mais depressa. A felicidade, a obra, fora de questão. Em lugar disso, só questões. Por que ela tinha dito aquilo? Por que esse abismo? Esse abismo tinha se aberto casualmente, transpô-lo ainda não o conduz à sua obra. Tais abismos podem voltar a se abrir casualmente a qualquer tempo. Esses abismos somem quando a gente abre mão do anseio pelo amor pleno. É assim que tem que ser. Abrir mão de Judith. Esses pensamentos, essa intenção, iam e vinham na sua cabeça, iam e vinham. Como se repassasse interminavelmente as contas de um rosário. Ele a amava. Não. Ele a odiava. Não. Iam e vinham. Esses pensamentos não eram dolorosos. A sua dor de cabeça era meramente casual. A pinga. A sua dependência de Judith. Como é banal essa dependência. A dependência de Judith do álcool e da nicotina. Banal. E leva à dor. Isso é a vida em si. Mera casualidade. A vida não é nada, a obra é tudo, a vida é mera casualidade, e a obra é a necessidade em si. É. Anotar já. Amanhã. Já. Amanhã. Essa dor de cabeça. Devia a Judith. À vida.

No dia seguinte Leo se sentiu muito melhor, quase bem. Sua esperança de ter pego uma gripe e de assim ter uma justificativa para ficar incapacitado para o trabalho durante uma semana não se tornou realidade. As dores físicas do dia anterior tiveram evidentemente sua origem no excesso de bebida e nada mais. Leo precisou do dia inteiro para se acostumar com esse estado de coisas. À noite, tomando chá de hortelã sentado em sua poltrona, teve a súbita consciência de que realmente não sabia o que deveria fazer. A obra. Mas que obra? Fazia meses que não mexia na sua tese, com a desculpa de estar mexendo na sua tese. Mas uma tese de doutorado não é uma obra. Quando se termina, ela é tão insignificante como o barulho de uma porta que se fecha. Uma vez terminada, dá-se conta de que se saiu de um espaço de liberdade, e que a porta então se fechou, e o caminho de volta ficou impedido. E depois? Com sorte, pode-se escrever um artigo para o anuário de filosofia. E afora isso? Viver do quê? A vida é a casualidade em si. Isso ele queria anotar. Sentou-se à escrivaninha, fez algumas anotações, ah é, essa também, sobre anseio e forma. Mas eram anotações aleatórias, tiradas da casualidade de uma experiência de vida atual, porém irrelevante. Não. Talvez suas idéias a respeito deste complexo, riscar "complexo", não, deixar "complexo", fossem exemplares, talvez o seu conflito vital fosse exemplar. Exemplar a sua vida? Pensou em para quem ele poderia telefonar, a quem ele poderia seduzir para que o seduzisse a matar o tempo. Não se lembrou de ninguém. Não tinha amigos, pelo menos não tinha amigos para quem pudesse telefonar para encontrá-los imediatamente. E telefonar para Judith, não encontrá-la, esperar que ela lhe telefonasse, não, era justamente disso que ele devia abrir mão, era a isso que ele tinha se proposto, ficaria melancólico de tanto esperar, ficaria enjoado de tanto tomar chá, e quando ela realmente lhe telefonasse, ele teria dor de cabeça no dia seguinte e mais nada. O terrível era: mais nada. Não. Estava absolutamente sozinho. É isso que seria exemplar? Não. Essa vida banal, desinteressante, tão simples e que mesmo assim ele não dominava, essa vida é que devia ser exemplar? Isso não poderia ser tudo e igual para todos. Ora! Não. Justamente por isso é que era tão exemplar. Mostrava exemplarmente a contradição entre vida e obra. Era assim que via a coisa, e, anotar já!, o sentido é a obra. Passou os olhos pelas suas anotações, mordendo o lápis, não, essas frases eram tão casuais, ele teria que escrever um ensaio a partir disso, ensaios, das estalactites da caverna de seu gélido pensamento ele deveria quebrar ensaios e levá-los para fora, para a luz do mundo, publicar. Se sua vida fosse um exemplo da vida geral, ela poderia elevar-se acima da vida geral, conformá-la, suprassumi-la? Não. A vida é mera casualidade, a obra é a necessidade em si. Justamente. Sua vida era desinteressante, e era bom que o fosse. Essas anotações haviam surgido casualmente de sua vida, desinteressantes, ele deveria desenvolver essas frases exemplarmente. Anotou: idéia para ensaio: anseio e forma. Na outra linha: idéia para ensaio: o conceito do exemplar versus o típico. Na outra linha: idéia para ensaio: — parou. Judith. Levantou-se e começou a andar pelo quarto. Preparou mais chá. Colocou o bule exatamente em cima da folha na qual havia feito suas anotações. Caminhava pelo quarto. Como Judith era bonita. Como era o seu corpo nu. Quando tiraram a roupa no banheiro, ela estava. O seu rosto. No fim, parecia uma máscara. Tudo aquilo que ela dissera. Se ele pudesse se lembrar. Se ele pudesse esquecer. Leo trabalhou febrilmente durante uma semana no ensaio que deveria se tornar a sua renúncia exemplar à vida, a sua renúncia a Judith.

Foi uma semana de sofrimento, e trabalhar com este sofrimento só fazia aumentá-lo ainda mais, pois Leo não pensava em outra coisa a não ser no seu sofrimento. O tempo todo, imagens de Judith em sua cabeça, por sorte não eram imagens. Ele tinha Judith o tempo todo na cabeça, mas não como imagem, mais como uma névoa através da qual vagueassem seus pensamentos, apalpando sistematicamente, assegurando-se das coisas tangíveis, palpáveis, nas quais pudessem se apoiar e por meio das quais pudessem se orientar, e quanto mais a neblina se dissipava, com tanto maior euforia ele trabalhava, escrevia como nunca antes o havia feito, escrevia para ela e contra ela, escrevia que não precisava de ninguém, nem dela quando trabalhava, porque um pouco de produtividade era suficiente, e ele não precisava de ninguém. Certo, seria bonito se houvesse alguém — mas quem? Alguém que fosse suficientemente forte para ser espelho. Anotou: idéia para ensaio: o espelho. Espelhamento, a reflexão e a ordem da vida.

Leo ordenava. Escrevia. Precisava de Judith para deixar claro: ele não precisava de ninguém. Precisava da neblina para deixar claro. O ensaio em que Leo trabalhou durante uma semana para elaborar o seu falso anseio por Judith não era bem um ensaio, era um diálogo. Depois de acabado, a sua intenção e o seu impulso eram de mandar esse ensaio para Judith, como presente de despedida, como esclarecimento, o ponto de inflexão rumo a uma vida essencial.

O seu trabalho era um diálogo entre dois estudantes sobre Laurence Sterne. A idéia básica era: dois estudantes discutem sobre o romance *Tristram Shandy* de Sterne. Um deles (Leo procurou durante muito tempo um nome bobo e anacrônico, finalmente o chamou de Vicente) é um estudante burguês, um mero apreciador da literatura e da vida, acostumado a agarrar todo e qualquer prazer que estiver ao seu alcance, a apanhá-lo. Um apanhador no campo do sensível. O prazer sendo possível, ele não insiste em se deter nas diferenças intelectuais, mas usufrui imediatamente do que proporciona prazer. Vicente, é claro, argumentava em favor de Tristram Shandy, defendia-o. O outro estudante (chamava-se Joaquim, era o segundo nome de Leo, fato que Judith desconhecia, e pensar nisso deixou Leo contente) era o homem da exigência absoluta e do imperativo moral, da exigência ideal à obra. Joaquim, mostrado como sendo intelectualmente superior, criticava Tristram Shandy.

Essa disputa se dá na presença de uma garota, à qual os dois fazem a corte.

Joaquim critica em Sterne, essencialmente, a sua incapacidade de viver ou de pensar qualquer coisa até as últimas conseqüências. Ele censura a vida e a obra de Sterne por ambas não terem coerência nem finalidade. E foi esse o conteúdo dessa vida, diz Joaquim polemizando, e continua: começos que nunca tiveram continuação e que desapareceram sem deixar vestígios, sem o levar nem um milímetro adiante. O que falta a Sterne é uma escala fundamental de medida, a qual lhe permitiria diferenciar o importante do sem importância; uma ética que lhe permitisse definir "pontos de referência para a vida".

Leo sabia que estava sendo duro, que Judith poderia não suportá-lo. Ela iria interrompê-lo quando ele estivesse falando essas coisas, mas ele não toleraria mais que ela o contradissesse. Ele a obrigaria a escutar, a acompanhar a argumentação de Joaquim, era um esclarecimento, um ponto final numa vida falsa, improdutiva, não essencial, perdida no gozo dos sentidos. A garota diante da qual os dois estudantes discutiam era, no texto de Leo, uma ouvinte silenciosa, a qual — e isso era o tributo de Leo à inteligência de Judith — afinal se deixa convencer pela melhor argumentação de Joaquim. E o que faz Joaquim então? Qual é o clímax do diálogo? Como vencedor da disputa, no momento de obter os favores da garota, ao final do debate, ele sacrifica a sua inclinação por ela à gélida inexorabilidade de seu próprio espírito e à sua arrogância intelectual.

Ao escrever essa passagem, Leo pensou por um momento que estava tendo uma recaída de gripe, mas era apenas o calor provocado por uma onda de agitação intelectual, por uma sensação de triunfo que lhe subia à cabeça. Era exatamente assim, apartado da vida, que ele queria se sentir daqui para a frente, no futuro, ele percebeu: essa era a sua sina.

Durante dois dias, em meio a uma sensação de euforia que o deixava feliz, Leo seguiu polindo o seu ensaio. Quando tirou a máquina de escrever portátil da mala e datilografou o texto, ele soube: o trabalho estava perfeito. A demonstração era contundente, mas não unidimensional. O diálogo podia ser interpretado como uma disputa entre seu id e seu superego, mas também como uma prestação de contas em relação à sua vida pregressa, especialmente no que dizia respeito à sua fixação em meras sensações e numa procura por soluções salvadoras, porém banais, ou, ainda, como discurso historicamente necessário em favor de uma atitude metafísica, assim como uma pequena obra de arte particular, cheia de alusões, sem que com isso o rigor imanente à argumentação ficasse relegado a segundo plano.

Quando Leo sobrescritou o envelope, endereçando-o a Judith, tendo, depois, colocado as folhas escritas no seu interior e levado ao correio, ele se sentiu — o primeiro raio do sol da primavera! A caminho do correio, piscava, com triste euforia, à luz do sol — exatamente como uma planta começando a brotar de novo. Minha vida é completamente vegetal, pensou, isto não é uma avaliação, é uma constatação. Assim sou eu, assim tenho de viver. Ficou inquieto quando pensou nas implicações assexuadas dessa imagem.

Estava em sua casa, sentado na poltrona, tomando chá. O braço nu de Judith, belo como se esculpido em mármore, pousado sobre o cobertor, o que foi que ele dissera? Até na cama você precisa fumar. O rosto duro, não, belo, belíssimo. Não era uma imagem, era um saber que havia sido assim e que ele não tinha se aninhado junto ao corpo dela. O que ela dissera? Você me lembra o Tristram Shandy. Bem, isso ele tinha esclarecido. Estava acabado. Programaticamente acabado. Esta dor de cabeça. Uma dor, que começa de forma difusa no diafragma e se espraia pelas tripas, como um gás cujas moléculas tivessem ganchos em forma de anzol, e segue subindo de algum modo pela medula até o cérebro, onde se materializa, uma corrente plúmbea e ardente fluindo por trás da testa e escorrendo, ó milagre da vida, como muco banal pelo nariz... Talvez tivesse sido melhor ter coberto a cabeça a caminho do correio. Após dias de apatia, folheando sem entusiasmo o material de sua tese, dias em que ficara olhando sem entender nada para a folha em que enumerara suas idéias, como ele dizia (idéia para ensaio:...), tomando chá, cochilando e dormindo, ele entendeu que essa semana de grande sofrimento e de dor pela separação havia sido a semana mais feliz de sua vida. A disputa com Judith, disputa no sentido literal da palavra, tinha feito com que ele ficasse feliz e chegasse a um estado de produtividade que fazia sentido, mas, nesse momento, com tudo acabado, perigava recair na velha letargia, da qual, antigamente, conseguia libertar-se por breves intervalos de tempo apenas recorrendo a algumas fantasias eróticas, as quais ele considerava agora, depois de sua decisão severa pela obra, proibidas. Tinha conseguido escrever um ensaio brilhante porque havia reconhecido a necessidade de uma renúncia, renúncia a Judith, à vida, a qual ela, como objeto de seus anseios, representava. Porque ele havia reconhecido a necessidade de uma pureza absoluta do pensamento, de uma entrega incondicional à obra, a qual só poderia deslanchar num ambiente de concentração exclusiva.

Agora que a separação estava consumada e que ele se encontrava numa fase de concentração absoluta, sozinho consigo mesmo, Leo tornou-se presa de um nervosismo quase insuportável. Para que, ou melhor, contra quem iria trabalhar de agora em diante? Ele precisava de Judith com mais premência ainda, mais incondicionalmente do que jamais imaginara, ou seja, ele ainda precisava dela. Precisava dela como endereço para sua renúncia, à qual tinha que se submeter de novo a cada dia. Precisava dela como pólo contrário ao seu pensamento, ao qual pudesse se opor. Como meta em direção à qual sua obra, para poder surgir, explicasse por que não se encaminhava. Leo precisava dela como de um anseio permanente, que ele não se permitia ter. É necessário deixar de lado o anseio por um amor pleno, mas não o anseio em si. Agora que tudo estava acabado, Leo havia perdido toda a energia empreendedora. Nunca deveria ter enviado aquele ensaio, para que ele cumprisse com a sua finalidade.

Talvez Judith ainda não o tivesse recebido, ele poderia telefonar e pedir-lhe que destruísse o envelope sem abri-lo, e. É claro que ela já o recebeu, deve tê-lo recebido há tempo. Leo telefonou. Judith não atendeu. Meia hora mais tarde ele voltou a ligar. Agora, multiplicava os seus esforços para voltar a tê-la como objeto de um anseio insaciável. E se mesmo assim ele chegasse um dia, numa espécie de acidente de trabalho do desejo, a conquistá-la por inteiro, a se fundir com ela, uma única vez que fosse — quem poderia excluir essa possibilidade, quem iria deixar de entender? Mas isso deveria apenas recolocá-lo, ainda mais profundamente, na direção do feliz sofrimento da concentração. Porque era apenas disso que ele precisava: do estado de permanente anseio.

Leo cortejava Judith de um modo coerente, mas sempre como se a partir de uma certa distância, na qual permanecia com idêntica coerência. Ele construía uma ponte atrás da outra em sua direção, por cima do abismo que o separava de uma vida sensível, mas não pisava em nenhuma delas. Esse abismo existia apenas em sua fantasia mas sua fantasia precisava desse abismo para que, ao olhar para o fundo, experimentasse uma sensação de profundidade e o agradável tremor de uma leve tontura. E as pontes, que eram tão fantásticas como o abismo — iriam suportá-lo, caso ele pisasse nelas? Não, suportavam-no porque ele não pisava, construções que eram, desenhadas no ar, compostas de auto-estilizações. Nos dias em que Leo não via Judith, escrevia-lhe cartas como se estivesse num outro país. Essas cartas se encerravam, invariavelmente, com as palavras "seu amigo sincero de sempre, Leo" ou "beija suas mãos seu eterno e sincero amigo Leo".

Durante os passeios que fazia com ela pelo Prater vienense, Leo acostumou-se a andar como um velho, ensimesmado, levemente inclinado para a frente, com as mãos juntas às costas. É claro que passava pela sua cabeça a idéia de tocar Judith, de pegar seu braço ou de pôr uma mão em seu ombro mas uma de suas mãos sempre segurava a outra, às costas. Às idéias que Judith expressava, mesmo que fossem novas, ele sempre respondia com um seco e taxativo "errado!", para poder chegar sistematicamente, por meio da contradição, a idéias mais radicais que, depois, ao chegar em casa, anotava em seu caderno.

Em momentos de maior liberdade, Judith puxava-o pelo braço ou o empurrava, pulando, pondo as mãos em suas costas, para fazê-lo andar mais depressa, mas Leo mantinha seu ritmo de ancião, deixava que ela se adiantasse um pouco e observava como ela finalmente ficava esperando até que ele a alcançasse. Nesses momentos, à visão da ânsia por movimento e do ímpeto vital da juventude, Leo conseguia produzir conscientemente em si próprio um sentimento peculiar: o do amadurecimento, como ele acreditava. Porque bastava que ele pensasse na palavra amadurecimento para esse sentimento se estabelecer.

Os óculos, que antes ele usava apenas muito esporadicamente, eram agora seu atributo permanente. Estava convencido de que isso lhe conferia um aspecto mais intelectual, embora os empurrasse com freqüência para o alto da testa, porque lhe apertavam uma verruguinha que tinha no nariz.

Procurava sem cessar a proximidade de Judith, para junto dela desenvolver sinais exteriores de distanciamento e alheamento, que, entretanto, tinham suas raízes profundamente fincadas no seu próprio interior. Logo não podia sequer atravessar uma rua em companhia de Judith sem contar, olhando para ambos os lados, com a súbita aparição de alguma grande idéia.

Quanto mais a encontrava, mais crescia o seu anseio e, também, o peso que sentia na alma, porque uma união verdadeira e duradoura com ela nunca seria possível para ele. Quanto maior o anseio, mais freqüentemente ele a encontrava, ou lhe escrevia. Às vezes havia beijos. Mas, no fim das contas, era só a manifestação de uma cordialidade como a que existe entre irmãos, embora as sensações que o invadiam nesses momentos fossem um pouco mais intensas. Leo sofria com isso. Mas esse sofrimento funcionava. Surgiu "Forma e anseio".

Certa vez, ele passou uma noite inteira com Judith. Regada a chá e uísque, a conversa rolou sobre Dostoiévski. Leo bebia mais chá, Judith mais uísque. De repente, perceberam que lá fora já tinha clareado e ficaram ouvindo os pássaros cantar à janela. Essa foi a primeira noite que passaram juntos. Disso surgiu um trabalho sobre Dostoiévski, que Leo queria transformar no ponto de partida de uma teoria abrangente do romance. Mas esta não vingou.

Leo ficou surpreso com o apartamento de Judith, mais do que isso, ficou com inveja. Com quanto amor e conforto ela havia arranjado tudo. Nem dava para comparar com o lugar em que ele morava. Poderia trabalhar muito melhor se morasse com ela. Tudo era tão aconchegante, nunca precisaria sair de casa. Seria possível passar o dia inteiro ali, ler horas a fio sem se cansar no sofá macio com muitas almofadas, escrever na grande escrivaninha sentado na cadeira giratória, tão funcional, até o aquecedor a óleo era bem mais prático do que o seu, a carvão, não seria necessário lembrar de realimentá-lo de tempos em tempos e as idéias poderiam fluir sem interrupção. A idéia era absurda. Ele deveria tornar seu próprio apartamento mais confortável, pensou, criar condições de vida e de trabalho mais apropriadas. Então ele se sentiria melhor em sua própria casa, não precisaria fugir de lá tantas vezes, e a sua produtividade aumentaria sensivelmente. Essa idéia era igualmente absurda. Tão absurda como a de comprar uma outra roupa, só porque sofria horrivelmente com os ternos conservadores que usava o tempo todo. Estava fora de questão. Não apenas porque Leo tivesse pouco dinheiro. Mas e o transtorno? Seria necessário andar pela cidade toda, procurar as coisas que havia imaginado, comparar os preços nas diferentes lojas, a maior parte teria que, possivelmente, ser feita por ele mesmo, para que custasse menos, e mesmo assim era quase certo que teria de realizar algum trabalho extra, para ganhar um dinheirinho a mais, não, isso só podia ser feito por alguém que não desse outro sentido à sua vida afora o de configurá-la exteriormente. De agora em diante, e isso ele sabia, mas tornaria a esquecê-lo logo em seguida, aquela circunstância, a de não ter uma casa que oferecesse condições agradáveis para morar, também aumentaria a sua produtividade. Vestia os seus ternos porque os tinha. Por acaso não o aqueciam? Aqueciam sim. Ele morava naquele apartamento porque, sendo como era, pudera alugá-lo bem barato. E não havia até mesmo uma escrivaninha lá dentro? Junto a essa escrivaninha ele podia se sentar e escrever tão bem quanto junto a uma escrivaninha mais bonita, num quarto mais confortável. Leo caminhava pelo apartamento de Judith como por uma exposição num museu de história social. Então era assim que habitavam os homens.

O que o deixava estupefato: a quantidade de espelhos que Judith tinha. Até em cima da escrivaninha havia um espelho. Mais ou menos no lugar em que, na sua escrivaninha, estava a foto de Löwinger. Isso era lugar para um espelho? Na parede havia uma série de retratos, todos do mesmo tamanho, com a mesma moldura fina e preta. Eram retratos de Sterne, Kleist, Hegel, Marx, Dostoiévski. Depois outro espelho, do mesmo tamanho, com a mesma moldura. Ao passar pela fileira dos cinco poetas e pensadores, Leo se defrontou no fim com a própria imagem. Ficou entusiasmado. Genial, ele pensou, faz tanto sentido, pelo menos isso ele iria instalar na sua casa também. Voltou a percorrer a fileira de retratos. Sterne, Kleist, Hegel, Marx, Dostoiévski, Singer. Sentiu-se invadido por um cálido sentimento de importância, de fascinação diante do grande enigma do futuro que havia sido decifrado de forma tão fugaz naquele espelho. Uma galeria como essa, se ele a tivesse em casa, poderia lhe servir de incentivo em momentos de crise no trabalho. Ou talvez não. Uma súbita angústia. O que seria se cada um dos seus esforços fosse tão arbitrário como uma imagem no espelho ao final de uma história escrita com antecedência por outrem? Não é indiferente para o espelho quem se coloca diante dele? Aliás, Sterne. Será que ele não o tinha liqüidado definitiva e incontestavelmente? Leo deu um passo para o lado e pôde ver Judith no espelho, sentada no sofá, imóvel, a observá-lo.

O rosto duro da mãe dele. A postura rígida, doutrinária, de seu corpo. Não era apenas que ela não tolerasse contestação. Ela simplesmente não esperava que a contestassem. Quando falava algo, tudo tinha sido dito. Que aspecto ruim seu pai apresentava. Estaria doente? Talvez aquela situação também fosse especialmente desconfortável para ele. Tivemos uma paciência infinita, disse sua mãe, e toda a compreensão do mundo. O nosso regresso a Viena, primeiro é preciso se acostumar, voltar a encontrar o seu lugar. Nós entendemos isso. Mas não se pode estudar eternamente. Não é possível estudar a vida toda, Leo. O filho dos Ungar tem a mesma idade do Leo, disse ela ao pai, já é doutor e trabalha num escritório de advocacia. O filho dos Ponger é dois anos mais novo. Dá aulas numa escola. Perguntavam: por que o filho dos Singer estuda filosofia? O que é que ele vai fazer com isso? Nós tivemos compreensão. Dissemos: ele sabe por quê. Porém, disse ela, olhando para Leo com severidade, toda compreensão, toda paciência tem limites. Isso pode nos custar uma fortuna, e nem seria para o seu bem. Não se pode estudar eternamente.

A minha mãe, contou Leo, quando ela fala só diz "se" ou "nós". Eu fiquei sentado pensando se alguma vez na vida eu a ouvi dizer "eu". Não me lembro de nenhuma vez. Ela diz que a paciência tem limites, como se isso fosse um fato objetivo, como se não fosse possível que ela, precisamente ela, ainda tivesse paciência, como se paciência ou compreensão ou amor não fossem algo individual, algo que ela poderia perfeitamente ter ainda, não, a paciência tem limites, isso é um fato objetivo, e o que é que ela pode fazer? Ela só pode constatar o fato. Finito, acabou, fechou a torneira da grana.

Agora sei de quem você herdou isso, disse Judith.

O quê?

Esse seu jeito, essa sua tendência a formular cada um de seus pensamentos como um fato objetivo, disse Judith, cada uma de suas idéias é, logo de cara, uma questão genérica. Você nunca diz "eu acho que", mas sempre "sem dúvida é assim que". Pelo menos, essa é a minha impressão.

Não há dois seres no mundo que tenham tão poucas semelhanças entre si como minha mãe e eu, disse Leo, quase gritando, minha mãe, você está louca, ela não tem a mínima idéia, fica sentada em sua casa ou com as suas parceiras de bridge no café, afora isso ela não sabe nada, mas tem suas idéias sobre a vida. Não tem a menor idéia de como se escreve uma tese.

E você, você por acaso tem alguma idéia do que seja a vida?, disse Judith, deu uns poucos passos, voltou-se e continuou a andar de costas, rindo, diante de Leo. Você nem joga bridge.

Era um belo dia de primavera, as castanheiras no Prater estavam em plena florada. Mas Leo não tinha olhos para elas.

Mas isso é uma loucura, não dá para falar com você, disse ele. Estava em pânico. Seus pais iam financiá-lo por mais um ano, havia sido esse o compromisso. Dessa vez ele realmente esperava compreensão por parte de Judith, precisava tanto dela. Mas o que ela havia dito era infame.

Contudo, a raiva provocada por Judith teve os seus efeitos. Surgiu um capítulo de sua tese. Uma interpretação do conceito hegeliano do *espírito subjetivo*. Esse trabalho poderia ser uma análise esclarecedora do começo da Fenomenologia de Hegel, mas o que realmente excitava Leo era que esse texto, sem que os especialistas em Hegel pudessem se dar conta, não obstante pudesse esfregá-lo na fuça deles, era, de certa forma, uma disputa com Judith e poderia ser lido por ela como uma mensagem pessoal dirigida a ela.

Neste subterrâneo particular do texto acadêmico, Leo colocava um espelho diante de Judith, e ela deveria se ver nele como *a consciência individual*, cheia de aporias, capaz apenas de falsas objetivações da realidade. Leo escreveu esta parte com carinho, porém impiedosamente, recheando-a de alusões a frases que Judith lhe havia dito. Depois, aparecia o próprio Leo, sob o nome de *a consciência filosófica*, com um segundo espelho, que ele colocava em frente ao primeiro. Agora, nos espelhos que se refletiam eternamente um no outro, mostrava-se a infinidade da reflexão, diante da qual Judith/*a consciência individual* sentia uma vertigem, que Leo/*a consciência filosófica* dominava perfeitamente.

Pois ele tinha a questão sob controle. Os espelhos. Essa era a verdade? Não. Antegozando, Leo primeiro conduzira Judith até a verdade. Se, antes, ela vira apenas o individual, agora, e somente agora, estava vendo a infinidade imperfeita. Aqui, Leo como que pegava Judith pela mão, ele amava suas mãos, e dizia: Bem, agora prenda-se à plenitude da vida, prenda-se às profundezas que se estendem tão ricas diante de você. Regozijava-se pelo fato de Judith nada apreender, ou como ele escrevia, nada compreender. Leo amava as ambigüidades, e isso ele tinha aprendido com Hegel. As mãos de Judith batiam contra a superfície lisa do espelho, vidro, seus belos dedos longos, finos. O que é isso? Só aparência. A profundidade: só aparência. A infinidade: só aparência. Estes são só espelhos. Veja: o que é simplesmente refletido não é a verdade. Só a consciência dos espelhos, ou seja, a reflexão refletida, é a verdade. Veja só: ele puxou Judith para bem perto de si. Será que estamos fundidos, agora? Uma unidade? Ou somos diferentes? Para o espelho isso é indiferente. Por outro lado, somos muitos. Veja só em quantas duplicações existimos no espelho. Leo girou o corpo e virou-se com Judith colada ao seu corpo entre os espelhos. E agora preste atenção. Leo virou um dos espelhos. As duplicações haviam sumido. Era uma dança dos conceitos, um balé do intelecto, uma festa da reflexão. Ele girava com Judith, encostando os quadris, as pernas, mais um giro, virou o segundo espelho, e agora? Desaparecemos? Sim, assim parece, e no entanto estamos aqui, a sua palavra e a minha o asseveram. De novo, ele virou um dos espelhos e perguntou: o que você está vendo agora? Algo bem diferente. E mesmo isso eu posso espelhar até a infinidade. Leo o demonstrou com a ajuda do segundo espelho. E agora vou lhe mostrar a verdade! Ele estilhaçou os dois espelhos. Está vendo: só vidro, só aparência. Não é no espelhado que está a verdade. A verdade está na consciência da essência do espelho. O simplesmente refletido é o aleatório. Apenas a reflexão do refletido possibilita a verdadeira objetividade, a consciência não disto ou daquilo, mas das determinações objetivas da verdade aparente.

Leo soltou Judith mas ela imediatamente apressou-se em voltar para junto dele. Quando sabe de suas contradições, a consciência individual apressa-se em se juntar à consciência filosófica. E como eles se movimentavam harmoniosamente, lado a lado. Esta era a coreografia do intelecto.

Antes de pôr o texto no envelope para enviá-lo a Judith, Leo voltou a lê-lo com satisfação. Impecável, pensou. Correto em sua interpretação, brilhante em sua linguagem, audaz em sua ambigüidade. Os olhos de Leo percorriam as linhas datilografadas como quem perambula pelo torrão natal. É a única coisa, pensou, que me é importante e significativa, do fundo da minha alma.

Numa carta anexa escreveu, entre outras coisas: "Quando você tiver lido este texto, quando você o tiver lido realmente, saberá tudo sobre mim, conhecerá a melhor parte de minha vida, muito mais e muito melhor do que eu jamais poderia contar. Então você saberá também — já o sabe, não é verdade? — a qual espírito eu devo este trabalho, que figura terá pairado tão plasticamente diante de meus olhos o tempo todo de modo a tornar estas idéias possíveis".

Leo estava eufórico. Com um ritmo desses, ele até poderia terminar a sua tese dentro do prazo. O que viria depois, do que ele iria viver após esse ano, isso era coisa que, por enquanto, queria deixar em suspenso. Viver. Deixar em suspenso.

A euforia, contudo, não lhe fez bem. Sua produção parou. As cartas a Judith não eram respondidas. O seu capítulo sobre Hegel e a carta anexa: nenhuma resposta. Todas as vezes que ele telefonava para Judith, não conseguia falar com ela. E ela também não telefonava. A sua produção ficou paralisada. Faltava a contestação. A quem ele iria demonstrar o que quer que fosse? Ao mundo? Por mais que pensasse em grandes categorias, como motivação elas eram abstratas demais. Além disso, "o mundo" era o local da vida e dela ele se sentia amputado. Queria tirar algo da vida — mas, naturalmente, não para nela se perder. Sabia que somente poderia ser produtivo negando-se à vida. Mas para isso deveria ter dela pelo menos aquele mínimo que lhe desse a possibilidade de dizer: eu me nego a isso. O nada absoluto. Nenhum impulso. Nem mesmo uma visita à sua mãe melhorou a situação. Ele a havia empreendido conscientemente com essa intenção, a de poder voltar a se afastar, como pensava. Ter ódio, qualquer impulso. Mas não havia nada. Pensou em suicídio. Mas suicídio, sem ter ao menos uma obra terminada na gaveta? Sem a prova de que um talento tão imenso, demasiado cedo — não, sem uma obra seria como se ele nunca tivesse existido. E um suicídio sem vida pregressa, sem vida posterior, era impensável. Precisaria ter um trabalho terminado pelo menos em seus fundamentos. Precisaria ter chegado a um ponto em que pudesse ser publicado postumamente, a partir dos escritos encontrados sobre sua mesa. Durante um segundo, sentado apático em sua poltrona, observando a estante com seus livros, Leo pensou que a motivação para o trabalho estava renascendo nele. Infelizmente não era verdade. Ele não podia trabalhar para a morte, só contra a vida.

Na cidade, ia de café em café, lia todos os jornais, só para matar o tempo. "Passeata de pretos em Washington. Milhares de negros fazem protesto diante da Casa Branca." Essa notícia de jornal o teria levado, caso Judith estivesse presente, a um novo recorde de acerba crítica lingüística. "Salzburgo: estudantes fazem ruidosa passeata com banda de sopros contra os Beatles", isso, caso Judith estivesse presente, teria dado pelo menos um bom comentário sarcástico. Mas bastava que Leo lesse "passeata" para pensar em Judith, um velho veterano que lembra com melancolia as lutas dos tempos idos, a passeata diante do Burgtheater, a discussão com Judith na banheira.

Durante seus passeios, havia avaliado mal a intensidade do sol de primavera. Mas a amigdalite daí decorrente permitiu-lhe, todavia, dormir muito durante as duas semanas seguintes. Quando a sua saúde estava começando a melhorar, Leo recebeu finalmente uma carta de Judith.

"Querido Leo", ela escreveu, "você deve estar achando que eu só sei receber e guardar cartas, mas não agradecê-las e respondê-las. Agora você vê que não é bem assim. Especialmente a sua última carta, com o trabalho sobre Hegel, causou-me grande alegria. Mostrou-me, ainda que você talvez não acredite, uma imagem muito boa de você, que me deixa muito contente. Porque se sente, apesar da auto-análise de certa forma melancólica" — Leo suava de tanta agitação, enquanto lia. Enxugou a testa com o lenço mas se esqueceu dos óculos enfiados nos cabelos, que caíram com um estalo sobre o tampo da escrivaninha. Estremeceu. Auto-análise. Balançou a cabeça — "Você está trabalhando agora com tanta vontade e afinco, com um apetite tão saudável! Dizem que um homem ama uma mulher como ela deve ser amada, quando reconhece e ama tudo o que há nela; ele tem que devorá-la até o último pedacinho, até o último fio de cabelo. É isso que agora está acontecendo entre você e a filosofia. Dá para sentir pela sua carta." O restante da carta não poderia ter aumentado ainda mais a confusão nos sentimentos de Leo. Fosse lá como fosse, as coisas se esclareceriam. Tudo seria esclarecido. Na carta, Judith sugeria um encontro no Café Sport.

Leo tinha se proposto tanta coisa para esse encontro. Queria perguntar a Judith o que ela quisera dizer em algumas passagens de sua carta. Onde havia se enfiado durante todo o tempo em que ele não havia conseguido encontrá-la. Se ele nada significava, já que ela não o havia procurado durante semanas. Mas os elogios de Judith anulavam tudo. Claro que não os elogios de Judith mas a reação de Leo diante deles. Judith dizia que havia achado o trabalho sobre Hegel altamente interessante, altamente interessante, dizia ela, mas que infelizmente sabia muito pouco sobre Hegel, ainda não havia lido nada dele. Gostaria que Leo lhe explicasse melhor alguns dos aspectos de seu trabalho. Pedia para que ele o fizesse. Leo falava de cátedra. Falar de cátedra deixava-o feliz. Conferia-lhe de novo confiança em suas capacidades intelectuais. Afirmações que lhe vinham aos lábios como se fossem a coisa mais natural do mundo, eram teses audazes e criativas, às quais nunca chegava quando não trabalhava em casa. A minha tese é, dizia Leo várias vezes.

Nessa noite no Café Sport — Leo ficou de novo quase completamente feliz —, eles conheceram Lukas Trojan.

Leo tinha muitos motivos para a prevenção e a desconfiança. Primeiro, Lukas estava bêbado. Segundo — e isso se devia provavelmente ao álcool que sabidamente desinibe, menos Judith, infelizmente, embora de certa forma ela também —, Trojan cortejava Judith. Ao que tudo indicava, era esse o motivo pelo qual se aproximara da mesa deles. Terceiro, Lukas era gordo. Não era propriamente balofo, mas certamente não tinha o jeito de um asceta. Leo só confiava na conversa intelectual das pessoas magras e desengonçadas, e olhe que Lukas tentava participar da conversa. Somente os magros e desengonçados demonstravam capacidade de concentração, aversão pela vida exterior e total dedicação à reflexão. A reflexão não aumenta o volume das cadeiras. O que Lukas tinha de fofo e redondo devia provir dos prazeres sensuais, aos quais, evidentemente, não era hostil. E, finalmente, o que incomodava Leo era o seu jeito moderno e chique. Os cabelos cobriam metade das orelhas e desciam pela nuca até quase esconder o colarinho. Ele devia ter comprado a camisa naquele mesmo dia; parecia nunca ter sido lavada. Além do que, pensou Leo, camisas que a gente tem há mais tempo não têm colarinhos tão largos. E o paletó certamente não fora um presente dos pais, embora ele fosse nitidamente mais jovem que Leo. Ficaram sabendo que Lukas tinha vinte e um anos, a mesma idade de Judith. Boa safra, disse Lukas, olhando radiante para Judith. Leo sorriu com amargura. Ele se sentia posto de lado por aquele cara esponjoso, que tão molemente passava dos limites. Por que se esforçava em sorrir? Irritado, Leo decidiu assumir imediatamente uma expressão de rejeição. Foi como se tivesse arrancado o seu sorriso com um puxão, como se arranca um esparadrapo. A maneira natural com que Lukas brincava com Judith e sorria inocentemente para Leo, ou o fitava com interesse curioso, era como sal na sua ferida. Olhares agressivos simplesmente ricocheteavam naquele rosto liso e almofadado. Como livrar-se dele? Leo sentia Trojan como uma força da natureza com a qual o intelecto se defronta, tão desamparado como diante da tempestade que se aproxima. A irrupção da vida em sua vida. Assim são os homens. Fazem o que querem. E assim surge o caos. Não há mais distância, não há mais respeito, não há mais modos. E, como Judith ria, divertida. E a postura do corpo dela: estava inclinada na direção de Trojan. Leo afastou sua cadeira um pouco para trás e cruzou as pernas. Seu pé bateu com estrondo na perna da mesa. Eu já tive a experiência de, dizia Trojan. Experiências, claro, o que mais que ele poderia ter para contar. Tudo o que ele dizia era tão inconsistente. Leo não acreditava numa única palavra. Lukas era um daqueles rapazes gordos que, quando são jovens, parecem ter bem mais idade, mas depois, quando ficam mais velhos, parecem de novo mais jovens, o que permite que se consiga, em determinadas circunstâncias, poupar-se de ser o que realmente se é em cada instante.

O barulho no café era irritante. O sorriso silencioso de Judith era irritante. O jeito de Lukas comer seu sanduíche, aqueles movimentos graciosos e ensimesmados que os gordos têm ao comer. Leo teria gostado de dar um murro na cara de Lukas. Sentia a perna da mesa junto à barriga de sua perna direita, que ele tinha cruzado sobre a esquerda. Sentia-se como que acorrentado à mesa. Estava com muitos gases. Pôs os óculos no alto da testa, e então Lukas passou de vez dos limites. É necessário perceber com toda clareza que, disse Leo com veemência, e queria dizer que Lukas deveria perceber que estava sobrando. Mas Leo falava de Hegel. O segundo capítulo da Fenomenologia: *A percepção — ou a coisa e a ilusão*. Leo havia sido atirado de volta ao seu tema: as ilusões às quais pode sucumbir uma consciência individual diante da realidade objetiva. Essa falta de seriedade. Leo sabia que era falta de seriedade, e suava. Mas o que é que ele ia fazer. Não tinha aprendido outra coisa. No momento em que você veio se sentar à nossa mesa, estávamos justamente falando de, disse Leo, e queria dizer que estava na hora de Lukas ir embora. Leo falava de cátedra. Era possível chatear Lukas? Parece que isso levaria muito tempo. Na relação assim resultante, disse Hegel, Leo falou e olhava ansioso para Judith, cada momento é não apenas um *também*, ou seja, uma unidade indiferente, mas também um *uno*, ou seja, uma unidade excludente. Leo salientou a palavra "excludente". Lukas não poderia entender isso, mas lentamente deveria percebê-lo. É possível enxotar uma pessoa pela inteligência? Leo bebia mais vinho do que de costume. Falava sem parar, subitamente fascinado com tudo o que lhe ocorria, como se uma comporta tivesse sido aberta. A gente precisa entender de uma vez por todas que, disse Leo, e Lukas concordou com a cabeça. Um terremoto não teria provocado uma agitação maior em Leo do que aquele leve movimento da cabeça de Lukas. O rosto de Lukas era naturalmente inexpressivo e liso, mas seus olhos, sim, eles eram de certa forma inteligentes. Lukas era um rapaz inteligente. Leo sentiu-se elevado por aquele aceno e pelo olhar concentrado do ouvinte, a quem agora via como bem maior mas também indistinto diante de si, como um mar de gente, uma multidão incalculável e fascinada. De fato, Leo havia agora duplicado o seu público. Isso o deixava muito excitado. A fala saía dele como que impulsionada por força própria. Tinha a sensação de que podia agora recostar-se confortavelmente na cadeira, junto com os outros, para ouvir um discurso brilhante, como se estivesse sendo irradiado por um aparelho — para depois perguntar: então, como é que eu me saí?

Que idéia interessante!, disse Lukas. Você está querendo dizer que? Estou querendo dizer que!, disse Leo entusiasmado. Ele ainda não via claramente o que estava acontecendo com ele próprio, mas intuitivamente percebeu, de um modo tão profundo que quase se perdeu nesse sentimento, o que lhe faltara até então em sua existência intelectual: um discípulo. Não precisava apenas da contestação, precisava também de um discípulo. Só assim as reflexões trazidas para a vida graças à contestação seriam retransmitidas para a vida. Bebeu sua taça de vinho de um só gole e pediu energicamente mais um quarto de litro, como se quisesse afirmar publicamente que todos os atributos reivindicados pelos intelectuais de renome também podiam lhe ser atribuídos, inclusive o alcoolismo.

O seu discípulo estava desconcentrado. Inclinava-se em direção a Judith, sussurrava algo em seu ouvido. Leo curvou o corpo para a frente e ergueu a voz. Inclinou-se ainda mais por sobre a mesa, para Lukas. Lukas inclinou-se mais para Judith, Judith jogou o corpo para trás, rindo. Era como se um vendaval estivesse varrendo o café, dobrando todas as pessoas em sua direção.

O que Judith dissera agora? Lukas olhava para ela e ria. Quanto barulho havia no café. Um alvoroço incrível, na cabeça de Leo.

Lukas!, disse Leo com voz cortante. Judith!, disse Lukas Trojan. Leo tentava convencer Lukas; este dizia algo a Judith. Leo ficou irritado quando Judith aproveitou uma de suas pausas para dizer algo, o que acabou distraindo Lukas. O que é que ela está dizendo? Por que é que ela não deixa que Lukas me ouça? Por que é que ela não vai embora? Leo levou um susto. Rapidamente dirigiu sua atenção para Judith com uma ternura tão desajeitada e exigente como a de um marido que compensa uma infidelidade antes de ela ter sido descoberta. Mas assim Judith voltava a ser o centro das atenções, também da atenção de Lukas, motivo pelo qual Leo voltou a se dirigir a ele, cuja cabeça estava a apenas poucos centímetros do ombro de Judith. Leo inclinou-se muito por sobre a mesa, como se quisesse pegar o outro pelo colarinho e puxá-lo para si. A aporia da falsa consciência é, disse Leo, é! disse novamente, deliciando-se com o olhar assustado de Lukas, e terminou a frase lentamente, como se estivesse ditando. Não havia nada que ele desejasse mais ardentemente do que isso, que Lukas puxasse um caderninho e anotasse essa frase. Daí até aceitou um cigarro que Lukas lhe oferecia. Com um gesto de intimidade pôs a sua mão sobre a dele, que lhe oferecia fogo. Agora era professor por inteiro, fumando um charuto no meio da aula, com os olhos dirigidos para as costas inclinadas do seu discípulo. Leo fazia questão de não ouvir o que Judith dizia. Ela deveria apenas ficar impressionada com o brilho da argumentação e com o efeito profundo que ela deveria exercer sobre aquele talentoso discípulo.

Lukas Trojan estava, de fato, achando interessante o que Leo ensinava. A diferença de idade também lhe inspirava um certo respeito, e o pileque, em que ele já estava, acrescentava o que ainda pudesse estar faltando, para que ele vivesse aquela situação como que através de uma névoa, que escondesse algum segredo profundo e arcaico. Era verdade que tinha se sentado àquela mesa porque Judith o atraíra de imediato e muito intensamente e, também, porque aquele homem com quem ela compartilhava a mesa não parecia combinar com ela. Mas, agora, Lukas se sentia lisonjeado pela dedicação intelectual que Leo lhe consagrava com tanto empenho. Ele se sentia inclinado a esse tipo de fixação demonstrativa no intelecto, quando esta se mostrava idiossincrática o bastante para parecer audaz e convincente. Convincente, convencido, para Lukas isso não fazia muita diferença. Era apenas uma questão de discurso. Ele estudava história da arte e filosofia, o que significava que cultivava por gosto, sem muitas ambições, alguns obscuros interesses estéticos. Era filho de um professor universitário bem conhecido em Viena e nunca lhe faltara nada na vida, a não ser um perfil intelectual próprio que o diferenciasse do pai. Leo o fascinava porque Lukas não conseguia discernir se ele era um gênio ou um doido. Em todo caso, não tinha nada daquela asfixiante estupidez pequeno-burguesa que seu pai dispensava à família, depois de ter cumprido a cota diária de trabalho num novo livro padrão. E por outro lado — Judith. Lukas ajustou o cós da calça, que o estava incomodando, com um ar displicente. Será que deveria pedir mais um sanduíche? Encostou a perna na de Judith enquanto ouvia Leo falar.

Um rapaz inteligente, disse Leo mais tarde, quando levava Judith de volta para casa. Judith nada respondeu. Ao redor de seus olhos havia sombras profundas, como uma pequena máscara preta sobre seu rosto. Ela não a tirou.

No verão, Leo, Judith e Lukas viajaram juntos para Veneza.

O que Leo fazia em Veneza? Para ele, Viena já era suficientemente estranha. Se tivesse ido a Veneza como convidado de um congresso para dar uma palestra, teria gostado de aproveitar a oportunidade para visitar a cidade. Se tivesse ido por ter escrito um trabalho sobre Giorgione, para aproveitar uma exposição de suas obras na Academia e ver suas pinturas no original, na volta a Viena poderia ter talvez tecido elogios à Praça São Marcos, aos *tortellini* nas *trattorie*, aos *tramezzini* nos bares, talvez até mesmo aos *vaporetti*. Mas estava em Veneza sem motivo nem razão, por puro prazer ou por capricho, como se diz, e se perguntava, perambulando entre as estações do *vaporetto* e os hotéis, suando no seu terno, quente demais, enquanto as alças da sacola de viagem cortavam seus dedos, perguntava-se, então, logo depois de chegar, como era possível que pudesse ter essas estranhas emoções, prazer e capricho. Devido à dificuldade da procura por um hotel sob aquele calor, Judith e Lukas já estavam completamente irritados e agressivos em relação a Leo, como se ele tivesse a culpa de que o primeiro, o segundo e o terceiro hotéis que abordaram perguntando pelo preço do pernoite fossem tão caros, que Leo ordenava imediatamente a continuação da pesquisa.

Esta viagem seria necessariamente uma catástrofe. Qualquer viagem, disso Leo já estava convencido. Tudo é estranho e custa um dinheiro que não se tem. É impossível ter qualquer idéia sensata porque se está o tempo todo ocupado com coisas que em casa já estão resolvidas há muitíssimo tempo, como onde dormir. Em contrapartida, a gente recebe impressões que são, entretanto, imediatamente esquecidas ou, ao menos, confundidas, porque não se consegue estabelecer nenhuma relação a partir daquilo que se vê, nada tem a ver com nada, e dessa forma acaba-se por não entender nada mesmo. Leo se propôs a dizer mais tarde, quando eles estivessem entediados, tomando um café juntos: tudo o que se vê nos países estrangeiros pode ser resumido numa única frase: isto eu nunca vi. Destarte, o que se viu não se diferencia em nada de tudo aquilo de diferente que também nunca se viu nem nunca se verá.

Isso deixaria Judith chateada, porque fora ela quem quisera fazer essa viagem a qualquer custo, mas daria a Lukas alguma coisa para tomar nota.

Quando eles encontraram uma pensão, que era tão barata quanto parecia, souberam que havia apenas dois quartos individuais, custando pouco menos do que um quarto duplo. Leo, para quem toda espécie de economia era importante em vista da mesquinha mesada que recebia dos pais, propôs que Judith ficasse num quarto individual, e que Lukas e ele compartilhassem um quarto duplo. Deve ter pensado que isso ficaria mais barato do que um quarto individual e, além disso, não havia quartos individuais para os três. Judith riu e disse que não precisava de um quarto individual e que, se fosse o caso, ela poderia até se deitar diante da porta do quarto duplo para que ninguém incomodasse os dois senhores. Lukas passou o braço pelo ombro de Judith, dizendo que nenhum cavalheiro iria permitir uma coisa daquelas, que naturalmente ela deveria compartilhar um quarto duplo com ele, e Leo ficaria com o quarto individual. Não, de jeito nenhum, disse Leo assustado. Ele julgava Lukas bem capaz de ter feito a proposta seriamente. Como custa quase a mesma coisa, eu apenas pensei que a gente poderia,

Mas, de qualquer modo, eu vou pegar um quarto duplo, disse Judith. O preço é quase igual e eu tenho mais espaço.

No fim pegaram três quartos duplos. Decidiram descansar e se refrescar um pouco, depois da viagem de trem e da procura por alojamento. Às duas da tarde iriam encontrar-se na recepção para darem uma primeira volta pela cidade.

Leo estava inteiramente confuso. De repente, se via em um quarto duplo, e estourava de raiva ao olhar para a segunda cama, totalmente supérflua, que ficava ao lado daquela que ocupara, separada por uma mesinha de cabeceira. Calculou o quanto estava gastando a mais, nas três noites em que ficaria naquele hotel, por uma cama que provavelmente serviria apenas de aparador para sua sacola de viagem, o que não parecia fazer o menor sentido, para finalmente se perguntar o que era mesmo que estava fazendo ali. Sua cama era tão macia que mais parecia uma rede. O armário era de plástico e abria com zíper. Uma vez aberto, sentia-se cheiro de vômito. A parede tinha rachaduras, parecendo exibir uma escrita incompreensível. Hieróglifos que talvez contivessem uma advertência indecifrável ou alguma ironia enigmática. Pelas venezianas, entravam gritos e gargalhadas vindos da praça. Os nativos, pensou Leo. Como teria gostado de ser um deles, alguém para quem tudo o que existia naquele lugar fosse familiar. Mas não, ele tinha de estar num lugar onde não tinha nada o que fazer, deitado num quarto em que não tinha nada o que fazer. E qual o sentido disso? Se todo o mundo fosse tão maluco quanto Judith, então aquelas pessoas que estavam lá embaixo agora, gritando, estariam em Viena, como ele, Judith e Lukas estavam em Veneza. Tirou a *Fenomenologia* de Hegel da sacola e começou a ler.

Às duas em ponto Leo estava lá embaixo, na recepção. Lukas chegou uns quinze minutos mais tarde e, quando Judith apareceu, já eram quase duas e meia. Leo, já totalmente desanimado, a odiou quando ela finalmente apareceu, alegre, de banho tomado, roupa limpa e aparentando estar extremamente bem equipada: trazia um guia de viagem, um mapa da cidade, sabia exatamente aonde deveriam ir, o que queriam ver e onde e que segredo estava sendo exposto ao público. E — Leo simplesmente não podia deixar de notar como ela era bonita. Faltavam-lhe as palavras, porque fazia o possível para evitar qualquer palavra que parecesse, mesmo que remotamente, kitsch. Não, era Lukas que ele odiava, não Judith; odiava-o pela sua mera presença. Como teria sido lindo e comovente estar só com ela aqui, e todo o mundo acharia que eles eram um casal. Sem Lukas, teria sido talvez até possível compartilhar um quarto duplo com ela.

Durante o passeio, Leo sentiu uma excitação repentina que o surpreendeu. As cores, os cheiros e as vozes, tudo parecia brilhar ao sol; era muito diferente de Viena; lembrava dias mais felizes no Brasil, sem que por isso Veneza tivesse se tornado familiar a ele. Mas era exatamente disso que se tratava: do fato de o estrangeiro parecer ter se tornado acessível, de repente. Naquele instante, subitamente, ele sentia estar à altura daquela viagem. Era como se estivesse descobrindo um novo talento em si. O mundo, por que não? Paris, Roma, Londres, Alexandria. Uma atitude cosmopolita cultivada *en passant* e com perfeita naturalidade combinaria muito bem com ele. Esqueceu-se de olhar em torno porque, em espírito, já se via narrando outras viagens.

Mas não foi esse o motivo pelo qual Leo acabou caindo no canal. O motivo talvez tenha sido o álcool, ou a birra confusa que Leo mantinha com Lukas, ou as duas coisas juntas. Mas, talvez, na verdade, tenha sido apenas um simples escorregão. Porque, de início, tudo parecia estar na mais perfeita ordem. Lentamente, para não transpirar demais, Leo ia andando entre Judith e Lukas, tão feliz como não se sentia fazia muito tempo. Paralelepípedos, a bainha esvoaçante da saia de Judith, os seus belos e delicados pés que, sempre paralelamente aos dele, avançavam alternadamente, uma perfeição em movimento, que prometia algo desconcertante, se se permitisse pensar mais adiante sobre a questão, as pernas que sumiam pela saia acima, viagens futuras, Londres, Paris, paralelepípedos, sua fantasia se interrompeu, ele via apenas paralelepípedos, Leo teria adorado abraçar Judith e fazer um ditado para Lukas, estava tão feliz.

Lukas, contudo, tinha a tendência a estabelecer harmonias bem diferentes e a destruir os momentos de felicidade mais depressa do que Leo podia saboreá-los. Quando Leo passou a ver apenas os próprios pés, levantou os olhos e notou que Lukas e Judith já estavam bem uns vinte passos à frente dele, caminhando de braços dados, sem levar em consideração seu ritmo mais lento. Além do mais, Lukas tinha uma incoercível inclinação a se entregar aos prazeres do corpo sempre que a ocasião se apresentasse; ele tinha que experimentar esses pãezinhos, ou provar aqueles doces tão tentadoramente expostos na vitrine. No primeiro bar em que se detiveram, Leo bebeu apenas água mineral, Judith e Lukas, campari. Leo estava chateado. Para que parar logo depois de dez minutos de caminhada; isso custa dinheiro, e não se vê nada da cidade. Quando quis pagar a água, Lukas disse que estava convidando. Logo depois, num outro bar, Lukas convenceu Leo a também pedir um campari. Leo, que estava chateado por ter pedido apenas água da primeira vez, quando tinha sido convidado, concordou. Ficou surpreso com o prazer que o gosto do campari lhe proporcionava. Bebeu depressa demais e pediu um segundo. Já que Lukas era tão generoso. Dinheiro era o que não lhe faltava. Quando chegou a hora de pagar, Judith disse: Desta vez é o Leo quem paga, e a próxima fica por minha conta. Os dois camparis tinham subido tanto à sua cabeça, que no terceiro bar, embora soubesse que não teria que pagar, Leo só pôde beber água. Álcool em pleno dia, com esse calor. Que besteira. Estava embriagado feito bobo. E tinha pago seis camparis para ser convidado a tomar duas águas minerais, que ele nem precisava.

Certamente foi o álcool. Ficou apenas a pergunta de por que Leo desceu os degraus que conduziam da calçada ao canal. Esses degraus provavelmente serviam para ajudar a embarcar com mais conforto nas gôndolas que atracavam ali. Mas não havia gôndola nenhuma; os degraus levavam apenas à água. Mais tarde Leo disse que tinha visto um *palazzo* especialmente belo, meio encoberto por uma curva do canal, e que teria descido os degraus porque esperava encontrar um ponto de vista mais favorável. Os degraus estavam cobertos de musgo e eram escorregadios, por causa da água que os molhava intermitentemente. Já no segundo degrau Leo escorregou e deslizou para a água. A cena quase teve algo de artístico, disse Lukas mais tarde, parecia que Leo só queria fingir que estava caindo na água, para depois, com um incrível domínio do corpo, reerguer-se e receber sorrindo os aplausos de um público surpreso e entusiasmado. Mas Leo caiu feito uma pedra. Não deu tempo para qualquer reação consciente; mesmo assim, o tempo decorrido entre a certeza de que iria cair na água e o mergulho real foi longo o suficiente para permitir o assomo de uma surpresa quase infinita. A superfície negra da água parecia o reverso de um espelho. Um espelho d'água. Mas é o reverso de um espelho. Vou irromper através do espelho, penetrar num mundo que se reflete de verdade, deixo para trás o mundo irrefletido, que ora se esconde por trás do espelho. Um estalo, cacos de vidro, estilhaços, não, jatos, e a superfície da água se fechou sobre ele.

Leo voltou a emergir e o que via diferenciava-se do mundo que havia abandonado apenas pelo fato de que o estava vendo de uma distância que ele acreditava nunca mais ser capaz de transpor. As pessoas secas na beira do canal, com aquele olhar que pode significar qualquer coisa, mas também a inevitável pergunta: como é que uma coisa dessas pode acontecer? Leo nadou de volta até os degraus e saiu da água. Turistas americanos, de tênis, vestindo calças de cores berrantes, fotografaram-no, rindo, e continuaram seu passeio. Vamos, temos que voltar ao hotel, disse Judith, você precisa trocar de roupa. Leo quis pôr sua cabeça no ombro dela, mas ela se afastou. O que é que eu vou vestir, se eu não trouxe nada? Só tenho este terno. Pensei que para passar três dias em Veneza bastava um terno.

Não é possível, disse Lukas, o que é que você tem na sua sacola? Você trouxe uma sacola cheia. Leo olhou ao seu redor, as pessoas o fitavam e riam baixinho. Passou os dedos pelo cabelo molhado, com o dorso da mão secou o seu rosto. Os meus óculos, disse. Olhou para a superfície da água, que estava de novo lisa como um espelho. Meus óculos.

Você deve ter trazido alguma roupa para trocar, na sua sacola, disse Judith.

Aos pés de Leo já se havia formado uma poça.

O que é que você tem na sacola?

Na minha sacola, disse Leo. Pois é. Só livros. E um pouco de roupa de baixo, para trocar. E livros.

Judith e Lukas conduziram Leo, que agora andava bem mais depressa do que antes, deixando atrás de si um rastro molhado, como um caracol, para o hotel. Disseram-lhe para tomar um banho — você está com um cheiro horrível, disse Judith — e ficar esperando no quarto. Nesse meio tempo, eles iam comprar uma roupa nova para ele.

Que vai custar, disse Leo, e o terno já vai secar.

Esse terno, você pode esquecer, disse Lukas.

Quando Leo finalmente se viu no espelho, de roupa nova, pensou que era invisível e que em seu lugar aparecia um clown no espelho, para gozar dele, com sua cara triste.

Judith e Lukas haviam lhe comprado uma calça jeans, uns tênis e uma camisa de gola larga, de um tecido estampado com desenhos coloridos. E como a compra de um casaco teria estourado o orçamento de Leo, ele ganhou de Lukas, que carregava toda uma butique em sua mala, uma jaqueta moderna de veludo verde. Pode ficar com ela, disse Lukas, está um pouco apertada para mim.

Judith achou que a jaqueta lhe ficava muito bem.

Eu não posso vestir uma coisa dessas, disse Leo, ninguém vai me levar a sério.

Ele se virava de um lado para o outro, como se esperasse encontrar uma imagem mais familiar no espelho olhando-se de lado ou de costas, mas a imagem refletida continuava sendo estranha e, supondo-se que fosse ele mesmo aquela figura que via, chegava a ser ridícula.

Por outro lado, esses passos de manequim — foi isso que ele pensou num primeiro instante: como um manequim, um boneco — tinham algo tão surpreendentemente leve, harmônico, um ritmo que não se estabeleceu de imediato mas apenas quando ele, ao observar esses indícios, cedeu à leveza dos giros e dos movimentos — algo que ele ainda não conseguia definir. Era diferente. Ele estava diferente. E, ao mesmo tempo, não estava diferente: era um jovem. Agora ele vestia uma camisa colorida e parecia — um jovem. Por que não? Judith gostava dele desse jeito. Ela o havia dito. Voltou a dizê-lo. Ele ficou quieto. Não pensativo. Só quieto e não pensativo. Como se por cima de um novo corpo ele também tivesse colocado uma nova cabeça. Dentro dela as idéias ainda precisavam se formar. Forma e formação. Lukas ria de um jeito tão tolo. Puxava a roupa de Leo para acertá-la, falando bobagens lisonjeiras como um vendedor de loja de roupas. O que queria dizer com ele ia se sentir à vontade? Uma camisa mais simples, com cores menos gritantes, não o teria chocado tanto a ponto de precisarem convencê-lo a usá-la. Além do que, provavelmente teria sido mais barata.

Por outro lado, tudo não passava de exterioridades. E as exterioridades não tinham sido sempre alheias a ele? A cor da camisa, o corte e o tecido da jaqueta, exterioridades. Por que se preocupava agora com o fato de elas, aquelas exterioridades, lhe serem alheias? Estava vestido. Era isso que importava. Não era motivo para ficar pensativo. Sempre havia sido assim; ele sempre vestira algo. Nada havia mudado.

A não ser o jeito de andar. A caminho do restaurante, do jantar. Talvez fossem os tênis, graças aos quais ele sentia um contato totalmente diferente com o chão, uma outra sensação ao caminhar que simplesmente não lhe permitia mais andar como um velho. Caminhava de um jeito mais elástico. Agora, andava bem mais depressa, e era ele quem se adiantava aos outros, virando a cabeça de quando em quando para observar Judith e Lukas, onde é que eles estão?

Talvez não fossem apenas os tênis, talvez fosse também a calça nova. Não estava acostumado ao tecido, bem mais rijo e colante. Leo sentia seu próprio corpo de um jeito bem mais vivo graças àquela calça, uma sensualidade mais intensa. Um jovem. Um homem jovem. Isso significava não apenas que ele estava redescobrindo sua juventude — o simples fato de que era bem mais jovem do que antes aparentava e se sentia — mas também que era um homem. De repente, Leo ficou perplexo e se deteve. Uma loja de moda. Via-se a si mesmo refletido na vitrine e, ao mesmo tempo, via, por trás do vidro, os manequins expostos, via-se a si mesmo, via os manequins, via-se no meio dos manequins. Os manequins apresentavam como moda justamente aquilo que ele estava vestindo, a promessa de uma felicidade vital que, de repente, Leo via realizada em seu próprio corpo. Sentiu palpitações. Compartilhava o caráter modelar com os manequins mas tinha a vantagem da realização. O sexo e a vida. No próprio corpo.

Jovens transeuntes, vestindo jeans, desfilavam diante da vitrine, cujo vidro, transformado em espelho, os refletia como se fossem as sombras e esquemas da caverna de Platão, mas Leo, este almejava ir em direção à luz, à vida real. Ele se virou e observou o grupo de jovens que passava rindo, coloridos e barulhentos, sob o facho de luz do lampião, na rua. Ele mesmo poderia ser considerado um deles. Tornou-se mais consciente do seu andar, o passo mais decidido — voltou-se outra vez para observar o grupo, e sentiu-se mais animado. E se surpreendeu por, durante todos aqueles anos, nunca ter-se rebelado contra os ternos que os pais sempre tinham lhe dado e dentro dos quais ele sofrera tanto. Tinha estado enfiado numa casca apertada por demasiado tempo, limitado pelas estreitas prescrições de seus pais, como se estivesse dentro de um ovo, e agora a casca havia se rompido, havia caído ao redor do seu corpo, e eis que tinha surgido, saído da casca, ele, aquele que era agora. Aquele que deveria ser. Aquele que era de verdade. Um salto de qualidade. Não foi nenhuma casualidade ter caído no canal hoje, disse para Judith e Lukas. Para ser exato, deveria dizer: eu saltei. E contou do regime de terror que a mãe, servindo-se da mercadoria do pai, havia instaurado ao seu redor, regime do qual ele já deveria ter se libertado fazia muito tempo.

Subjetivamente caiu, objetivamente saltou. Lukas ria. Pois é, isso aí, disse Leo, e, com um rápido movimento, apertou Judith contra o corpo.

Ao chegarem ao restaurante, Leo não foi logo para a mesa, com os outros dois, mas dirigiu-se primeiro ao toalete, para dar mais uma olhadinha no espelho. Com outros olhos. É necessário ver com toda clareza que. Com o conhecimento de que agora dispunha. Sim. Era isso. Como é que ele podia ter pensado num clown? Ele era um homem jovem no início de um belo desenvolvimento, libertado de um passado asfixiante. Era um outro, ou seja, era finalmente ele mesmo. Estava embriagado com a sensação de ser realmente o outro, aquele que estava no espelho. Até que enfim ele estava realmente no início, sem velhas hipotecas. A jaqueta verde — ajustou-a enamorado — podia muito bem servir como uma alusão apropriada. E a camisa multicolorida? Era linda. Ele era jovem. Dava-lhe algo de — artista. A camisa chocante, supercolorida e, por cima, a jaqueta de veludo verde, aquilo era simplesmente mais audacioso e atrevido do que tudo o que ele vestira até então, mas justamente por isso lhe correspondia muito melhor. A audácia do seu pensamento, o caráter antiburguês da existência que ele imaginava para si. Sim. E o caráter cortante, duro e aguçado dos traços de seu rosto foi cada vez mais se atenuando em formas suaves e sensuais. Formas suavemente conformáveis, dispostas às experiências que a vida quisesse desenhar nelas. No início de um desenvolvimento. Menos nítido, mais suave, difuso, mais jovem. Sem óculos. Leo lavou as mãos agitado; ao secá-las voltou a se olhar de lado. Totalmente diferente. Um outro. Estava vestindo a roupagem da felicidade.

À mesa, Leo estava irreconhecível. Brincava, ria, contava casos, e não parava de lançar olhares enamorados para Judith. Diferentes dos olhares de antes. Não mais aqueles olhares estudados à maneira de Walmen, mas a expressão de uma atração e de uma sensualidade imediatas, que Leo sentia aumentar a cada instante e que aceitava de bom grado. Liberto de premissas teóricas. Um salto de qualidade. Saído da casca. A pele de Judith tinha uma luminosidade tão atraente, como apenas um dia de sol tem, um sol como o do Brasil. O contraste fascinante entre seus cabelos escuros e os olhos claros surgia agora com maior encanto. Leo tinha medo de Judith. Havia desejo, mais do que nunca, um desejo ardente por ela, e ao mesmo tempo havia medo. Medo da queda, e seria uma queda no vazio, no nada. Eu te amo, pensou ele ousado, mas não havia nada. Não, havia algo, sim, um riso, uma voz com um tom tão especial que ele — se o tivesse escutado como provindo de algum lugar desconhecido — teria desejado percorrer longos espaços, atravessando a corrente de palavras e risadas de uma multidão, só para ver a quem pertenciam uma voz e um riso tão especiais.

Mais cedo ou mais tarde, a gente teria se encontrado de qualquer jeito. Foi mais ou menos isso que Judith havia dito bem no começo, quando eles se conheceram. Naquele momento, Leo pensou que gostaria que isso se tornasse verdade. Era agora que eles deveriam se encontrar. Se reconhecer. A vitalidade de Judith. Sua inteligência pragmática. Deveriam se tornar uma parte dele também. Judith nunca tinha aprendido uma palavra de italiano, e Leo também não, mas ela se virava brincando com as semelhanças e diferenças em relação ao português, chegando a não ter o menor problema para conversar com o garçom e entender suas explicações sobre os pratos, tentando se livrar dos palpites de Lukas que, o tempo todo, insistia em explicar-lhe o cardápio, fazendo dançar suas mãos sobre a mesa com os ademanes de um cozinheiro da TV, abusando de seus conhecimentos culinários e de seu italiano de turista vienense.

Lukas explicou, rindo, para os espectadores, qual tinha sido o efeito da queda de Leo no canal, e Leo riu junto. Um salto! Lukas riu tão alto que o vinho saltou para fora da taça que ele tinha na mão, simplesmente saltou. Eles choraram de rir.

Depois foi a vez de Leo contar suas histórias. Nelas, misturava-se o passado, que ele tinha despido como a cobra que troca de pele, com a felicidade momentânea que sentia e a expectativa de uma felicidade ainda maior. Ah, tem mais uma história que eu tenho que contar, disse ele, e é sem dúvida exemplarmente exemplar. De como havia sido quando ele levara uma menina para casa pela primeira vez. Queria apresentá-la aos pais. Estava tão sem jeito, por causa do sotaque carregado, especialmente o de sua mãe, mesmo depois de tantos anos no Brasil ela ainda tinha um forte sotaque alemão que devia doer nos ouvidos de qualquer brasileiro, portanto, também nos daquela garota. Mas a garota ficou sorrindo o tempo todo, foi incrivelmente legal, amável. Só que ele, Leo, estava morrendo de vergonha da mãe, que, aliás, não percebeu nada. Num certo momento, durante a refeição, a menina perguntou se poderia repetir um dos pratos, e a mãe dele disse, de repente, em alemão: Mas que impertinência! Não se pede para repetir um prato; espera-se que a dona da casa o ofereça. Claro que a garota não entendeu nada mas também não teria entendido se minha mãe tivesse falado português. A menina sorriu e esticou o braço em direção à travessa que lhe interessava. Eu tive a sensação de que um monte de tempo havia passado e ela lá, sorrindo, com o braço estendido sobre a mesa. Minha mãe manteve-se numa postura irrepreensivelmente correta, com as costas eretas, como se deve ficar à mesa, os cotovelos unidos ao corpo, operando exemplarmente com os talheres, do jeito que ela sempre exigiu de mim. Isto é um garfo e não uma pá. Não se corta bocados grandes, fica feio, porque é preciso abrir demais a boca. Não se come tão depressa; parece que se está esfomeado, que nos outros dias se passa fome. Ela dizia frases corteses, mas apenas quando não estava de boca cheia. E Eliane, esse era o nome da menina, continuava com o braço estendido sobre a mesa. Alguém que, como minha mãe, exprimia nos mínimos movimentos que fazia ao comer um manual inteiro de regras de comportamento, devia considerar aquele braço estendido um verdadeiro escândalo. Ela teria continuado a ignorar a menina e seu pedido durante horas. Daí, eu peguei a travessa e a coloquei diante de Eliane.

Nesse momento Leo ficou completamente envergonhado diante de Eliane por causa da mãe, sentiu ódio dela. Finalmente, chegara a hora de ele convidar uma garota para ir em casa, e a mãe não tinha nada melhor para fazer do que verificar se ela dominava algumas daquelas malditas convenções.

Por outro lado, e isso era esquisito, disse Leo, ele também ficara envergonhado diante de sua mãe por causa de Eliane. Levando para casa uma garota que nem sabia se comportar decentemente. Ela se comportava como se estivesse na casa dela.

Mas a questão era exatamente essa, disse Leo, regras de vida. Sua mãe tinha regras de vida, e Eliane também. Só que eram diferentes. As duas não teriam se entendido, mas ele entendia as duas, e só por isso ele podia ficar envergonhado, alternadamente, por ambas. Mas isso acabava servindo para demonstrar que ele não possuía regras de vida próprias, porque, se assim não fosse, teria podido bandear-se para um dos lados caso as suas se identificassem com as regras de uma ou de outra. Foi essa lição que eu aprendi na vida, disse Leo: eu me coloco meio à parte, vejo tudo de fora e não consigo me decidir. Pois é, era assim que as coisas eram, quer dizer, foi assim no passado, disse Leo, e pôs a mão no joelho de Judith por baixo da mesa.

Será que Leo, alguma vez, tinha acreditado seriamente que a vida e, como decorrência, o amor verdadeiro, incluindo o aspecto do envolvimento físico, deveriam ficar-lhe interditos? Uma idéia obsessiva que só poderia mesmo surgir na cabeça de quem vestia aqueles ternos velhos e asfixiantes que mais se assemelhavam a camisas-de-força. Como aquela idéia, agora, estava distante! De volta ao quarto de hotel, Leo caminhava de um lado para o outro, saltitando, ou, pelo menos, balançando o corpo, agitado. Encheu-se de coragem para tomar uma rápida decisão. Durante o jantar, e, depois, num bar, haviam bebido tanto que certamente Judith iria adormecer logo. Deveria ir imediatamente para o quarto dela, pois de jeito nenhum gostaria de acordá-la e assustá-la. Mas será que ele podia fazer uma coisa daquelas assim, sem mais nem menos? Bater na porta do quarto dela, entrar — e dizer o quê? Estou incomodando? Abraçá-la de uma vez? Cobri-la de beijos e despi-la febrilmente? Talvez ela já estivesse sem roupa. E então? Situação constrangedora. Ela nua, ele vestido. Ela nua. E então? Passou a mão pela testa. Por que é que tinha tão pouca fantasia justamente nos momentos em que lhe faltava a experiência? Uma verdade nua e crua. Nua. E logo sua fantasia a cobria como uma capa protetora. Ela nua, ele em sua roupagem de felicidade. Um intruso. Bem que gostaria de ser um intruso. Gostaria de ser bem-vindo. E que tal se ele se despisse também o mais depressa possível? Era preciso dizer alguma coisa numa ocasião dessas. Mas o quê? Não é de se pressupor incondicionalmente que. Embora também não haja nenhuma dúvida de que. Não. Precisava tomar uma decisão logo. Precisava ir até o quarto dela, não apenas antes que ela adormecesse mas também antes que se despisse. Ir até lá. Andava dali para acolá e voltava. Por outro lado, se ela já estivesse nua, isso não poderia facilitar as coisas? Estava tudo claro. Um impulso. Uma tensão, uma emoção tão forte que ela. Ele a. Tão forte que ia envolver imediatamente os dois. Envolveria imediatamente os dois. Tão forte. Aliás, para evitar o constrangimento e a complicação de ter que tirar a roupa, ele até poderia entrar no quarto dela nu. Eles iriam. Olhar um para o outro. Sob uma luz tênue. Uma réstia de luz que penetrasse no quarto escuro pela janela. E que seria visível apenas como um suave brilho sobre a pele dela. Como se o seu corpo emanasse luz. Na verdade, luz refletida, corpos refletores, amor que brilha como a lua. E — mas não poderia atravessar o corredor do hotel pelado. Correr? E se aparecesse alguém? E o que aconteceria se entrasse no quarto de Judith nu e ela ainda estivesse vestida? Não. Melhor do outro jeito. Mas como? E quando? Nesse seu ir-e-vir pelo quarto, Leo bateu pela segunda vez na quina da cama supérflua. Estava um pouco bêbado. E — o quê? Não atinava com o ponto. Em que momento da vida o havia perdido? Certamente estava agora a ponto de. Agora queria. E agora ia. Lançou os braços em torno do próprio corpo, amassou o veludo verde da jaqueta, acariciou-o, transpirava e, ao mesmo tempo, sentia calafrios. Por que estava dando tantas voltas em torno de um desejo afinal tão simples? Leo teria gostado de bater com a testa contra a coluna da cama, contra a qual já havia batido o pé mais de uma vez. Chega de escrúpulos. Não era por acaso que Judith tinha tolerado durante a noite toda suas pequenas carícias. Até o tinha encorajado. Não é verdade que ela o tinha encorajado? Porque tinha chegado a hora. Talvez ela já o estivesse esperando. E ele que ficava hesitando ali, indeciso. De um lado para o outro. Agora ele era o outro. Estava a ponto de se tornar idêntico a si mesmo. Estava a ponto de ir para o quarto de Judith. Sem mais delongas. Ele poderia ficar andando de um lado para o outro ali durante horas, sem se cansar. Aquilo não podia ser solucionado conceitualmente. Aliás, o que quer dizer conceitualmente?, o que quer dizer solucionar?, era o outro, ele o sentia. *Hic Rhodus, hic salta*. Meras palavras; a análise é a eternidade da repetição. Porque só através do ato ganhamos consciência do que alguém significa para nós, do que significa "amar"; "eu a amo" e "ela me ama". Só o ato se torna destino. Quem quiser ter consciência, quem quiser amar, quem quiser a salvação em vida, tem que dar o salto, o salto da palavra para o ato. Subjetivamente, a queda. Cair. Objetivamente: o salto. Saltar. *Hic Rhodus, hic salta*. A inescrutável superfície negra do espelho d'água. É o reverso do espelho. Emergir, surgir para a vida refletida. Como um boneco para a vida espelhada. Um risco. Porque pode resultar em que não amamos aquele que amamos, que o destino do eleito não seja o nosso destino e que aquilo que brilhava na análise à luz do simbólico perca o seu brilho, que nós não encontremos aquilo que procurávamos. Mas mesmo assim: *Hic Rhodus, hic salta*. Parar de pensar. Aliás, já havia parado. Aquilo já não eram pensamentos, era um texto que deveria ser escrito mais tarde, em alguma hora. Idéia para um ensaio. Agora o salto verdadeiro. Passou um pouco de loção após-barba no rosto e atrás das orelhas. Seria melhor se não estivesse com gases. Saiu do quarto. Inspirou profundamente diante da porta do quarto de Judith e bateu. Bateu bem suavemente, quase não dava para se ouvir, porque queria evitar a todo custo que Lukas ouvisse algo no quarto ao lado. Nada. Nenhuma resposta. Era chato, tinha que bater baixinho por causa de Lukas, talvez nem Judith conseguisse ouvir. Mais uma vez bateu suavemente com a ponta do dedo indicador na porta de Judith, mas não houve reação. Encostou a orelha na porta, mas não dava para ouvir nada. De repente, ficou aflito. Se alguém o visse ali, de pé, de orelha encostada numa porta que não era a dele. Decidiu rapidamente abaixar a maçaneta, a porta não estava trancada. Entrou. O quarto estava às escuras. Judith! Sussurrou seu nome. Nenhuma resposta. Fechou a porta. Judith! Tentou acostumar-se à escuridão. As venezianas estavam fechadas, nenhuma luz entrava da rua. Nem a pele dela brilhava. Judith! Avançou até a primeira das duas camas. Bateu de encontro a ela, inclinou-se para diante, amorosamente, com todo o cuidado, e topou com a mala de Judith. Deu a volta em torno da primeira cama, indo em direção da outra, esbarrando na quina. A cama estava vazia. Leo acendeu o abajur. O quarto estava vazio. Judith? O seu nome agora era apenas uma pergunta silenciosa na cabeça de Leo. Ela não estava ali. Onde estaria? Com Lukas? Mas como? Isso não pode — Leo apagou a luz e saiu às pressas do quarto. Parou ofegante diante da porta do quarto de Lukas. Num primeiro impulso, quis abri-la de um tranco e invadir o quarto. Não! Pare! Se Judith estivesse com Lukas seria constrangedor, e se não estivesse, seria mais constrangedor ainda irromper no quarto. Só que ele queria saber. Encostou a orelha na porta. Ouviu um barulho. Que barulho? Um barulho. Havia alguém no quarto. Lukas. Isso não precisava necessariamente significar alguma coisa. Como poderia saber se Judith estava com ele? O ranger da cama? O barulho que Leo ouvia era demasiado indistinto, talvez fossem passos — aproximando-se da porta? Com a mesma velocidade com que formulara esse pensamento, Leo voltou para o seu quarto e se jogou na cama.

Lukas, que já tinha ido se deitar, tornou a se levantar e se vestir. Não estava conseguindo dormir. Além do mais estava sentindo um pouco de fome. Pela janela viu que o bar do outro lado da praça ainda estava aberto. Por que não? Uma sobremesa e um trago, isso seria bem melhor do que ficar se revirando feito um bobo na cama. Quando deixou seu quarto, não chegou a ver a sombra de Leo se afastando depressa.

A viagem ia ser uma catástrofe, Leo sabia disso. Mas não sabia que a catástrofe ia se armar às suas costas. Certamente foi uma casualidade que Lukas encontrasse Judith no bar em frente, e essa casualidade não tinha nenhum significado. Judith ficou contente quando viu Lukas entrar, do mesmo modo que teria ficado se fosse Leo que tivesse aparecido de repente. Ela também não conseguira adormecer. Teve a sensação de que estava sendo mais difícil do que de costume, a viagem, as impressões, o quarto desconhecido, ela sabia, ficar deitada na escuridão do seu quarto, assim cheia de impressões, pensamentos, fluxos de imagens vagando pela sua cabeça como fragmentos autônomos, independentes da sua consciência, era assim como um filme sobre a vida dela, pois, como dizem, imediatamente antes da morte a vida se desenrola diante do olhar interior das pessoas como uma seqüência de imagens, ela teria sentido uma angústia sufocante e teria tido fortes palpitações, uma espera, em pânico, pela salvação, pelo chamado da mãe, acorde!, uma espera insensata pelo eco de uma antiga lembrança ainda viva, a obrigação de dormir, mas só a ameaça continua a viver, não o eco, porque a morte é ilimitada, nela não há nada, nem mesmo a parede do eco. Grapa. Ela não queria mais nada, só tomar grapa até que tudo sumisse, a lembrança, o medo, até que a tela ficasse em branco. Nenhuma imagem. Sobretudo nenhuma imagem masculina. Mas uns homens, um bar italiano à noite, basta uma mulher sozinha e já começa o assédio. Mesmo a rejeição, a negativa, eles tomam por consentimento, incentivo, como sendo parte do jogo. E Judith não queria nada além de sossego. Ficou aliviada quando Lukas apareceu, um defensor e tanto. E ele também ficou muito contente quando viu Judith junto ao balcão. No lugar da irritação por não ter conseguido adormecer, sentiu um alívio instantâneo, uma súbita animação, percebeu que além de querer comer alguma coisa, também tinha vontade de conversar, porque quase não pudera falar durante o dia todo. Quanta coisa havia para conversar com Judith. O espetáculo exclusivo que Leo lhes oferecera naquele mesmo dia ao ser vestido por ambos, da cabeça aos pés, em um estilo completamente diferente do habitual, não podia deixar de ser comentado. O que você está tomando? Grapa? Muito bom. Para mim também. Grapa! Pode deixar a garrafa aqui. Deixar — a garrafa — pode. Si. Grazie. E queijo. Qual? Que queijos o senhor tem? Provolone? Muito bom. E gorgonzola? Qual tipo o senhor tem? Qual? produtor? É importante, disse a Judith, que o observava surpresa, quer dizer, já que a gente está na Itália. Que quer dizer "o de sempre"? Olhe no papel. Qual é o nome? É. Temos dois. Santi Novara e Arioli Achille, só que é mais caro. Esse daí. Muito bem. Que sorte. Santi Novara é um queijo industrializado, bastante bom quando comparado com o que a gente consegue em Viena. Mas é um queijo industrializado, e o que a gente consegue em Viena não é bem gorgonzola, é mais uma imitação de gorgonzola. Comparado com isso, qualquer um daqui é melhor. Mas Arioli Achille — Lukas beijou as pontas dos dedos —, esse é um dos últimos produtores que ainda trabalham com o método clássico. Ainda tem o Carlo Gelmini e naturalmente o Santi & Co., que aliás fabrica o famoso Fior di Pannerone; depois tem ainda o Franco como é mesmo?, Franco, sei lá, Franco qualquer coisa, e mais um ou dois, poucos mesmo, o resto é indústria, pura indústria. Grazie. Quer experimentar? Não? Você deveria. Não vai ser tão fácil encontrar um queijo assim. Então, saúde. Bebeu a grapa de um gole e voltou a encher seu copo e o de Judith. Alívio de Judith: os homens do bar cessaram de importuná-la; a sua surpresa ao observar Lukas comendo. O encantamento dele ao contemplar o queijo, cortá-lo e levá-lo à boca com uma expressão de deleite no rosto e, ao mesmo tempo, aquela espantosa falta de cuidado ao comer. Ele mastigava de boca aberta e falava ao mesmo tempo, enfiava um pedaço de queijo na boca e logo em seguida um pedaço de pão, antes ainda de ter engolido o queijo, e falava e mastigava, e aquela risada aberta e radiante de felicidade — parecia-lhe obscena, como sempre ocorria quando ela via alguém rir com restos de comida entre os dentes.

Pegue, coma um pouco, disse Lukas, o queijo estimula a sensualidade. O rosto dele ficava cada vez mais redondo, era curioso, ficava parecido com um hamster, as bochechas cheias de provolone e de gorgonzola e de pão, olha!, disse ele encantado, é realmente de primeira, na casca, está vendo, ainda dá para ver os furinhos da perfuração; você está vendo o formato dos veios? Não foram perfurados à máquina, dá para ver com toda nitidez. O que é a perfuração? É o seguinte. O queijo é uma ciência. A propósito de ciência. Hoje eu morri de rir com o professor.

Era a primeira vez que Leo Singer estava sendo chamado simplesmente de "o professor". Judith entendeu imediatamente de quem Lukas estava falando, achou até mesmo engraçado o apelido, mas ficou chateada com o tom que Lukas usava ao falar.

Lembra quando ele caiu no canal, deveria se dizer mais corretamente — Lukas ergueu o dedo indicador — saltou. Um salto, imagina. Só se for na cabeça dele. Lukas tocou a testa com a ponta do indicador. O professor da triste figura, disse, o rosto dele parecia inchado a ponto de estourar. Palavras sábias e atos ridículos, disse Lukas, abanando a cabeça, foi divertido, divertido mesmo, disse. Olhe, aqui, no corte do provolone a gente vê a estrutura filamentosa da massa. A massa é aquecida no soro do leite, é cortada, rapidamente acidulada e depois amassada em água quente e amarrada em forma de cordas. Depois é aquecida de novo na forma de peras, bolas ou salsichas, o formato mais clássico é o das peras. Na água fria elas ganham firmeza, antes de serem postas num banho de salmoura. Num provolone de primeira, quando se corta a pêra, ainda dá para ver a estrutura do amassado, aqui por exemplo, está vendo? Parece uma fissura. Pois é. O professor. Triste figura. Ele, desculpe — Lukas engoliu com esforço, abanando a cabeça e, ao mesmo tempo, teve que arrotar —, ele quer me transformar no seu Sancho Pança, mas — Lukas bebeu o resto de grapa em seu copo e teve um arrepio — queijo! Você realmente não quer um pouco de queijo? Um queijo tão bom como esse daqui, lá em casa você não vai encontrar, não.

Lá em casa, pensou Judith, como era óbvio para Lukas dizer "lá em casa". Aliás, tudo era óbvio para Lukas. O fato de que o lugar de onde ele vinha fosse o seu "lá em casa". O fato de ele saber direitinho o que devorar em cada lugar em que se encontrava. O fato de ele ser do jeito que era. E o fato de ele pressupor com toda naturalidade o consenso de seu interlocutor, quando falava com desprezo de um terceiro. E havia sido exatamente sobre aquilo que Leo tinha falado durante o jantar, sobre a estupidez das próprias regras de vida; se Lukas o tivesse entendido, não poderia estar falando, agora, daquele jeito. Lukas lhe dava nojo, ele havia percebido alguma coisa, é verdade, mas o mais importante ele não tinha compreendido, a saber

Você viu o jeito dele quando estávamos indo para o restaurante, e depois, durante o jantar? Aliás, que porções pequenas. Caro, medíocre e as porções eram pequenas. De fora parecia tão legal, o restaurante. Tudo bem. Mas, voltando ao assunto, o Leo durante o jantar. Foi muito instrutivo. Eu até diria: desmascarador.

Precisamente, disse Judith, com a intenção de fazer com que Lukas se lembrasse daquilo que Leo havia dito durante o jantar para mostrar-lhe o que ele poderia ter aprendido, mas Lukas continuava a falar, incentivado pelo consenso pressuposto. Ele se comportou como um jovem galã no teatro. Roupa nova, novo papel. Foi ridículo, você não acha? Se lhe tivéssemos comprado uma armadura, ele teria acreditado ser um cavaleiro andante. Aliás, deveríamos ter feito isso. Lukas encheu seu copo de grapa e o esvaziou de uma vez. Um olhar amoroso. Quase como o de Leo durante o jantar. Um pouco mais inseguro, porém mais insolente e superficial. Pela última vez, durante um segundo, Lukas pareceu-lhe ser o discípulo de Leo. Deveríamos ter feito isso. Investido de uma armadura, Leo nos teria explicado o significado objetivo, o motivo pelo qual somente com aquela armadura ele poderia libertar a si mesmo e ao mundo. E se lhe tivéssemos comprado uma tanga, olha, a gente deveria ter comprado uma tanga para ele — Lukas bufava de tanto rir. Judith estava chocada porque ele tinha razão num certo ponto — mas estava tão errado em todo o resto. Estava sendo tão injusto. Aquilo não estava certo. Leo não era ridículo. Não era, ou não era apenas ridículo. Judith bebeu da sua grapa, procurou as palavras, mas quais? Havia palavras para defender Leo, mas essas palavras não se ordenavam, além do que ela estava bebendo para lavar tudo, para fazer sumir as imagens e também as palavras. E também havia palavras que mandavam Lukas à merda, mas essas eram fracas, um eco tênue das frases que Lukas continuava dizendo de qualquer jeito; se ele não as ouvia ao falar, tampouco as ouviria se ela mexesse os lábios para pronunciá-las. Judith apenas olhava para Lukas, calada, calada não: em silêncio. Mas não se pode dizer nada para ele, disse Lukas, ele fala e fala; eu até acho que foi bem interessante o que ele contou, mas

Precisamente, disse Judith, mas desistiu, Lukas continuava a falar. Pois é, não é verdade, a gente não pode dizer nada para ele, ele não tolera a mínima contradição, nem mesmo quando ele próprio se contradiz, quando, de repente, se mostra de um jeito bem diferente do dia anterior. Nunca vi uma coisa dessas, ele fala e — Lukas enfiou mais um pedaço de queijo e outro de pão na boca — fala sem parar, você viu, até deixou a comida esfriar no prato. Mas quando alguém o interrompe porque quer fazer um comentário, ele não deixa, ele sempre acha que está cem furos acima do outro. Furos, pois é, quase acabei com o gorgonzola, mas aqui você pode ver, é aqui que ele foi furado. O queijo é furado com agulhas ocas, compridas, para que possa entrar ar. É isso que se chama de perfuração. É preciso fazer isso para que se formem esses veios azulados. Eles se formam ao longo dos furos das agulhas. O queijo amadurece de fora para dentro. A gente sempre acha que o amadurecimento começa dentro do queijo, mas ele começa do lado de fora. De fora para dentro. Ao longo desses canaizinhos feitos pelas agulhas. O canal acelera o amadurecimento interno. É isso que é a perfuração. E estes são os veios. Está vendo? Você não quer? Tem certeza? Então, vamos acabar com ele. Lukas deu conta do resto do queijo, bebeu mais grapa para arredondar, o queijo é que fecha a refeição, é o que eu sempre digo. Vamos sentar? Não? Está bom, vamos ficar de pé, gosto de estar de pé, não se preocupe. Onde é que estávamos, ah é, você viu como o Leo sempre pegava no meu braço quando dizia alguma coisa que achava, sei lá, que considerava especialmente importante? O que é que ele quer? Que eu diga, sim, senhor professor? Será que ele espera que eu tome nota? E deixou sua comida esfriar. Que chato. Realmente chato. E ficou saltitando o tempo todo, como um palhaço. Diga, não é verdade? O que você acha?

Qual era o olhar de Judith? Ela pensou: maternal. Só porque, de repente, ela percebeu a diferença de idade. Como é que este comilão idiota, com seus vinte e um anos, podia falar daquele jeito de alguém que já tinha trinta, com tanto desprezo. Não, justamente por isso é que era tão lógico que ele não fizesse a menor idéia — certo, mas Leo, por outro lado, era.

A mãe dele, disse Lukas, um acaso o faz escorregar e cair no canal, eu lhe dou minha jaqueta verde, e ele explica tudo a partir da mãe dele. Faça-me o favor! Grapa. Beberam. Lukas voltou a encher os copos. Não dá para levar a sério um cara desses, disse ele, eu pelo menos não posso, como é que você pode? Seu rosto foi descaindo na direção de Judith, inchado, nebuloso e brilhante; a boca ainda insaciável. Quando ria, ela via os restos amarelos de queijo e de pão entre os dentes. Judith inclinou-se um pouco para trás, rígida, ele que pare de falar, que tire a mão daí. Um doido, disse Lukas, abanando a cabeça, não parava de falar, bebia e falava, Judith bebia e calava, como que paralisada por um espetáculo sinistro. Finalmente Lukas recolheu a mão para escarafunchar entre seus dentes com o dedo mindinho.

O bar estava ficando vazio. Judith teria adorado ficar sozinha. Mais um copo de grapa e depois o sono. Poderia ter dito: estou cansada, quero dormir. Alguma frase feita para poder fugir. Mas ela disse: você está enchendo. Ela disse: me deixe sozinha. Ela disse: eu só quero tomar a minha grapa e não quero ouvir mais nada.

Lukas iniciou uma tentativa de desfazer um mal-entendido, o que falei pode ter sido mal interpretado, eu me explico; para aquele rapaz simpático e gordinho que a pegou pelo antebraço, Judith disse uma única palavra, inequívoca, os olhos duros como metal, ameaçadores na moldura de suas sombras escuras.

Na manhã seguinte, Leo estava mortalmente cansado. Imaginação. Ele não a tinha, como havia percebido, por isso ficara repisando o mesmo ponto a noite toda. Judith estava com os olhos inchados, lacônica e irritável. Lukas também trazia um ar de ressaca, chateado, ausente. Disse que queria ir para Florença. Ia partir logo. Judith tomou seu café e não disse nada. Leo estava confuso. A jaqueta, ele disse, pode ficar com ela, disse Lukas.

Logo que Lukas partiu, Judith disse que queria ficar um pouco sozinha, passar o dia sozinha — a gente se encontra às cinco na recepção, Leo! —, Leo se viu de repente perambulando sozinho por Veneza, sem saber quem havia abandonado quem. Fora Judith quem o abandonara, Lukas, ou ainda, teria sido Lukas quem abandonara Judith? Mas, sobretudo, por quê?

Leo não sabia o que fazer consigo mesmo. Ficou andando de um lado para o outro. Consigo. Mas quem era? Eis a questão. O dia cintilava de tão claro, expostos à luz, os olhos ficavam ofuscados e, na transição rápida para a sombra, deixavam de ver por instantes. Leo diferenciava luz e sombra. Tinha o resto da vida ainda pela frente e, portanto, tudo estava por ser visto. Ele ainda era muito jovem. O tempo em que ficava amarrado ao pé da mesa já se fora. E, também, o tempo em que o mundo da casa e do jardim de Löwinger — rico, mas que a vista podia abranger — era seu único mundo. E tudo o que aconteceu depois confluía para um único ponto: para o fato de que só agora ele estava saindo para o mundo real. Tudo o que aconteceu depois não tinha sido outra coisa senão a tentativa de não sair. Tinham sido fantasias que deveriam ter redundado num mundo löwingeriano artificial, ao qual ele próprio tinha se amarrado. Quem era ele, quem era esse jovem com a jaqueta verde? Ele já não podia nem devia mais ser aquela personagem imaginária cuja fantasia ele vestia quando perambulava pelo jardim de Löwinger. Indubitavelmente. Nada. É necessário ver com clareza que. Nada. Leo não via nada com clareza; tudo o que havia à sua frente ou estava na luz ou na sombra, de tal forma que desaparecia nelas. Não é por acaso que. Nada. Tudo era tão casual e aleatório. Voltando sempre ao mesmo ponto. Por que agora, por que aqui. Sair. Por que aqui. Para onde. Leo atravessou praças inundadas por uma luz cintilante, mergulhou na sombra de estreitas ruelas; o ruído da água batendo nas pedras, vozes, cheiros, nada era evidente, tudo parecia tão evidente. O tempo não passava. O que é que ele ia fazer até às cinco. Sabia que não ficariam nem lembranças nem imagens desse dia. Todas se mostrariam ou superexpostas ou subexpostas.

Mas é claro que o tempo passou.

O que você fez hoje?

Fiquei passeando pela cidade e depois fui ver a exposição do Giorgione. E você?

Eu também.

Compararam as horas em que cada um deles havia estado na Galleria dell'Accademia. Por pouco não se encontraram.

Leo esquivou-se de falar sobre a exposição. Embora de fato tivesse estado lá, não vira os quadros de Giorgione. Não os tinha visto. Estivera de pé diante deles, andando de um lado para o outro. A moça amável e sorridente que lhe vendera o ingresso estava presente com mais nitidez em sua memória do que os quadros da exposição. Não como um quadro. Ele só sabia que sentira um rubor subir ao seu rosto quando ela tinha sorrido para ele. Um grupo de estudantes estava sendo guiado pela exposição. Alguns poucos prestavam atenção às explicações do professor e registravam os pedidos para que ficassem quietos. Leo nem estava vendo a bagunça das crianças barulhentas diante de si, apenas sabia que havia sido assim, poderia contar o caso, mas não o contou. Contar que ele praticamente havia se identificado com as crianças no desinteresse pelos quadros? Contar isso para quê? Judith havia perguntado por suas impressões da exposição. Mas, apesar de haver estado na frente dos quadros, ele não os tinha visto, permanecendo ali só para matar o tempo enquanto esperava que chegassem as cinco horas. Da mesma forma que Leo, as crianças também não estavam lá guiadas por um interesse pessoal; como ele, estavam animadas por outros interesses e desejos difusos, claramente mais urgentes, rodeadas de quadros como se estivessem numa galeria de espelhos que refletisse aqueles interesses e desejos de modo deformado e incompreensível. Era assim que Leo tinha vagueado pela exposição. Mas ver mesmo, ele não tinha visto nada. Se Löwinger tivesse estado junto. Löwinger, com um braço no ombro de Leo, o outro estendido em direção ao quadro, movendo-o com suavidade e decisão, como se regesse a estrutura e a composição da pintura à maneira de um balé vivo, teria aberto seus olhos com poucas frases e aí, sim, Leo teria visto. Mas, sozinho, Leo lia melhor do que via. Havia estudado as plaquinhas junto dos quadros mais detidamente do que os próprios quadros. Não tinha visto a *Vênus adormecida*, mas tinha lido: "*Vênus adormecida*. Óleo 108 × 175 cm. Empréstimo da Galeria de Arte de Dresden". É claro que tinha olhado para os quadros. Entretanto, cada um deles não lhe dissera nada mais do que o conjunto todo o fazia, e que vinha a ser um denominador comum àqueles e a muitos outros quadros, de outros pintores, em outros museus: o fato de que são quadros antigos. Uma mulher nua e gordinha adormecida, uma Madona num trono, um homem de armadura, um outro num hábito de monge, temas cuja incontável repetição na história da arte só indicava uma coisa: isto é história da arte.

Nem mesmo *Os três filósofos* lhe causara alguma impressão. Ele leu: "*Os três filósofos*. Óleo, 124 × 145 cm. Empréstimo do Museu de Artes Plásticas de Viena". Ah, Viena. Os três filósofos. Quais? Três homens de idades diferentes, com mantos diferentes, um sentado, dois de pé, ao ar livre. Tudo isso não lhe dizia nada. Talvez, se Löwinger estivesse junto. Com certeza ele saberia quem eram os três filósofos e que tendências filosóficas eles representavam. Para Leo o quadro não dizia nada. O que dizer sobre ele? Que apresenta três homens, vestidos de modo diferente, aparentando ser mais ou menos velhos, ou seria melhor dizer: mais ou menos historicamente distanciados? E o que significava o fato de que, se o quadro representava três filósofos, aquele que tinha o aspecto mais jovem, mais moderno, era o único a estar sentado? O que poderia significar estar no nível do chão diante de dois velhos filósofos? Leo não havia notado, não refletira sobre aquilo, para que falar sobre o assunto? Ele se comportara como um estudante naquela exposição. Muitos quadros, mas diante de seus olhos, havia apenas um encontro marcado. Teoria da arte, três filósofos, filosofia, Leo não queria discutir nada disso. Como Judith estava entusiasmada com Giorgione! Leo só podia concordar o tempo todo. Realmente, arte de verdade. Sem dúvida. Estavam gostando um do outro. Gostando da arte. Uma boa base para um relacionamento. Sem dúvida. No bar em que eles estavam tomando um aperitivo, de pé, tocava uma fita com canções italianas, *Porto del sole*, Judith teve que sorrir ao ver como Leo balançava o pé no ritmo da música. O que tinha acontecido com Lukas? De olhos baixos, revirando o tênis, Judith evitou a pergunta de Leo. O que ela poderia contar? A verdade? Encontrei Lukas ontem à noite no bar em frente à nossa pensão, ele ficou o tempo todo tripudiando sobre você, e eu o ofendi no fim? A verdade também não é mais do que um pretexto para dar continuidade a uma série infinita de interpretações que nos afastam dela mais do que o silêncio. Nada de interpretações. É melhor a gente ficar quieta, e se deixar embalar por uma onda sonora, acompanhando a música, acendendo um cigarro, erguendo um copo, saúde. Quase encostados um no outro, uma fase anterior à dança, que já quase a substitui.

Que dia lindo, disse Leo, porque agora o dia estava lindo. Às vezes a gente precisa disso, disse Judith, ficar um pouco sozinho.

É, disse Leo, com certeza, estava tão contente de poder estar a sós com Judith; não era o que ele queria? Um quarto duplo para ambos. Uma segunda cama, que seria supérflua, porque os dois deitariam na mesma. Mais dois camparis. Sim, dois. As pessoas vão achar que eles formam um casal.

Formaram um casal. Afastavam-se e se aproximavam. Como sobre trilhos. O jantar. O caminho de volta à pensão. O andar num ritmo harmônico. O desejo de roupa nova, querendo se mostrar como desejo nu. O quarto de Leo. Abraços promissores e desajeitados, ainda em pé, depois de terem tirado a roupa.

Quando Leo apagou a luz, um observador alheio à cena não poderia ter visto nada no quarto. Judith era o observador alheio à cena. Por que Leo era tão grosseiro? E ao mesmo tempo tão patético? Era irritantemente confuso saber em que consistia de fato a paixão de Leo. Consistia. Consistia, saía, insistia, saía, persistia, insistia, desistia. Não dava para enxergar nada. Uma pessoa ou duas. Judith levantou-se e tateou, no escuro, à procura do vestido. Fique mais um pouco. Quero ficar sozinha. Uma cama é estreita demais para os dois, e se for para dormirmos em duas camas, melhor eu ir logo para o meu quarto. E lá eu posso fumar. Isso ela não disse. No meu quarto tenho uma garrafa de grapa. Isso ela não disse. Eu não entendi nada. Isso ela não disse. Havia de novo algo peludo, musculoso. Havia algo úmido. Havia algo insuportavelmente sufocante. Um abraço-pânico. Uma paixão abraçadora. E a isso se contrapunha uma tolerância que se enroscava, uma boca mole, fazendo-se dura sob um beijo duro, um corpo que parece voltar a roçar insinuante o corpo do qual acabou de se livrar, desejos sussurrados de boa noite. E, como um raio, a luz entra pela porta que se abre e logo volta a se fechar.

Leo ficou sozinho na escuridão do quarto, cheio das impressões novas, precisando alcançar uma compreensão do que havia acontecido. Abriu as venezianas. No céu, por cima da praça, a lua brilhava. A recusa da vida é filosófica. Mas a saída para a vida, pensou Leo, é. O quê? Depois do primeiro passo é. Como? Leo estava de pé junto à janela aberta e sentia. Atrás da janela vizinha Judith estava de pé e bebia. É como? Lírica. O passo para a vida é a suprassunção da filosofia na arte, pensou Leo. Mas esse pensamento já era um retrocesso. Ele precisava condensá-lo de novo.

O terceiro e último dia em Veneza. Ficou claro que aquela viagem era uma catástrofe, mas também que era uma catástrofe diluída, uma catástrofe dissolvida num tempo quase paralisado. Mas o tempo foi aproveitado assim mesmo e, no final, quando quase não havia mais tempo, surgiu a borra, exibindo de maneira nada atraente o que havia estado dissolvido nele. Quando tomaram juntos o café da manhã, atrasados, Leo entregou um poema a Judith. Ele o escrevera durante a noite, depois de Judith ter ido para o quarto dela, e, embora ainda estivesse agitado, chegara a uma solução formal que revelava ter sido pensada de forma bastante calculada. Quando, depois de incontáveis rasuras, correções e mudanças, as três estrofes ficaram exatamente com o mesmo número de versos, e cada verso, mais ou menos do mesmo comprimento, quando a estrutura das estrofes se tornou completamente homogênea de maneira a estabelecer um paralelismo entre elas, mas ao mesmo tempo, também, crescendo para atingir um — sim, um clímax, então Leo copiou cuidadosamente o poema com letra caprichada numa folha dupla, que retirou cuidadosamente do meio do seu caderno de anotações.

Quando a jovem lua despontou
Por sobre a cidade, Deus se deitou
Sobre Babilônia. E ele pecou
Entre suas coxas poderosas.
Ele mordeu-lhe as tetas cheias
E suas mãos se crisparam
Sobre a pele suave da cidade.
E Deus exultou de prazer.

E quando a jovem lua brilhou
Por sobre a cidade, Deus jazia sobre Babilônia.
Que teve o ventre rasgado pelo seu membro.
Cortante, seu focinho voraz esvaziou-lhe
Os peitos e as longas unhas
Dos dedos de Deus rasgaram
Profundas fendas no rosto molhado da cidade.
E Deus urrou de luxúria.

Quando a jovem lua afundou
Por trás da cidade, Deus se ergueu
Com o sexo ainda poderoso.
E Deus olhou para Babilônia,
Sua mãe. Que jazia a seus pés

Com o ventre sangrando e os peitos
Esmagados e a pele em farrapos.
E Deus viu que era bom.

No gesto com que Leo deu o poema a Judith havia não apenas o orgulho do artista pela sua própria obra, mas também aquela consciência que adicionava ao valor futuro da obra de arte o valor do "manuscrito original".

Judith não gostou nem um pouco do poema.

Leo ficou chateado por não ter esperado por um momento mais apropriado. Os olhos de Judith estavam tão inchados. Ninguém poderia ler direito com os olhos nesse estado. Ainda por cima, durante o café da manhã. Ela comia enquanto lia. Volta e meia passava a mão pela folha para tirar as migalhas. Como é possível captar um poema passando a mão o tempo todo pela folha? A poesia não é o seu forte, Leo, disse Judith. Leo pensou obstinado que essa frase parecia soar como: a estupidez não é o seu forte.

Eu também tenho algo para você, disse Judith.

Ela ficou procurando em sua bolsa, encontrou um envelope e, finalmente, também uma caneta. Do envelope ela tirou um cartão-postal, no qual escreveu algo rapidamente, sem se preocupar com a letra.

O cartão mostrava uma das pinturas de Giorgione, Leo podia lembrar-se vagamente de tê-la visto na exposição. *Giuditta*. Leningrado, Ermitage. Só agora Leo percebeu que *Giuditta* significava Judith. O quadro mostrava uma mulher com uma espada e, a seus pés, a cabeça cortada de um homem. A mulher tem o pé esquerdo sobre a testa do homem. Uma perna despida, que sai da fenda lateral de sua veste vermelha, apoiada na testa de uma cabeça de homem, morta, decepada. Judith. No verso do cartão estava escrito: "Às vezes os homens perdem a cabeça. De alguns, sobra apenas a cabeça na imagem da tradição". Leo não tinha certeza de ter entendido o que Judith queria dizer. Mas ele sabia bem demais o que aquilo significava.

O último dia. Judith estava esquiva e arredia, Leo, desamparado, inseguro e sem energia. Uma despedida interminável. Achavam que estavam se despedindo da cidade. Ao meio-dia precisaram desocupar os quartos da pensão. Depois levaram suas bagagens para a estação e as deixaram no guarda-volumes. E ainda sobrava muito tempo até a partida do trem. O trem saía às. A que horas mesmo? Tanto tempo ainda. Judith e Leo voltaram a caminhar por Veneza, caminhavam e esperavam, bebiam vinho e esperavam, comiam *tramezzini* e esperavam, compravam souvenirs, ovos de cristal da ilha de Murano, e esperavam. O que dá para fazer com isso, para que é que serve?, perguntou Leo. Nada, disse Judith, são bonitos. Tomavam café e esperavam. Uma despedida tão longa, só porque o trem partia a determinada hora. A sensação que a gente tem quando dá beijinhos nas duas faces de alguém, prolongada por oito horas. O tempo estava parado como uma poça d'água ao sol. Agressões reprimidas com esforço. A viagem tinha sido uma catástrofe, porque acabou resultando numa despedida concentrada e, mesmo assim, infinitamente diluída. Quem poderia agüentar uma coisa dessas? Leo não. Ele não agüentou nem mesmo tomar consciência disso. Só viu que novamente se tratava apenas de matar o tempo e que ele, desde quando conseguia se lembrar, não tinha feito outra coisa a não ser justamente isso: matar o tempo. Uma espera fria e improdutiva, em lugar do amor e da produtividade que se imaginava pudessem surgir ali. Mas em vez disso, a única coisa que se seguia ao final de uma espera era o começo de outra. A ponte do Rialto. Leo odiava atravessar essa ponte, por correr o risco de ser confundido com turistas felizes sem estar tão feliz quanto eles. Só porque não tinha sido suficientemente forte, porque ele não era suficientemente forte, frio e consciente de si para insistir no destino objetivo de sua vida, para ter insistido nele, a saber, em que — deixa para lá. Mas mesmo assim, se Judith tivesse sido mais amável, mais amante, mais carinhosa, mais camarada. Ele não teria sofrido nem um segundo sequer. Sentia-se como um ser híbrido. Ficar aprisionado, o tempo parado, em algum lugar entre um não mais e um ainda não. Ele não era mais o mesmo e ainda não era o outro. E ainda não era de novo o mesmo e ainda não um outro. Caminhavam, passeavam e esperavam. Talvez fosse a camisa. Sua camisa colorida estava suada, e amassada, dentro da sacola. Ele vestia a camisa branca, que havia sido lavada por uma lavanderia expressa e estava bem passada. A camisa branca, formal, e a jaqueta verde, artística — de fato não combinavam bem. Nessa combinação, seu aspecto era esquisito. Leo sabia disso e se sentia inseguro. Não obstante a camisa branca, ele não era mais aquele da roupa conservadora, do andar pensativo, que demonstrava um desinteresse ostensivo por seu tempo e suas tolices. Ele era aquele da jaqueta verde — não mais também. Porque por cima da camisa correta, a jaqueta parecia emprestada, alheia, não pertencente a ele. Estava usando a calça jeans, mas não os tênis. Quando se usa tênis o dia todo, acaba-se por transpirar nos pés. Seus sapatos pretos haviam secado, e à custa de muita graxa Leo havia conseguido arrumá-los a ponto de poder usá-los de novo. Mas, ao caminhar, percebeu que eles já não eram mais os mesmos de antes. Estavam mais rígidos, mais duros, o andar parecia um pouco diferente, o couro provavelmente iria rachar. Seu andar era hesitante, sem aquela elasticidade, mas também sem aquele ar naturalmente pensativo. E quando olhava para os próprios pés, a combinação de calça rancheira com sapatos tradicionais lhe pareceu totalmente incongruente, não combinava mesmo. Exterioridades. Tanto tempo ainda. No tempo que ainda lhes restava, foi-se erguendo uma barreira tão grande de estranhamento entre eles, que toda a familiaridade que tinha se desenvolvido até então pareceu recuar diante dela. Um estranhamento maior e mais atemorizador do que aquele que se sente diante de estranhos. Porque esse estranhamento é o resultado do conhecimento, o fim, a despedida. A dura sombra da luz que o havia atraído tanto. Não combinavam entre si. Não mesmo? Cada um deles estava plenamente convicto de que o outro o amava, o havia amado, não mais o amava, nunca tinha amado, sempre amaria, tantas algemas, mas estavam em condições de dizê-lo? Bebiam vinho tinto. Judith ficou mais alegre e mais conciliadora. Você não está bravo comigo, não é, Leo?, disse ela, porque eu disse que seu poema

Nada disso, bravo, por quê? Leo ficou comovido. Você pode lê-lo de novo noutra ocasião, com calma, e se você continuar não gostando, então

Nunca ninguém escreveu um poema para mim, disse Judith.

Leo levantou seu copo, sorrindo enamorado, e sentiu no bolso de cima da jaqueta o cartão-postal.

Sabe, Judith, disse Leo, esse poema é, mas não chegou a dizer o que queria, porque de repente Judith estava falando em psicanálise — como é que ela tinha chegado de repente a Freud? — e perguntando se ele alguma vez já tinha se ocupado disso. Isso não me interessa em absoluto. Mas eles conversavam e o tempo passava, caminhavam e o tempo passava. Na praça São Marcos, Leo, num repente de sentimentalismo, quis tirar uma foto de lembrança com um daqueles fotógrafos que ficavam por ali à espera de fregueses. Quer com pombas?, repetia o fotógrafo sem parar, o típico é com as pombas, e ele jogava nervosamente ração para pombas diante dos dois, um pouco sobre o próprio Leo, um bando de pombas desceu batendo as asas violentamente sobre Judith e Leo, o ar ficou cheio de sujeira, penas, poeira e fedor, como se estivessem dentro de um frasco, no qual alguém tivesse mexido numa borra nojenta, e quando a foto foi feita, Leo estava cheio de cocô das pombas que acabou espalhando pelo veludo de sua jaqueta quando quis limpá-lo desajeitadamente. Leo sabia que, assim que chegasse em Viena, jogaria a jaqueta no lixo. Em Viena, os ternos paternais o esperavam no armário. Ficou parado como um anjo petrificado. Ele preferiria olhar para os anjos petrificados de cima para baixo. Da sua janela, do seu quarto de trabalho. Em casa. Ele havia saltado, tinha-se atrevido a dar um salto. Mas agora estava de novo firmemente apoiado, com os dois pés na terra. Lentamente, levemente inclinado para a frente, e com as mãos juntas às costas, Leo caminhava ao lado de Judith em direção à estação. Era o fim da fase de sua vida em que ele havia sido um jovem vestido conforme a moda, um amante e um artista.

A relação com Judith precisava ser remodelada e reformulada. Antes disso, nem pensar em continuar o trabalho da sua tese. Leo sabia que só poderia dar conta dos dias insensatos passados em Veneza se conseguisse conferir-lhes um sentido. Quer dizer, algo deveria surgir a partir deles. Idéia para um ensaio: — não tinha nenhuma. Longos olhares pela janela de seu quarto. Longas visitas aos cafés. Idéia para ensaio: viajar bestifica. Rejeitada. Idéia para ensaio: da atualidade de Giorgione. Rejeitada. Se pelo menos tivesse trazido o catálogo da exposição. Mas ele tinha apenas o postal com a Giuditta de Giorgione, era muito pouco material. Colocou o postal sobre a escrivaninha, apoiado na foto de Löwinger, cobrindo-a. Judith era a culpada, ele perdia tempo com ela, e não apenas isso, por causa dela ainda tinha que matar o tempo perdido, e depois ficava por aí, sem saber o que fazer. Deveria escrever sua tese. O tempo corria. Começar a sua obra. Mas não podia. Judith não lhe saía da cabeça. Uma cabeça decepada, sobre cuja fronte Judith apoiava o pé. Precisava rescrever a história, recriá-la, reformulá-la. De tal forma que no final não fosse a sua cabeça que estivesse perdida aos pés de Judith. Só então ele poderia reerguer a cabeça de verdade. Mas onde estava o ponto de partida? Ele enfiou os polegares nos cantos do colete de seu terno, enquanto caminhava de um lado para o outro no quarto. A roupa? Idéia para ensaio: da moda. Rejeitada — mas não imediatamente. O hábito faz o monge. Gottfried Keller. Leo voltou a trabalhar. Seu estudo sobre Keller progrediu enquanto ele apenas tomava nota daquilo que queria escrever, daquilo que queria demonstrar. Mas depois, quando leu a novela *O hábito faz o monge*, a crise voltou. A novela não dava pano para manga, pouquíssimo material para a interpretação que ele imaginava. Seria muito complicado interpretar o fato de um aprendiz de alfaiate ser confundido com um conde, de tal modo que se tornassem possíveis alusões sensatas às experiências que ele tinha tido em Veneza com a roupa nova, a calça jeans e a jaqueta verde — *Henrique, o verde*! A crise estava superada. Surgiu o grande ensaio de Leo sobre Keller. Naturalmente, também surgiu um subcapítulo sobre a arte novelística de Keller, já que Leo tinha algumas anotações sobre esse assunto. Porém, ele escreveu, este não é o lugar para entrar em maiores considerações a respeito. A parte principal e central de seu trabalho foi a interpretação de *Henrique, o verde*. O verde Henrique era ele próprio, óbvio. E Judith naturalmente era Judith. A coincidência de o amor não correspondido de Henrique se chamar justamente Judith era tentadora demais. Por outro lado, também as outras personagens femininas no *Henrique, o verde* tinham semelhanças tão nítidas com Judith; Leo a via em todas elas, em Dorothea, por exemplo, ou em Anna. Evidentemente, Judith não era tão única assim. Isso tranqüilizou Leo, e bastante. E, por isso, todas aquelas mulheres podiam se resumir a mensagens endereçadas a Judith. Por isso Leo escreveu: "Para Keller, todo ser humano tem a sua beleza própria e específica, a fragilidade doentia e a fraqueza de Anna e de Agnes, assim como a maturidade feminina de Rosalie ou de Judith, e ainda a superioridade juvenil, firme e flexível, espirituosa e bem-humorada de Dorothea, ou mesmo o heroísmo silencioso e tenaz, amiúde estreito da mãe. A descoberta da essência das personagens é, para Keller, uma descoberta da beleza", ou seja, sempre o mesmo. O que significava que Leo descobria em cada uma das personagens do romance essencialmente a mesma mulher: Judith.

Ao escrever que o verde Henrique "atingiu sua maturidade humana definitiva na sua relação com Dorothea", Leo deixava claro em que consistia, para ele, o significado da relação que havia tido com Judith em Veneza. "Agora, ele abdicava realmente, livremente, das inclinações artísticas que alimentara em sua juventude." Queria dizer que Judith não deveria fazer de conta que não havia acontecido nada, pois as conseqüências da relação entre ambos eram significativas demais. Por outro lado, ela também não deveria projetar nada para o futuro, porque a função que poderia ter uma relação com ela já se cumprira, e não seria de se esperar mais um salto de qualidade de eventuais repetições. Nenhum salto mais. Inclinações artísticas, o que Leo queria dizer com isso se referia naturalmente ao seu poema. Sua juventude, Judith teria que entender isso, estava passada e enterrada. Não conseguiu evitar a formulação "inclinações em direção à fama e ao esbanjamento" do verde Henrique diante de Judith — bastava pensar na soma que a viagem a Veneza lhe havia custado, no fim das contas —, "e a primeira falha moral que a isso se seguiu", estava claro, sem qualquer dúvida, Judith iria entendê-lo. Agora, porém, tudo tinha um sentido: "Depois de liberto externa e internamente, Henrique retornou às suas atividades políticas em sua pátria". E para que Judith entendesse em que deveria consistir, agora, a atividade política do próprio Leo, ele inseriu num ponto central uma citação de Hegel, só para mostrar — este é o meu verdadeiro destino, a minha atividade socialmente sensata e necessária, o trabalho sobre Hegel, e o ensaio sobre Keller, eu apenas o escrevi para poder prosseguir com meu trabalho sobre Hegel. A ciência. A análise abrangente da totalidade social.

Leo mandou o ensaio sobre Keller para Judith como um aperto de mão com o qual ele encerrava o tempo passado em comum e se despedia. E para que não houvesse dúvidas, para que Judith entendesse o seu trabalho corretamente, Leo escreveu em carta anexa, entre outras coisas: "Você sabe por que este trabalho foi escrito: porque não sei escrever poemas. E você sabe a quem se destina este 'poema' e quem o despertou em mim". E, depois, o anúncio do começo de sua vida essencial. "'Em nosso tempo' (perdoe-me a expressão), ainda não havia quase pontos de partida intelectuais ou científicos para aquilo que vou fazer doravante, aquilo que no futuro irá preencher minha vida inteira, mas o fato de ter chegado até aqui, de ter chegado até mim mesmo, eu o devo unicamente a você. O que quero fazer só pode ser feito por alguém que esteja sozinho, mas a gente só consegue chegar a esta forma de solidão por meio da vivência de sentimentos profundos de pertencer a alguém e DEPOIS da mesma. Quem não sabe o que outro ser humano pode significar para si próprio, o que um ser humano pode ser para outro, possivelmente se sentirá apenas abandonado e, nunca, plenamente satisfeito, enraizado numa solidão criada para o exercício da ciência. Só este último poderá passar, altivo e calmo, ao largo das possibilidades sociais servis, mesquinhas e mentirosas e apostar a vida no jogo arriscado do seu trabalho, sem perder a cabeça. A 'vida', pela qual mais de um sacrifica suas verdadeiras metas, nada mais significa para ele. A 'vida' e os 'seres humanos' são apenas sombras ao lado daquela vida que, para ele, é a única verdadeira; o que elas podem oferecer àquele que olha para além delas?" e assim por diante. Acabou sendo uma carta longa e heróica — que ficou sem resposta.

Permanecer sozinho e não escrever sequer uma linha da tese. Ficar olhando pela janela, para os anjos funerários, para a triste fachada de um pátio interno em Viena; por trás das janelas, do outro lado, as sombras das pessoas; a luz elétrica, quando ficava escuro. Nem uma linha do trabalho sobre Hegel. Acho que você deveria terminar seus estudos de verdade, e rápido, disse-lhe seu pai num encontro no Café Razumovsky, você tem que trabalhar mais, e se você precisar de mais dinheiro para a fase final, para pensar apenas no seu doutorado, eu posso lhe dar de bom grado, mas você realmente deveria terminar, é a única coisa que espero de você. Ou, se você não quiser mais estudar, então me diga logo, assim pode vir trabalhar comigo, assumir o negócio, mas é bom você pensar no que realmente quer, onde estão seus óculos, Leo?, seria bom usá-los para não acabar estragando a vista, você deve dar ouvidos a sua mãe, a gente só quer o seu bem, agora, você realmente deveria acabar logo a sua tese, sem medo do que virá depois, nós temos o suficiente, só que está na hora de você realmente

E, de fato, tudo viria a acontecer muito rapidamente. Pouco mais de seis meses depois, Leo veria pela última vez seu pai no hospital, cujo corpo o câncer havia reduzido quase a um esqueleto, só pele, mas não reconheceria o corpo encolhido, sentiria um terror mortal e também a sensação de total estranheza diante da morte, pois veria a morte do pai apenas como a representação de uma morte, ele não iria aceitar aquele indefeso crepúsculo em direção ao fim, e não aceitaria esse último remanescente físico da vida do pai como sendo o pai, ficaria afetado, mas também não ficaria, pois aquele esqueleto, mal encoberto por uma pele envelhecida, como que apenas por discrição, completamente dependente da boa vontade dos médicos e das enfermeiras, era impossível para ele reconhecê-lo como o ser humano que, em vida, havia sido seu pai, ele ficaria junto ao leito do pai, porém o pai não estaria na cama mas apenas na sua imaginação e na sua memória, depois, ele teria partido novamente, tendo estado ali apenas como as flores no vaso estiveram na mesinha de cabeceira do quarto do hospital, falaria ainda com um dos médicos e diria do seu espanto pelo fato de o pai não o ter reconhecido, mas calaria o fato de ele próprio não ter reconhecido o pai, Leo iria fazer isto e aquilo, e assim o fez, mas mesmo depois de tê-lo feito, ficou um débito consignado no seu livro de contabilidade da vida, o que quer que devesse ter feito ou feito de modo totalmente diverso resultaria em que tudo agora seria totalmente diferente, e, assim, deixou por isso mesmo: do lado do haver de sua conta sempre existiria apenas um débito. A morte do pai aconteceu exatamente na época em que tinha voltado a se aproximar cautelosamente de Judith.

Judith voltou a conhecer Leo como um homem que se havia tornado inseguro, desamparado, sem a antiga amplitude de visão, que se tornara pensativo por causa de um obscuro fracasso. Depois do ensaio sobre Keller, ela não tinha recebido nenhum outro trabalho de Leo, não tinha lido nenhuma linha escrita por ele. Se isso não soasse muito condescendente ou paternalista, ela diria que havia considerado o ensaio interessante, "talentoso" mesmo, mas, no conjunto, acreditava que a interpretação parecia mecanicista demais, a descrição do desenvolvimento de Keller, teleológica demais, a avaliação deste, por parte de Leo, demasiado escolar, e o inter-relacionamento com as circunstâncias históricas — que ele sempre tentava demonstrar com frases que começavam com "Não é por acaso que" — muito artificial. Contudo, o material do trabalho era rico, e demonstrava que Leo evidentemente tinha condições de fazer um bom trabalho, por que ele não escrevera mais nada depois disso?, por que também não avançara em sua tese, como ele próprio contou?

Foi por esse tempo que Judith viu Leo pela primeira vez como um velho, pelo jeito como ele se deixava ficar sentado na poltrona, no apartamento dela, envergando seu terno conservador, o que ele fazia displicentemente, com uma indiferença aborrecida, como quem nunca parasse na frente de um espelho para ver se a roupa lhe caía bem, usando óculos novos, mais pesados e com aros ainda mais escuros do que os antigos, permanecia ali, sentado, o corpo curvado sobre si mesmo, sem grandes gestos, sem muitas palavras, como alguém de regresso após uma longa e fracassada expedição que tivesse deixado marcas profundas e devastadoras. Apático na maior parte do tempo, mostrava-se, todavia, ativo e diligente quando se tratava de marcar novos encontros com Judith, de voltar a vê-la, de poder passar um tempo ao lado dela mas, depois, uma vez juntos, voltava a recair naquele estado de inércia extremo, como se fosse incapaz até mesmo de tirar o telefone do gancho. A única coisa que ainda fazia era tomar chá, só que agora com rum, e preferia morno, para que o pudesse sorver de um ou dois goles, sempre com uma boa dose de álcool, ficando, em seguida, comovido e choroso como uma criança, uma criança velha, pensou Judith, que não sabia o que fazer. Mas nada a surpreendeu mais do que o fato de não se insurgir contra a vontade dessa criança, que a investia do papel de mãe — algo que era feito com estranha coerência e lógica, apenas mediante o consentimento dela, sem que ela mudasse qualquer coisa, num primeiro momento, em seu comportamento ou modo de vida. Com freqüência cada vez maior, ao visitá-la, Leo queria pernoitar no apartamento de Judith, não conseguia voltar para casa, não conseguia ficar sozinho. E quando, depois, dormia na cama de Judith, enquanto ela ficava acordada até altas horas, como sempre, trabalhando, lendo, fumando, bebendo, caminhando pelo quarto, surgia nela o sentimento de não estar fazendo nada daquilo, mas de estar apenas velando o sono de Leo como mãe, que, tensa, prestasse atenção a todos os ruídos, sempre pronta a agir ao menor sinal. A necessidade de sono dele, que naquele tempo era realmente excessiva, combinava com a insônia fundamental de Judith de um tal jeito que, no fim, quando ela se apercebeu, indefesa, havia surgido para ambos, muito naturalmente, a sensação de que ela tomava conta dele, até mesmo velava o seu sono. E quando, então, chegou até a cozinhar para ele, Judith de repente não era mais a mulher consciente de si, livre e independente, que convida um amigo para comer em casa, mas. Ou quando Leo depois de cinco, seis xícaras de chá com rum começava subitamente a chorar, agachava-se diante dela, deitava a cabeça no colo de Judith, e quando ela — o que podia fazer? — acariciava-lhe os cabelos, percebendo pela primeira vez o começo da calvície no alto da cabeça dele, uma tonsura, ela pensou, e ficava comovida e o consolava, alisando-lhe os cabelos rapidamente de modo a cobrir de novo a calvície incipiente, então ela não era a amiga, a amante, mas. E quando ele tentava se revoltar, desarmado no seu pedido por amparo, uma imagem kitsch, mitigada apenas pelos contornos difusos e pela falta de nitidez com que se formava na consciência de Judith, quando ela olhava para ele com espanto, parado diante dela e pedindo-lhe com toda seriedade que o obrigasse a voltar ao trabalho, que cuidasse para que ele ficasse sentado junto à escrivaninha, então, quando ela o encorajava, ela não era. Mas. A mãe, a única, a última a ficar do lado de seu filho, em quem confiava cegamente que ele, um bom menino, decente, ainda iria — era demais para ela, ela não era aquela que parecia ser, e não sabia o que fazer, como reagir sem matá-lo. E quando ela, nas noites em que Leo dormia em sua cama, deitava horas mais tarde do que ele, totalmente exaurida e quase desfalecendo de cansaço, e sentia como ele, sem acordar, apertava seu corpo contra o dela, Judith sentia isso de maneira tão difusa e opaca como uma seqüência de um sonho, então isso era — como? Mais obsceno e velado e inconseqüente e grave do que.

Dessa maneira acabou, finalmente, quase por surgir um relacionamento, muito frágil, que não podia ficar assim, ainda mais considerando que já havia existido uma relação que, justamente, não subsistira como tal. Esse novo vínculo ganhou corpo, tanto quanto Judith era capaz de perceber, em algum ponto da incomensurável distância entre a pretensão exagerada de Leo e sua incapacidade em tornar realidade até mesmo os primórdios dessa pretensão. Era algo que parecia suspeito a Judith, e ela não sabia se realmente o desejava. Mas enquanto ela não conseguia pensar com mais clareza a esse respeito, o relacionamento foi se estreitando cada vez mais. Até mesmo quando Judith ia para a Biblioteca Nacional, Leo ia junto, só para não ficar sozinho, e permanecia sentado a seu lado, lendo e fichando bibliografia sobre Hegel. Quando Judith trabalhava em casa, Leo sentava-se à mesa da cozinha e tentava elaborar, a partir dos fichamentos feitos, um novo capítulo de sua tese, só para preencher o tempo que Judith levasse para voltar a lhe prestar atenção. Mas a relação só surgiu quase. Os problemas que advieram do fato de esse vínculo ter se estabelecido de uma forma tão sub-reptícia, sem qualquer acordo ou decisão consciente, só quase advieram. Judith foi apenas quase acometida de pânico, e apenas quase aconteceu de ela se sentir asfixiada e presa. Leo ficou apenas quase novamente eufórico, consciente de si e produtivo. O novo capítulo só ficou quase pronto. Porque, exatamente naquela época, o pai de Leo precisou ser operado com urgência, e ele, de novo, voltou a passar mais tempo no hospital do que na biblioteca, mais tempo com sua mãe do que com Judith. E tudo aconteceu de forma tão inacreditavelmente rápida, e o pai morreu.

É necessário se perguntar como vai ser daqui para a frente. Será necessário tomar decisões. Foram tomadas. A mãe convocou Leo a fim de comunicá-las a ele. De tanta emoção, quase a abraçou e chorou, porque seu pai, nunca mais naquele quarto, àquela mesa, nunca mais — mas a atitude de rejeição da mãe não permitiu outra coisa além do beijo de sempre e, em seguida, Leo precisou até esperar que ela terminasse alguma coisa que, evidentemente, havia acabado de começar. Sente-se, Leo, eu acabo logo. Está certo, mamãe. Um requerente sem petição, diante da mãe, sentada em sua postura correta e rígida, como se não estivesse sendo observada por Leo, mas por um grande público, ou, o que para ela era a mesma coisa, como se estivesse totalmente sozinha, e, de uma pilha de cartas que estava à sua frente, ela pegou um envelope após o outro, para, com sua velha caneta-tinteiro, fazer um risco enérgico sobre o endereço, escrevendo ao lado, sem emoção, como Leo observou estupefato, com sua caligrafia inexpressiva: destinatário falecido, devolver ao remetente. Risco, destinatário falecido, devolver ao remetente. Risco, destinatário falecido, devolver ao remetente. Para Leo era perfeitamente claro por que ele a odiava, mas por que ela o odiava, isso lhe era totalmente incompreensível. O que ele lhe tinha feito, além de ter vindo ao mundo, de ser seu filho?

A vagabundagem e o *dolce far niente* chegaram ao fim, Leo, disse a mãe, enquanto girava a tampa da caneta-tinteiro. Um animal, de repente era um animal enfurecido, preso no invólucro do corpo de Leo, sentado e imóvel, o animal urrava e batia com suas garras contra as paredes da prisão, expelia excrementos e lambia o próprio sexo, mas o que se via era apenas um par de seres humanos rigidamente sentados, o que se cheirava era naftalina, ondas de calor num quarto aquecido com demasiada parcimônia, gases, um súbito espanto ao mínimo rangido de uma cadeira. Fim dos estudos, isso é o que ela quer dizer, pensou Leo. Não, ele queria dizer, seria loucura agora interromper os estudos tão perto do fim, e o pai desejava que eu defendesse a tese, ele gostaria de dizer, foi de certa forma o seu último desejo, e não é possível haver sérios motivos econômicos que me obriguem a ir trabalhar de repente, o pai havia dito que nós temos o suficiente, ele gostaria de dizer, e ele, Leo, deveria ter direito a isso, a uma parte ou sei lá como se diz, ele queria dizer. Dizer já. Queria e deveria ter dito. Ficou olhando para sua mãe em silêncio. Ou talvez ele devesse assumir a empresa? Mas isso era impossível, ele não entendia nada de negócios, seria a ruína, ele queria deixar claro imediatamente que. Se o pai tivesse querido algo assim, ele já teria, muito antes — não, não dizer nada, ficou olhando para sua mãe em silêncio. Talvez a empresa funcionasse sozinha, a empresa já era bem conhecida, talvez houvesse encomendas a longo prazo e contratos de fornecimento que permitissem a sobrevivência durante um longo período, talvez os funcionários fossem fiéis, pelo que ele sabia todos estavam havia anos na empresa, talvez desde o começo, como é que a mãe poderia impedi-lo de paralelamente terminar sua tese, se ele iria provar ao mesmo tempo que era capaz de vencer na vida prática, capaz de cuidar de seu sustento. Não dizer nada.

Agora era a mãe quem falava. Agora é necessário que, agora é preciso que, é assim que. Vai-se, não se pode, se. Não é possível que, não há outro jeito senão. O que é que vamos fazer? Sob a condição de que, somente se. Quer dizer. Isso significa. Não é possível de outro jeito, sinto muito. Antes talvez tivesse sido possível, mas agora infelizmente. No momento oportuno se deveria, mas, agora, infelizmente. Isso quer dizer. Primeiro. Segundo. Terceiro. Não há nenhuma outra possibilidade. Tem-se que.

Quando a mãe parou de falar, Leo foi incapaz de dizer o que quer que fosse. Mais uma vez, sua fantasia havia sido insuficiente. Ele não havia sido capaz de imaginar aquela situação, com aquilo ele não contava. Dizer o quê? Como argumentar? Como lutar? A mãe já havia decidido e tinha tomado as providências necessárias, criado fatos consumados, não havia volta atrás. Aliás, só lhe restava o caminho de volta.

Na volta para casa, furou um pneu do carro. Primeiro ele não encontrou o macaco. Depois, não sabia como usá-lo. Quando finalmente conseguiu erguer o carro, teve que abaixá-lo de novo, porque só então percebeu que deveria ter desapertado os parafusos da roda antes de erguer o carro. O macaco saiu do encaixe e machucou seu dedo. Depois, não conseguiu girar nem um milímetro os parafusos. Jogou o peso do corpo com raiva sobre a chave de roda, puxou e empurrou com toda a força, mas nenhum parafuso cedeu. A raiva e o pavor de que tanta emoção e esforço provocassem um derrame. Tudo bem, e daí?, ele pensou, e não tentou mais. Deixou o carro parado e foi até a cabine telefônica mais próxima, procurou na lista a loja de carros usados mais perto dali, foi até lá rodando com o pneu furado e vendeu o carro, sem negociar, pelo preço ridículo que o comerciante lhe ofereceu. Depois foi de táxi para casa, com a pasta do pai, que a mãe lhe entregara, apertada contra o peito pela mão esquerda, enquanto ia chupando a ferida do indicador da mão direita; suas mãos estavam pretas, de tão sujas. Ainda vou pegar uma septicemia, ele pensou, sentindo-se como se já tivesse contraído a doença e não houvesse salvação. Em casa, lavou longamente as mãos, limpou cuidadosamente a ferida e a envolveu num lenço. Depois foi até a farmácia mais próxima, comprou tintura de iodo e esparadrapo. Com um copo grande cheio de rum, finalmente sentou-se junto à escrivaninha. E ficou ali durante um longo tempo numa atitude totalmente apática, bebia, fixava a escrivaninha, bebia. A *Fenomenologia* de Hegel aberta no capítulo "O desejo e a necessidade". Algumas folhas com citações e anotações. Quando ele as tinha feito? A pasta preta de seu pai. A Giuditta de Giorgione. A súbita irrupção de um desespero indescritível. Com um rápido movimento, afastou a *Fenomenologia* e as folhas escritas da mesa e soluçou. O livro fez um ruído artificial e excepcionalmente forte ao cair no chão. Um olhar enevoado para a pasta preta, para o quadro de Giorgione. Leo pegou papel em branco da gaveta da escrivaninha e começou a escrever uma carta para Judith.

"Quem seria capaz de lembrar quantas cartas como esta já foram escritas; esta, que deveria ser uma última e definitiva despedida — se eu tivesse energia vital suficiente em meu corpo, então você nunca mais ouviria falar em mim, e eu continuaria a arrastar essa minha vida vazia, miserável, e a maneira pela qual conseguiria suportá-la seria algo que não precisaria lhe interessar, e nem eu gostaria que lhe interessasse. Preciso escrever agora, porque você vai receber estas linhas junto com a notícia da minha morte; preciso porque — talvez — eu tenha significado tanto para você e tenham ficado tantas lembranças das horas que passamos juntos, que não lhe será totalmente indiferente saber por que saio de uma vida que todos consideravam valiosa, da qual até eu mesmo esperava — sem deixar de ser razoável — êxitos notáveis para o futuro. Talvez se trate de vaidade exacerbada e de um enorme exagero na avaliação das minhas capacidades — e se assim for, perdoe este homem fraco, doente e dilacerado —, entretanto, às vezes passa pela minha cabeça, quando penso no que estou planejando, que é possível que se você vier a saber por intermédio de outrem — que naturalmente desconhecerá os motivos (você pode imaginar que ninguém ficará sabendo deles!) —, possa, na magnanimidade de sua bela e generosa alma, temer ter desempenhado um papel significativo no que terá acontecido, imaginar que eu, se você tivesse tido outra atitude, talvez pudesse ter sido salvo, que... em resumo (não quero excluir, como já disse, a possibilidade de que tudo isso não seja senão uma avaliação distorcida de mim mesmo e do que eu possa significar para você), em suma, eu não quero nada disso. E, por isso, sinto-me obrigado a lhe dizer por que não suporto mais esta vida. — Serei breve". Aqui se seguia um longo retrospecto de sua vida, começando com os tempos anteriores ao primeiro encontro com Judith (a "era glacial", escreveu Leo, abandono total, falta de produtividade), depois o encontro com Judith ("Eu me tornei um outro homem, um homem bom"). Falava ainda na súbita capacidade de trabalhar que surgiu ("Começava a me acostumar com este estado"), até a sua viagem com ela para Veneza ("A vida, tanto tempo reprimida"), as dúvidas que se seguiram a respeito de se ele havia sido criado para a vida, se podia ingressar na vida ("Mas uma juventude como a minha não se pode esquecer"), o final dessa fase, a vitória do seu impulso para uma vida retirada: "Toda a bondade acabou em mim, foi extirpada, erradicada. Tornei-me mau, frio, cínico, maldoso. Fiquei intelectualmente embriagado. Os livros, os pensamentos tinham sobre mim o efeito do ópio. Vieram algumas semanas em que fiquei (intelectualmente) mais rico do que nunca antes em minha vida, em que eu era assediado por enxames de idéias soberbas, idéias fortes e amplas". E depois veio a noite em que a embriaguez se dissipou, a noite na qual começaram "as lágrimas do desalento". Uma fase de "limpeza e purificação", escreveu Leo, durante a qual, graças a um último e exaustivo exame conduzido pelas mais profundas dúvidas a respeito de si mesmo, mediante a mais radical fixação em si mesmo — nas possibilidades mais inerentes a ele, e nos próprios limites — ocorreu uma superação de todo o subjetivo que se encaminhou, então, finalmente e de fato, para uma necessidade objetiva, na qual o trabalho vem a se transformar no sentido propriamente dito e deixa de ser mero reflexo biográfico; em que o trabalho "não apresenta mais nenhum traço, nenhum vestígio da minha própria miséria pessoal, existente em mim e por mim deixada para trás, das minhas próprias preferências, preconceitos, em suma", escreveu Leo, "a dolorosa irrupção da objetividade". ("O quanto eu devo a você justamente durante o tempo em que vivi esse processo é algo em relação a que, com certeza, não preciso ser mais específico.")

Leo pensava nas semanas em que tinha estado quase todos os dias com Judith, nas lágrimas, no consolo que Judith lhe dava, nas suas próprias fases de apatia e de transe, nas horas passadas ao lado de Judith na Biblioteca Nacional, nas tardes em que ruminava absorto sobre os seus fichamentos na mesa da cozinha, e em como tinha que tirar os papéis dali para que Judith pudesse cozinhar. Disso tudo poderia ter surgido algo, poderia finalmente ter de fato surgido alguma coisa, o jeito determinado e autoconsciente de Judith poderia tê-lo sensibilizado, e depois — Leo passou o dorso da mão pelos olhos e continuou escrevendo.

Justamente nessa época, escreveu, seu pai ficara doente, vindo por fim a morrer. E era uma trágica ironia do destino que justamente o pai, que durante toda vida tinha sido um homem fraco e mole, que nunca tivera nenhum poder sobre ele, Leo, justamente por meio de sua morte viesse a exercer um súbito domínio sobre ele, que a morte do pai tivesse conseqüências fatais para Leo. "Sobre a escrivaninha, na minha frente, enquanto escrevo estas linhas, há uma pasta preta, como um caixão em miniatura, é a pasta de meu pai. Nesta pasta está contido aquilo que fará com que eu leve uma existência basicamente vegetal, com que seja arrancado, desenraizado, desprendido como uma violeta do seu campo, aquilo que vai me matar — e só há um jeito de eu impedir que isso aconteça: eu mesmo acabar com a minha vida."

Leo recostou-se, desafogou o colarinho da camisa. Embora já tivesse escrito muito, ainda não explicara quais eram os motivos para o suicídio anunciado. Agora, chegado o momento de fazê-lo, sentia-se exaurido, mas com aquele cansaço feliz que encerra um dia realmente produtivo. Além disso, o fato de escrever para Judith (de se imaginar conversando com ela) o havia tranqüilizado de tal forma, que acabara por provocar o adiamento do dia de sua morte. Claro que não seria suficiente para cancelá-la definitivamente, pensou Leo, numa mistura de obstinação e desânimo. Só que agora ele não queria continuar escrevendo, queria falar com Judith, contar-lhe tudo. Queria passar o seu último dia com ela. A carta nunca foi enviada.

Leo teve sorte, telefonou para Judith, que atendeu logo na primeira tentativa. Alarmada pela voz fúnebre e pelas alusões vagas e enigmáticas que ele fazia, ela logo se declarou disposta a encontrá-lo.

Eu não entendo o que há de tão terrível no fato de você ter que voltar para o Brasil, disse Judith.

Estavam no Café Sport, e Leo não sabia o que mais o irritava, se o barulho que havia ou o jeito com que Judith parecia menosprezar a tragédia de sua vida.

Mas será que você não entende?, disse ele, tudo o que aprendi e para o qual trabalhei até hoje, tudo isso se torna obsoleto de repente, uma anedota banal, todas as minhas pretensões, meu plano de vida, minhas esperanças, tudo é jogado por terra por um fato fortuito, externo, arbitrário que não tem nada, mas nada mesmo, a ver comigo e com aquilo que me importa, porque é uma mera casualidade que meu pai tenha comprado alguns imóveis em São Paulo, e que ele tenha morrido de forma tão inesperada, e que por que seria uma casualidade, disse Judith, seus pais não foram parar em São Paulo por acaso, mas porque tiveram que fugir do fascismo, e o fato de vocês terem algumas posses no Brasil, eis aí um fato que precisa ser visto à luz da história universal. Judith sorria com ironia.

História universal, disse Leo com desprezo, história universal, isso não significa nada no contexto da história universal, na melhor das hipóteses é uma nota de rodapé de uma página da história universal. Ficou perplexo. Depois continuou: e eu, o que vai ser de mim? Talvez eu viesse a ser, bem, não digo de algum valor para a história universal, mas você entende o que eu quero dizer, se pudesse continuar e terminar o que estou querendo fazer, o que comecei, mas não, agora sou simplesmente arrancado da minha existência, transplantado para um outro lugar, devo fazer algo totalmente diferente, para o qual não fui feito, bem, é isso. Balançou a cabeça. Meu pai sempre teve paciência comigo. Minha mãe nunca teve paciência comigo. Quando meu pai morreu, esperava que minha mãe dissesse que não haveria mais dinheiro para eu continuar os estudos. Talvez, até mesmo que ela me obrigasse a assumir os negócios. Esperava tudo. Mas quando ela pôs a pasta do meu pai sobre a mesa e disse: Está tudo aqui, Leo, a passagem aérea, o vôo é no próximo domingo, todos os papéis e documentos relativos aos terrenos que seu pai comprou em São Paulo, um envelope com um capital inicial em dólares, para que possa voltar a me instalar em São Paulo, e agora eu é que devo vender todos esses terrenos lá, não há mais por que esperar, é uma coisa que tem que ser feita agora, ela iria se ocupar da empresa em Viena e da melhor forma de vendê-la — aí foi que soube que estava tudo acabado, morto e enterrado, serei corretor de imóveis e não filósofo, e o meu trabalho sobre Hegel —

Mas por quê?, disse Judith, não estou entendendo. Um trabalho sobre Hegel pode ser escrito em qualquer lugar, em Viena, em

Moscou, em São Paulo, dá na mesma onde você venha a estar, se você realmente quiser fazê-lo. O exílio dos pais também significou o exílio para a geração seguinte, e ela está no exílio, seja lá onde estiver. Aqui ou lá, dá exatamente na mesma. A pergunta é: no exílio pode surgir alguma coisa? E há muito tempo que a resposta já foi dada. Onde é que está o problema? Você contrata um advogado e lhe passa uma procuração para vender os imóveis, você se ocupa um pouco com isso, mas tem tempo suficiente para terminar de escrever sua tese, e quando ela estiver pronta, você volta e a apresenta na universidade. Se é isso o que você quer.

Leo não tinha visto a coisa daquele ângulo. Na verdade, nem podia. Não era uma pessoa com capacidades para ver as coisas daquela maneira. E o que há com você?, ele não disse, como é que eu vou começar uma vida totalmente diferente e, ao mesmo tempo, manter minha verdadeira vida, a minha vida essencial?, ele não disse, pois você já se inseriu tão profundamente na minha vida, que eu, na primeira esquina, mal posso me conter e desando a chorar, exatamente porque a memória das palavras mais indiferentes que você me disse ecoa em mim, ele não disse, e mesmo que eu, no Brasil, transformado em corretor de imóveis, ainda pudesse em algum momento escrever qualquer coisa, o provável reconhecimento por parte dos maiores cientistas não teria o menor valor para mim, porque você não vai olhar para mim, não vai sorrir para mim quando eu lhe contar a respeito, ele não disse. Ou você seria capaz de ir para o Brasil comigo?, ele não perguntou, você cuidaria de mim?, ele não perguntou, cuidar para que eu não me perca, para que eu trabalhe, fazer com que seja verdade aquilo que você diz, compartilhar nosso exílio comigo?, ele não perguntou, você quer me salvar?

Ele não podia perguntar tudo isso, estava claro demais que não podia, embora não tivesse certeza de que não fosse talvez quase uma sensação de alívio o que ecoava nas palavras de Judith, pelo fato de que agora ele teria que ficar no Brasil durante um tempo difícil de prever. Odeio minha mãe, ele disse.

Então você deveria estar mais feliz ainda de ir embora, disse Judith, porque assim você também fica longe de sua mãe. Judith estava ficando impaciente. Primeiro porque tinha um outro compromisso logo em seguida, e as queixas e pedidos de consolação de Leo pareciam não ter fim, segundo porque se lembrava bem demais das muitas vezes em que Leo desfalecia de saudades do Brasil em sua presença, e por isso era-lhe perfeitamente incompreensível a razão pela qual, agora, ele estava sentindo o regresso ao Brasil como uma imensa catástrofe, e terceiro porque no fundo sentia nojo desta entrega desamparada e sofrida de Leo ao seu próprio destino.

E se você realmente não quer ir de jeito nenhum, disse ela, então simplesmente não pegue aquele avião. Você vai e diz para sua mãe, não, eu não vou, eu fico aqui, você lhe devolve a pasta preta e fim de papo.

Leo assustou-se. Não, isso é impossível, disse. A empresa aqui em Viena e os terrenos lá em São Paulo, eles existem, e é necessário achar uma solução agora. Não é mais possível, depois da morte do meu pai, continuar com a empresa e administrar os imóveis no Brasil, a gente iria perder tudo. Ninguém está preparado para isso nem é capaz disso, nem minha mãe, nem eu. Só há uma solução: é necessário vender com lucro. Minha mãe quer aplicar o dinheiro da venda de modo a resultar uma renda mensal, é preciso se viver de alguma coisa. Não é possível dizer isso não me interessa, e depois querer viver disso. Claro, se a gente tivesse se ocupado disso antes, se soubesse o que estava por vir, mas quem é que podia esperar algo assim, que meu pai morresse de repente, quer dizer, o que se vai fazer agora?, não há outra alternativa.

O rosto de Leo estava muito quente, como se o sol estivesse incidindo sobre ele, e aquele ruído tão forte que ele estava ouvindo, como um eco muitas vezes amplificado de uma risada, o que você quer ser? Engenheiro?

Não, filósofo.

Judith olhou para o relógio. Só mais uma dose de encorajamento. O importante é ter um bom advogado. Com bens dessa envergadura, não há outro jeito. Você vai ver como tudo será fácil. Vai ter muito tempo livre, tempo à vontade. O advogado faz tudo. Você tem sorte. Uma vida privilegiada. Vai poder fazer o que quiser. Mande-me o que você escrever. Você sabe que eu sou sua fiel leitora. Agora eu preciso ir embora. Outro compromisso. É, sinto muito. Já combinei faz tempo. Não, é impossível adiá-lo agora.

Diga.

O quê?

Eu.

O quê?

Eu teria, não sei como dizer, um último desejo: você me daria, como se diz, um presente de despedida? Você daria?

Que espécie de presente?

Leo parecia estar em estado de transe, quase febril, tudo naquele momento era indiferente para ele, o que queria dizer que nada o era, fosse qual fosse o constrangimento ou a humilhação, pouco importava, contanto que lhe possibilitassem salvar o que era essencial: um sentimento de autodeterminação. Se fosse capaz agora de expressar aquilo que almejava, se fosse capaz de consegui-lo, então não existiria o que pudesse se opor como obstáculo intransponível aos seus desejos em qualquer outra circunstância de sua vida, disso ele não tinha a menor dúvida, parecia-lhe tão claro e evidente como num sonho. Realizar. Ele gostaria muito de conseguir realizar o seu desejo. Esse tinha de ser o ponto final e o começo. Depois, poderia viajar.

Um olhar à maneira de Walmen, algumas palavras pronunciadas quase sem voz, por causa da sua agitação.

Judith sorriu. Pois não, eu topo. Quando é que parte o seu avião?

Daqui a quatro dias, no domingo.

Então, digamos, no sábado à noite, a última noite antes da sua viagem?

Combinado?

Combinado.

Você vem para o meu apartamento?

Vou.

Durante o vôo de Viena para Frankfurt, Leo cochilou o tempo todo. Durante a noite anterior ele não havia pregado o olho. No aeroporto de Frankfurt tomou três cervejas para ter certeza de que dormiria também durante o resto da viagem. Quando finalmente ocupou o seu lugar no avião para o Brasil, estava tão agitado que não conseguiu adormecer. Não sabia qual sentimento era mais forte e desagradável, o ódio ou a autocomiseração. O ódio.

A carta expressa da tarde do dia anterior. Ele até havia dado uma gorjeta para o carteiro. E, depois, nada além de algumas linhas lacônicas. A capacidade de Judith de ser ao mesmo tempo lacônica e cálida. Ser e parecer. Impossível medir o tempo que ele ficou ali, os olhos fixos naquelas linhas, estarrecido. A bela caligrafia de Judith, elegante, harmoniosa, segura, não como a dele, na qual todas as letras pendiam nas mais diversas direções, a escrita de Judith era como um espetáculo no qual os signos formavam linhas perfeitas, um grupo de bailarinas, todas iguais, jogando ao mesmo tempo uma perna numa determinada direção, uma coreografia irretocável que teria levado ao aplauso entusiasmado qualquer especialista em grafologia.

Não era para ele ficar chateado, ela escrevia, mas havia surgido uma oportunidade para ir com alguém que ela conhecera passar alguns dias em Paris, levara em conta também que a hospedagem ia sair de graça, e uma oportunidade daquelas, de conhecer Paris, ela não poderia desperdiçar, e seguramente ele, Leo, iria entender. A partida seria naquele mesmo dia, e por isso ela não poderia encontrá-lo. Ela estava convencida de que Leo ia se dar bem na sua empreitada no Brasil e esperava logo ter notícias dele. Aquele abraço, Judith. A caneta, uma espada, o pé posto na cabeça do homem. Um ódio mortal. O que é o amor? Durante a noite toda, a última em Viena, ele não conseguiu dormir. O que vale uma promessa? Apesar de todo aquele rum. Havia surgido uma oportunidade. Deve ter sido todo aquele chá que o mantivera acordado. Com um conhecido. Andou pelo quarto, de um lado para o outro, quase a noite toda, quase uma caminhada de Viena até Paris. E ele, era menos do que um conhecido? Uma oportunidade dessas. De graça. Não ele, não do fruto desejado. Rum. Se dar bem na sua empreitada. Mas ele não conseguia dormir. Aquele abraço. Abrir a janela. Flutuar para baixo, para junto dos anjos, subir aos céus como um anjo? Voava pelos ares. Para o Brasil. Deixando tudo para trás. O amor e o ódio. A carta. Um ponto, algum dia teria mesmo que pôr um ponto final naquela história. Remetente falecido. Para Leo, Judith estava morta. Agora tudo vai ser diferente. Poderia vir a ser mais humilhante, mais insatisfatório, mais frustrante do que já tinha sido? Não. Voava para o melhor. Voava para casa. Tudo seria melhor. Com um forte impulso. O mais forte. Ódio. Que ele esqueceu logo. Estava longe demais. Longe do quê? Esqueceu.

Tudo o que tinha a fazer. Encontrar um lugar para morar. Primeiro hospedou-se num hotel na avenida São João. Orgulho de São Paulo na década de trinta. De lá para cá, decadente e cheia de cortiços. A cidade tinha crescido depressa demais. A avenida São João tinha sido abandonada por todos os que podiam se permitir mudar para um bairro melhor. Não estava preparada para o moderno caos do trânsito. Não havia lugar para estacionar. Os bons endereços ficavam cada vez mais longe dali. Da rodoviária, que ficava perto, os migrantes vindos do Nordeste chegavam até ali, ocupavam o bairro, enchiam os botecos, deitavam na rua, mendigavam, faziam pequenos assaltos. As mulheres e as filhas ofereciam seus corpos. Era a boca do lixo, doenças venéreas garantidas. Várias vezes Leo quase sucumbira à velha tentação, fazendo o câmbio, daria cinco a sete dólares por um tesão velho e requentado, que nem prometia grande coisa, vem cá beleza, vamos fazer neném, melhor deixar disso, a fuga para o hotel, não era tesão e depois medo, era a vaidade que ele tinha trazido consigo e o desespero, sim, eu quero a sífilis, o bilhete de ingresso para a genialidade, e depois o medo. Esse era o caminho daquele bar da rua Vitória esquina com São João, até a cachaça no bar do hotel. O medo ficava, a busca da genialidade dissipava-se e desaparecia. Que barulho. Noite e dia. Da rua Amaral Gurgel até a São João, abaixo da Duque de Caxias, aquilo era um canteiro de obras só. Por cima do orgulho da São Paulo de outrora, estavam construindo um elevado, para poder vencê-lo mais rapidamente, esse lixão entre o bairro nobre do Pacaembu e os vaidosos Jardins. Foi ali que Leo morou durante as primeiras semanas, dias a fio indo de um lado para o outro pela cidade à procura de um lugar para morar, à noite uma ou duas cervejas na rua Vitória, ou dois a três chopes no Brahma, na São João com a Ipiranga, onde sempre havia pelo menos três velhos, um deles mulato, tocando valsas no restaurante ao fundo, e, na frente, no bar, havia homens com ternos gastos e mulheres que pareciam cafetinas de um romance de Marcos Rey, comendo pedacinhos de queijo e azeitonas, isso era o Brahma, ainda o melhor chope da cidade, e no caminho de volta ao hotel, as putas, tão apáticas que nem se davam ao trabalho de interpelar possíveis fregueses, era Leo quem as interpelava, ou quase as interpelava, e fugia para o hotel. Ali os hotéis eram mais baratos e ainda tinham, embora totalmente decadentes, uma elegância e uma amplidão anacrônicas, tudo o que era nobre e luxuoso nos hotéis de primeira classe, na década de trinta. Um quarto menor e pior num bairro melhor teria custado o dobro. Leo não se amedrontava, os ruídos e cheiros lhe eram familiares, lembrava-se deles da sua infância e juventude, só que agora eram como que mais radicais, brutais, envolventes, e por isso pareciam-lhe estranhos. Mas era uma estranheza na qual ele estava enraizado. E havia algo mais, algo que ele havia trazido consigo? Esqueceu.

O mais importante era encontrar um lugar para morar, o mais depressa possível. Andava o dia inteiro. Indo de um corretor para um endereço e daí para um outro corretor. Os anúncios nos jornais o conduziam para palacetes exorbitantes ou para ninhos de ratos indecentes. Passadas duas semanas, perdeu a paciência e acabou alugando uma casinha que tinha até um pequeno jardim, no bairro do Brooklin, mas não no aristocrático e calmo Brooklin Velho, um bairro exclusivamente residencial, e sim no Brooklin Novo, entre as duas principais avenidas da região, a Vereador José Diniz e a Santo Amaro, uma casa bonitinha, bem barata, que ficava entre duas fábricas próximas, a fábrica de chocolates da Lacta S.A. e a de munições da Alvo Ltda. Assinou um contrato de aluguel por um ano. O contrato não era prorrogável. Depois, a casa ia ser demolida para dar lugar a um edifício, do mesmo tipo dos que já estavam sendo construídos pelo bairro todo. Além do mais, Leo não tencionava ficar mais tempo. Teve sorte com a casinha. Jardim próprio. Aluguel barato. Bem localizada do ponto de vista do trânsito, considerando-se a proximidade das duas avenidas. Comprou um carro usado. Comprou uma cama e um fogão, geladeira, talheres, pratos, copos, uma mesa e cadeiras, um ferro de passar roupa e uma espreguiçadeira para o jardim. À noitinha sentava-se na espreguiçadeira diante da casa. No jardim havia até mesmo orquídeas. Dependendo da direção do vento, cheirava a chocolate da Lacta ou a pólvora da Alvo. Leo quase não pensava mais em Judith, quando muito, nas noites em que o ar cheirava a pólvora. Mas na verdade ele não tinha nem tempo nem vontade de pensar nela, de saber se tinha um namorado, é claro que tinha, aquele com quem ela viajara para Paris, quem seria, um homem, um fantasma, provavelmente alguém também eficiente, nenhum gênio, mas com tudo funcionando como num relógio, como acontece com Judith, o que ela estaria fazendo agora?, não perdia tempo pensando nisso, naturalmente estaria terminando os estudos com o mesmo afinco natural com que ela consegue dar conta de tudo no tempo certo e do jeito que deve ser, de forma assim tão óbvia, mas tudo o que é óbvio nunca fez falta ao mundo, o que também é óbvio, quando ele tentava imaginá-los, Judith e aquele homem, não surgia nenhuma imagem, não havia pontos de referência para uma imagem em sua fantasia, além do mais tudo estava muito longe, um mundo totalmente diferente, e ele mesmo tinha coisas demais a fazer em seu próprio mundo, então, nunca pensava em Judith, e muito menos escrevia para ela. E Judith também não escrevia, para onde afinal o faria, pois se ela não tinha o endereço de Leo, e não fazia a menor idéia de como ele vivia agora, do que fazia, de todas as coisas que tinha que fazer, vender terrenos, claro, mas o que isso significava. Vender terrenos em São Paulo, alguns dos quais haviam sido comprados ainda durante a guerra, Judith não fazia a menor idéia do que isso significava. Ela acreditava que Leo já não dava notícias fazia um ano, mas um ano, quando se tem que vender terrenos no Brasil, é um dia, e quem já conseguiu vender vários terrenos num só dia?

Antes de mais nada, para poder iniciar o processo de venda dos imóveis, Leo precisou das certidões negativas, das provas de que não pesava nenhuma dívida fiscal sobre os imóveis e de que não havia processos judiciais pendentes. Para isso eram necessárias, contudo, descrições dos imóveis e certificados de propriedade mais pormenorizados do que os que constavam nos documentos que Leo havia trazido na pasta preta, pois devido ao monstruoso crescimento da cidade nas últimas duas décadas e ao novo zoneamento, as descrições dos imóveis que trouxera consigo eram demasiado vagas, discutíveis e dificilmente apropriadas para as novas condições. O senhor Adhemar Pinto Neto vende ao senhor Oskar Singer o lote que vai do antigo Caminho da Roça até o córrego que desce em direção ao rio Pinheiros. Mas onde ficava o lote? Ao longo do rio Pinheiros havia sido construída uma avenida marginal, e é claro que o antigo Caminho da Roça não existia mais, e os córregos que iam em direção ao Pinheiros, menos ainda. Graças ao mapa esquemático que acompanhava a escritura era possível reconstruir aproximadamente a localização do terreno, até mesmo o fato de ter pertencido a um falecido Adhemar Pinto Neto, mas se era mesmo aquele lote, o bom e velho Adhemar o tinha vendido pelo menos duas vezes. Então Leo precisou da prova de que seu pai realmente havia pago pela compra, porque somente assim poderia entrar com recurso para anular a segunda venda. Mas esse recibo não estava entre os papéis que vieram na pasta preta, apenas uma anotação que dizia que a soma havia sido transferida. Só que o banco que tinha feito essa transferência havia fechado nesse meio tempo.

Noites com cheiro de chocolate no jardim, cerveja e cachaça, impossível pensar no que quer que fosse.

No caso de um outro terreno que o pai de Leo havia comprado, na verdade a sua venda estava proibida, porque se tratava da propriedade de um alemão que havia sido confiscada pelo governo brasileiro durante a guerra. As anotações que constavam do registro de imóveis eram falsas. Num dos terrenos cuja localização exata foi possível precisar, viviam entrementes três mil pessoas, num edifício construído graças a um alvará obtido mediante suborno. Num outro terreno havia se instalado uma imensa favela, e as tentativas de pagar os favelados para que deixassem o terreno acabaram virando uma grande farsa, que demorou meses para se resolver. Para cada cinco que iam embora, entravam outros dez e esperavam pelo pagamento. O advogado que Leo havia contratado, e que lhe havia sido recomendado por um juiz, levava bola das partes contrárias e colaborava ativamente para prolongar os processos. Quando finalmente Leo se apercebeu disso e mudou de advogado, o primeiro advogado vendeu um dos terrenos da noite para o dia, usando a procuração que ainda estava em seu poder, terreno este que já havia sido vendido uma vez, e Leo se viu obrigado a iniciar mais um processo para anular essa venda. Noites com cheiro de pólvora, ao longe o rumor incessante das duas grandes avenidas. Cachaça, nenhum pensamento, um cansaço tão incomensurável que até olhar para as orquídeas era um esforço excessivo, pálpebras fechadas, atrás delas nada, nenhum ponto de luz, para a cama, e no dia seguinte novas correrias, os processos, as repartições, os advogados, o relatório para a mãe, a ida à delegacia com um envelope recheado de dinheiro para que a polícia expulsasse os favelados, mas também isso não deu em nada. Os policiais prenderam três favelados e levaram-nos para longe, mas imediatamente chegaram outros tantos.

Noites com cheiro de chocolate, nem pensar em Judith, um novo processo, contra os proprietários do edifício, adiantamentos, suborno de escreventes de cartório para que estes falsificassem os registros, restabelecendo assim a situação que, na verdade, era a legítima, tudo isso para obter a escritura definitiva, sem a qual a venda dos imóveis seria impossível — o que é um ano diante disso tudo? Mês a mês, a mãe mandava dois cheques, o menor "para viver" e o maior "para as despesas". Os imóveis que outrora ficavam na beira da cidade, em algum lugar entre São Paulo e Santo Amaro, agora, devido à recente expansão urbana, estavam valendo fortunas, São Paulo e Santo Amaro haviam crescido até se fundirem, e Santo Amaro havia sido integrada ao município de São Paulo. Os especuladores imobiliários permaneciam de plantão junto a Leo, o senhor tem a escritura? O fato de ele ter um terreno ao lado do Clube Pinheiros ficou sendo muito conhecido, era a localização ideal para um shopping center, havendo escritura, eles pagariam qualquer preço, o que justificava as despesas. Ainda demoraria anos.

Uma noite com cheiro de pólvora. E agora surgia este novo problema: o primeiro ano estava chegando ao fim, e logo Leo precisaria procurar uma nova casa, fazer a mudança, instalar-se.

Pensou seriamente em pegar de novo um quarto num hotel barato só para evitar os aborrecimentos da procura de uma nova casa. De que mais ele precisava, além de um lugar para dormir? Por que perder tempo e se chatear procurando uma casa, para depois, no fim de mais um dia cansativo, cair sozinho na cama? Não era um exagero ter mais de um quarto, uma cozinha própria, um jardim próprio, só para deitar a cabeça cansada de noite no travesseiro? Ninguém que viesse visitá-lo, também, quem viria? Certo, mesmo um quarto num hotel barato acabaria sendo mais caro do que o aluguel de uma casinha ou de um apartamento pequeno, mas. O que mais ele gastava para si, "para viver"? E a avenida São João não era muito mais barulhenta do que este jardim no Brooklin Novo, com o ruído do trânsito das duas avenidas, os gritos dos pássaros e o estrondo dos aviões que passavam para pousar no aeroporto de Congonhas. Não era o ruído o que tirava o seu sossego. Só o sossego tirava-lhe o sossego, tanto melhor seria então não ser obrigado a ter consciência dele mesmo o tempo todo. Leo não tinha amigos, namorada? Não. Regina. Ele a conhecera no Concorde, um dos bares da boca. Ela havia sido tão carinhosa, era exatamente isso com o que Leo sonhava, mas não entendeu como é que alguém podia ser tão carinhoso por dinheiro. Volta e meia ia ao Concorde para encontrá-la, mas não suportava a idéia de ir procurar uma prostituta. Os cabelos pretos e não muito longos de Regina, os olhos de um verde-claro e as maçãs altas do rosto só podiam lembrar-lhe Judith, o corpo esbelto e forte, era exatamente assim que ele tinha Judith na lembrança, com esse mesmo grau de abstração, mas Leo nem pensava em pensar em Judith. Uma prostituta. Ele só precisava de um pouco de amor de vez em quando, e por que envolver a alma, se a coisa funcionava bem no nível do corpo mesmo, mas achava deplorável a maneira de obter esse amor. Toda vez era um sinal, toda vez era a última. Os dentes de Regina estavam num estado lamentável. Pequenos tocos podres, pretos, separados por grandes espaços que a obrigavam, a ela, que gostava tanto de rir, a apenas sorrir com os lábios apertados. Leo levou Regina a um dentista e lhe pagou um tratamento dentário completo, em quatro prestações, usando o dinheiro das despesas. Desse dia em diante ela não aceitou mais nenhum dinheiro dele. E quando Leo aparecia no Concorde, ela saía para passar todo o resto da noite num hotel com ele. A atmosfera dos HOs da boca, com seu eterno veludo vermelho e os espelhos sobre a cama, o deixava tão exasperado que ele acabou levando Regina para sua casa.

Mas a mera presença dela na casa, sobretudo pela manhã, o jeito modesto, respeitoso, quase devoto com que deixou tudo na maior bagunça irritou Leo de tal forma que na outra vez ele achou melhor ir, de novo, para um hotel com ela. Assim se alternavam as coisas. Ela o chamava de paixão e — embora ele falasse um português perfeito, conservava ainda um leve sotaque vienense — meu gringo. Ele, olhando absorto para o jardim, chamava-a de florzinha. Graças às novas coroas dentárias, Regina pôde mudar do Concorde para o Locomotiva, a melhor boate da boca, onde ela ganhava mais e passava por exames médicos periódicos. Era nisso que residia o sucesso do Locomotiva, e a clientela estava disposta a pagar um preço mais alto pela garantia de que ali trabalhavam não apenas as garotas mais bonitas, mas certamente também apenas mulheres saudáveis. Quando Leo aparecia, magro, curvado, envelhecido, os óculos grossos apoiados na ponta do nariz ou enfiados no alto da testa, uma mão apertando a outra às costas, um corpo estranho, cumprimentado pelos garçons como um velho amigo, Regina rejeitava qualquer oferta e corria para ele, meu gringo, florzinha. O que o deixava confuso eram os sinais de moral, de fidelidade, de distinção com que ela o brindava. Tornavam tudo muito mais complicado. Isso aqui, dizia ela, qualquer um pode ter de mim, mas aqui, aqui só você pode entrar. Mas que graça pode ter para você, perguntava Leo, tem sim, dizia Regina, porque eu te amo. Paixão, florzinha. Leo ficava irritado com os preparativos necessários, ele não podia simplesmente rolar o corpo por cima do corpo de Regina, jogar-se com raiva sobre um corpo que jazia embaixo do dele, um corpo que era apenas matriz para suas fantasias, nas quais mergulhava. Antes, tinha que ser lubrificado com algum óleo ou ungüento e, depois, precisava agir lenta e cuidadosamente até ela dizer "aí sim" e ele ficava de joelhos, ajustando sempre a posição, e depois, depois de tudo acabado, tinha que ir correndo ao banheiro para se lavar, para se lavar imediatamente. Como é isento de complicações o amor que a gente consegue quando não ama, ele pensou, depois fica tão mais complicado. Eu não volto nunca mais aqui, ele pensava, nunca mais, o que estou fazendo aqui?

Uma semana mais tarde Leo voltou pela última vez, por mais uma última vez, a procurar Regina. Logo depois foi passar um fim de semana com ela na praia, no Guarujá. A Praia Grande era o que de melhor Regina podia imaginar. Ela tinha um filho, um menino de três anos. E o pai, onde está? Regina encolheu os ombros. Posso levar a criança? Leo assentiu com a cabeça. O jeito de Regina ficar feliz. O jeito como ela se esticava na praia. Uma beleza. Mais tarde Leo iria se arrepender de não tê-la observado com mais cuidado, mais conscientemente, desfrutando melhor da sua beleza. O tempo todo ele a via como que através de um véu. Não conseguia observá-la sem se ver a si mesmo de fora, e então tudo lhe parecia ridículo e constrangedor. Protegia-se mediante aquele olhar velado. Graças a isso, tudo ficava mais esquemático e abstrato, e assim correspondia melhor à verdade. Regina mostrava os dentes, estava tão feliz. Leo assustou-se. Comer ostras no bar da praia, não era bem um bar, era apenas um barraco. E quando o mulato corpulento que lhes havia aberto as ostras veio para tirar as conchas vazias, Regina disse, não, essa aí não, essa foi a nossa primeira ostra, vou guardar de lembrança. Então eu vou limpar e lavar melhor para a senhora, disse ele. Leo observava Regina, seu rosto feliz, uma sombra brilhante e ameaçadora por trás do véu. Dente por dente. E depois, visto à luz do sol, o olhar agora descoberto, escondido por trás de óculos escuros: isto é kitsch demais, ele pensou, cheira demais a chocolate. Isso era Regina. Cheiro de pólvora, isso era Judith. Ele nem pensava em pensar em Judith. Mas quando o fazia, via-a pálida e esquematicamente, com uma máscara preta diante dos olhos. Um ladrão no meio da noite cujo butim é sempre e apenas ele mesmo. Porque ela sempre se furtava. E já tinha sumido novamente dos seus pensamentos. Sol demais. Leo estava com dor de cabeça. Regina embrulhou a concha limpa da ostra num guardanapo de papel. Para Leo, era como se tivesse passado metade da vida com ela. Esse é que era o problema: que sempre e com quem quer que fosse somente era capaz de partilhar uma meia vida. Nem sequer meia vida. Mesmo com uma existência dupla, ele ainda não teria uma vida inteira. Falta de ar. Uma brisa vinha do mar, e ele sentia o cheiro de chocolate. Kitsch adocicado, cujo fedor chegava aos céus. Matéria fecal, bonitinha, cor de chocolate, o sinal da dedicação exclusiva. Todo o resto os outros também podem ter, mas era exatamente isso que ele queria, aquilo que os outros também podiam ter, e só depois ele poderia querer um pouco mais. Regina sorria para ele, como se quisesse agarrar-se a Leo com unhas e dentes. Dentes. De repente, ele entendeu, ou achou que estava entendendo, estava totalmente apático, nem um músculo se mexia quando ele pensou que gostaria de arrebentar-lhe os dentes, de se esbofetear a si mesmo, foi só um pensamento. Casar. Só assim o que era geral se tornaria exclusivo. Mas por outro lado. Por que não? Daí haveria sossego. A criança era assustada e se comportava. Daria para agüentar. E haveria vida na casa. Poderia voltar para casa e haveria vida. E o que ele ainda pretendia de tão importante? Pensou: nada. Mas ficar falando sobre o quê? Já no dia seguinte Leo e Regina não tinham mais sobre o que falar. Estavam na praia, e Leo construía desesperadamente castelos de areia com o garotinho. O garotinho estava começando a gostar de Leo, pulava na direção dele, um animalzinho engatinhando, envolto em areia como um bife à milanesa, tão carente de carinho como ele. Você tem certeza de que ele vai dormir? Ele já está dormindo, venha! E Leo sentiu os dentes, com os quais ele havia querido comprar sua liberdade, mordiscando o lóbulo de sua orelha, paixão, onde é que está o bronzeador? Eu não posso, pensou Leo, de dia o bronzeador, de noite a vaselina, ranger de dentes, eu não posso mais. Florzinha, sussurrado apenas, ele não mais se atrevia a respirar, o cheiro.

Só por preguiça, tendo a viagem de volta para São Paulo pela frente, por medo do congestionamento na estrada, por causa da dor de cabeça pelo excesso de cachaça, Leo prolongou o fim de semana por mais um dia. Para não falar da aversão entediada por advogados, juízes, funcionários do cartório, que, de qualquer maneira, nem estariam mesmo à espera dele em São Paulo. Agora Regina tinha absoluta certeza: ele me ama. O garoto já chamava Leo de pai. Como é que Regina ia entender o seu gringo, se ele não dizia nada? Leo construía castelos de areia. Regina também não disse nada quando ele voltou ao Locomotiva só seis semanas depois. Correu em sua direção, beijou-o carinhosamente e riu para ele com seus dentes agora impecáveis. Meu gringo. Florzinha. Era ridículo. Um kitsch insuportável. Leo não queria ter mais nada a ver com isso. Nem mesmo ir para um hotel com ela. Sentou-se com Regina num nicho da boate e fez uma palestra sobre Hegel para ela. Regina parou de rir. Valente, com os olhos bem abertos, ela tentou ouvi-lo, até que ele ficou tão bêbado que só conseguia balbuciar. Depois ele saiu cambaleando, numa mistura de sensação de triunfo e de necessidade de vomitar. Os fragmentos de sua existência dupla não encaixavam. Nunca mais voltou ao Locomotiva. E quando, certo dia, Regina quis procurá-lo em sua casa, Leo não morava mais lá.

E amigos, Leo não tinha amigos? Não. Löwinger. Durante todos aqueles anos em Viena, a foto dele sobre a escrivaninha. O que ela mostrava? Não um homem determinado, a imagem ideal de um homem, assim é que os homens devem ser, como este aqui.

Mas como é complicado o amor quando se realiza. A visita de apresentação. Finalmente Leo, que em lugar algum se sentia em casa, poderia voltar ao lar. Mas soube logo, sem se atrever a pensá-lo: este não é meu amigo. Löwinger abraçou Leo e disse: meu filho. Abraçou-o longamente, tornando a abrir os braços estendidos para, antes de Leo conseguir se afastar da esfera de ação daquela loção pós-barba tão ativa, voltar a bater nas costas dele, puxando-o de novo para mais um abraço, dos quais Löwinger chegou a libertá-lo, apenas aparentemente, umas quatro ou cinco vezes. Ele o conduziu para o salão, demonstrando uma amabilidade efusiva como a de um pai que quer estabelecer uma relação de amizade com o filho, o que não impede que o vínculo seja sempre hierárquico — um dos dois deseja impor ao outro a relação para sua própria felicidade e o outro deve aceitá-la para a felicidade dele próprio, sendo ambas as formas de felicidade idênticas apenas na cabeça do pai. Uma luta por reconhecimento sem combate. Um eterno vencedor como Löwinger, já incapaz de perceber o reconhecimento por parte dos vencidos, conduz uma luta como essa necessariamente para aquele campo em que pode finalmente abraçar o vencido como seu igual, porque já o era antes da luta, posto que o campo de batalha de que se trata é sangrento apenas porque concerne à mesma carne e ao mesmo sangue. Isso soa mais complicado e mais simples do que é, mas foi assim que Leo o sentiu, e, não, pensou, apenas sentiu. Eles não falaram também sobre a tese de doutorado de Leo, sobre a *Fenomenologia* de Hegel, sobre o capítulo a respeito da relação senhor-escravo. Mais tarde. Mas a partir do primeiro instante, Leo sentiu instintivamente: este homem amado e admirado não é meu amigo, é um pai, é de novo um pai, depois do pai fraco, o pai forte. Nenhuma pergunta acerca do que Leo queria, Löwinger simplesmente pediu que trouxessem vinho do Porto, porque ele mesmo gostava muito de bebê-lo, e encheu também um cálice para Leo, que talvez tivesse preferido café, para ter uma boa desculpa para suas palpitações. Diante de um amigo, Leo teria se aberto nesse momento, e como teria gostado de fazê-lo, mas, às perguntas de Löwinger, ele respondeu comportadamente, com uma boa educação irreal. Era irreal falar comportadamente com um pai sobre a morte do pai, com frases feitas, sim, foi uma coisa realmente trágica, e tão de repente. E sobre a mãe, tão distante, no espaço e no tempo, tênue a necessidade dela, tanto por parte do pai quanto do filho, mas a pergunta necessária e a necessária resposta, sim claro, está sendo duro para ela. Mas ela é muito forte. Bom, disse o forte, o pai. E sua tese? Quase pronta, disse Leo, mas tivera que interrompê-la, infelizmente, pois tudo tinha acontecido tão de repente, a história do seu pai, e o fato de estar no Brasil agora, mas com certeza ia terminar o trabalho, devia isso ao pai.

É, você tem que terminar sua tese, disse o pai, um gole de vinho do Porto e uma frase, que Leo não entendeu de imediato, um gesto, o que significava? Ele estava com muita dificuldade para se concentrar, o vinho do Porto servido logo no começo da tarde, o salão, na sua lembrança ressoante de um agitado vozerio, agora, porém, apenas repercutindo o eco artificial de uma conversa seca, interrompida, gestos sem sentido, tons sem palavras. Mas os significados foram aparecendo com o correr do tempo, conversas no salão. Conversas na biblioteca, jantares em comum, uma iluminação estranha e mortiça, um velho que tem tudo e que agora, com toda naturalidade, também pleiteia isto: a confiança de um jovem a quem chama de "meu filho". Manchas senis nas mãos, gestos que se parecem cada vez mais precisamente com os de um titeriteiro, tão harmoniosos e dominadores, como se todos os homens pendessem de fios que, como por obra de artes mágicas, viessem terminar nas pontas de seus dedos. E a voz, que apenas aparentemente vem de longe, mas que, na verdade, está acostumada a ser lançada longe, a voz de um ventríloquo, os bonecos falam pela sua boca, que ele quase não precisa mexer.

Eu vou pôr você em contato com o George Abutre de Maganão, disse Löwinger, é o maior especialista em Hegel no Brasil, talvez isso vá ser útil para o seu trabalho e, no mesmo instante, o professor George Abutre de Maganão já estava no salão, evidentemente movido pelos poderosos fios imaginários, um homenzinho atemorizado, que vivia do fato de a obra de Hegel nunca ter sido traduzida para o português; comia e bebia como convinha, nervoso porque não conhecia nada do que havia sido publicado sobre Hegel depois de 1958, ano em que estivera na universidade de Konstanz, assumindo uma atitude tão defensiva que nem chegou a perceber que Leo na verdade também não conhecia nada dessa literatura. Tudo o que o professor George vestia era grande demais para ele; precisava esticar e alongar os membros o tempo todo para fazê-los aparecer nas extremidades da roupa, mas, mesmo assim, dava sempre a impressão de um monte de roupa amassada, displicentemente jogada numa cadeira. O mais absurdo nele era o paletó, tão rígido que, mesmo que estivesse estrebuchando, o professor pareceria estar imóvel, sentado ali. Uma insegurança que, por sua vez, era totalmente desconhecida do professor Hans-Friedrich Schröder, professor visitante na Faculdade de Filosofia da Universidade Federal do Rio Grande do Sul, em Porto Alegre, um alemão alto, magro e loiro, que parecia estar sempre enfiado em roupas pequenas demais para ele, uma camisa apertada que ameaçava se abrir a qualquer momento, os botões parecendo querer saltar fora das casas, uma calça de tergal sem pregas na cintura e um cinto de couro sintético, desses que vêm junto quando se compra a calça. Falava ininterruptamente, com aquele sotaque displicente que parecia transformar qualquer língua num dialeto alemão, mas era o único de quem se podia dizer que tinha um pai, Hegel, o pai do Estado prussiano. E Löwinger: alguém poderia até mesmo subestimar aquele velho que ficava sentado ali, imóvel, quase sem dizer nada, apenas os dedos se moviam de vez em quando, batendo ritmicamente no braço da poltrona de um jeito tão discreto, aparentemente sem qualquer significado, como se fosse apenas sinal de uma inquietude ou de um tédio escondidos, mas Leo não conseguia evitar a impressão de que Löwinger estava brincando com marionetes. E mais: ele próprio, Leo, não se sentia em casa ali, ali também não se sentia em casa, pois não tinha o controle de si mesmo e não balançava os pés. Por favor, senhor Leo, disse um homem jovem que, para surpresa de Leo, tomava notas o tempo todo, o senhor poderia nos dizer qual a importância do Brasil, ou melhor, da América Latina no conceito de história universal de Hegel?

Não, não era verdade, aquilo tudo não podia ser verdade. Leo tinha certeza de estar sonhando, não, não podia ser, aquilo tudo, jamais sonhara com aquilo. Queria estar bem longe dali. Onde? Na cozinha de Judith? Não. Na Biblioteca Nacional em Viena? Não. Num HO na boca? Numa praia? No jardim de sua casa? Não. Aquela loucura Leo carregava consigo, e em qualquer lugar que estivesse, ele a faria irromper. Não podia ser, não era verdade. O jeito de Löwinger olhar para ele. Leo abaixou os olhos. Agora via a mão de Löwinger, via o dedo médio levantando-se devagar, batendo no braço da poltrona, depois o dedo indicador, devagar, levanta, bate, depois de novo o dedo médio, ambos os dedos começavam a se mover ritmicamente.

Veja bem, disse Leo, a categoria central de Hegel é a da totalidade, e isso nós temos que entender hoje de tal forma que. Não há dúvida de que hoje nenhum desenvolvimento qualitativo fica restrito ao local onde ele ocorre. O ritmo acelerado do nosso tempo. Nossa era tecnológica. Os modernos meios de comunicação. O mundo está ficando menor. Tudo irradia a partir de um ponto em direção a todos os outros. Tão depressa, que logo não vamos mais poder dizer onde foi que algo começou. Agora estava ficando claro que. O mundo é uma totalidade. E nos tempos mais recentes, ainda numa escala maior. O que, por exemplo, foi pensado ontem em Viena, hoje já pode mudar o Brasil, só como exemplo. A categoria hegeliana da totalidade, do todo, que é a única coisa que pode ser a verdade, também confere ao Brasil um significado, como parte desse todo. Isso quer dizer. Isso significa. Poderíamos dizer também. Hoje o *Weltgeist* não se sente em casa em lugar nenhum, não está à vontade em nenhum lugar determinado. Um lugar qualquer seria apenas uma parte minúscula do todo. Não se sente em casa em nenhum lugar. Aqui também não. Mas por que é que ele não poderia aparecer também aqui? O *Weltgeist* tornou-se um conquistador, um descobridor, como o foi Cabral. Sai à procura de novos continentes.

De todos.

Muito bem formulado, disse o professor George.

Talvez o *Weltgeist* esteja agora visitando o Brasil, quem sabe, talvez amanhã mesmo aconteça alguma coisa aqui, em São Paulo, algo que, ao mesmo tempo, ocorrerá digamos em Berlim — o professor Schröder assentiu com a cabeça — e em Paris, por exemplo, só para dar um exemplo, e uma coisa dessas nunca poderá pegar um bom hegeliano de surpresa.

Corretíssimo, Berlim, claro, disse o professor Schröder, alguém disse "muito interessante", Löwinger assentiu, Leo recostou o corpo na cadeira, sua camisa grudava nas costas suadas.

E dois dias depois era possível ler no jornal um artigo a respeito daquela tarde no salão de Löwinger, mais uma marionete balançando em seus fios. O título era bizarro: "O *Weltgeist* visita o

Brasil", com uma foto de Leo, o "importante especialista em Hegel vindo da Europa" que estava "de visita em nossa cidade"; ele teria "apresentado os significativos resultados de suas mais recentes pesquisas", nas palavras do professor George Abutre, o qual iria se empenhar em conseguir que Leo desse um curso como professor visitante na Universidade de São Paulo.

Aquilo era ridículo e constrangedor, Leo o sabia, sentia, esse artigo era a caricatura de algo que por si só já era uma caricatura, e a foto, Leo nem havia percebido quando a tinham tirado, mostrava-o falando de cátedra, rodeado de convidados no salão de Löwinger, era tão ridícula e empolada e falsa, Leo suava, nervoso, ao ler o artigo, de tão constrangido que se sentia, ficou relendo-o a todo momento, ou, nem leu: ficou apenas olhando para ele, em casa, no jardim, numa noite com cheiro de pólvora. Claro que Löwinger não aparecia na foto, a eminência parda, o titeriteiro; foto dele, só havia aquela sobre a escrivaninha de Leo, e ela transmitia uma imagem falsa. Mas, afinal, quando é que Leo se sentava à escrivaninha? Naquele exato momento. Arrancou a folha do jornal, fora com ela!, enfiou-a num envelope, que endereçou a Judith. Ele nem se perguntou por quê. Ela que visse que ele não desistia, já era um hegelianista famoso no Brasil. A minha tese, escreveu, está quase pronta, e agora estou trabalhando numa série de palestras sobre Hegel que vou dar na USP Leo não se indagava se Judith não iria perceber aquela farsa constrangedora. Não. Eu vou bem, escreveu, e o negócio da venda dos terrenos está sendo feito pelo meu advogado, de modo que tenho muito tempo livre, e estou tentando aproveitá-lo. Sinto calafrios quando me lembro do jeito como desperdiçava tempo em Viena, mas aqui, na "selva" brasileira, encontrei meu caminho, e avancei muito por ele, Leo escreveu. Ah, se você pudesse acompanhar-me nesse caminho, ele não escreveu, então eu avançaria por ele de verdade. Escreveu a respeito de Löwinger, um amigo tão bom e ponderado que nem dá para descrever com objetividade. Por que Leo escrevia tudo isso, fora com essa folha de jornal, colar o envelope depressa, sem reler a carta, e mais uma vez, a última, ir até a boca. No caminho para a boca ele passou pelo correio, despachou a carta e comprou mais um exemplar do jornal, para ele mesmo poder ficar com uma cópia do artigo.

Mas Löwinger não era um amigo, Leo sabia disso; os serviços que ele lhe prestava não eram os favores de um amigo, eram protecionismo militante. Uma coisa dessas sempre tem um motivo concreto. Leo sabia qual era? Tentou não pensar a respeito. Meu filho, você precisa de um outro advogado; e Löwinger pôs à disposição dele o seu próprio advogado, o melhor, aquele cuja fidelidade já havia sido posta à prova durante anos, e sem que isso custasse um centavo a Leo, é claro. E a documentação do banco, que havia deixado de existir, Löwinger conseguira desenterrá-la graças às suas relações. Era legítima ou muito bem falsificada, Leo não perguntou, precisava de notícias que dessem conta do sucesso de sua missão para a mãe, e tudo seguia o seu curso. E sempre de volta ao salão, onde Löwinger praticava uma política de contatos e relacionamentos que deveriam ajudar Leo a fazer uma rápida carreira na vida intelectual brasileira. Leo estaria disposto a escrever um artigo para o Suplemento Literário do Estadão? Gostaria de fazer uma palestra em Porto Alegre? Rejeitava todas as ofertas. Um trabalho de vulto, que deveria acabar até o fim do ano, estava absorvendo todo o seu tempo; só depois estaria livre para outras tarefas. Contorcia-se de medo e também por causa dos gases, mas Löwinger o elogiava quando estavam a sós: Você agiu certo, meu filho, isso faz com que você fique mais interessante, mais procurado. As pessoas só desejam aquilo que não é fácil de conseguir.

Leo sofria com isso tudo, embora não quisesse admiti-lo; começou a sentir aversão pelo tio Zé, por aquele seu jeito de ficar sentado como se fosse um objeto tombado pelo patrimônio histórico, como uma escultura, a obra-prima de Zahradnik, um deus de cabelos brancos, que devia ser adorado porque tinha o poder sobre a vida, sobre a morte e sobre a vida após a morte. Sentia aversão por seu jeito de falar quase sem abrir a boca, quase sem mover os lábios, um jeito que fazia com que tudo o que dizia, até a frase mais banal, adquirisse o caráter de um pronunciamento feito sob a égide da verdade universal, pois não parecia sair de uma boca determinada, não ao menos daquela boca, que não se movia. E toda contestação que não tolerasse era anulada por esse murmúrio com pretensão de anuência. Quando alguém defendia uma opinião que Löwinger não podia compartilhar, ele dizia inicialmente "certíssimo", ou "é isso mesmo", ou pelos menos "hm!", para depois fazer uma curta pausa, como se refletisse a respeito dos argumentos que usaria para aumentar o valor do que havia sido dito — era, portanto, digno de reflexão! —, para finalmente afirmar o contrário, como se estivesse apenas complementando aquela opinião; e a sua era a palavra final, bem entendido. Essa sua apodioxe conciliatória deve ter sido o principal motivo da incrível carreira de Löwinger no Brasil, porque satisfazia tão amplamente a necessidade básica da mentalidade brasileira, para não dizer de qualquer mentalidade: uma única pessoa tem que decidir, mas todas as outras poderiam também ter tido sua parcela de razão.

Contudo, Leo não queria chegar a ter razão desse jeito, não sob condições que, como já havia ficado suficientemente claro, não eram mais as mesmas: aquele não era mais o tio Zé que ele havia amado tanto na infância, era apenas o seu simulacro, venerado por todos, o retrato admirado publicamente, o monumento erigido num mercado de vaidades. E a exclusividade da dedicação da qual o próprio Leo estava sendo alvo destinava-se infelizmente a uma imagem falsa dele mesmo, a um filósofo, a um especialista em Hegel, àquele jovem intelectual muito promissor sob cuja figura ele estava sendo apresentado. Jovem — nem isso Leo se sentia. Desde sua chegada ao Brasil, não tinha feito nenhum trabalho intelectual, não tinha lido nada, escrito nada; ler e escrever eram algo que já estava morto e enterrado. Não tinha escrito nada? E as confissões que escrevia regularmente? Por que confissões? Os relatórios que ele mandava para a mãe lhe custavam tanto esforço que, embora odiasse o mero som da sua voz, Leo passou a lhe telefonar. Assim, pelo menos, depois de ter passado as informações mais importantes, podia interromper a conversação, justificando-se pelo alto custo das chamadas internacionais.

Leo começou a evitar o salão de Löwinger. Não mais atendia o telefone quando tocava, e quando não dava mais para se esquivar, e Löwinger acabava por encontrá-lo, inventava viagens que deveria fazer com urgência, ou doenças que acabara de contrair. Finalmente acabou refugiando-se também diante de Löwinger naquela desculpa que já havia utilizado no passado, a da sua grande pesquisa, sua tese de doutoramento, que requeria concentração total. Precisava ficar recolhido durante um tempo, sentia muito, por mais que gostasse de visitar o tio Zé, mas queria, tinha que terminar seu trabalho de uma vez por todas.

Faz bem, meu filho. Agora ele tinha a paz que queria, tinha tanta paz como nunca tivera. Löwinger pôs sua maquinaria em ação para poupar Leo de toda obrigação, de todo trâmite, de toda e qualquer atividade que tivesse a ver com a venda dos terrenos. Dessas coisas todas passaram a se ocupar desde os advogados de Löwinger até os seus office-boys, desde o motorista até a faxineira. Todos eles formavam uma rede que segurava tudo aquilo que pudesse vir a atrapalhar a concentração de Leo. Nesse momento teria, então, realmente podido trabalhar, mas não conseguia, e passou a odiar Löwinger também pelo fato de ele lhe ter tirado a possibilidade de ser impedido de trabalhar pelas idas aos tribunais, aos cartórios, aos advogados, ou mesmo ao supermercado. O prazo do contrato de aluguel venceu e Leo, tomado por uma inércia incontornável, não conseguiu sequer sair em busca de uma nova moradia. Nem precisou. Löwinger pôs uma casa à sua disposição. No amplo terreno do Morumbi onde estava localizada a casa de Löwinger, junto à rua, havia uma casinha de porteiro, que tinha acabado de ficar vazia ou havia sido esvaziada por Löwinger, Leo não soube direito. Seu novo endereço acabou sendo aquele ali. Daquela forma, tentando evitar Löwinger, Leo acabou por se converter em seu protegido, isolado do mundo exterior, em inquilino e vizinho dele. Contudo, ainda antes da mudança, aconteceu de Leo encontrar a carta que havia enviado para Judith devolvida à sua caixa de correio. O destinatário estava riscado e havia um carimbo que dizia: "Devolver ao remetente, destinatário" e a palavra seguinte não dava para ler direito "mudou-se"? "faleceu"? A assinatura ilegível do carteiro, carimbo com data. Num primeiro instante quis rasgar o envelope, tal como se faz para abrir uma carta que acabou de chegar, como se contivesse informações de seu interesse. Mas sabia o que o envelope continha, e a informação essencial estava escrita no próprio envelope, com o sigilo postal inviolado: aquilo que ele tinha enviado não havia chegado às mãos de Judith.

Mudança ou morte? Num primeiro momento isso não parecia fazer nenhuma diferença para Leo; de qualquer modo, ele não tinha mesmo como chegar a Judith. Mas ele quis saber. Agora Leo, que graças a Löwinger dispunha de tanto tempo livre, tinha alguma coisa para fazer. Uma visita ao consulado austríaco em São Paulo. Lá havia uma lista telefônica de Viena. Leo anotou os endereços de todas as pessoas que conhecia em Viena, mesmo que superficialmente. O endereço, que constava na lista como o de Judith, naturalmente era o antigo. Leo passou os dias seguintes junto à escrivaninha. Mais uma vez Judith o obrigava a voltar para junto da escrivaninha. Escreveu dúzias de cartas para os seus conhecidos vienenses, perguntou a todos aqueles para os quais podia escrever se conheciam Judith, se se lembravam dela, se estavam em contato com ela, se tinham ouvido algo a seu respeito, se conheciam alguém que a conhecesse, se poderiam averiguar algo sobre o paradeiro dela, se poderiam pesquisar a esse respeito, qualquer coisa; escreveu para todos e pediu a cada um que lhe dissesse algo sobre Judith Katz, pois ele precisava urgentemente entrar em contato com ela, é importante, por favor, grato pelos seus esforços, e, afora isso, como vai. Foi um tempo bonito, aquele que Leo passou à escrivaninha, que não usava fazia tanto tempo. Com crescente alegria e atrevimento, brindou até os conhecidos mais longínquos com pérolas epistolares, tudo mentira, fantasias, projetos de vida que ele escrevia como se fossem os capítulos de uma autobiografia tão real quanto emocionante, mas, no melhor dos casos, aquela era mesmo a sua vida, o seu mundo, e por isso era tudo verdade, sobretudo a pergunta: o que você sabe de Judith? Naqueles dias, Leo cresceu, sentia-se subitamente tão forte que, embora de início não quisesse fazê-lo, escreveu para Lukas Trojan.

Especulações acerca de uma possível tese de livre-docência. Deveria ser a seqüência lógica de sua interpretação da *Fenomenologia* de Hegel, e — Leo escrevia sem se preocupar, escrevia uma frase após a outra — essa tese só poderia ser uma continuação da própria *Fenomenologia do Espírito*. Foi assim que a idéia surgiu. A partir de um capricho, de uma espécie de auto-retrato fictício e fanfarrão, uma piada epistolar, uma idéia biruta. Leo estava tomando uma birita. Gostou da idéia logo de cara, elaborou-a imediatamente. Hegel descreve em sua *Fenomenologia* o desenvolvimento da consciência a partir do estágio mais primitivo até se atingir o saber absoluto. Mas o desenvolvimento da consciência não termina com o encerramento da *Fenomenologia*; ela indubitavelmente continuou a se modificar e a se desenvolver. Como? Quais as novas figuras assumidas pela consciência? Era isso que ele queria contar, recontar Hegel, da morte de Hegel até hoje. Ficou surpreso de que ninguém tivesse tentado ainda fazer algo semelhante. Mas: isso não seria absolutamente necessário, indispensável para conceituar o presente e para encerrar real e definitivamente a filosofia? Ele queria, ele precisava atrever-se a fazer um tal trabalho. O Brasil era um refúgio ideal, escreveu, porque a partir daqui seria possível lançar um olhar verdadeiro, porque distanciado, sobre o essencial — e Judith? Tem tido alguma notícia dela ultimamente; ainda mantém contato com ela?

Leo passou dias escrevendo; agora sim sua casa era mais do que um mero lugar para ficar sentado à noite, envolto numa peculiar nuvem aromática, mais do que só um dormitório depois de um dia passado em meio à apatia. E daí? Nada. Tudo tinha sido feito. Era novamente o caso de esperar. Só voltou a sentar-se à escrivaninha quando pegou o postal com a pintura de Judith feita por Giorgione, olhou para ele e o guardou numa gaveta, pouco antes de a escrivaninha ser carregada para o caminhão da mudança. Durante a primeira noite na nova casa, Leo dormiu mal.

Havia um cheiro nesse quarto, mas que cheiro? Um cheiro estimulante, estimulava uma vontade de vomitar, mas também estimulava esperanças sobrenaturais, como Leo pensou não sem ironia, mas com nervosismo também. Aqui havia claramente um cheiro de, do que mesmo? Enxofre. Enxofre e breu. Quando Leo deitou, sentiu o cheiro de modo muito leve e indistinto, como se viesse de longe, de um esgoto ou de uma fábrica nas vizinhanças;

no seu antigo endereço havia aprendido a conviver com tais incômodos olfativos. Mas será que havia alguma fábrica próxima, aqui, no nobre bairro residencial do Morumbi? Diziam que não. Mas ele não tinha certeza. Fechou com firmeza todas as janelas, tal como se havia acostumado a fazê-lo durante o ano anterior; agora nada mais poderia entrar. Mas com isso o cheiro só aumentou. É claro que Leo não pensou seriamente numa aparição do demônio, num pacto com o diabo que lhe estaria sendo oferecido agora e que ele evidentemente aceitaria. Eram apenas idéias oníricas, nem mesmo sonhos, associações feitas no escuro, pois ele não conseguia adormecer por causa daquele fedor irritante. Acendeu a luz e passou a procurar a causa real do fedor, uma explicação científica, por assim dizer, sem nada entender das ciências competentes. Entendia tão pouco das ciências da literatura — por isso suas associações fáusticas eram tão débeis e abstratas que não conseguiam assustá-lo — quanto de química: como é que cheira o enxofre? Como é que poderia haver enxofre neste quarto? Era cheiro só de enxofre, nada mais que enxofre? Ou havia outro cheiro que se misturava? Que cheiro? Um cheiro mórbido, Leo farejava, um cheiro de morte e decomposição. É claro que Leo nunca havia cheirado um cadáver, nem o de seu pai. Qual tinha sido o cheiro de seu pai, da última vez em que ele o vira no hospital? Não cheirava bem. Mas isso não queria dizer nada. E, além do mais, apenas lembranças. Recordou as muitas vezes em que havia pensado a respeito de como era difícil lembrar impressões visuais, o que dizer de cheiros. Pai. Você está aqui? É claro que não. O que você quer comigo? Você quer me dizer algo? É claro que não. Uma fantasia boba. Não se podia ver nada além do que se podia ver, este quarto, ainda tão estranho e desconhecido, que ele não conseguiu reconstruí-lo em sua memória depois de ter apagado novamente a luz.

Leo ficou descabelado de tanto se mexer na cama, insone e suado. Passou a andar de quatro pelo quarto, farejando em todos os cantos. Talvez um animal em decomposição em algum lugar, um rato morto atrás do armário. Nada. Nem poderia ser. Carniça cheira a enxofre? Não. É claro que Leo nada entendia nem de carniça nem de enxofre. Mas o que era indiscutível era que o quarto fedia. Talvez as janelas não fechassem bem. As cremonas eram tão firmes que Leo torceu o dedo ao tentar abri-las. Ficou parado, sacudindo o dedo por causa da dor e soluçando baixinho diante da janela aberta, pela qual entrava o ar fresco da noite. Gostou desse ar, respirou fundo, esfriou seu corpo quente e suado e inclinou-se para fora. Não havia dúvida, o cheiro não vinha de fora. De onde então? Acendeu um Palomita, uma cigarrilha brasileira, aromática, que Löwinger lhe havia oferecido e que agora Leo comprava para si. Cinqüenta cigarrilhas numa bonita caixa de madeira. As Palomitas têm um leve sabor de chocolate. Seu cheiro encobriu o fedor do quarto. Quase. Cheiro de chocolate. Quase. Será que ele estava com sífilis? Durante um instante ficou paralisado — e feliz. Regina. Não, não por causa dela. Isso seria banal. Cheiro de decomposição. Judith. Sim. Morta. Ainda assim contagioso. Fumava. Nada para ver. Cheiro de fumo, mas fedia. Voltou a apagar a luz. Na luz noturna, azul-escura, do quarto, ainda dava para ver as espirais de fumaça. Mas elas não assumiam nenhuma forma. Desfaziam-se como fiapos de neblina num cemitério. Anjos funerários sobre os túmulos. Ali, Judith, não, mais monumental, já estava quase dormindo. Estava sentado estático como uma escultura, sem se mexer, falando sem mover os lábios: espero que você se sinta bem aqui. Você? Sim, eu. Agora você me pertence. Você é meu. Löwinger sorria.

Deve ter sido o ar frio da noite e o fato de ter ficado tanto tempo diante da janela, sem camisa e suado, esse deve ter sido o motivo. Leo ficou gripado. Febril, precisou ficar de cama, suar, tomar chás, não podia fumar Palomitas. Você pensou na aparição do demônio, meu filho, que maravilha. É sempre uma experiência estimulante. Dá na mesma que algo seja verdade ou não, se a gente o vivencia. Invejo você. A vida fica tediosa com a idade, meu filho, isso eu posso lhe dizer francamente. Quando você tem poder e experiência, as emoções chegam ao fim, você não pode mais fazer nada errado. Não há bobagem, não há engano, por grave que seja, que faça com que você cometa um erro, porque sempre haverá alguém que vai se apressar a alterar as condições da realidade de tal modo que você terá acabado por fazer algo certo. Mas esses não são demônios, são espíritos chatos e medíocres, que aparecem sempre vestindo camisas apertadas e usando gravata, e tudo o que eles desejam é que as camisas não fiquem grandes demais neles. A aparição do diabo. Que delícia. Qual foi a figura que o diabo assumiu? Não foi a minha, não é verdade? Ele se sentou à beira da sua cama, como eu agora?

Pela primeira vez os lábios de Löwinger se moveram. Um sorriso.

Brincadeira, meu filho. Sinto muito que você tenha que sofrer com o fedor. Antes de você se mudar para cá, eu dei instruções para que limpassem e ventilassem cuidadosamente a casa. Achei mesmo que todos os traços tivessem sido apagados. Traços da imbecilidade. Mas o cheiro é realmente mais persistente do que eu pensava. Dá para senti-lo mesmo agora. Você não, é claro, com o seu resfriado. Precisa sarar logo, meu filho. Você ficou doente muitas vezes durante este ano. Houve um tempo em que você estava doente toda vez que eu lhe telefonava. E olhe que você não parece ser tão fraco assim. Deve ser a sua sensibilidade. Pessoas sensíveis ficam doentes com maior facilidade. Vai demorar um pouco até o cheiro sumir de vez, porque as janelas precisam ficar fechadas enquanto você estiver doente. Um cheiro muito estimulante, mas apenas no contexto da sua história. A história original desse cheiro é boba e chata. O quê? É o que estou querendo contar. No ano passado, eu pus esta casa à disposição de um jovem pintor, como ateliê. Faço isso com freqüência, quando acredito em alguém. Esse jovem ganhou casa e comida e até um pouco de dinheiro. Não, sem contrapartida. Se gosto do trabalho, compro os quadros por um preço honesto. A contrapartida vem do mercado de arte. Porque, no fim das contas, se o meu palpite tiver sido acertado, eu terei ficado com os quadros quase de graça. O Martin Daher, você o conhece de vista, esteve várias vezes em meu salão, um jovem silencioso, tem um ar mais pensativo do que ele realmente é. É, esse mesmo. Tome mais chá, você está tão rouco que quase não dá para entender o que diz. Bem, foi ele quem morou aqui, antes de você se mudar para cá. Um ano atrás ele fez uma exposição que foi muito apreciada, apreciada por mim. Então eu o apoiei. Ele tem talento, eu pensei — nisso eu tinha razão. Ele vai longe — nisso eu me enganei. O engano não vem ao caso. Um *marchand* comprou por um preço absurdamente alto os quadros do Daher com os quais eu havia ficado e dos quais eu queria me ver livre, porque compreendi que havia cometido um erro. E só os comprou porque eu havia apoiado o pintor, o que foi para o *marchand* uma garantia suficiente de que o Daher iria longe. Depois ele fez um imenso espetáculo na mídia em volta do Daher, para puxar os preços dos seus quadros para cima, e todo o mundo está dizendo que eu estava certo outra vez, porque eu teria reconhecido a importância de Martin Daher quando os jornais ainda não diziam nada a seu respeito. A verdade é que ganhei dinheiro por engano. E o *marchand* é quem tem que dar um jeito no seu engano. Porque Martin Daher é apenas talentoso. Você sabe qual é a diferença entre talento e gênio? O talento não espera que o enxofre lhe seja fornecido pelo diabo, mas por uma loja de produtos químicos. Dito de outra forma: o gênio é inodoro, o talento é malcheiroso.

Novamente a boca de Löwinger apenas esboçou um sorriso, mas afora isso ele se manteve duro e teso como uma estátua; não, não ficou, cruzou as pernas e balançou o pé. Leo suspirou aliviado. Löwinger teria podido entender esse ruído como um gemido e talvez concluir que a conversa estava cansando o doente. Mas ele nem se apercebeu. Parecia prestar atenção em algo bem longínquo, de onde vinha a sua própria voz. E aquilo que ele estava ouvindo o divertia. Uma brincadeira, ele disse. Leo suava.

Eu deixei o Martin Daher trabalhar aqui com todo o sossego. No maior sossego.

Löwinger ficou sentado na beira da cama de Leo, sem mover um dedo sequer. Nunca fui ver o que ele estava fazendo. Nunca. Isso eu não faço. De vez em quando eu o convidava a jantar comigo. Ele mesmo é quem vai dizer, pensava comigo, quando eu devo ir visitá-lo, vai dizer se eu devo ir. Se ele é um artista, precisa de um entendimento da arte. Precisa de alguém que lhe diga o que ele está fazendo. Um artista pode, com uma naturalidade genial, fazer a coisa certa sem sabê-lo, mas se alguém que entenda de arte não lhe disser, se ele não souber disso, de repente fará a coisa errada. Esperei. Os artistas não são adeptos do solipsismo. Isso é um boato. São ignorantes, isso sim. Têm uma centena de idéias e não sabem o que fazer com elas, a não ser que querem fazer algo com quase todas elas. Somente ao discutir com alguém entendido em arte — e eles procuram esse embate — é que se concentram de verdade e com eficiência na idéia certa. Assim é que deveria ser. Eu estava pronto. Fiquei esperando. Durante os jantares, ele falava com dificuldade. Disso eu deduzi que ele era difícil, um pintor inseguro, cheio de escrúpulos, sempre envolvido numa luta interna, alguém que experimenta tudo o que for possível antes de se lançar a pintar um quadro de fato. Isso está certo. O gênio não é um estado de transe permanente, no qual as pessoas fazem espontaneamente e sempre a coisa certa, não é nada disso, bem entendido. As obras-primas pintadas num dia, as composições geniais anotadas em poucas horas sem nenhuma correção, os grandes romances que fluem da pena em duas semanas, os poemas inigualáveis surgidos durante uma noite, nos quais se espelham os sentimentos de toda uma época, tudo isso são exceções, e a história de seu surgimento geralmente não corresponde à verdade. Quase sempre, o gênio de um artista é algo que está bem longe dele, porque está profundamente escondido dentro dele. De certa forma, ele precisa aprender a desenterrá-lo. Antes de mais nada, o gênio precisa sair do artista e se confrontar com ele. É a perversão que ele precisa encontrar, antes de mais nada. Quer dizer que precisa se esforçar para que o diabo lhe apareça, por assim dizer. Você, meu filho, você está mais perto disso do que o Martin Daher. O Martin é um louco, não é um artista. Um talento que não extrai um gênio de dentro de si, mas que se enfeita por fora com loucura. Isso não dá em nada. Hoje eu sei disso. Ele morou aqui e pintou durante quase um ano, mas não me mostrou nada, nunca me convidou para visitá-lo nesta casa, que eu pus à sua disposição, nunca discutiu uma pintura no cavalete comigo. Mas eu tinha paciência. De vez em quando eu observava os quadros que havia comprado em sua primeira exposição. Belas provas de talento. Algo desmedidas em sua obstinada vontade de expressão, mas bastante notáveis em seu acabamento, técnica, composição, em suas cores. Provas de talento, bem entendido. Nada mais. Pena. Uma vez, durante um jantar, notei que o Martin tinha um eczema no rosto e nas mãos, arranhões e espinhas. E da sua roupa e de seus cabelos emanava um cheiro desagradável. Perguntei-lhe a respeito disso e ele confessou que estava experimentando materiais novos. De início tinha sido descuidado demais, infelizmente, por isso teriam surgido os problemas de pele. Mas agora ele sabia como lidar com os materiais, e os eczemas certamente iriam sarar logo. Além disso, ele teria avançado muito no desenvolvimento da nova técnica, logo iria apresentar uma série de quadros — Logo?, eu disse, e confessei minha indomável curiosidade, perguntei se poderia dar uma olhada em sua obra, na que estava trabalhando naquele momento. Ele se esquivou, veio com desculpas que, por mais compreensão que eu pudesse ter, não aceitei. Finalmente ele cedeu. Depois do jantar fomos para o seu ateliê, viemos para cá. Havia um fedor insuportável. Tome seu chá, Leo, embora já não esteja tão quente, o mel vai lhe fazer bem. Isso, agora pare de tomar, senão você vai se engasgar quando ouvir o que vem agora. Você sabe o que esse louco estava fazendo aqui?

Löwinger cerrou os punhos: a marionete que havia morado e trabalhado nesse quarto desfaleceu e caiu destruída no chão.

O Daher havia começado a pintar, reproduzindo, de certa forma, famosas cenas de guerra da história da arte, *A batalha de Ivry*, de Rubens, *A batalha de Alexandre Magno*, de Altdorfer, *A batalha de San Romano*, de Paolo Uccello, *A batalha de Waterloo*, de Allan, e assim por diante. Não, não eram cópias. Ele as pintava a partir do mesmo ponto de vista, só que no dia seguinte. A continuação, por assim dizer. Antes e depois. No lugar das posições de combate, pintava montanhas de mortos. Em vez de cavalos a galope, cadáveres. Em vez de paisagens ideais, campos cheios de defuntos. Mas sempre com base no enquadramento e na composição dos originais dos quais partia. As mesmas pontas de lança que pareciam bandeirolas na *Batalha de Alexandre Magno*, ele as mostrava enfiadas na sujeira de uma terra encharcada de sangue, e assim por diante. O que você me diz? De onde vinha o fedor?

Espere um pouco, já vou lhe contar. Cadáveres pintados não fedem, não é isso que você acha? Tem razão. É o que se pensa. Mas aquele louco tinha concentrado toda a sua vaidade, digamos artística, nisso; estava procurando um método para fazer com que fedessem, sim. Eu já explico. O louco começou a explicar — logo para mim, imagine — que a arte sempre foi idealização, mas que ela deveria mostrar a verdade. E o que é a verdade? O que é o retrato da verdade? Em meio àquele cheiro indescritível, ele começou a falar na ditadura militar daqui, do Brasil, o que é a verdade da nossa vida aparentemente tão agradável? Há gente que está sendo torturada, mas está sendo torturada nos porões, ninguém vê. Há gente que some, de repente não está mais aí, ninguém pode vê-los. Influências políticas invisíveis, que ninguém admite, dos Estados Unidos, da Alemanha, sobre o nosso país. Ele falava sem parar de tudo o que não era visível, do que está escondido, de tudo o que não pode ser representado como imagem. Eu estava de pé, lá, naquele canto, com um lenço cobrindo a boca e o nariz, e o louco do Daher falava sem parar. Na verdade, ele dizia, um artista que não quer servir a nenhum poder deveria expor apenas uma tela em branco, nada mais. A isso eu respondi: mas ele tem que encontrar uma metáfora. *Voilà*, disse ele, aqui está ela, e me mostrou um monte de lixo fedorento, os seus quadros. A metáfora lógica é a guerra. O que temos aqui é uma guerra entre heróis autoconsagrados, salvadores da pátria, e o povo. Tudo bem, disse eu, tudo certo, mas por que está cheirando tão mal aqui dentro? A verdade da guerra, ele disse, não está no herói, na vitória, mas na morte e na desgraça de muitos. Eu sei disso, respondi, pelo menos desde os anos vinte, pela experiência e também pela arte. Mas por que está fedendo aqui? Esta é a verdade do Brasil, o cheiro de cadáveres em decomposição. É possível pintar um cheiro? Não. É possível, sim, disse ele. Ele podia. O resultado de uma longa fase de experimentos. A mensagem: não se deixem enganar pelos seus heróis, eles não constroem apenas auto-estradas. Quem olhasse para os quadros dele, Daher, precisaria sentir-se repelido pela morte, pela decomposição e pelo seu cheiro. Eles não permitiriam nem mesmo uma atitude de *voyeur*, justamente por causa do fedor. Dessa forma, o olhar, que procura estetizar, ficaria livre para a realidade, para a verdade. Em resumo, você sabe o que aquele louco estava experimentando, aqui, nesta casa? Ele misturava substâncias químicas, mercaptanos e tiofenos sobretudo, compostos do enxofre que têm um cheiro extremamente desagradável, com suas tintas a óleo, e ainda juntava carniça que ele havia transformado num pirão, o infeliz experimentou até mesmo usar excrementos. Ácido valeriânico, tudo o que cheira mal ele experimentou. E tinha chegado a uma mistura que era viável, como ele dizia, viável. Que podia aplicar como tinta sobre a tela e que ao mesmo tempo exalava um fedor penetrante e duradouro. E então? Como "e então"? Eu o pus no olho da rua. Esse homem é um louco, um charlatão, um desvairado. Ele falava sem parar e coçava suas chagas. Além do mais você precisava de um lugar para morar. Imagine só comprar um quadro do Daher. Vai ter que mudar de casa. Imagine ter uma coleção de arte. Com um quadro do Daher, a sua coleção vira um monte de lixo fedorento. Imagine um museu. Você só poderia visitá-lo usando máscara contra gases e olhe lá. É uma loucura. Eu fiquei com o lenço apertado contra o nariz e disse que lhe dava uma semana, dali a uma semana ele que entregasse as chaves da casa ao meu administrador. O quê? Talvez ele tivesse razão? A verdade artística é a normalidade levada ao extremo, não é a anormalidade. Esse jovem é um anormal. Empestar uma casa não é arte. E agora você deveria dormir um pouco, Leo. Você tem que sarar. O seu trabalho, isso é o que importa. Eu sei. Eu não me engano nunca. Quase nunca. Você queria saber por que fede aqui, e eu contei. Mas já não está tão grave. Até você sarar, o cheiro acabou. O que você está dizendo? Está certo, meu filho, mas mesmo a idéia não podia ter nenhum valor, absolutamente nenhum. E, aliás, a arte não tem nada a ver com idéias. A arte vive das leis do belo. E se ela quiser mostrar o terrível, ela vive mais ainda dessa tensão, que consiste em que, até mesmo aquilo que é terrível, quando é arte, se transforma numa bela aparência, na aparência do belo. E a arte tem que dar conta dessa tensão em si mesma, em sua forma, bem entendido, e não através de truques que se organizam fora dela. Além do mais, uma obra de arte é inseparável da pretensão de ser única, inconfundível e incomparável. É por isso e nesse sentido que falamos de originalidade. Mesmo que toda obra de arte original encerre, secundariamente, um debate com a tradição, com o cânone, secundariamente, bem entendido, ela terá fracassado *in limine* se não passar de paráfrase, de citação, de discussão de outras obras de arte. As obras que procuram e pressupõem a comparação com outras obras de arte, ao invés de rejeitar toda espécie de comparação, são meras obras de fancaria, não são obras de arte, são obras de fancaria, bem entendido? E agora durma, meu filho, e se você precisar de alguma coisa, é só pedir.

Leo ficou bom logo. E foi o tempo das dores mais intensas. O que fazer? Passaram-se semanas durante as quais ele só se deixou conduzir dali para acolá. Duas ou três audiências, nas quais o seu comparecimento era recomendável. Alguns encontros sociais no salão de Löwinger, alguns jantares a dois com ele, dos quais Leo não fugia simplesmente porque não sabia mesmo o que fazer com seu tempo. Idas ao cinema, aos bares. Alguns encontros superficiais com pessoas que ficavam muito contentes quando ele aparecia e que não percebiam quando ele não aparecia. Você está pálido, meu filho, trabalha demais. Você precisa de uns dias de sol e de ar fresco. Três dias na praia, no Guarujá, onde Löwinger tinha um apartamento. De vez em quando uma carta de Viena. Ninguém sabia nada de Judith. O leve cheiro de chocolate das Palomitas, o cheiro de enxofre que diminuía. Diariamente a longa leitura dos jornais. Quando havia o anúncio de um concerto no Teatro Cultura Artística que prometia dar o que falar, Leo ia. Preferia, entretanto, depois do concerto, dobrar a esquina do teatro e ir ouvir o pianista da *Baiuca*. Ah, o senhor é de ascendência austríaca, disse uma tarde na casa de Löwinger uma senhora que, após cada mordidinha num sanduíche, limpava cuidadosamente os lábios com um guardanapo, então o senhor certamente foi ver o balé da Ópera de Viena no Teatro Municipal. Leo tinha ido, sim. Foi tão bonito, tão belo, meu marido e eu, nós amamos as valsas. Posso entender, disse Leo.

Jogo entre Corinthians e São Paulo, comentado antecipadamente nos jornais durante semanas: Leo foi assistir. Depois presenciou às acaloradas discussões num bar do Pacaembu, perto do estádio. O gol da vitória, exaltavam-se alguns, nesse gol o jogador estava claramente impedido. O juiz era ladrão mesmo, o bandeirinha só podia ter sido comprado, todo o mundo gritava "impedido, impedido". Precisaria ver de novo, dizia um outro, se na hora do passe — na mesma linha, respondia o primeiro, impedido, impedido. Leo tomava sua cerveja, surpreso. Não entendia o problema. Só conhecia a palavra "impedido" no sentido de fechado, uma rua podia estar impedida, ou no sentido de haver um obstáculo para cumprir um compromisso, uma pessoa podia estar impedida de comparecer, e não vir a um encontro. E aí, doutor, gritou um, o que é que o senhor acha? A maioria estava claramente a favor do impedido. Sem dúvida, disse Leo, impedido.

Para sua maior surpresa, a questão ainda foi longamente discutida nos jornais do dia seguinte. Eu vi com meus próprios olhos, disse Leo na padaria, quando comprava pão. O cara estava claramente impedido.

Numa noite especialmente tediosa em que Leo ficou em casa, lembrou de uma vez em que, numa conversa com Judith, ele polemizara contra a vida. Leo havia dito que a vida era a dissolução do indivíduo naquilo que já ocorre por si só. O essencial é a obra, e era a obra o que ele iria contrapor à vida, dissera. Leo chorou ao lembrar disso. Claro que estava um pouco bêbado, o álcool o deixava chorão. Para onde quer que olhasse, não se via obra alguma. Era incapaz. Mas o pior não era só isso. Agora ele estava se dissolvendo totalmente no cotidiano dos acontecimentos exteriores e, mesmo assim, não vivia. Nem isso. Viver. Leo havia ganhado alguns quilos. Ficou meio gordinho. Não por comer muito. Só comia refeições quentes quando era convidado por alguém. Quando estava sozinho, levava uma vida mais ascética do que nunca. Um pão com manteiga ou dois, se ficava com fome, de repente, em casa. Era o álcool. Ele tomava cerveja e cachaça demais. Queria se anestesiar. Não suportava o fato de não estar fazendo nada, de apenas ir de um lado para o outro, de diariamente não saber o que fazer. Eu não presto para ser imprestável, ele pensou com uma ponta de orgulho. Uma idéia biruta. Como é que ele podia adormecer, à noite, sem birita? O álcool se depositava nos quadris e na barriga. E o rosto ficou mais redondo, a cabeça parecia bem maior. Logo pensariam que ele era hidrocéfalo. Então começou a se odiar ao se ver no espelho. Aquilo não era ele. Não era aquele que via ao observar-se sem espelho. Cônico. O crânio grande, os ombros fracos, estreitos, os quadris largos e a barriga. E, ao lado do corpo, os braços finos e as mãos delicadas. Cômico. Tinha que mudar de vida, já que isso não era vida. Todo dia, ou quase todo dia, ele se dizia isso. Você tem que mudar de vida. Trabalhar. Durante semanas a fio ele vivia dizendo isso para si mesmo. O tio Zé perguntava pelo avanço do seu trabalho. Um novo degrau qualitativo, explicava Leo, só agora ele estava ficando realmente enfronhado no assunto. Fosse o que fosse que estivesse fazendo, só pensava em seu trabalho, disse.

Chegou um dia em que a chateação, o nojo por si mesmo e o desespero por causa dessa inércia tão inquieta cresceram tanto, que de fato voltou ao trabalho.

Claro que não de verdade. Ninguém que tenha algo importante a escrever senta simplesmente junto à escrivaninha e começa a escrever.

Leo tinha trazido pouquíssima literatura filosófica na sua vinda ao Brasil. Faltavam muitos livros, livros importantes para que pudesse fazer o seu trabalho com seriedade. Não poupou tempo nem esforços para encontrar esses livros. Finalmente, tinha o que fazer. Empreendeu um verdadeiro périplo pela cidade. Para a Biblioteca Municipal. Para a biblioteca da universidade. Para a biblioteca do Departamento de Filosofia. Para a biblioteca do Departamento de Letras. Para a livraria alemã. Até procurou o professor George. Quando chegava em casa, à noite, estava cansado demais para ainda conseguir ler os livros que havia carregado o dia todo. E quando se esgotaram todas as possibilidades de encontrar literatura sobre Hegel em São Paulo, Leo sentou desalentado diante do monte de livros — quando é que ia ler tudo aquilo? Lia romances. Ia ao cinema. Tinha que esperar que chegassem os livros que havia encomendado na livraria alemã. Mas a coisa ia como ia. Não havia nada a fazer. Fosse lá o que fosse que ele fizesse. Dava na mesma ler ou não ler. Apenas manobras para desviar a atenção. Jantares com Löwinger. Beber, dormir. A coisa era como era. As leis tácitas da vida. Ele não podia ditar novas leis para a vida, nem para si mesmo. Nada mudaria, viesse ele a trabalhar ou não. Alguém pensou, escreveu e mudou o mundo. Faz tempo, isso. A possibilidade de obter um tal efeito a partir do mero pensamento é evidentemente algo que faz parte do passado. Do contrário, os intérpretes, pesquisadores e exegetas dessa filosofia teriam influência ainda hoje, sua importância seria reconhecida por todos. Dezenas, centenas de seres humanos já interpretaram essa obra, sacrificaram suas vidas em prol de seu conhecimento objetivo e interpretação, para provar a sua permanente atualidade. Leo ficava olhando para os grossos livros empilhados sobre a escrivaninha. O que foi que eles mudaram? Nada. O que foi que deles resultou? Nada. Nem mesmo levaram a que eu os lesse. E quantos não trabalharam anos a fio, e eu nem mesmo sei da existência de seus trabalhos? O que foi que eles conseguiram com décadas de esforços? Nada, não conseguiram sequer que eu conhecesse seus nomes, muitas vezes não conseguiram nem mesmo um cargo de professor numa Faculdade de Filosofia qualquer. Com o passar do tempo ficou claro para Leo que aquele livro, o livro totalmente diferente que ele procurava, não existia, pois era o livro que ele mesmo queria escrever. Como não o tinha escrito, não podia encontrá-lo. Queria encontrá-lo, para não ter mais que escrevê-lo. Mas como não o encontrava, não podia escrevê-lo.

É algo que tenho que aceitar, pensou Leo. Não quero mais escrever este trabalho. Algo mudou, algo dentro de mim se rompeu. Tenho que libertar-me desta pretensão; só depois disso é que saberei o que realmente quero. O meu caso com Hegel está acabado. Morto e enterrado.

Agora ele tinha de novo alguma coisa para fazer durante alguns dias. Devia devolver os livros que havia retirado das bibliotecas. Da biblioteca da universidade, das bibliotecas dos departamentos. Do professor George. Cancelar as encomendas feitas na livraria alemã. Declarou-se disposto a comprar os livros que já haviam sido enviados da Alemanha. E comprou grande quantidade de literatura de ficção, para acalmar a irritação da vendedora. Comprou até o romance *Hans im Glück*, de Henrik Pontoppidan, o mais famoso encalhe da livraria alemã, cujos oito volumes estavam nas prateleiras desde a fundação da casa, sem que ninguém quisesse comprá-los. Disso resultou uma conversa agradável com a vendedora, que convidou para um jantar a dois. Pela primeira vez, não contou a uma mulher com a qual saía que estava escrevendo um trabalho sobre Hegel. À pergunta "o que você faz na vida" ele respondeu que era corretor de imóveis. Com surpresa, Leo percebeu que essa informação aumentava seu potencial de atratividade. Pelo menos, foi assim que ele interpretou o fato de as coisas correrem com tanta facilidade pelo resto da noite.

Teresa, a moça da livraria, não tinha a menor condescendência para com "esses eternos estudantes". O que é que a gente quer da vida?, ela perguntava, só harmonia e sossego. E o que esses estudantes cultivam? Desarmonia e desassossego. Eles podem estudar, disse ela, mas não estudam. Só fazem bagunça. Você leu o que aconteceu na Universidade de Brasília? Eu não entendo. Leo lhe dava razão. Estava cansado. Era tudo tão simples. A vida era assim. A gente dá razão, e aí a gente tem razão. Uma jurisprudência segundo leis indiscutíveis, em decorrência das quais todos os seres humanos, depois de terem se dado mutuamente razão, simplesmente se amam. Leo não sabia por que, mas era assim mesmo. Ela havia tido que trabalhar desde os doze anos, disse Teresa, sempre trabalhara. Mas os estudantes não querem nem trabalhar nem estudar. Se pudesse estudar, não iria para a rua fazer passeata, o que eu tenho a fazer na rua? Você tem toda razão, dizia Leo. Dá para entender uma coisa dessas?, perguntou ela. Não, disse Leo, eu também não entendo.

Pelo café da manhã, o entendimento de Teresa já tinha se esgotado completamente. Lia o jornal, olhando para Leo ao virar as folhas, com uma expressão cansada, estranhamente decepcionada. Ou seu olhar apenas parecia decepcionado? Por que ela haveria de estar decepcionada? Toda vez que Leo pensava em dizer algo, Teresa voltava a sumir atrás do jornal. Ficou irritado com o fato de Teresa ficar lendo o jornal. Não porque teria preferido conversar com ela. Mas porque queria ler o jornal ele mesmo. Tinha se acostumado a lê-lo durante o café da manhã. Mas não se atrevera, porque Teresa estava presente. Acreditava que devia lhe dar atenção. E ela simplesmente lia o jornal. De repente, ela exclamou: Olha aqui, que coisa, você é corretor de imóveis porra nenhuma, que mentira, você é um profeta famoso, que coisa. No jornal havia um extenso artigo sobre Leo, com uma foto que trazia a indicação "arquivo", tendo sido já publicada anteriormente no mesmo jornal. Leo aparecia pontificando no círculo dos hóspedes de Löwinger. O artigo dizia que Leo, diante de uma série de testemunhas, entre as quais o próprio autor do artigo, havia previsto os acontecimentos daquele ano de 1968, os movimentos estudantis em Paris, Berlim e no Brasil, previsto nos mínimos detalhes. Até mesmo os centros desses acontecimentos históricos, "Paris, Berlim e também aqui, o Brasil, estão relacionados nas anotações que fiz do que Leo Singer disse há alguns meses", escreveu ele. Tudo isso deduzido da dialética da história de Hegel, e de nada mais. Dedução lógica. O professor George Abutre, outra testemunha: "Nada disso pode surpreender um hegeliano". Era o caso de se perguntar se a filosofia hegeliana da história não apenas tinha uma surpreendente atualidade, mas também permitiria previsões quanto ao futuro etc. etc.

Eu não entendo nada disso, disse Teresa.

Eu também não, disse Leo.

Não acredito no que você está falando, seu corretor de imóveis duma figa, que coisa.

Primeiro Leo teve que mudar de padaria. Porque naquela onde ele costumava comprar pão, o vendedor começou a persegui-lo com o volante da loteria esportiva. Para Leo adiantar o resultado dos jogos. Já que ele podia predizer o futuro. Com um método científico. Estava no jornal. E Leo já o tinha demonstrado uma vez, quando previra que o São Paulo ganharia do Corinthians com um gol feito por um jogador impedido. Ele lembrava direitinho, faz favor, doutor.

Depois Leo precisou mudar de casa por um tempo, porque não paravam de tocar a campainha, jornalistas de revistas, jornais, rádio e TV, e uma verdadeira multidão de crentes que peregrinavam até sua porta como se ele fosse um profeta ou um curandeiro. Mudou-se para a casa de Löwinger, na parte alta do terreno, onde ficou num quarto de hóspedes. Dali, daquele esconderijo, Leo observava as aglomerações à porta da casa do porteiro, acompanhava a histeria crescente na mídia, cujo pivô era ele mesmo, embora fosse o professor George Abutre quem, na ausência de Leo, atendia o repentino interesse generalizado pela filosofia da história de Hegel, escrevendo artigos e comentários e dando entrevistas a quem quisesse ouvi-lo. Com muita habilidade, o professor George, que evidentemente estava adorando ter se transformado no centro das atenções, seguia sempre o mesmo modelo: em primeiro lugar ele explicava de forma muito simplificada e genérica a dialética da história de Hegel, estendia-se depois, fazendo obscuras referências às conseqüências para o futuro imediato, para finalmente lamentar com muitas palavras o fato de a *Fenomenologia do Espírito* ainda não estar disponível em tradução para o português, pois, sanada uma tal deficiência, a justificada curiosidade do público brasileiro seria bem melhor satisfeita do que mediante suas próprias palavras. E como o professor George sabia que o interesse do público estava voltado para Leo, sobretudo, e que o interesse por sua própria pessoa só duraria enquanto conseguisse assegurar o incremento do interesse por Leo, recheava suas explanações de louvores a Leo Singer, cuja "notável contribuição" consistiria nisso ou naquilo, cujas "luminosas exposições" teriam esclarecido este ou aquele ponto obscuro da pesquisa hegeliana — o que fez com que todas as citações de Hegel que o professor George fazia fossem atribuídas a Leo e se transformassem em lugares-comuns. O governador de São Paulo, entronizado pelos militares, gostava de citar "aquela frase tão apropriada do nosso querido professor Singer: tudo o que é real, é razoável". A esquerda estudantil insistia na "astúcia da razão", assim como em que, "como havia demonstrado o professor Singer, a realidade não resiste às idéias". Nenhum jornalista que quisesse manter sua credibilidade abria mão de colocar, como epígrafe para seus artigos, as "palavras definitivas de Leo Singer": "A verdade é a totalidade". E o mais popular dos apresentadores de televisão chegou a substituir o seu gasto "O show tem que continuar" pela "sábia frase do professor Singer: A aparência é o ser".

Os jornais discutiam nos seus cadernos de política as chances de Leo se candidatar a algum cargo, diziam que ele estava sendo cogitado como assessor do governador, mas o partido da oposição tolerada também se esforçava em conseguir a adesão de Leo, o que seria lógico, como diziam seus porta-vozes, porque o futuro estaria do seu lado. Nos cadernos culturais e científicos, os jornais exigiam com veemência a tradução indispensável da *Fenomenologia* de Hegel, e as páginas esportivas traziam uma entrevista inventada com Leo, na qual ele teria feito "a profecia deduzida cientificamente" de que o Brasil seria campeão do mundo na copa de 1970.

Os estudantes de filosofia exigiam com energia que Leo fosse seu professor convidado, um pedido ao qual o professor George, depois de ter-se exposto tanto, não podia se furtar. O seu argumento de que seria difícil fazer passar pela burocracia universitária um convite daqueles foi vencido pela curiosidade que havia tomado conta dos seus colegas. Leo recebeu um convite escrito da Faculdade de Filosofia para dar uma palestra, a qual poderia eventualmente ser seguida de um convite para um curso.

Leo aceitou o convite. A palestra pareceu-lhe ser a única forma sensata e razoável de fugir da prisão no palácio de Löwinger. Uma simples carta recusando o convite, indicando que o interesse por sua pessoa se devia a um mal-entendido e que o interesse por Hegel surgia a partir de uma interpretação totalmente equivocada da filosofia hegeliana, motivos pelos quais ele, Leo, infelizmente não poderia satisfazer nenhum dos dois interesses, só o teria mantido preso no seu esconderijo, até que com o passar do tempo a tempestade amainasse — quem sabe por quanto tempo. Além disso, uma recusa agravaria ainda mais a sua prisão, pois ela seria vista por Löwinger como incompreensível e até mesmo despertaria seu ódio. Sem dúvida, o mal-entendido só poderia ser esclarecido publicamente. A palestra era a oportunidade de fazê-lo.

Estou orgulhoso de você, meu filho. Você mexeu os pauzinhos corretamente. Você tem certeza de que não vendeu sua alma? Brincadeira, desculpe. Não, você fez a coisa certa. Não foi logo agarrando a primeira oportunidade que apareceu, mas esperou por uma oportunidade melhor. E trabalhou muito. Quando a gente sabe esperar e continua trabalhando, então o momento certo não demora a chegar, e aí a gente está preparado para ele. Eu sempre agi dessa forma. Você não me decepcionou. Você possui a espécie de sensibilidade e a coerência inquebrantável que distingue os grandes espíritos. Trabalhou muito. Eu gostaria muito de ler algo do seu trabalho. Mas seja como quiser. Agora você pode colher os frutos. Engano? Você tem razão, meu filho. Engano dos outros. Mas você tem razão. É o que conta. E, afinal, só se pode ter razão quando os outros estão errados. O êxito de um é sempre o engano de todos os outros, bem entendido.

Leo simplesmente não conseguia conversar com Löwinger. Não conseguia se fazer entender. Queria distância dele e agora estava até morando sob o mesmo teto. Pertencia totalmente a Löwinger. Não queria nem ouvir falar em Hegel, havia interrompido o seu trabalho sobre Hegel e, justamente nesse instante, explodia esse boom hegeliano e Leo se transformava no mais requisitado especialista em Hegel. Havia chegado à conclusão de que Hegel fazia parte da história, de que ocupar-se de sua filosofia era uma insensata exegese retrospectiva, mas agora Hegel era visto por um público mais amplo como o mais atual dos filósofos, com ajuda de quem seria até mesmo possível dominar o futuro. Leo sempre havia sonhado em ser um homem importante, alguém que pudesse intervir na história, mudar o mundo, e, no momento em que acabava de renunciar a esse sonho infantil, atingia, sem estar preparado para tanto, uma notoriedade que lhe teria conferido poder de fato, não tivesse ele se confrontado com ela num tal desamparo, quando tudo o que estava sendo dito a seu respeito não mais correspondia à verdade. Isso ele não poderia dizer ao tio Zé, não poderia se abrir com ele, não poderia passar esse recado para ele, que esfregava as mãos de tanto orgulho e continuava a movimentar suas marionetes, empenhadas em organizar um complô só para o bem de Leo, como Löwinger estava convencido. Leo queria fugir. Deixar as coisas claras. Discutir com sensatez. Ele não queria simplesmente a decepção e o ódio de Löwinger. Preferia a decepção e o ódio dos muitos, mas, em contrapartida, a possibilidade da compreensão e das palavras certas de talvez uns poucos. A palestra. Quando Leo aceitou o convite, revestiu-se pela primeira vez de uma dimensão de real grandeza.

Como as férias de julho já iam começar, a data para a palestra foi fixada para bem depois do início do segundo semestre, para o 2 de outubro de 1968.

Bastante tempo para se preparar. Bastante tempo para se fazer sempre as mesmas perguntas. O que eu vou dizer? Como vou dizê-lo? Senhoras e senhores, estamos aqui reunidos por causa de um mal-entendido. No que consistiu esse mal-entendido? Isso requer um amplo retrospecto. Ou uma outra maneira de começar. Senhoras e senhores, eu sei que todos esperam de mim indicações sobre como é possível o domínio da história através da filosofia de Hegel. Antes de mais nada, quero apresentar-lhes um breve resumo do sistema hegeliano, sobretudo da *Fenomenologia do Espírito*, a respeito da qual os jornais trouxeram, neste últimos tempos, muitas informações confusas. Segue-se o resumo, a apresentação das categorias mais importantes. E depois eu poderia perguntar: Bem, o que dá para fazer com isso aqui e agora? Deduzir processos históricos futuros? Não. A história não se deteve quando Hegel pôs o ponto final em sua *Fenomenologia*, e todas as mudanças históricas que ocorreram de lá para cá naturalmente não estão refletidas na *Fenomenologia*, e mais, toda a história, desde a morte de Hegel até hoje, não pode continuar a ser descrita apenas com os conceitos hegelianos — o que dizer do futuro? Mas, perguntarão os estudantes, como foi que o senhor conseguiu fazer um prognóstico concreto e preciso, partindo apenas das categorias de Hegel? Eu não fiz nada disso. Isso só estava nos jornais. Mas por quê? Por que o jornal teria inventado uma coisa dessas? Disseram até que houve testemunhas. O professor George, por exemplo. Não sei por que escreveram tudo aquilo. O tio Zé. Não posso falar no tio Zé. Isso eu não posso. Deveria. Esclarecer. O esclarecimento vem antes da queda. Vou ser desprezado. Ninguém vai aceitar uma coisa dessas, ninguém vai entender. Ninguém.

Nem eu mesmo chego a entender. Não, tenho que começar de outro jeito. Nada de resumo da *Fenomenologia*. Seria mais uma palestra sobre Hegel, e eu não quero mais trabalhar com Hegel. Senhoras e senhores, quem vos fala não quer mais trabalhar com Hegel, interpretar Hegel, falar sobre Hegel. Quero explicar-lhes por quê. Vocês querem estudar a *Fenomenologia* de Hegel, exigem sua tradução para o português e esperam exercer influência sobre a sociedade e domínio sobre a história a partir disso. Essa esperança encerra um grave erro, ao qual também eu sucumbi. Minha experiência me ensinou que não é absolutamente necessário estudar a *Fenomenologia* durante anos, tal como eu fiz. Ninguém pode exercer influência sobre a sociedade a partir disso — mas não foi o senhor mesmo, Leo Singer, quem demonstrou exatamente o contrário, o senhor não vê que os olhos de todos estão centrados no senhor, que as suas palavras não estão na boca de todos, que as esperanças que a sociedade toda nutre a partir do senhor são gigantescas? Um mal-entendido que eu vou esclarecer agora — Mas se eu realmente conseguisse esclarecer esse mal-entendido, então eu seria novamente refutado! Eu teria me tornado historicamente eficiente. O interesse por Hegel ficaria instantaneamente extinto e o meu feito histórico teria sido o de impedir definitivamente, ou pelo menos por muito tempo, que Hegel fosse traduzido para o português. Nada disso. Antes pelo contrário. Nada é e tudo tem que vir a ser. Chega de citações de Hegel. Senhoras e senhores. Leo marchava pelo jardim de Löwinger, já não era um herói infantil ou juvenil que praticava ali, num mundo imaginário, a conquista do mundo real. Com o corpo inclinado para a frente, as mãos juntas nas costas, um *Hans im Glück*, um João com Sorte que abandona o mundo da burguesia, a casa de Löwinger, onde sempre fora um estranho, para descobrir sua verdadeira essência na solidão do jardim.

Uma existência totalmente passiva, indiferente, perdida, que descansa no gramado embaixo da árvore que lhe oferece sua sombra e sonha modestamente, como Oblomow em seu leito, deixando passar um dia após o outro, um dia igual ao outro, até seus cabelos ficarem cinzentos, até o túmulo.

E depois, erguendo-se, voltou a marchar, lutador fantasioso, pelo jardim — senhoras e senhores —, um Dom Quixote que leu as grandes narrativas dos tempos antigos, os projetos universais dos filósofos idealistas e que agora busca a luta contra os moinhos de vento do espírito de um novo tempo.

Novamente foi Judith quem trouxe Leo de volta para a escrivaninha, desta vez junto à escrivaninha que Löwinger havia mandado instalar no quarto de hóspedes que Leo ocupava, novamente foi Judith quem libertou Leo para o trabalho e encerrou sua existência miserável, que fantasiava de modo improdutivo.

Judith está morta. Leo teve que ler o trecho da carta de Lukas Trojan várias vezes até entender, até captar o que é tão simples e tão difícil de entender: que não há mais esperanças nem mais possibilidades de voltar a ver aquele ser humano, que aquela vida, em si e na sua relação com outras vidas, está irremediavelmente encerrada, tão remota como os mais remotos mortos da história, mais distante do que o futuro mais longínquo. Morta e enterrada. Muita coisa já fora morta e enterrada na vida de Leo. Mas naquele momento o significado da expressão era literal.

No que se referia à morte de Judith, escrevia Lukas Trojan, ele podia dizer pouca coisa. Ele mesmo havia perdido o contato com ela fazia tempo. Só tinha ficado sabendo por alguns boatos que ela teria cometido suicídio, uma história trágica, de cujos motivos e detalhes ele infelizmente não estava informado. Provavelmente depressão, escreveu Lukas. Uma tragédia, sentia muito por não saber mais detalhes e não poder dizer mais nada. Na esperança de voltar logo a ouvir outras novidades de Leo, mas sobretudo de poder ler algo do que estava escrevendo — "o seu projeto da continuação da *Fenomenologia* parece muito promissor" —, um abraço. Leo não entendeu. Era um enigma. Como Lukas ficara sabendo do projeto? Depois lembrou-se de que na sua carta a Lukas ele tinha efetivamente escrito algumas bobagens sobre uma continuação da *Fenomenologia* de Hegel. Morto e enterrado. Era tão difícil de entender. Leo tentou imaginar alguma coisa a partir da notícia de que Judith estaria morta. Mas não conseguiu. Não havia sido ele mesmo que, numa carta de despedida do mundo endereçada a ela, não tinha sido ele que quase — e agora ela. Realmente. Começou a sentir calafrios, como se ele próprio estivesse morto e frio. Na sua cabeça estava tudo preto. Noite. Sono. Teria Judith morrido assim? No meio do sono, que ela temia ser a *causa mortis* a ela destinada? Não acordar. Nunca mais acordar. Do sono. Acabado. Mas por quê? Soníferos. Mas por quê? Talvez um acidente. Um engano. Porque quem se nega tanto a dormir como Judith o fazia, talvez depois não consiga adormecer sem a ajuda de comprimidos. E em combinação com o álcool poderia ter ocorrido que. Agora ela não ia acordar nunca mais. E ele não poderia adormecer nunca mais. De medo. No sono tudo volta, o passado está de novo presente, esquemas suicidas e assassinos, matar noite após noite a si mesmo e aos outros, Judith, um espírito, um fantasma do qual ele nunca havia se libertado, nunca mais ele poderia adormecer. Gemeu. Quase um grito. Seu queixo tremia, duro como o de um menino que quer chorar, mas não se atreve. Uma sensação de sufoco na garganta e na nuca, tensão. Pressão, como se garganta e nuca estivessem se apertando uma contra a outra. Agora era a cabeça toda que tremia, um tremor forte, de um lado para o outro, por que seu rosto estava tão inchado? Nunca mais poderia adormecer, pensou, e continuou pensando até o momento em que, totalmente embriagado pela cachaça, enjoado por causa das Palomitas, tombou para a frente, caiu no sono, a cabeça apoiada nos braços, sobre a escrivaninha. Derrubou o cartão-postal com a "Judith" de Giorgione, que caiu quase sem barulho, quase sem movimento, fantasmagórico, Leo levantou a cabeça de repente, o que tinha acontecido? A mulher que estava de pé com a espada na mão havia caído, e a cabeça do homem que jazia aos pés dela havia se erguido e olhava para baixo, para a mulher que agora jazia à sua frente.

Durante muitos dias Leo nem teve a sensação de trabalhar. "Trabalhar" tinha se transformado numa pretensão carregada de paixão, de coerção, de intenções heróicas, de frustração e, finalmente, de falta de sentido. Morto e enterrado. Agora algo trabalhava dentro dele, trabalhava de dentro dele para fora. Só depois de passados alguns dias, ao olhar para uma pilha de papéis escritos, Leo pensou de repente, inquieto: estou trabalhando. O que estava surgindo? O postal com a pintura de Giorgione estava em algum lugar entre as muitas páginas escritas, nas quais surgia uma nova imagem de Judith, a primeira grande declaração de amor e uma homenagem ao tempo passado em comum. O texto começava com as palavras: "Felizes são os tempos", estava escrito exatamente daquele jeito palavra por palavra, com ímpeto e naturalidade, sem emendas nem rasuras, "são" e não "eram" ou "foram". A abertura já mostrava com clareza: a verdade pudera surgir naquele momento, Leo simplesmente permitira que ela aflorasse no texto, ao passo que antes, com suas imensas pretensões teóricas, acabava sempre por asfixiá-la na prática da sua escrita. Qual havia sido o motivo disso? O estado semelhante a um transe, que pela primeira vez ele se permitia viver no momento de escrever? A liberdade vivida com intensidade, tanto no sentido do sofrimento como no da alegria, liberdade de, uma frase que podia ser completada de muitas formas, isto é, um momento de irreflexão vivido de forma intensamente emocional? Ou talvez nada disso e nem de qualquer outra coisa, mas simplesmente o álcool? Seja como for. A verdade era: felizes são os tempos que passou com Judith, mas eles não o foram, eles não o tinham sido. Eles o estavam sendo naquele momento, na sua memória, na sua necessidade de idealização póstuma, no momento da escrita. Agora são imaculadamente felizes, inocentes, elevados e puros, portanto bem-aventurados. Mas estão também irrecuperavelmente mortos e enterrados, mortos, portanto bem-aventurados. São história, e como tal, apresentam-se redimidos no presente. Felizes são os tempos, continuava Leo: "para os quais o céu estrelado é o mapa dos caminhos passíveis de serem percorridos e a serem percorridos, e cujos rumo são iluminados pela luz das estrelas". Esse era, portanto, o conteúdo daqueles tempos, que, passados e enterrados, eram agora, por isso mesmo, o motivo de um tal sentimento de felicidade, de bem-aventurança. Ou seja, graças ao fato de Judith e Leo terem se orientado pelas estrelas e não pelo seu mundo vivido concretamente — como se chamavam essas estrelas? Hegel, Dostoiévski, Kleist, Sterne — este último, Laurence Sterne, não era à toa que seu nome significava "estrelas" em alemão, era o primeiro e o mais brilhante dos superstars na galeria de Judith, daí também provavelmente a formulação de Leo do "céu estrelado". Eles só haviam percorrido caminhos que essas grandes estrelas do espírito humano iluminaram e por isso viam como iluminado qualquer caminho que percorressem. "Tudo é novo para eles e, no entanto, familiar, aventuroso e, no entanto, próprio", uma frase que se faz clara de imediato à luz da anterior, "o mundo é vasto, mas também é como a própria casa", aqui se mistura a alusão à casa de Löwinger e ao jardim, que significava o mundo. Contudo: "Distinguem-se nitidamente, o mundo e o eu", e era aqui que estava o problema cuja solução, a salvação, a libertação tornada possível apenas por intermédio desse texto genial, já vinha expressa nas primeiras palavras, à abertura: que estes tempos eram justamente "felizes", juventude, senão infância, por serem tempo passado, morto e enterrado.

Frase após frase, página após página, dia após dia, Leo escrevia com essa lúcida ambigüidade, segundo um movimento verdadeiramente dialético, desenvolvendo uma verdade que só podia ser pensada levando-se em conta as mentiras sobre as quais ele desejara lançar os fundamentos da construção não apenas da sua vida, mas também da vida após a sua morte. É claro que ao escrever o texto Leo queria também idealizar, mas não deixava de exibir com inequívoca clareza o fundo falso que o auxiliava a levar a efeito seus truques ilusionistas, alcançando dessa forma se aproximar, de fato, da verdade, que é a totalidade, frase esta que não constitui uma ilusão vazia, nem é apenas mera citação a serviço de interesses limitados, mas, bem entendida, é uma ferida no confortável pensamento humano, sobre a qual cada um, na medida das suas possibilidades, coloca seu próprio curativo. Mas ele não seria Leo se, ao fim, não ostentasse a atadura de gesso mais grossa que se possa imaginar. Bustos são feitos de gesso. Galerias de fantasmas. A ambigüidade inicial do texto — que se instaurara em função de erigir um monumento a Judith com o pretexto de se libertar dela — deixou de ser tal e se converteu na ambigüidade de tentar solucionar um problema histórico-filosófico com o pretexto de fazê-lo. Leo generalizou sua descrição dos "tempos felizes" numa interpretação da época que Hegel, referindo-se à Antigüidade, denominou a era da "eticidade", e descrevia a sua "suprassunção" na "cultura" na era do estado de direito burguês. Hegel e a *Fenomenologia*, esse era o instrumental de Leo, ele não dispunha de outro, não podia elaborar de outro jeito. E mesmo que ele quisesse falar de Judith, o nome dela não aparecia. Ainda que Leo quisesse falar de sua própria história, ela aparecia menos ainda nesta interpretação histórico-filosófica, em cujo bojo astuta e tolamente se escondia, e o trabalho dele era um cavalo de Tróia diante das portas de uma cidade fictícia. Não é preciso se estender em explicações para atinar com o fim previsível da empreitada. Após dias de trabalho, Leo adquiriu consciência de que estava trabalhando, e aí começou a trabalhar realmente, quer dizer, a ocultar numa linguagem acadêmica tudo o que havia escrito e o que faltava escrever. Sua descrição do "mundo ético" estava livre do cheiro de cozinha das noites passadas junto a Judith, das quais lembrava nitidamente enquanto escrevia. Escrevia a respeito do "abrigo" neste mundo, em que "todo ato da alma é sensato e concreto", e, o sentido, dado de modo imediato de forma a permitir que a humanidade formasse, no seu interior, uma comunidade bela, espontânea, evidente. Os caminhos que ela tinha a percorrer podiam às vezes ser infinitos, mas nunca se perdiam em abismos, porque os caminhos e as metas tinham sido dados de forma imediata. De casa para a biblioteca, da biblioteca para casa, para a cozinha, da cozinha para o quarto de dormir, lá os mais longos desvios, isso ele não escreveu. Pois as maiores idéias serviam ainda à menor edificação, os menores problemas seguiam conduzindo às explanações maiores acerca do mundo, e o sentimento de profundidade já se instalava a um mero olhar para baixo, pela janela, para baixo, em direção aos anjos de pedra no pátio, ele não escreveu. "Mundo homogêneo", ele escreveu, "totalidade espontânea do ser."

"Saber", escreveu, "é apenas suprassumir véus encobridores, criar é um desenhar de unidades visíveis e eternas do ser" — aqui ainda era possível sentir-se um leve cheiro de cozinha: pois não havia sido sempre assim, Judith cozinhando, enquanto ele fichava bibliografia sobre Hegel? — "Virtude é o perfeito conhecimento dos caminhos", que levaram a Veneza, onde, contudo, o caminho da virtude foi abandonado por um breve instante.

E a descrição que Leo fez da era da "cultura" estava livre do cheiro de pólvora e de chocolate das suas noites brasileiras, embora tivesse sido naquele momento que ele refletira impiedosamente sobre sua descrição da "cultura". Escreveu a respeito de uma "expatriação transcendental", da expulsão do "abrigo"; apesar de todo o frívolo anseio por ele, não havia mais "nenhum caminho", agora "nem as metas nem os caminhos estavam dados de maneira imediata". Uma cisão se rasgara entre um ser humano e outro, entre o ser humano e o mundo. O "indivíduo" — esse era o pseudônimo que havia escolhido para si neste texto — tornava-se "problemático", carecia de um sentido imediatamente evidente e tentava "encontrar um sentido pelo menos artificial na amplidão da falta de sentido". Beber e fumar, olhar melancolicamente para a noite, a cabeça cheia de pensamentos subjuntivos, isso ele não escreveu. O que antes era imediatamente evidente, tornou-se agora pretensão, externa e estranha ao indivíduo, um dever que o indivíduo não podia mais cumprir. A "inclinação para se enriquecer com matérias genuinamente culturais de toda espécie" e, com isso, "construir a sua existência" ter-se-ia tornado totalmente "abstrata". Frágil e desconsolado este dever, e repetidamente a frase central: "O dever mata a vida", uma frase de tamanha pureza que nem mesmo o cheiro de enxofre a impregnava, aquele cheiro cujo lento desaparecimento tornara possível a Leo uma tal clareza.

Acabou sendo um belo texto, do qual Leo ficou orgulhoso com razão e que o deixou eufórico. Tinha, afinal, desenvolvido e aprofundado sua tese com base em todos aqueles romances que lera nos últimos tempos, tempos de insensatez e de expatriação, movido pela chateação e pelo desespero. E se desse modo seu trabalho tenha se tornado ainda mais intensamente uma pequena autobiografia, uma história totalmente privada do pensamento, por esse mesmo motivo, no fim das contas, deixava de sê-lo. Era sua primeira interpretação válida de um trecho central da *Fenomenologia* de Hegel, a saber, o trecho sobre a "suprassunção da eticidade na cultura", e ao mesmo tempo um início audaz de uma teoria do romance, um ensaio histórico-filosófico a respeito das grandes formas épicas. No final, Judith era apenas uma morta inominada, enterrada sob o texto, seu monumento, o nome nunca pronunciado de um determinado anseio indeterminado, a referência a uma pátria à qual o trabalho renunciava definitivamente, com lágrimas de alegria enxugadas no texto como as lágrimas da melancolia e do luto.

Eis aqui um texto realmente infame, tio Zé, naturalmente Leo não disse, quando deu o trabalho para Löwinger ler. Löwinger sentiu-se tranqüilizado e aliviado ao sopesar as folhas datilografadas em sua mão. Leo trabalhava, sim, e isso era o mais importante. Não se havia enganado a seu respeito. Está seguindo o seu caminho. E a meta seria ele, Löwinger, quem iria montar, assim como se ocuparia também de juntar o público para o momento da chegada.

Leo sentiu o alívio de Löwinger, sentiu-o nele mesmo; agora a pressão na casa de Löwinger havia diminuído bastante, o seu espaço de liberdade tinha aumentado notavelmente. Podia fazer e deixar de fazer o que quisesse sem que à noite, durante o jantar a dois, chegasse a hora ultimamente tão aflitiva do interrogatório acerca de como estava avançando o trabalho, de quando haveria algo para ler, de se os longos passeios pelo jardim estariam sendo realmente favoráveis à concentração e se no fim das contas um pouco mais de perseverança, mais possessão pelo espírito da escrita não levaria a melhores resultados, meu filho.

Agora Leo passeava o dia inteiro pelo jardim, e o tio Zé louvava à noite seu afinco e os progressos no trabalho, tendo ainda dado instruções ao jardineiro para não atrapalhar a concentração de Leo.

Dentro dele, porém, o trabalho continuava. E certo dia, deitado à sombra de sua "árvore de Oblomow", ele teve até mesmo um estalo — assim teria dito Judith. Estava pensando na palestra que faria na Faculdade de Filosofia. A data estava se aproximando. O que ele iria dizer? Como iria dizê-lo? Leo estava tão entusiasmado com o trabalho que acabara de concluir que pensou primeiro em resumi-lo para a sua palestra. "A suprassunção da eticidade na cultura. O trecho central da *Fenomenologia* de Hegel" ou algo parecido. Mas era isso o que os estudantes queriam ouvir? Eles não esperavam algo totalmente diferente? Sim, mas baseados num mal-entendido. E ele não era culpado desse mal-entendido. Deveria esclarecê-lo, essa deveria ser a sua tarefa. Senhoras e senhores: Tomando como ponto de partida a *Fenomenologia do Espírito* de Hegel, o futuro não pode — Leo olhou para cima, para a copa da árvore, qual seria a sua idade? Cem anos? Aqui há uma árvore, isso é tudo o que eu sei. Que espécie de árvore é? Uma árvore. Eu não sei o que eu posso dizer aos estudantes, talvez o seguinte: Tomando como ponto de partida a *Fenomenologia do Espírito* de Hegel, o futuro — pode muito bem ser deduzido, Leo levantou-se com um pulo, olhou espantado para as palmas de suas mãos, como se estivesse carregando um espelho, eu, sim, eu posso, é possível, basta ter lido com suficiente cuidado a *Fenomenologia*, é possível ver o futuro, deduzi-lo logicamente, naturalmente, está perfeitamente claro, eu, Leo deu um pulo no ar, posso, Leo pulava e batia palmas, ver o futuro, Leo começou a correr, tomando cuidado para que cada sílaba das palavras que gritava coincidisse com a batida dos seus pés no cascalho: eu-pos-so-ver-o-fu-tu-ro. O jardineiro espantou-se e parou de podar os arbustos, a cozinheira chegou à janela da cozinha e acompanhou Leo com um olhar surpreso, ele corria e gritava, e o motorista até passou a flanela com a qual estava polindo o Galaxy do tio Zé pela testa, ao perceber a explosão extasiada de Leo.

Sabe, Judith, ele contaria, eu percebi de repente que havia vivenciado o processo inverso, que havia suprassumido a cultura numa nova eticidade. Não estava eu vivendo de repente numa perfeita harmonia com o mundo exterior? Não havia eu renunciado a todas as pretensões exclusivas? Os caminhos e as metas não estavam claramente diante de mim? Eu ia para onde todos iam; ficava sabendo pelo jornal para onde todos estavam indo. Será que eu queria ser algo mais do que alguém igual aos outros, mesmo levando sobre eles uma cabeça de vantagem? Eu queria poder participar, não queria mais dar o tom da conversa. O mal-entendido não surgiu justamente porque já era assim mesmo, só que eu ainda não o sabia? Todos gritavam "impedido", e eu também, isso foi tudo. Os bens culturais abstratos, que se haviam tornado estranhos para mim, não eram mais meus, e o novo, o sentido de "impedido", ainda não o era. Isso era tudo. É necessário vê-lo com toda clareza. De repente tudo ficou claro para mim. Não havia mais nenhuma cisão entre mim e o mundo, entre mim e os homens. Só as leis tácitas da vida, do mercado e do metabolismo. Eu era um e mais nada. E a sua morte, Judith, por intermédio dela não perdeu sentido toda pretensão, todo desejo, todo dever não se tornou obsoleto? Tudo foi como foi. Sem querer nada mais. E depois a questão decisiva. Esse retrocesso é apenas coisa minha, ou é na verdade geral? Olhe em torno de si, Judith, não há dúvidas, ele é geral. Deixemos o jardim de Löwinger, pensei, observemos o Brasil. Ditadura. A ditadura não impôs uma nova unidade do indivíduo, da família e do Estado? Não foi esta a sua meta, a sua tarefa? Não é exatamente isso o que está expresso na propaganda da ditadura: "Brasil! Ame-o ou deixe-o!"? A ditadura produziu essa unidade pela força, de um modo criminoso, está certo, mas, estritamente falando, aquilo que ela produziu é, no sentido filosófico, um estado de eticidade. A suprassunção do indivíduo na comunidade, a indicação clara de todos os caminhos e metas, a validade universal das leis tácitas — já que as leis escritas, as do Estado de direito, foram revogadas pela ditadura. Eticidade, sem dúvida. Com sinal negativo, é claro. Porque é uma eticidade reconstruída, um retrocesso. Porque tudo o que veio depois foi subtraído, daí o sinal negativo. Mas eticidade, enfim. Viu, Judith, esse foi o meu estalo. Vivenciamos historicamente o retrocesso sistemático. Só no Brasil? Não. O Brasil é um retardatário. Os fascismos europeus já fizeram esse serviço muito tempo antes. E o stalinismo? Uma variante, afetada pelo fascismo, temos que nos concentrar no ponto, podemos deixar a diferenciação para mais tarde. Sem dúvida. Está perfeitamente claro que. Então, se nós vivenciamos a cultura suprassumida na eticidade, exatamente ao contrário do que Hegel descreve, podemos deduzir disso que? Sim. Viu, Judith, de repente eu vi o futuro e o fim da história diante de mim, por assim dizer na copa daquela árvore para a qual eu estava olhando, vi o futuro nas minhas mãos, porque ele está nas minhas mãos. Com dois dedos, eu preciso apenas folhear, folhear para trás a *Fenomenologia* de Hegel. A *Fenomenologia* termina com o "saber absoluto". O que ocorreu de lá para cá? Como continuou o desenvolvimento das coisas? O fato de o presente não mais poder ser apreendido com o conceito do "saber absoluto" está fora de dúvida. A consciência não está mais, não mais está no estágio do "saber absoluto". Portanto, houve um retrocesso. Voltou-se, agora, pois, à eticidade. Isso quer dizer. Isso significa. Em outras palavras. Nós agora podemos deduzir o futuro com facilidade, só precisamos continuar a leitura da *Fenomenologia* no sentido inverso, de volta para o começo, e podemos predizer cada um dos pontos, cada um dos capítulos, o que vem a seguir, qual vai ser a etapa seguinte e a subseqüente e a última, a meta, a verdadeira meta histórica. Assim Leo explicaria tudo para Judith. Mas, agora, sua cabeça estava ainda na maior confusão. Como se já tivesse um auditório cheio diante de si, enquanto ensaiava os gestos de sua explicação, andava agitado pelo quarto, pegava a edição da *Fenomenologia* nas mãos, caminhava de um lado para o outro, declamando e gesticulando. Nem percebia quando topava com o pé da mesa, não sentia quando dava um encontrão na beirada da cama, ele não relacionava nada a essas distrações, esses fatos não despertavam nele nenhuma associação. Leo já estava fantasiando a sua palestra, começava a declamar senhoras e senhores, gaguejava e balbuciava, estava como que em meio a uma bebedeira, bem servida por uma garrafa de cachaça que tinha guardada na escrivaninha. O momento em que havia acontecido a virada da história, o motivo para tanto, isso ele não mais conseguia inferir, essa questão ele colocava entre parênteses, era secundária para a palestra, não queria ficar preso ao passado, marchava diretamente para o futuro com o olhar fixo no índice da *Fenomenologia* de Hegel. Senhoras e senhores, o que é que nos espera na próxima etapa do desenvolvimento? Não há dúvida que. Esqueceu o jantar.

Löwinger foi informado de que o jovem senhor, naquela tarde, após alguns estranhos acessos, teria corrido para o quarto. Foi verificar o que se passava. A porta do quarto de Leo estava apenas encostada, Löwinger espiou pela fresta. Viu pés calçados de meias, as costas de um homem, era Leo, ele rolava pelo chão, estremecia, puxava a própria camisa, soltava sons ininteligíveis, um longo A e nhoresenhoras, estava incapaz de ficar de pé e andar, jazia no chão, declamando, um balbuciar que deixou Löwinger aterrorizado, como se tivesse visto o próprio demônio. Voltou à sala de jantar. Hoje ponha a mesa apenas para um, meu filho não está passando bem. À noite, comeu mais devagar do que nunca. Mastigava cada bocado durante um tempo infinito. Com a comida já desfeita na boca, não sabia dizer se havia sido testemunha do gênio ou da loucura de Leo. Finalmente afastou o prato, acendeu um charuto e bebeu vinho do Porto. Se ele tiver enlouquecido, pensou, eu o mato.

O afinco teimoso e a singela sublimação que Leo mostrou nos dias seguintes voltaram a tranqüilizar Löwinger. A euforia e a autoconfiança de Leo aumentavam, e com isso também a curiosidade e o engajamento de Löwinger. Amanhã vai acontecer algo incrível, disse Leo na véspera de sua palestra, você vai ver, tio Zé, amanhã eu vou ficar famoso.

Aquilo que ocorreu no 2 de outubro de 1968, no dia da palestra de Leo Singer na Faculdade de Filosofia, entrou para a história brasileira sob o título de "Os acontecimentos da rua Maria Antônia". Após Leo ter concordado em vir a público para apresentar pela primeira vez suas momentosas teses, o interesse da mídia ficou imenso. Löwinger também deve ter dado uma mãozinha. Todos os grandes jornais e dois dos mais importantes canais de televisão enviaram equipes de reportagem para acompanhar a palestra. Graças a isso, os acontecimentos foram muito bem documentados.

O professor George fez questão de apanhar Leo em sua casa e de conduzi-lo pessoalmente até a faculdade. Esse generoso favor tinha bons motivos pessoais. O professor George, como organizador da palestra, havia coordenado toda a cobertura da imprensa e da televisão, estava profundamente agitado devido ao amplo interesse e, para ter certeza de não ser deixado de lado, queria estar junto a Leo desde o começo da jornada, para aparecer em todas as fotografias e filmagens.

Perto da faculdade é muito difícil estacionar, disse o professor George, é melhor deixar o carro aqui e fazer o resto do percurso a pé.

Que coisa prática, disse Leo, enquanto o professor George trancava o carro, um cemitério tão perto da universidade.

O professor levou um susto.

É, disse Leo, porque hoje vamos ter que enterrar algumas velhas idéias às quais estamos acostumados.

Leo estava de excelente humor. Jovial, balançando sua pasta ao ritmo da caminhada, entrou pela rua Maria Antônia, ao seu lado o professor George que esforçava-se para acompanhar o passo dele, andando com um pé na calçada e outro na sarjeta, estimulando, assim, a comparação com um perneta, que teimava em surgir na cabeça de Leo.

Pouco antes de chegar ao edifício da faculdade foram abordados por uma equipe de TV, um jovem repórter aproximou um microfone da boca de Leo, professor, ele disse, o senhor poderia dar um breve resumo do conteúdo da sua palestra?

O que eu tenho a dizer, vou dizê-lo na minha palestra, respondeu Leo, mas posso adiantar o seguinte: o que eu trago aqui dentro — e mostrou a sua pasta, dentro da qual havia apenas um exemplar da *Fenomenologia* — vai ter o efeito de uma bomba.

Leo sorriu, e o jovem repórter perguntou, com um sorriso amarelo: Uma bomba, professor? O senhor acha que é por isso que tem tanta polícia por aqui?

O professor George estava parado bem junto a Leo na calçada, com a cabeça encolhida e os ombros levantados, como se quisesse desaparecer dentro de sua jaqueta.

Leo ficou surpreso, que polícia?

Ali, colega, veja só, disse o professor George. Só então Leo viu o grande edifício do outro lado da rua, rodeado por um cordão policial, pelo portão entravam e saíam viaturas da Força Pública, parecia tratar-se de um quartel, do quartel central da polícia.

É ali a universidade?, perguntou Leo.

Não a nossa, disse o professor George, ali é o Mackenzie. Aqui, na Maria Antônia, há duas universidades, uma em frente da outra. Uma é a Faculdade de Filosofia da Universidade de São Paulo, que é pública, é o edifício do lado de cá, o de número 294, e do outro lado está o Instituto Mackenzie, uma universidade privada, é aquela ali, onde está a polícia, mas por que tem tanta polícia?

Ah, é, uma universidade privada, disse Leo, também tem uma Faculdade de Filosofia?

Bem, o forte deles é a engenharia e —

Veja só, disse Leo ao repórter, a polícia está lá por causa deles, talvez os engenheiros sejam mais burros do que a polícia permite. Leo sorria e olhava para o relógio. Desculpem, mas está chegando a hora da minha palestra! Leo pôs-se a caminho para alcançar a entrada da Faculdade de Filosofia.

Ah, colega, exclamou o professor George, correndo atrás dele, o senhor não deveria ter dito aquilo, já temos problemas demais com os mackenzistas, animosidades, brigas, o senhor não —

Esqueça, disse Leo, amanhã tudo vai ser diferente.

A faculdade estava cheia de gente, e Leo começou a ficar nervoso. Pediu ao professor George para se recolher por uns dez minutos em sua sala, para poder se acalmar e concentrar-se um pouco.

Leo tentou relembrar o esquema da palestra, lendo o índice da *Fenomenologia* de trás para a frente, mas não conseguiu. Sua cabeça teimava em inventar manchetes para os jornais do dia seguinte, em fantasiar um capítulo de uma monografia sobre Leo Singer, vida e obra, olhava pela janela, tanta gente na rua, dezenas de policiais em frente ao edifício vizinho, guardas civis e soldados da Força Pública, carros buzinando agressivamente avançavam por entre as pessoas, que corriam em todas as direções, de repente a polícia começou a fechar a rua para o trânsito de veículos, por quê? Por que Leo não se concentrava em sua palestra?, nessa palestra que iria mudar a sua vida, ele precisava se concentrar, senhoras e senhores, Leo só pensava senhoras e senhores e olhava surpreso para a rua. Diante da porta da sala o barulho das vozes aumentava, a porta foi aberta, a cabeça do professor George apareceu na fresta, um olhar interrogativo, Leo assentiu com a cabeça e se enfiou atrás do professor George pelo corredor, sem enxergar ninguém, até chegar ao salão nobre, apinhado de gente, todas as cadeiras ocupadas, entre a primeira fileira e o estrado havia estudantes sentados no chão, ao longo das paredes laterais outros estudantes estavam de pé, pela porta aberta viam-se mais pessoas, que enchiam o corredor.

Leo estava banhado em suor quando conseguiu chegar ao estrado, havia um burburinho generalizado que começou a diminuir enquanto o professor George fazia sua introdução, ele estava feliz com que o professor Leo Singer tivesse encontrado tempo em meio a um trabalho que requeria sua dedicação total — Leo assentia com a cabeça, tinha um nó na garganta, suor frio na testa, que ele enxugava com a mão trêmula num gesto de calma meditação, pôs os óculos, olhou para o seu público e ficou de repente totalmente calmo, pois, sabia, esse público lhe pertencia, esse dia lhe pertencia, o futuro lhe pertencia, Leo inspirou profundamente — e com isso eu gostaria de pedir ao professor Leo Singer para iniciar a sua exposição, pela qual todos esperamos com tanto interesse, concluiu o professor George. Leo ergueu-se, abriu a pasta, retirou dela a *Fenomenologia* de Hegel, abriu o volume nas páginas do índice, olhou para o público e disse: senhoras e senhores. Nesse instante, as três janelas da sala estouraram sob uma chuva de pedras, espalhando cacos de vidro sobre os estudantes, e então Leo viu — num momento de silêncio aterrador em que o público tomou ar antes de prorromper numa gritaria ensurdecedora e num pânico generalizado —, como numa tomada em câmara lenta, uma garrafa entrar voando pela janela mais próxima, uma garrafa munida de um pedaço de pano aceso enfiado no gargalo, com calma e surpreendente lentidão, quase com elegância, a garrafa voou para dentro da sala e estourou na parede em frente à janela. A gritaria já havia começado ou só começou nesse instante? Em sua memória, Leo acreditaria mais tarde que tudo isso se passara no mais perfeito silêncio, um filme com problemas na trilha sonora, em que só naquela hora o som tivesse voltado de repente, um bramido estridente, justamente no instante em que as chamas se espalharam pela parede. Quanto mais forte a gritaria, tanto mais aumentavam as chamas; naquele momento, três ou quatro coquetéis molotov já tinham explodido na sala, onde se iniciou uma movimentação como se todos os estudantes, incitados por gritos fanáticos de estímulo e obedecendo a algum sistema secreto, estivessem querendo mudar de lugar entre si, Leo olhava estático para o seu público, senhoras e senhores, à sua direita o professor George batia com a amada jaqueta contra a parede, contra a inscrição flamejante na parede. Leo desceu tropeçando do estrado, em direção à janela, não havia olhado para fora, para a rua, quinze minutos antes? Não vira apenas pessoas comuns e atarefadas? E a polícia? Guardas civis e Força Pública? Como é que a polícia permitia —?

Leo estava de pé junto à janela, ao seu lado um jovem barbudo gritava ininterruptamente: os mackenzistas! Leo ainda não tinha conseguido enxergar nada na rua quando o jovem deu um berro e caiu ao chão, segurando o ombro com a mão, meu Deus, o que foi?, disse Leo, olhou em volta à procura de ajuda, e aí viu que na parede estouravam pequenas crateras, eram tiros, mas pareciam, pareciam o quê? Procurou em vão por um símile — tudo aquilo parecia tão irreal para ele. Jogou-se no chão. Não que tivesse medo. Não que tivesse entrado em pânico. Foi simplesmente assim, algo nele o havia obrigado a se jogar no chão, enquanto outra parte dele ficava de pé, observando-o surpresa ao vê-lo arrastar-se pelo chão. Talvez essa surpresa só tenha existido em sua memória, quando viu em todos os jornais a foto em que aparecia deitado no chão, com as mãos cobrindo a cabeça.

Leo estava deitado no chão e se perguntava o que poderia lhe acontecer. No meio do pânico generalizado, parecia irreal que lhe pudesse acontecer algo. Acontecer de verdade. Durante toda a sua vida ele só havia tido que lidar com questões teóricas. Então, uma bomba de gás lacrimogêneo estourou na sala. Leo puxou o lenço do bolso e o apertou contra a boca e o nariz.

Num canto da sala estava sentado o professor George, soluçando ao observar os buracos que o fogo havia feito na sua jaqueta. Leo se arrastou até ele. É o gás lacrimogêneo, disse o professor George, esfregando os olhos vermelhos. Venha, disse Leo, precisamos sair daqui.

No portão do edifício havia uma tal gritaria, um empurra-empurra tão grande de pessoas que queriam sair, e de outras que acabavam sendo impelidas para dentro, que Leo perdeu completamente o controle. Avançou por entre as pessoas, empurrando e usando os punhos e os cotovelos com brutalidade, temendo vir a ser derrubado e pisoteado. Lutava, ao mesmo tempo, contra o impulso de se deixar simplesmente cair e morrer em meio ao estouro da boiada. O professor puxou Leo para um lado, ouviram dizer que a polícia estava usando jatos de água para impedir as pessoas de sair do edifício. Mas por quê, perguntou Leo, por quê?

Venha, disse o professor George, vamos sair pelos fundos.

Mas também lá foram impedidos de deixar o edifício. Atiradores postados no telhado do Mackenzie disparavam contra todos os que pretendiam sair por trás. Voltaram ao saguão. Pelo portão aberto, viram que havia um estudante morto no chão, o corpo estava torcido de maneira estranha, como que pendurado por uma das mãos, que havia ficado presa à grade que separava o vestíbulo da faculdade da rua. Os mackenzistas, instalados no alto do seu prédio, dominavam o espaço entre o portão do edifício e a grade, assim como a calçada em frente, como se fossem guardas de um presídio.

A multidão que se aglomerava no corredor e tentava sair pela porta de trás não parava de crescer, empurrava os que estavam na frente quase para fora, mas era empurrada de volta para trás aos gritos, ouviram-se alguns tiros e todos correram de novo para dentro do edifício.

Leo e o professor George subiram as escadas até o primeiro andar, até a sala do professor. Trancaram a porta e empurraram juntos um armário para cobrir a janela destruída. Depois o professor George sentou-se junto à sua escrivaninha, Leo numa cadeira à sua frente, e ficaram os dois esperando. Depois de duas horas, as Palomitas de Leo haviam se acabado. A briga ainda levou oito horas para amainar.

Só no decorrer dos dias seguintes, ao ler os jornais e ver os noticiários da televisão, Leo foi entendendo aos poucos o que havia acontecido. Entre os estudantes do Mackenzie, sobretudo nas faculdades de engenharia e de economia, havia-se formado um grupo de radicais de direita que se autodenominava CCC, Comando de Caça aos Comunistas. Esse grupo tinha sido responsável pelo planejamento, organização e execução do ataque armado contra a Faculdade de Filosofia da USP. Já fazia parte da tradição que os mackenzistas, sobretudo os membros do CCC, considerassem a Faculdade de Filosofia como um "ninho de marxistas", que combatiam com atos pueris. Até ali, a situação de animosidade entre as duas universidades não havia passado de querelas ideológicas infantis, dizia o reitor da USP na TV, ninguém teria pensado que seria possível chegar a uma loucura daquelas. Os membros do CCC haviam pichado muitas vezes os muros da Faculdade de Filosofia com frases do tipo "morte aos comunistas", tinham até acabado aos gritos com uma assembléia de estudantes, xingavam os estudantes da USP nos bares das redondezas. A palestra daquele agitador estrangeiro foi o estopim, dizia um porta-voz do CCC numa entrevista, foi a gota d'água que faltava para fazer estourar a indignação e a raiva dos estudantes democráticos. Porque a infâmia dos agitadores de esquerda está justamente nisso, em pretenderem discutir, como se nada fosse, algum problema da filosofia alemã, quando na verdade tudo não passa de pura lavagem cerebral, que ainda por cima é difundida pela mídia para o povo ignorante e crédulo. Lembrou ainda que Marx tinha sido discípulo de Hegel e que o próprio Lenin havia dito que o *Capital* de Marx não poderia ser entendido sem o estudo da *Fenomenologia do Espírito* do tal de Hegel. Aquilo dava a verdadeira medida do significado da palestra. Além do mais, ela fora precedida de uma campanha publicitária para fazer com que nosso povo, que acredita em macumba, em magia, mas também nos doutores, tivesse a impressão de que seriam ensinadas tecnologias científicas visando obter um domínio sobre o futuro, sem perceber que o futuro que essa ciência traria não seria nada mais nada menos do que o próprio comunismo. Por isso, o ataque armado não tinha sido outra coisa senão um ato de legítima defesa. A luta contra uma tentativa de golpe comunista, além de um ato de esclarecimento do povo e, de resto, o CCC agradecia à polícia o apoio recebido.

Diante da acusação de que a polícia teria tolerado a destruição de um edifício público, tendo se mancomunado com os mackenzistas em lugar de defendê-lo, o secretário da Segurança disse à imprensa que naquele dia não se tratava de proteger um edifício, mas de salvar vidas humanas e de salvaguardar a segurança e a ordem públicas. A tarefa da polícia teria consistido em esfriar os ânimos e essa tarefa tinha sido cumprida. Por que a polícia teria impedido os estudantes da USP de deixar o prédio, usando jatos de água? Com esse procedimento, não teria o conflito se prolongado desnecessariamente, causando um número maior de vítimas do que o que presumivelmente teria havido se os estudantes pudessem ter saído do edifício da Filosofia para escapar dos ataques dos mackenzistas? Pelo contrário, disse o secretário da Segurança. Esse procedimento havia impedido que o conflito se transferisse para a rua e assumisse maiores proporções. Como demonstração do acerto da sua decisão, mencionou ainda o fato de que aqueles estudantes da USP que haviam conseguido deixar o edifício antes do uso dos jatos de água haviam incendiado alguns carros estacionados, que pertenciam a cidadãos inocentes e em nada envolvidos na questão. O fato de a polícia ter transformado o Mackenzie numa base de apoio não seria um indício de cumplicidade com os agressores? Pelo contrário, disse o secretário da Segurança, isso era um sinal da imparcialidade da polícia; essa localização era a melhor do ponto de vista tático e estratégico, de lá a polícia pôde ter um controle melhor das duas universidades. Por que a polícia não desarmou os mackenzistas, já que estava instalada na própria universidade, isso não teria levado o conflito a durar menos tempo e a ser menos violento? Não havia sido possível desarmar nenhum mackenzista, porque ninguém vira nenhum mackenzista armado. E as marcas de tiros nos muros e nas paredes da Filosofia, e as granadas de gás lacrimogêneo de fabricação americana? Obra de agitadores comunistas para fins de propaganda, disse o secretário da Segurança, e lembrou a entrevista que o professor estrangeiro havia dado pela TV, gabando-se de carregar uma bomba dentro de sua pasta.

Com isso encerrou-se a carreira de Leo Singer como professor da Faculdade de Filosofia. Uma semana mais tarde, os militares fecharam todas as universidades do país, um mês mais tarde, Löwinger mandou limpar e caiar a fachada da casinha de Leo, que havia sido pichada com frases do tipo "morte aos comunistas" e "fora com os gringos". As discussões sobre os acontecimentos da rua Maria Antônia se acalmaram, o professor George foi para o exílio em Paris, Hegel voltou a ser apenas uma palavra esquisita numa língua desconhecida, o futuro voltou a ser assunto exclusivo das ciganas e dos jogadores de búzios e Leo foi totalmente esquecido. E mesmo quando em 1970 o Brasil ganhou a copa do mundo, ninguém se lembrou de Leo, que havia prognosticado cientificamente o acontecimento.

E, apesar de tudo, você vai ser professor, meu filho, sem dúvida, disse Löwinger. Suas chances e possibilidades são agora ainda maiores do que antes, muito maiores, bem entendido. Essa conversa ocorreu na biblioteca de Löwinger, dez dias depois dos acontecimentos na rua Maria Antônia. A luz ocre. Os finos materiais da decoração. Madeira, couro, bronze, vidro. A atmosfera de um encontro de veteranos. Guerreiros derrotados, que nada salvaram além do que é realmente importante, ou seja, nada de real: o estandarte ao qual se mantinham fiéis. A idéia de uma carreira nascida do intelecto. Um dos dois veteranos, inválido. Leo. Havia sido professor sem chegar a sê-lo. Entrementes, ele entendia o que havia acontecido, mas também não entendia. Faltava algo. Como se um elo tivesse sido cortado. O outro, altamente condecorado. Löwinger. Desde ontem, diretor de banco aposentado. Aposentadoria precoce. Löwinger não protestou. Quando vêm os generais, só há uma coisa a fazer: bater continência, retirar-se.

Você não quer mais ser professor? Tem toda razão. Hoje em dia, em meio a essa ditadura, ninguém quer ser nada. A não ser que a gente vire colaboracionista. Depois, quando a ditadura acabar, estaríamos totalmente desacreditados. Daí não sobraria mais nenhuma chance. Sabe, meu filho, quando a gente faz tudo certo, as pessoas dizem: sorte. E quando alguma vez temos azar, as pessoas dizem: errou. É justamente por isso que um erro real pode às vezes redundar em sorte.

Löwinger bebia vinho do Porto e fumava um charuto, sua amada Dona Flor, sua hetaira, como havia explicado a Leo: ela traz a felicidade a todos os homens, aos amantes dos fumos escuros e aos dos fumos claros, e leva exatamente uma hora para ser fumada. Pela primeira vez Leo tinha conseguido impor suas preferências: tomava cachaça e cerveja. E fumava Palomitas. Um prazer infantil, na opinião de Löwinger, sabor de chocolate! Às vezes eu acho que as Palomitas têm sabor de pólvora, respondeu Leo, é o fumo mais apropriado para o dia de hoje.

Os cabelos de ambos estavam severamente penteados para trás. O de Löwinger estava branco, o de Leo o estaria logo mais. Pela primeira vez dava para ver claramente alguns fios brancos em sua cabeça.

Sabe qual foi o erro?, perguntou Löwinger. O erro foi termos acreditado que é possível fazer carreira agora, durante a ditadura, fazer uma carreira sensata. Imagine se tudo tivesse dado certo. Você agora seria professor. E se a ditadura acabar, o que pode acontecer amanhã mesmo, você vai ficar marcado, pode até ser dispensado a bem do serviço público mas nunca mais poderá ser nada na vida. Por isso, o erro que nós cometemos foi uma sorte. Agora você tem, para mais tarde, para quando for necessário, a prova de que foi perseguido e de que sua carreira acadêmica foi interrompida por motivos políticos. Mais tarde esse tipo de pessoa será muito procurado. Pessoas ilibadas, que não colaboraram com o regime. Então você vai poder ser o que quiser. Você teve sorte, meu filho. Tudo está correndo às mil maravilhas. Amanhã já pode ser o dia. Você tem que estar a postos. Tem que continuar trabalhando, tem que se preparar em silêncio. E pode fazê-lo aqui, aqui você tem tudo de que precisa. Você não deve ficar deprimido. Tem que estar contente. Quem viver verá. Mais depressa do que você imagina. Tudo não cheira mesmo a excrementos e a enxofre? Cheira. Os dominadores estão começando a ficar malcheirosos. Nós continuamos inodoros. É assim que deve ser. Saúde, meu filho.

Löwinger costumava ser lacônico. Mas gostava de falar com Leo. Nele, tal como estava sentado à sua frente, quieto e prestando atenção, Löwinger via-se a si mesmo, do jeito que ele próprio ficava sentado sempre, quieto e prestando atenção. Löwinger gostava de se ver a si mesmo refletido em Leo.

Eu, em princípio, nunca tive nada contra a ditadura militar, você sabe muito bem disso, meu filho. Sou realista. E aí é que está a diferença, os militares não o são. Confundem o hoje com o amanhã. Se hoje eles estão no poder, amanhã não o estarão mais. Hoje eles impedem a luta distributivista, que nos levaria à ruína, e isso é bom. Mas amanhã eles vão levar o país à falência e terão que sair de cena, porque não haverá mais nada para distribuir. Todas as ditaduras, até hoje, tiveram que sair de cena por causa disso. E a gente tem que estar preparado para esse instante. Hoje, estão nos mostrando quem manda. E daí? Essa é a realidade. São eles quem mandam. Hoje. Hoje eles são os senhores. Amanhã esses senhores terão que ir embora. Hoje seus vassalos têm que trabalhar em silêncio. Porque são vassalos hoje, mas têm que estar preparados para amanhã. Amanhã tudo vai depender do seu saber. Você tem que continuar trabalhando, meu filho.

Entrementes a cinza do charuto de Löwinger havia atingido um comprimento tal que ameaçava cair ao chão a qualquer instante. Leo via aquilo com nervosismo. Löwinger não o percebia. Leo levantou-se de um salto para alcançar um cinzeiro ao tio Zé. Nesse instante Löwinger, que até aí tinha falado mantendo uma imobilidade semelhante à de uma estátua atrás da qual tivessem colocado um gravador, fez um movimento de surpresa, e a cinza do charuto caiu ao chão.

Deixa estar, meu filho, ele disse, amanhã o pessoal vai limpar.

Löwinger não se importava com o repouso forçado. Suas últimas férias tinham sido havia muito tempo. Sua mulher ainda estava viva. E nem mesmo tinham sido férias de verdade. Naquela ocasião, ele ficara o tempo todo ao telefone, tratando de negócios, e sua mulher organizava encontros sociais todas as noites, convidando as personalidades mais importantes que porventura estivessem passando uma temporada na mesma cidade. Na verdade, não tinha sido nada mais do que a continuação dos desgastantes almoços e jantares de trabalho do ano todo, só que aliviados pelo uso de camisas esporte. Do ponto de vista dos negócios o resultado não havia sido desprezível, mas não tinham sido férias de verdade. Agora era o seu primeiro período de férias de fato. Não era uma aposentadoria, bem entendido, mas um período de férias. Ficar recostado na poltrona, observando como tudo vai caindo aos pedaços. Um prazer. O seu sucessor, disse Löwinger, roubava a torto e a direito, só trabalhava em benefício próprio, porque sabia muito bem que não ficaria no cargo o tempo necessário para se aposentar decentemente. Porque iria ter que sumir do mapa em pouco tempo. Aquele homem tinha feito tudo certo para chegar ao cargo que agora ocupava. O cargo de Löwinger. O maior erro. Ele, Löwinger, estava reclinado na sua poltrona, calmo, elegante, descansando, esperando pelo próximo tiro de partida. E a linha de partida estaria, como ficaria claro logo mais, exatamente embaixo dos seus pés.

Uma década mais tarde, um general da cavalaria assumiria a presidência, uma besta a quem caberia a tarefa histórica de tornar a ditadura definitivamente insuportável. Esse presidente diria preferir o cheiro dos cavalos ao cheiro do povo. Diria que se tivesse que viver do salário mínimo, por ele mesmo fixado, daria um tiro na cabeça. Tudo isso viria depois. A sociedade estava em plena fermentação já na época.

Vai trabalhando, dizia Löwinger para Leo, você precisa estar preparado, não vai levar muito tempo. Pela primeira vez era possível ver Löwinger no seu jardim, diariamente, pela manhã cedo. Amava os tomates. Os tomates devem ser regados pela manhã bem cedo. Uma gota d'água que atingisse um tomate à luz do sol podia significar o seu fim. A gota tinha o efeito de uma lente de aumento, queimava o fruto. Os tomates ficavam imensos, vermelhos e cheios de vida se a gente fizesse tudo certo, mas não tinham a menor chance de sobrevivência caso se cometesse um só erro.

O jardineiro foi despedido e um novo jardineiro foi contratado. O velho jardineiro não entendia que os tomates são frutos. Maçãs do paraíso, como se dizia na Áustria. Ele achava que eram legumes.

A cozinheira foi despedida e uma nova cozinheira foi contratada. A antiga sempre havia descascado os tomates. Acostumara-se a fazê-lo durante anos. Não tinha entendido o esforço que custava e o orgulho que dava o fato de a casca dos frutos estar incólume. Trabalhe, dizia Löwinger, não vai demorar muito, você tem que se preparar, meu filho, os senhores de hoje logo mais vão ter que sair de cena, as suas decisões estão ficando mais irracionais a cada dia que passa, amanhã já pode ser o dia, amanhã, bem entendido. O estranho era que Leo realmente conseguia trabalhar bem. Lia e fazia fichamentos coerentes. Escrevia esboços para o seu grande trabalho, cuja dimensão ele havia planejado de tal modo que, por ele, os militares poderiam ficar no poder durante muitos anos mais. O eterno "amanhã" de Löwinger o deixava quase irritado. Reescreveu os esboços dos capítulos do seu trabalho. Rescreveu várias vezes. Depois, adiou tudo. Tinha que ler e estudar muito mais. Isso ele tinha aprendido dos acontecimentos: quem havia estudado Hegel poderia entender o *Capital* de Marx, e essa era uma questão evidentemente explosiva. Portanto passou a estudar Marx. E o ano de 68 não havia demonstrado que a pretensão e as possibilidades de mudar o mundo não eram de forma alguma algo obsoleto? A história ainda não havia chegado ao fim. Isso ele tinha entendido. Embora não soubesse como coadunar a teleologia da história de Marx com a sua, sentia que seu velho tema tinha ganhado nova vida, vida dupla, e estava carregado de significação atualizada. A questão a respeito das leis dos movimentos históricos, a questão acerca de como eu posso mudar o mundo. Só havia uma coisa que ele temia: que os militares pudessem abdicar antes de ele ter entendido tudo.

Naturalmente pensava em Judith enquanto escrevia. Sempre fora assim. Uma coisa, porém, tinha mudado: a sorte mortalmente triste de ela estar morta. Prolongava tudo o que lia, pensava e escrevia, justamente porque estava endereçado a Judith, no infinito. Não precisava, impelido por um desejo finito de conquista, terminar hoje o seu trabalho para poder enviá-lo amanhã num envelope endereçado a Judith. A meta de seu trabalho cotidiano estava agora no infinito, ou seja, exatamente lá, onde deveria encontrar o princípio da sua eficácia.

Leo havia recortado a cabeça de Judith do postal de Giorgione e mandado enquadrar numa moldura de latão, que colocou em cima da escrivaninha. Parecia a imagem de uma santa. Uma idealização que tornava supérflua qualquer outra idealização isolada e concreta. A imagem da santa lhe permitia sentir aquela melancolia prática que o imunizava contra toda dor real, contra toda irritação ou perturbação real em sua vida, pois o que era isso tudo comparado com a imensa perda que ele já havia sido obrigado a suportar. E a lenda da santa lhe permitia aquela paixão prática e insofrida que dava a Leo, em tudo o que ele fazia, a sensação de fazê-lo no espírito, em memória de alguém e para alguém, sem que existisse o perigo da contradição, da rejeição ou do fracasso, tanto nesta relação como em qualquer outra. Essa imagem de santa na sua escrivaninha era, portanto, uma espécie de pequena bateria que alimentava maravilhosamente de energia a sua necessidade de ter uma existência trágica e profunda, permitindo-lhe aproveitar essa energia com alegria e felicidade cada dia maiores em tudo quanto era atividade, tanto nas significativas quanto nas banais. De fato, Leo estava começando a gostar de sua vida. Estava sendo capaz de trabalhar e usufruía da despreocupação e das surpresas que sua existência de eterno estudante lhe trazia. Ele não teria dito eterno estudante, mas "homem de letras". Leo gostava dos divertimentos e das distrações simples que se permitia e podia permitir-se sem problemas, sem ter que refletir sobre o seu sentido ou falta de sentido, sobre se davam certo ou errado. E desfrutava do seu dia-a-dia, da calma e da regularidade e dos discretos privilégios da casa de Löwinger, de todo o extenso ritual que o tio Zé havia imposto. Leo sentia que tinha uma grande afinidade com isso tudo, com as refeições em comum, as horas de bate-papo na biblioteca, as tardes no salão, onde se juntavam as pessoas mais diferentes e que transcorriam sempre do mesmo jeito, e ainda assim eram instigantes, os passeios com o tio Zé pelo jardim, dois senhores levemente inclinados para a frente, ambos com as mãos juntas às costas, o rangido do cascalho nos caminhos. Aqui, o amor de Leo pelo kitsch e pelo patético não era nem refreado, nem estimulado, ele dava apenas uma base para sua existência, e sobre essa base tudo o que se passava rangia agradavelmente como seus passos sobre o cascalho, sem que fosse necessário falar a respeito. E quando o Brasil ganhou a copa do mundo, a alegria pareceu envolver a todos, como se todos fossem um, um só, a família, a sociedade, num relacionamento imediato. Leo pensou que havia tido razão: o estágio da eticidade estava agora definitivamente reinstaurado. De todas as pessoas que haviam entronizado em suas casas retratos à maneira de imagens de santos, retratos de parentes, amigos ou amigas que haviam desaparecido ou estavam mortos, sem que se soubessem os detalhes, Leo era o único cuja felicidade não era turvada por nada.

Foi então que chegou o telegrama de Viena. Sua mãe estava gravemente enferma. Estava hospitalizada. Pedia-lhe que fizesse o favor de vir imediatamente.

Leo dobrou o telegrama e o enfiou embaixo de uma pilha de livros sobre a escrivaninha. Não. Olhou em torno de si, como se tivesse medo de que alguém pudesse tê-lo observado ao ler o telegrama. Ao receber o telegrama. Claro que estava sozinho em seu quarto. Respirou com a garganta apertada. Começou a andar com muito cuidado, como que nas pontas dos pés, para que o assoalho não rangesse. Ele não estava nem aí. O telegrama não estava ali. Ainda não tinha chegado. Qual telegrama? Não queria voltar para Viena, justamente agora. Não tinha que vender os terrenos? As negociações estavam chegando a uma fase decisiva. O comprador do terreno no Campo Belo já tinha pago o sinal, que cobria todas as despesas e custas judiciais anteriores. E a venda do terreno junto ao Pinheiros estava prestes a ser concluída. Só estava faltando um papel. Mas era coisa certa. O advogado tinha dito. O comprador, um grupo especializado na construção de shopping centers, tinha oferecido uma soma que significaria independência financeira pelo resto da vida. Justo agora ele teria que viajar? Certo, o advogado. A procuração. Mas isso não era tudo. Ele estava lendo, escrevendo, trabalhando com regularidade. Algo de concreto estava começando a surgir. Estava gostando de viver do jeito que estava vivendo. Havia demorado muito, mas agora ele tinha a vida que sempre havia desejado. E tudo isso deveria acabar, logo depois de ter começado? Novamente seria sua mãe a arrancá-lo de um chão em que acabava de lançar raízes? Novamente deveria renunciar a tudo para ter outra existência, que nada tinha a ver com ele, que ele não tinha escolhido? Uma existência de enfermeiro. Para cuidar de uma velha que ele odiava. Uma velha que, tenaz como ela era, poderia ficar definhando por anos a fio. Não. Ele não sabia de nada. Como é que Judith havia dito? Se você não quiser, não pega esse avião, e fim de papo. Nunca mais pegaria um avião nem voaria para longe de si mesmo por causa da mãe. Pedia-lhe por favor que viesse. Por favor. Durante toda a vida, Leo só tinha ouvido as palavras "por favor" da boca de sua mãe quando ela lhe dizia: Como é que se diz, Leo? Deve-se dizer "por favor".

Nunca, jamais a mãe tinha pedido algo "por favor". Fosse quem fosse que tivesse ido ao correio despachar o telegrama, talvez o advogado, essa pessoa provavelmente teria inventado a história do "por favor". Não lhe dizia respeito. Ela que o deserdasse, pensou Leo, todo o dinheiro da venda da empresa em Viena, deve haver um bocado ainda, a mãe nunca gastava nada, só jogava bridge o dia inteiro, por uns trocados. Ganhei trinta centavos. Perdi quarenta centavos. Todo santo dia. E quando ia fazer compras no mercado, pechinchava para ter um desconto de vinte centavos na compra de duas maçãs. Centavos. Ela que o deserde. Ele não vai. Tem os terrenos. Valem milhões. Se tudo der certo. Vai dar certo. Fim de papo.

De fato, Leo não reagiu ao telegrama. Não disse nada ao tio Zé, não telefonou para Viena, muito menos comprou uma passagem aérea. A notícia sobre a doença de sua mãe? Que notícia? Não, não chegou nunca.

Uma semana mais tarde ele teve um sonho esquisito. Sonhou que era de novo criança. Amarrado com a corda do varal no pé da mesa da cozinha. De repente chegou Maria, a empregada, e o desamarrou. Ela sorria. Enquanto o libertava, assumia as feições de Judith. Esta foi a última vez que você teve que ficar amarrado, ela disse, porque sua mãe não vai voltar nunca mais.

Leo acordou. Era uma hora da madrugada. Em Viena deviam ser cinco horas da manhã. Nesse horário não dava para ligar para ninguém. Lá pelas nove ligou para o advogado da mãe. O telegrama só tinha chegado hoje, disse Leo, um desleixo incrível do correio.

Sua mãe faleceu na noite passada, disse o advogado. Quanto ao enterro —

O senhor mesmo é quem deve cuidar disso, disse Leo, estou passando-lhe essa incumbência, doutor. Aliás eu não quero enterro. Quero que minha mãe seja cremada, e a urna com as cinzas o senhor faça chegar às minhas mãos, aqui, no Brasil. A urna vai ser sepultada aqui. Na verdade, a minha família tinha a sua vida centrada aqui, no Brasil.

E quanto ao último desejo da falecida, disse o advogado,

O senhor faça-me o favor de me comunicar isso por escrito. Agora eu tenho que digerir a notícia da morte, o senhor há de entender.

Primeiro veio a carta do advogado com o inventário dos bens da mãe, Leo era o único herdeiro. Estava rico. Sem dúvida. O inventário e as cifras na carta eram algo abstrato, lê-los e relê-los não era suficiente para que Leo pudesse dizer: o dinheiro traz felicidade. Ou: que esquisito, o dinheiro não traz mesmo felicidade. Leo releu a carta muitas vezes. Quanto às cifras, não conseguia imaginar nada, mas palavras como "a falecida senhora sua mãe" ou "a testadora" desencadeavam nele, toda vez que as lia, uma sensação de felicidade afim à sensação da alegria pela desgraça alheia, e que estavam tão ligadas entre si quanto mãe e filho o são, mas essa sensação não se difundia nele, ficava de alguma forma na sombra, envolta numa escuridão, como se na verdade ele tivesse que fingir tristeza para não despertar suspeitas. Que espécie de suspeitas? Ele não a havia matado. Talvez pelo fato de não ter viajado para Viena. A rigidez da sua alegria, vista de fora, podia ser confundida com a da tristeza. Então, ele falou com o tio Zé. Minha mãe morreu de repente, contou, a morte veio tão de surpresa que nem deu tempo de viajar para Viena para vê-la pela última vez. Aí veio a surpresa seguinte: o tio Zé chorou. Levantou-se e abraçou Leo, longa e efusivamente. Não conseguia dizer nada. Passado um tempo, disse: no momento oportuno, quero falar com você sobre a sua mãe, mas não agora, agora não.

No dia seguinte, ele ajudou Leo a planejar a aplicação de seu patrimônio. Leo transmitiu as instruções para o advogado vienense por escrito. Último item: o apartamento de propriedade da mãe. Aqui Leo divergiu do conselho de Löwinger. Pela presente encarrego Vossa Senhoria de vender o imóvel em questão, inclusive toda a mobília. Inclusive todas as antiquíssimas caixas de bombons, garrafas de licor e pilhas de papel de presente que se encontram nas gavetas dos armários, ele não escreveu. Inclusive toda a mobília. Leo estremeceu quando releu esse trecho, dobrou finalmente a carta e a enfiou no envelope. De onde vinha esse estremecimento? Estremecer de felicidade, é assim que se diz, pensou Leo, era a primeira vez que sentia isso: estremecer de felicidade. De fato, ele estava vivendo um tal sentimento de triunfo, que derrubou metade da cachaça com que estava enchendo seu copo. Essa seqüência obedecia a um firme propósito: primeiro a carta ao advogado e só depois a cachacinha. Então, foi ficando mais calmo, embora a sensação de felicidade persistisse, persistisse e se desenvolvesse ainda mais. Até sua dor de cabeça estava diminuindo. Quis comprar roupa nova. Foi para o centro, comprou feito um doido, tudo o que era leve, solto, bem na moda e vergonhosamente caro. Esse foi o primeiro reflexo real de sua sensação de triunfo. Para celebrar a morte da mãe ele queria, sarcástico e feliz, vestir no corpo algo que não tivesse estado antes na *psyché* da mãe.

Leo parecia quase um papagaio quando, à noite, foi até a boca para festejar. Vestia um paletó de linho verde, uma calça boca-de-sino azul de algodão leve, cós apertado e uma camisa de seda cuja cor a vendedora havia chamado de "berinjela". Os sapatos de couro macio eram totalmente brancos.

A roupa nova combinava perfeitamente com ele. Suas sensações, intenções e fantasias eram igualmente policromas.

Essa noite ele passou no Hotel Castor, na boca. Com uma garota do bar Concorde. Ambos bêbados de tanto tomar champanha brasileiro barato, pelo qual Leo pagou uma pequena fortuna. A luminária vermelha no forro do quarto do hotel. Leo estava deitado de costas e fixava a luz vermelha sem pestanejar até os olhos doerem, até ter a sensação de que o branco dos seus olhos tinha ficado vermelho para sempre, vermelho como sangue, vermelho feito brasa, sol feito brasa vermelha, alvorada eterna. Mais uma garrafa, meu bem? Tá certo, minha flor. Leo sentia as mãos da garota, suas manipulações, gostoso, ela dizia. Ele pôs os óculos. O que é que você está fazendo? Estou pondo meus óculos. Para que você precisa de óculos? Para ver melhor. Você é um cara esquisito. O champanhe. O estalo da rolha. Um grito. E um chiado quando o líquido morno espumou para fora da garrafa, Leo chacoalhou a garrafa para que esguichasse bem alto, a garota chiava cada vez mais alto, a urna, Leo pensou, eu tenho que chacoalhar a urna desse jeito, espalhar as cinzas na terra. Beberam do gargalo, a garota apertou seu corpo molhado contra o de Leo, quimera, ela disse, tudo quimera, gostoso. Ele deveria, pensou Leo, espalhar as cinzas de sua mãe num lugar qualquer, ao vento, entregá-las ao vento e à terra, irrecuperáveis, inencontráveis, se fosse por ele sua mãe poderia vagar que nem alma penada pelo mundo, ela não deveria ter nada daquilo que chamam de "última morada", nenhum lugar onde pudesse ser visitada e onde estariam registrados os parcos dados sobre sua existência. Gostoso, dizia a garota. Ele sairia de São Paulo, para algum lugar qualquer do interior onde não houvesse nenhuma casa, ninguém, lá espalharia as cinzas, embaixo do sol feito brasa vermelha, e ele iria dançar, dançar embaixo do sol, brasa vermelha, brasa incandescente, faria uma festa ao espalhar as cinzas na terra de ninguém, onde não haveria nenhuma casa, ninguém, só ele e o sol. Quimera, só quimera, dizia a garota e dava risadinhas. Tinha que planejar tudo direitinho, vestiria sua roupa nova, nada de roupa de luto, roupa de festa, iria dançar e cantar, sarcástico, não, cantar não, apenas rir, e tomar champanhe do gargalo. Quimera. De onde você conhece essa palavra? Leo estava tão bêbado que achou que cairia desmaiado logo mais. Que palavra?, perguntou a garota. Quimera. A garota estava sentada como que cavalgando Leo, olhou para ele, deitado embaixo dela, com os óculos de aros pretos, os olhos fechados, me dá a urna, ele disse. Que urna? Quero dizer o champanhe. Você é um cara esquisito. A garota olhava para Leo e ria. Você está certa, disse Leo, só conseguia balbuciar, fraco, quase sem mexer os lábios, quimera, é, a aparência é que é a essência. Apareça sempre, disse a garota. Leo havia adormecido. A garota se vestiu, tirou todo o dinheiro da carteira de Leo e sumiu.

A urna. Estava lá, sobre a escrivaninha de Leo. Desta vez nada de beijinhos nas duas faces, mãe, embora esta urna seja tão dura e fria como o eram as suas faces. Urna. Havia imaginado que uma urna seria algo diferente daquilo. Esta era uma pequena cápsula de metal preto, fechada com uma tampa de alumínio pressionada contra a abertura da lata e fixada com dois grampos. Parecia uma lata de tinta. Na tampa estavam escritos o nome, as datas de nascimento e morte, a data da cremação e o número de série. Estava na hora de tomar um banho, fazer a barba, trocar de roupa. Leo olhava para a urna. Tinha uma sensação de euforia, sem dúvida, mas de um jeito tão esquisito, que tinha de exortar-se a todo instante a permanecer eufórico. Finalmente tomou banho, fez a barba e se vestiu. Teve que dizer para si mesmo o que aquela urna sobre a escrivaninha significava. Agora tinha tanto dinheiro que poderia viver como — como o quê? como o que quisesse, como alguém que tem a possibilidade de escolher. Como homem de letras, talvez. Como homem de letras. E estava livre. Livre de — de tudo o que poderia amarrá-lo, manietá-lo, obrigá-lo a outra existência, não conforme com a sua vontade. Livre, tanto fazia, estava na hora de partir, só a ida levaria umas quatro horas de viagem. Após estudar o mapa, Leo havia decidido viajar até Buri, um lugarejo no interior do estado, ao redor do qual não havia nenhuma indicação no mapa, talvez houvesse alguns latifúndios, quilômetros sem nada, talvez uma casa. Não podia esquecer de levar uma chave de fenda. Partiria eufórico, de ressaca. Iria querer parar várias vezes durante a viagem, mas não o faria: seguiria adiante. Mais de quatro horas de viagem, com uma urna e uma chave de fenda. Buri. A praça e a igreja. A estação. Uma bifurcação. Uma estrada de terra. Calor escaldante e poeira. O carro sacolejava nos buracos da estrada de terra. Outra bifurcação. Leo parou. Uma placa de madeira, o sol e o tempo haviam apagado tudo. Não dava para ler mais nada, era simplesmente uma seta apontando para a esquerda. Ali estava o indecifrável. Ele foi para a direita. Alguns paus estavam enfiados na terra roxa, como se alguém tivesse começado a fazer uma cerca. Capim empoeirado e seco. Alguns arbustos de um verde apagado. Ninguém à vista, nenhum animal, nenhuma casa. Umas poucas nuvens passaram rapidamente diante do sol. O sol brilhava ritmicamente por entre elas. Leo estava com os cabelos arrepiados, era o vento, um vento quente, que amainava de vez em quando. E mantinha-se parado com a urna numa mão e a chave de fenda na outra. Apertou os olhos. Chorava. Por quê? Não se fala em lágrimas de alegria? Lágrimas. Suor. Com o dorso da mão em que estava a chave de fenda, enxugou o suor da testa. Estava enjoado. Deveria ter trazido algo para beber nesta festa. Estava na hora de abrir a urna, de soltar os grampos com a chave de fenda, para que pulassem fora. Depois soltaria a tampa da urna com a chave de fenda, olharia com curiosidade para o seu conteúdo, segurando a respiração, suando, o sol, a agitação, isso aqui é que é a cinza, diria ao vê-la lá dentro, assim como a gente a imagina, uma cinza qualquer, é isso que foi um ser humano? Sua mãe. Isso não foi um ser humano. Lágrimas. Por que o tio Zé chorou? Deveria inspirar profundamente. Deveria levantar a urna sem hesitar e emborcá-la com um movimento giratório da mão.

Quando se quer espalhar cinzas, não se deve jogá-las no ar, para o alto, e muito menos contra o vento.

Leo tinha cinzas da mãe espalhadas no cabelo, no rosto todo, onde ficaram grudadas na pele suada. Não é que tinham invadido até seus olhos e sua boca? Cuspia e resfolegava, estava com ânsia de vômito. Viu cinzas da mãe ainda na camisa e, tomado de pânico, recuou, esfregando-a, deixando traços cinzentos no tecido. Afastando violentamente as mãos do corpo, levantou-as com ímpeto, ficando de pé como se quisesse entregar-se a uma força superior. Sentia tanto nojo. Não se atrevia a engolir. Pigarreava, cuspia a saliva que se juntava em sua boca. Passou a manga da camisa pelo rosto, ficou novamente paralisado. A manga não estava também cheia de cinza? Não estava esfregando cinza e suor nos olhos? Água. Nada de água por aqui. Olhou para baixo, para sua roupa, com os braços estendidos. Na mão esquerda ainda segurava a urna. Sua bela camisa nova, a bela calça nova. A mãe as havia estragado. A urna. Agora a deixou cair, como se estivesse queimando de tão quente. Correu de volta para o carro, o mais rápido que pôde. Chorava. As lágrimas pelo menos limparam os olhos. Tinha que voltar imediatamente para casa. Por que havia ido tão longe? O carro não pegava. Desesperado, deu partida várias vezes, mas não aconteceu nada, apenas um barulho esquisito, que foi ficando cada vez mais fraco.

Leo havia herdado mais dinheiro do que poderia precisar na vida, mas seu carro era velho e estava caindo aos pedaços. Na verdade, era previsível que a qualquer instante renderia o espírito. Render o espírito. Por que ele era tão desligado? Tinha comprado uma camisa nova, mas não um carro novo. Leo teve vontade de gritar. Socorro! Precisava de ajuda. Nenhuma casa até onde a vista podia alcançar. Ninguém. Saiu do carro e começou a caminhar pela estrada de terra. A bifurcação à esquerda. Talvez naquela direção que a seta indicava houvesse algo a uma distância razoável. Depois de caminhar durante duas horas, avistou uma bela casa, sede de fazenda, com piscina e tudo. Na beira da piscina, uma mulher de meia-idade tomando sol; duas crianças brincavam com uma bola e acabaram por pular para dentro da água. Leo foi em direção à dona da casa, com as mãos ainda ou novamente levantadas, num gesto apaziguador, que tranqüilizasse aquelas pessoas: não era um vagabundo não, não era um elemento suspeito; suando e se esforçando por ser o mais bem-educado possível, explicou o seu problema. Uma excursão. O carro. Uma pane. Precisava de ajuda. Um mecânico, um guincho, um telefone. Pediu desculpas pela sujeira na roupa, mas é que tinha tentado consertar o carro sozinho, sem conseguir. Olhou para a própria roupa e sentiu tanto nojo que enxergou tudo preto. E quando o pretume cedeu ele viu, ainda através de um véu acinzentado, água cristalina, água transparente, através da qual dava para ver o fundo, a água se movimentava suavemente, de modo que o fundo parecia ondular, água maravilhosamente limpa numa imensa banheira. Levei um baita susto, disse a dona da casa mais tarde, quando Leo, vestindo um calção emprestado, estava reunido com a família — entrementes o fazendeiro havia voltado para a sua casa — tomando cerveja. Antes de eu poder dizer qualquer coisa, contou a dona da casa, o senhor pulou para dentro da piscina e afundou. E quando voltou à tona, começou a se lavar, como se estivesse numa banheira, quer dizer, parecia que estava querendo se lavar, os cabelos, e o rosto, muitas vezes, pelo amor de Deus, eu pensei, espero que não seja um — quer dizer, espero que o senhor não tenha pego uma insolação, eu pensei, fiquei paralisada de susto.

E posso assegurar-lhe mais uma vez, disse Leo, que subjetivamente pode ter parecido à senhora que eu pulei na piscina, mas objetivamente eu caí. Eu simplesmente caí dentro dela. A longa caminhada, o calor, o desespero, eu fiquei totalmente tonto. Objetivamente eu caí, ele disse mais uma vez.

Sabe, Leo teria contado a Judith, eu já tinha chegado a um ponto em que, ao invés de continuar alimentando minha antiga prevenção, eu gostaria simplesmente de mergulhar na vida; teria gostado de movimentar-me numa vida perfeitamente normal, como um peixe na água. Dizem que as pessoas só aprendem a nadar quando são jogadas na água. De repente eu havia virado um joguete. Nem mesmo havia sido jogado dentro de águas agitadas, mas diretamente numa luxuosa piscina. E o que foi que tive que constatar? Que não sei nadar nem aprendo. Apesar de tudo o que já houve, de tudo o que já aconteceu, de todas as tentativas de encontrar meu lugar no mundo e de participar da vida, da vida pública e da vida privada; todas elas foram por água abaixo, por assim dizer. Na primeira chance que surge para fazer uma palestra na universidade, e olha que precisei vencer minha própria resistência — a universidade é fechada. Na primeira tentativa de fazer uma excursão descontraída pelo campo — o meu carro quebra de vez. Eu posso pular para dentro da vida, posso ser empurrado para dentro dela, mas no fundo eu caio sempre e somente de cabeça, e não sei nadar e nem aprendi. É algo que precisa ser visto com toda clareza. Isso é a minha vida. Sou livre, rico, inocente. Isto não é uma piscina rasa, bonita, inofensiva? Sem dúvida. Mas as minhas experiências são tais que na superfície tranqüila da água de uma piscininha eu já vejo a violência irracional dos oceanos tempestuosos. Por isso eu prefiro ficar sentado à beira da piscina, ele teria contado a Judith, não pulo mais para dentro. Estou sentado à beira da minha própria vida.

Assim foi que Leo continuou simplesmente a viver, sem mudar a sua vida. Não havia nada a mudar, porque não era uma vida e porque não poderia vir a ser uma vida, como ele pensava. Não ficou mais modesto nem mais imodesto. Não queria mais luxo, nem mais divertimento ou mais prazeres só porque agora teria podido permitir-se tudo isso, nem queria renunciar à sua pretensão de mudar o mundo através de sua obra só porque no momento não havia nenhuma possibilidade de atuação. Ficava na casinha do porteiro de Löwinger e trabalhava. Lia, fichava, anotava. Em algum momento começaria a escrever. O livro. A obra. Isso ele poderia fazer em meio a um afastamento total do mundo. E a obra deveria ingressar no mundo em seu lugar. E mudar tudo, a vida, o mundo.

Nesse meio tempo, grandes somas de dinheiro estavam sendo transferidas através de meio mundo, de Viena para Zurique, Nova York e São Paulo, partes dessas quantias sendo desviadas dessas cidades para Munique, Pretória, Tóquio, surgindo daí surpreendentes interesses em Londres, Santiago do Chile e Montreal; tratava-se de pacotes de ações, especulações monetárias, operações no mercado de futuros, participações societárias, investimentos em imóveis e em ouro, tratava-se de trigo e de guarda-chuvas, de cobre e de suco de laranja concentrado, de pasta de bananas e de diamantes, de petróleo e de tecidos brilhantes. Leo não tinha nenhuma idéia do que estava sendo feito com seu dinheiro, tudo isso era providenciado por Löwinger. Leo confiava nele. De algum lugar, a respeito do qual nada perguntava, chegava pontualmente, a cada primeiro dia do mês, uma determinada quantia, uma espécie de pensão, que ficava à sua disposição num cambista, num doleiro com escritório na rua Direita, no centro da cidade, onde podia retirar em cruzeiros a quantia total, ou parte dela, ao câmbio negro do dia. Essa taxa era em média cinqüenta por cento superior à do câmbio oficial. Aproveitando toda a experiência e os contatos internacionais adquiridos durante sua carreira de banqueiro, Löwinger administrava as lucrativas aplicações do capital de Leo, sem saber que, ao mesmo tempo, Leo estudava o *Capital* de Marx, isolado do mundo. E sonhava com uma obra que fosse pelo mundo afora em seu lugar, sem saber que sua própria fortuna já o estava fazendo havia tempo.

A herança que Leo recebeu de Viena, assim como o resultado das vendas dos terrenos em São Paulo, que acabaram se concretizando, mudaram a vida de Löwinger. O velho tubarão, que se sentia à vontade em todos os mercados financeiros do mundo, mas havia sido privado pelos militares de todos os cargos, honrarias e funções por ter se tornado politicamente suspeito, encerrou o seu *intermezzo* como tomaticultor e voltou a se sentir na pele de um banqueiro, cujo único cliente e sócio era Leo com a sua fortuna. Engajou-se plenamente nessa nova função, dispondo de todo o seu tempo, sua força e seu tino. Os pés de tomate mirravam. Depois de um tempo, nem teria podido dizer em que parte do seu imenso jardim estavam. Tomates. Isso se compra na feira, era tarefa da cozinheira. E os tomates não tinham nada a fazer na fruteira, precisavam ser cortados ou fatiados, claro que depois de devidamente descascados.

E todas aquelas eternas admoestações e consolos, de que "amanhã já poderia ser o dia", de que "amanhã os militares poderiam sair de cena", de que Leo precisaria "estar preparado para o dia de amanhã", aquele seu eterno "amanhã", com o qual Löwinger tinha aspergido Leo continuamente, como o fazia com seus pés de tomate — tudo isso também acabara. Ele passou a dizer "logo", depois "o tempo virá", e depois não dizia mais nada a esse respeito. A ditadura parecia eternizar-se, embora ainda fosse tão jovem em comparação com a de Salazar ou a de Franco. Essa questão era indiferente para Löwinger, porque os negócios aos quais ele agora se dedicava com todas as suas forças não eram incomodados pela ditadura, pelo contrário. Ele tinha a calma de que precisava, aproveitou-se do espaço disponível à margem da lei, que nunca tinha sido tão amplo como sob a ditadura, e ainda por cima ganhava com a inflação que os militares haviam produzido no Brasil. Ou seja, a ditadura significava lucros adicionais.

E como agora Löwinger representava os interesses de Leo em escala internacional, ele logo começou a se preocupar com suas necessidades interiores também. Você nunca me apresentou uma namorada sua, meu filho, e olha que você já está numa idade em que precisa pensar em se casar. Você tem namorada? Por que você não a convida para vir aqui? Ou será que você tem — Löwinger sorriu mecanicamente, como se tivesse esticado os cantos da boca com os dedos — uma tal variedade de namoradas que está sendo difícil escolher? Pode se abrir comigo, meu filho. Os net —, quero dizer, as crianças são algo importante na vida, são uma meta, um sentido, a gente sabe para que, para quem está trabalhando. Nesse sentido, eu pessoalmente — bem, você tem que, quero dizer você pode, você pode confiar totalmente no meu conselho imparcial, com a minha experiência de vida, meu — por que você não convida sua namorada para vir aqui?

Para Leo, os jantares com o tio Zé já se haviam tornado, contudo, algo bastante corriqueiro, como quando se vai às vezes para a casa dos pais, para jantar com eles. Lá estava um pai de quem se gosta, a quem se evita, em quem se confia e para quem se mente. Leo quase não se assustou. Mas era mais do que evidente que ele estava precisando de uma boa mentira. Porque o que ele não queria de jeito nenhum era que o salão estivesse dali em diante sempre cheio das filhas de alguém, Löwinger era bem capaz disso, ele faria com que comparecessem e desaparecessem, até que Leo se decidisse por uma delas, para o bem dele. Já estava vendo essa possibilidade com uma clareza assustadora diante de si, depois pensou que a capacidade do ser humano de imaginar o futuro era bem mais forte do que sua capacidade de rememorar o passado, idéia para ensaio, pensou, depois pensou se essa tese estava certa, depois pensou: bobagem! e se perguntou se —

Por que você não responde, meu filho?

Leo olhou para o tio Zé, adiou todos os seus pensamentos, tinha que agir com rapidez, tinha que evitar um salão cheio de bons partidos, uma mentira, rápido. Ele tinha, disse Leo, de fato, uma namorada, e de vez em quando pensava até mesmo em se casar com ela. Chamava-se Judith. Infelizmente não poderia apresentá-la ao tio Zé porque ela estava passando um tempo em Viena, estudando. Mas não faltava muito tempo para que concluísse seus estudos, e então ela voltaria ao Brasil, e ele a apresentaria ao tio Zé, sem falta.

Leo sentiu uma pontada ao dizer essas palavras, porque o que era verdade nessa mentira era que ele teria gostado que ela fosse verdade. Por isso também foi tão fácil achá-la. Löwinger perguntou ainda o que Judith estava estudando, pediu que Leo a descrevesse, que contasse coisas a seu respeito, e ficou logo plenamente convencido de que Leo estava realmente apaixonado por ela. Com isso, desistiu provisoriamente de todas as suas boas intenções de casamenteiro e, assim, Leo teve a sua execução adiada. Talvez por meio ano, ou por um ano inteiro ou dois, Löwinger pudesse esquecer a questão, e se assim não fosse, Leo teria que modificar e reelaborar sua mentira, para obter mais um adiamento da sua execução, até que, passados alguns anos, quem sabe, a coisa tivesse sido liqüidada de uma forma ou de outra.

Cinemas, bares, aventuras inconseqüentes na boca, jantares eventuais com o tio Zé, uma tarde no salão de vez em quando, esporadicamente um fim de semana na praia, no Guarujá. O resto do tempo, ler e fichar, anotar, tentativas de escrever, jogá-las fora, mais fichamentos. Leo tinha que pensar em Judith o tempo todo e sentia uma dor tão intensa, que precisava trabalhar para elaborar essa dor, para eliminar essa dor; era uma dor bem dosada, não tão intensa que impedisse Leo de trabalhar, porque o emudecesse ou porque, em comparação com a incomensurabilidade dessa dor, de novo viesse a lhe parecer irrelevante qualquer coisa que fizesse. Ao mesmo tempo, Leo estava feliz, sentia-se livre, independente, garantido, tinha seus pequenos prazeres e, como nada lhe faltava, podia transformar sua felicidade em trabalho, e nele ela se multiplicava no prazer da criação, mas tampouco essa felicidade era tão intensa que o emudecesse porque, em comparação com a intensidade dessa felicidade, tudo o que estava fazendo viesse a lhe parecer mero decalque ou pálida sombra.

Tudo teria podido continuar desse jeito durante anos, sem que nada mudasse, e assim foi realmente. A história já poderia terminar neste ponto, se ela não tivesse começado de novo a partir do início. E esse recomeço se impunha, pois ainda não havia se resgatado tudo o que era preciso resgatar.

No decorrer de 1972 e de 1973, Leo perdeu parte de sua fortuna mas não ficou sabendo dos detalhes, Löwinger fazia tudo e havia errado em alguma especulação com petróleo. E quando é que chega a sua Judith, meu filho? Não vai demorar, disse Leo, ela está acabando sua tese.

Em 1974 a venda dos imóveis em São Paulo estava praticamente encerrada. Em vista da recessão e da crise econômica, a empresa que queria montar o shopping reduziu drasticamente o preço oferecido, mas mesmo assim tratava-se de uma soma respeitável que, quando foi paga, ajudou Löwinger a cobrir as perdas especulativas. Löwinger ficou mais precavido. Não quero apressá-lo, meu filho, mas será que sua namorada já não deveria estar acabando logo os seus estudos e vir para cá? Não demora não, tio Zé, não demora e você vai conhecê-la.

Em 1975 foi vendido o último imóvel, aquele que parecia invendável, porque havia sido ocupado pela favela. Löwinger perdeu a paciência. Depois de ter se garantido contra qualquer sanção mediante uma série de subornos — até o governador pegou meio milhão —, ele mandou derrubar os barracos com buldôzeres, venceu a revolta dos favelados com alguns tiros disparados por pistoleiros e a favela sumiu, o terreno foi murado, guardado por seguranças armados. Logo mais foi feito um loteamento, e os lotes foram vendidos a bom preço. E Judith? Logo, logo mais ela vem para cá, disse Leo. Löwinger retirou sistematicamente o capital de Leo de todas as aplicações de risco e o investiu de forma mais conservadora, com garantias de lucros a longo prazo que não eram espetaculares, mas pelo menos satisfatórios.

Talvez amanhã, amanhã mesmo, Judith só precisa prestar os últimos exames, a defesa propriamente, e assim você já pode ir se preparando, tio Zé, disse Leo num tom pouco convincente. Leo, sentindo-se sob pressão devido às perguntas de Löwinger, resolveu que da próxima vez que ele perguntasse por Judith, ele iria como que matá-la, quer dizer, contaria que ela tinha morrido e que não sabia dos detalhes, diziam que tinha sido suicídio, por quê? Impossível saber daqui, de longe, exatamente o que tinha acontecido e, assim, adiaria por uma última vez a sua execução, talvez por um ano, durante o qual ele conseguiria se manter surdo às tentativas do tio Zé de procurar a felicidade dele, um ano de luto. Essa seria a última possibilidade de enfeitar a mentira e, por intermédio dela, teria chegado finalmente à verdade. Mas ele ainda dizia: amanhã! Ela deve estar fazendo as malas. Já fez a reserva do vôo. Amanhã!

Leo sentiu-se como um mentiroso desmascarado quando sua mentira revelou-se verdade. O que é que a gente diz para alguém, de quem se achava que estivesse morto, e que de repente aparece na porta, vivinho da silva, exatamente como a gente havia anunciado que aconteceria?

Não foi difícil encontrar você, disse Judith, eu sabia que Löwinger saberia onde você estava. Por isso eu vim. Toquei a campainha para ver se alguém sabia de você ou para saber se poderia falar com o senhor Löwinger, e é você quem abre a porta.

Judith, que na lembrança de Leo era uma mulher esbelta, estava realmente magra, claramente envelhecida, com rugas marcantes, sulcos em volta da boca, o cabelo fino e sem brilho, e as sombras em volta dos olhos — "sua pequena máscara", como Leo a chamava — pareciam agora uma tatuagem. O nariz grande, a boca grande, a desproporção dessas partes do seu rosto agora não mais pareciam características marcantes que realçassem sua beleza, mas conseqüências e sintomas de envelhecimento. Leo ficou comovido, fixava-a e reencontrava naqueles traços tão mudados o rosto de Judith, que ele conhecia e amava, ela era bela, sem dúvida, Leo a achou bela. E soube de repente que, se ela estivesse realmente morta, ele nunca teria podido suportar esse fato nem refazer-se dele. E se ele, acreditando na morte dela, tinha transformado essa perda num luto fantástico, numa liberdade fantástica, numa produtividade fantástica, numa vida fantástica, num fantástico mundo próprio e reduzido, tudo isso havia surgido de uma radical falta de fantasia, porque se por um instante ele tivesse podido imaginar realmente o que teria significado para ele o fato de Judith estar morta, tudo aquilo não teria sido possível. Seus últimos anos tinham sido apenas um devaneio de sua coqueteria, o produto de um luto artificial, iniciado de forma especulativa e que apenas esperava por sua refutação para ser deixado de lado. No fundo, Leo tinha vivido esses anos como se não tivesse levado ao pé da letra a notícia da morte de Judith, mas só num sentido lato, como se tivesse pensado para si, com teimosia e sem seriedade: para mim ela morreu, esperando ao mesmo tempo, secretamente, que um dia ela aparecesse à sua porta e dissesse: Olha eu aqui outra vez, vamos começar tudo de novo!

Assim, uma luz quase deslumbrante o iluminou, e sob esta luz, pareceu-lhe claro o fato de que objetivamente ele sempre soubera que Judith estava viva e voltaria para junto dele.

Mas por quê? Por que Lukas havia escrito que ela?

Judith pestanejava na luz ofuscante do sol, finalmente fez sombra com a mão diante dos olhos e disse: Por que você está me olhando desse jeito, tão surpreso? Você achava que eu tinha morrido?

Uma piada ruim. Judith não sabia que Leo de fato havia achado isso. De repente, ele renasceu. Com infinitos gestos de gentileza pediu a ela que entrasse, levou-a para a sala e com uma série de movimentos enigmáticos até enxotou todos os escrúpulos e temores, para súbita e decididamente abraçar Judith, numa expressão de alegria quase crível, embora constrangedora, pelo reencontro. E quando, para sua própria surpresa, conseguiu completar esse gesto, começou a imitar com uma espontaneidade legítima, porém ainda mais conscientemente, o jeito de Löwinger abraçar, apertando-a repetidamente contra si toda vez que parecia finalmente querer soltá-la. Sentiu a face de Judith junto à sua, o contorno arredondado de um ombro em uma das suas mãos, sua nuca e os cabelos na outra, depois o delicado antebraço numa e o final de sua coluna na outra mão. Aspirou seu odor, sentiu o sabor das partículas de suor quando enfim apertou os lábios contra o pescoço de Judith, e tudo o que as palmas das mãos, o olfato, o paladar e os olhos lhe comunicavam parecia, a um só tempo, familiar e estranho numa mesma e intensa medida, tudo o que lhe fora um dia tão conhecido, e, no entanto, tinha se tornado estranho demais, como se nunca conhecido de fato, e, por isso mesmo, não tão estranho, enfim, na distância entre essas diferenças havia espaço suficiente para todo o sentimentalismo e toda a paixão, para um infinito encantamento e uma infinita maravilha. Judith ficou comovida. Chá gelado? Sim, com prazer. Leo pegou a jarra na geladeira, serviu, no seu copo por via das dúvidas ele pôs uma boa dose de cachaça. Queria beber para ter coragem, o mais depressa possível, e mesmo assim não se atrevia a perguntar como poderia ter surgido o boato de que ela estaria morta, essa questão não foi enunciada, um explosivo escondido para o qual confluíam, como pavios acesos, todos os nervos de Leo, e Judith não lograra sentir o cheiro dos pavios durante todos aqueles anos, até que ocorreu a detonação.

Muito prazer. As duas palavras não eram mera formalidade, Leo percebeu claramente que elas eram a expressão mais precisa do que o tio Zé realmente sentiu quando ele lhe apresentou Judith. Muito prazer, ninguém conseguia dizê-lo do mesmo jeito que o tio Zé. Leo admirou a forma marcante e natural com que Löwinger fazia coincidir forma e conteúdo, a cortesia devida com o sentimento real. Leo estava orgulhoso dele, um pai que impressiona a namorada do filho, contudo, e também disso Leo estava certo, sem pressioná-la. E ele estava orgulhoso de Judith. O jeito como ela se deixava examinar sem o menor sinal de insegurança e fazia as coisas certas, sem ter que fingir. Em outras palavras, Leo estava orgulhoso de si mesmo. Tinha feito tudo certo. Tinha a vida nas circunstâncias que ele queria. Um cotidiano tranqüilo e isento de preocupações, que não atrapalhava sua concentração naquilo que era a meta de sua vida, antes a estimulava. A continuidade tranqüila e feliz de seu trabalho nos últimos meses era prova disso. Mas não apenas as necessidades objetivas de sua vida estavam ordenadas, agora as subjetivas também. Tinha a mulher que queria. Pelo menos a tinha aqui, novamente ao alcance da mão. A essa distância ele poderia alcançá-la a qualquer momento, ou seja, conquistá-la. Isso estava esclarecido. E só com a presença dela é que ele gozava do reconhecimento amplo de sua existência, no momento sob a forma do reconhecimento por parte de Löwinger. Mas esse era o que contava. Esse reconhecimento privado seria forçosamente seguido pelo reconhecimento público, este na forma da eficácia de sua obra. Com o que o círculo estaria fechado. Porque sua obra iria seguir irresistivelmente ganhando forma, graças ao ordenamento agora perfeito das circunstâncias de sua vida. Era um sistema de vida fechado em si. O ser, tal como deveria ser. A sua base. Ampla segurança econômica, também no que se referia à economia de sua vida espiritual. Sensatamente subordinada à destinação de sua vida. Da mesma forma que ele evitava a voracidade no que se referia à riqueza, porque podia vê-la apenas como fator de segurança material para sua vida de pensador, cuidava do seu amor. Para Leo, seu amor não era fonte de incomensurável embriaguez dos sentidos, mas força produtiva. Olhava para Judith com olhos enamorados. O ser cria a consciência. Por cima desta, que era sua base, ele ergueria agora a superestrutura, o último dos sistemas filosóficos fechados em si. A verdadeira culminação da filosofia. Ele quase pensou que, se ficasse deitado de costas no chão, as mãos juntas atrás da nuca, poderia ficar observando a superestrutura erguendo-se como uma abóbada, mais ou menos como se arma a tenda de um circo. Leo não conseguia sequer avaliar sua sorte. Também nisso ele tinha objetivamente razão. De fato, tinha sido graças a uma boa dose de sorte que agora tudo — tudo o quê? Leo pensou: acabou bem. Tudo acabou bem. Agora nada mais ia poder abalá-lo.

O jantar, apesar de toda a amabilidade, decorreu com tanta correção que Judith quase não conseguiu comer nada; ela só queria beber, beber até perder o controle, destruir o controle. Leo e Löwinger estavam tão perfeitamente afinados entre si que dava para confundir um com o outro. Eles não eram apenas um amigo e seu tio, ou um pai e seu filho, duas gerações, não, eram dois gêmeos, num balé minimalista, duas pessoas que em seus movimentos, em seus gestos, em suas idiossincrasias, em seus reflexos, no tom de suas vozes, até mesmo em seus olhares, estavam perfeitamente sincronizadas, sentados frente a frente dos lados mais longos da mesa — cabendo a Judith o "lugar de honra", o "lugar de honra", assim disseram os dois, à cabeceira da mesa. Ela observava os dois, dando atenção alternadamente a cada um deles, com o que deveria estar dando a impressão, como ela mesmo pensou, de estar o tempo todo abanando a cabeça lentamente e com assombro. Depositar os talheres na mesa, levar lentamente à boca o grande guardanapo de pano, isso tinha o significado de pedir a palavra. Quem abaixava o guardanapo e retomava os talheres, deixava a palavra ao outro. Enquanto um falava, o outro mastigava. Os movimentos discretos da boca e da mandíbula daquele que falava quase não se diferenciavam dos movimentos do outro, daquele que mastigava; Judith teve a sensação de que um estava permanentemente tirando a palavra da boca do outro, literalmente, com os seus guardanapos, como um pequeno bocado que é levado de uma boca para a outra e depois retorna para a primeira. A mais chã das banalidades era mastigada com cuidado por ambos, na ávida procura de cada um pela concordância do outro. No primeiro instante do reencontro com Leo, Judith havia pensado que ele teria acabado de voltar do dentista e estaria ainda sofrendo as conseqüências de uma anestesia local, mas agora, ao observar Löwinger, ela entendeu por que Leo quase não abria a boca ao falar. O jeito de ambos operarem os talheres, de ambos levarem as taças de vinho à boca, de mastigarem, engolirem, limparem os lábios era idêntico; e quando o faziam ao mesmo tempo, cada um deles acenava para o outro com o guardanapo, para lhe passar a palavra, e finalmente Judith teve a impressão de estar assistindo a um jogral. Talvez o tal de Löwinger nem existisse de verdade e Leo tivesse colocado um espelho diante de si, tivesse apontado para sua imagem reflexa e dito: eu já lhe contei muito a respeito dele.

Posso, disse Judith, posso me servir de um pouco mais de salada?, e esticou o braço por sobre a mesa, em direção à travessa com a salada, que estava no extremo oposto da mesa. Mantinha o braço estendido, apoiando o cotovelo na outra mão, como se estivesse se preparando para mantê-lo assim por um longo tempo, e sorriu para Leo de um jeito provocante.

Leo estarreceu, Judith percebeu o estremecimento em seu rosto durante um abrir e fechar de olhos, que terminou com olhos esbugalhados de terror, então Leo estendeu a mão em pânico para a travessa, mas justamente nesse momento Löwinger também já tinha dito: com todo o prazer! e estendido a mão para a mesma travessa, de modo que foram os dois a transportá-la até perto do prato de Judith, um par de xifópagos unidos por uma travessa. Ambos sorriram, só que o sorriso de Leo se transformou numa risada descontrolada, uma risada de alívio que não conseguiu retornar ao sorriso que a sua imagem refletida exibia. Não é nada, tio Zé, disse Leo, é que estou tão contente que Judith esteja de novo aqui. Na seqüência, tudo correu novamente com uma correção tranqüilizadora, porque o sorriso de Löwinger, quando seu olhar se dirigia de Judith para Leo, parecia dizer: boa escolha, meu filho.

Tudo tinha acabado bem, mas apenas na imaginação de Leo. Porque, na realidade, ele ainda não tinha nem conquistado Judith, nem escrito sua obra. De modo que, ao colocar a realização dessas ambições como desfecho para a sua história, Leo acabou por se ver subitamente lançado de novo ao seu início.

Veja só, disse Judith, você está de carro novo, um fusquinha novinho em folha. É, disse Leo, vamos para o Bexiga comer uma pizza?

Desde aquele começo até o fim, que ele imaginava, Leo tinha a história completa na cabeça. Pensou, com toda seriedade, que bastaria torná-la consciente para que virasse realidade. Enquanto comiam a pizza, Leo já havia terminado com as reminiscências do tempo que ambos haviam passado juntos em Viena, e estava contando as coisas que lhe haviam acontecido desde a chegada ao Brasil, e o fez de modo a conduzir a história, visivelmente, para a pergunta que, depois da terceira garrafa de vinho, conseguira formular, extraindo-a de um perfeito encadeamento lógico: se Judith queria passar a morar com ele. Porque, na verdade, essa era a moral da sua história, ele havia como que convivido realmente com ela durante todos aqueles anos de separação, ou seja, mediante a permanente lembrança dela, na continuidade daquilo que haviam começado no passado e do que havia aprendido com ela, na esperança de que ela retornasse para ele. Leo recostou o corpo e acendeu uma Palomita. Estava impressionado consigo mesmo. Sua narrativa havia sido impecável, de tal forma que todas as passagens de sua vida, cada uma por si, e todas no seu conjunto, exibiam um sentido que podia seduzir pelo fato de cada uma delas parecer ser uma etapa necessária e imprescindível, a partir da qual se desenvolvia logicamente a seguinte. A semente que brotava, o broto que crescia, as folhas que nele nasciam, depois o botão, que já permitia intuir sentido e destino, os quais se mostravam finalmente na flor plenamente desabrochada. Essa imagem vegetal era incorreta, pensou Leo, nela Judith não aparecia, na melhor das hipóteses figuraria aí como aquela que arrancaria a flor. Estava ficando nervoso. Por que Judith ficava tanto tempo calada? Sentiu-se como se ela estivesse arrancando as pétalas uma a uma, suprassumindo a perfeita racionalidade da vida que ele estava lhe oferecendo na absurda irracionalidade de um oráculo amoroso.

Até esse momento, Judith quase não havia podido falar e muito menos contar alguma coisa. E agora também ela só disse uma palavra: não. Refletiu um pouco, quis rapidamente acrescentar algo, mas Leo já estava falando de novo. Falava porque tinha achado que não conseguira se exprimir de forma suficientemente clara nem narrado de modo convincente o bastante, falava como se disso dependesse a sua vida, e continuava a falar também para encobrir, com uma avalanche de palavras, o choque e a imensa irritação que a resposta lapidar de Judith haviam provocado nele, mas não adiantava: foi se sentindo cada vez mais irritado e desamparado. Você tem que concordar comigo em que, ele dizia repetidamente, e: não, espere, deixa eu acabar de falar, e por fim tornava a falar, só para adiar a confirmação definitiva da recusa de Judith, deixe-me acabar de falar, pediu mais uma vez, enquanto pensava: estou me rebaixando, nunca mais vou contar tanta coisa a meu respeito. Leo teve que reconhecer que este novo começo não era, de jeito nenhum, o início do caminho da perfeição. Agora ele tinha sido jogado realmente de volta aos primórdios. Começar tudo de novo mesmo: a corte, a espera, o nervosismo, as euforias e as irritações, o ódio. Mas não apenas isso. Tudo em sua vida havia sido subitamente jogado de volta aos primórdios. A organização de sua vida privada, produto de uma evolução positiva, no fim das contas, porque lhe permitia trabalhar com continuidade, seus hábitos e as pequenas certezas do dia-a-dia, que ele tinha construído ao longo de anos e que lhe tinham servido de apoio e de motivo de satisfação, tudo isso havia agora sido repelido em direção à insegurança e à incapacidade de outrora. Ele vivia apenas no pequeno espaço intermediário entre suas esperanças fixadas em Judith e suas decepções. Na continuidade do trabalho, nem pensar. A convivência harmônica e simbiótica na casa de Löwinger estava destruída. Como ocorrera no começo, Leo voltou a ter consciência de que Löwinger não era um amigo com quem ele pudesse se abrir. Mais tarde, isso deixaria de ter importância. Os passeios pelo jardim, as refeições em comum, os bate-papos na biblioteca, as conversas nas salas da coleção de pinturas, as tardes no salão, tudo isso tinha resultado por fim num sistema de coordenadas cujos limites Leo acreditara não mais ter que ultrapassar, porque nele estavam contidas as bem-aventuradas condições mínimas e suficientes para que ele levasse adiante suas fantasias e seu trabalho, o que se confirmava a toda hora em seu fazer, de tal modo que não podia surgir a menor dúvida a respeito de seu sentido. Agora, porém, Leo teria que voltar a tratar de pontos que não estavam contidos nesse sistema de coordenadas, não queria outra coisa, não pensava em outra coisa, com o que o sistema todo, que no fim das contas era tão prático, havia caducado. Não conseguia mais falar com Löwinger. Começou a evitá-lo novamente, porque ficava irritado com aquilo que tinha a conversar com ele. Ele nunca teria podido dizer para Löwinger: na verdade eu acreditava que Judith estivesse morta. Nunca teria podido dizer: enquanto eu acreditei que ela estivesse morta, consegui trabalhar maravilhosamente. Nunca: mas mesmo quando ela de repente reapareceu, sabe lá o diabo por quê — o diabo, meu filho? Desculpe, foi uma brincadeira! — eu mantive ainda as mais belas esperanças: a mulher que eu amo tanto está viva! Mas nem sou capaz de lhe dizer, tio Zé, como a vida dela flui incerta, sob o assédio de necessidades, humores e vontades sempre diferentes, sem que ela queira dar-lhe um sentido e um conteúdo, organizando-a sensatamente comigo. Sem qualquer dúvida, sua vida asfixia a minha, a minha obra. A verdade é que Judith vive demais.

Leo não podia dizer a Löwinger que não estava mais trabalhando, que todos os preparativos, as leituras e os fichamentos dos últimos anos não tinham dado em nada. Os últimos anos haviam sido produtivos, sem sombra de dúvida. Leo havia lido e fichado, sua tese estava formulada com precisão, os conceitos e a estrutura estavam prontos em sua cabeça. Löwinger teria dito: está na hora de escrever a tese. E se Leo tivesse tentado explicar por quê, por causa de Judith, ele não podia escrevê-la, Löwinger teria respondido: então você tem que esquecer Judith. Mas isso também significaria esquecer tudo o que tinha trabalhado até então e, com isso, com mais razão ainda, a própria obra. Porque a obra é a descoberta da totalidade oculta da vida, quer dizer: a obra é arrancada da vida à força. Ela não surge do esquecimento da vida, mas sim do fato de sua racionalidade ordenar o cego acaso da vida, conferindo-lhe um sentido.

Não devemos esquecer, tio Zé, que Judith não reapareceu numa hora qualquer, mas exatamente naquele dia em que eu queria começar a concretizar pela escrita a minha obra. O que demonstra com clareza insuperável a significação profunda que Judith tem em minha vida, o papel que ela assume no sistema da minha vida: ela é a personificação do acaso. Corporifica a vida, e eu a amo, essa vida, amo a vida com a mesma intensidade que qualquer outro, que pergunta! Tio Zé, nem posso lhe dizer o quanto. Mas também está perfeitamente claro que eu preciso, por amor à minha obra, derrotar a vida. Por isso não foi uma casualidade que Judith tenha reaparecido e sentado no meu escritório exatamente naquele dia. Porque nesse determinado dia, em que eu tinha que me decidir definitivamente pela execução da minha obra, a questão entre a vida ou a obra constava novamente, também de forma objetiva e historicamente lógica, da ordem do dia. Só que Löwinger costumava falar sobre artistas e filósofos como sobre abelhas, que constroem com toda a naturalidade os seus favos, e ele mesmo era o apicultor que, ao interpretá-las, retirava de suas obras o mel, doce e pesado. Leo sentia que lhe faltavam as palavras quando, no salão, os visitantes mantinham espirituosas conversas sobre os grandes feitos intelectuais e culturais da humanidade, enquanto ele apenas sentia a dor necessária para produzi-los. Faltavam-lhe as palavras quando ele se sentava na biblioteca de Löwinger, milhares de livros, e cada um deles, por mais irrelevante que fosse, uma obra pronta, uma vitória, e ele não tinha nada para contrapor àqueles empoeirados escárnios de suas ambições. Definitivamente insuportáveis os jantares, quando Löwinger louvava compreensivo até a dispersão mental de Leo, como expressão de uma possessão total por sua obra que lhe fazia esquecer o mundo.

Todas as vezes que Löwinger queria convidá-lo, que insistia para que Leo viesse novamente para o jantar, para que aparecesse, Leo dava desculpas, como antigamente. A casinha do porteiro parecia afastar-se da casa de Löwinger, como se tivesse se soltado do continente e estivesse à deriva no mar, arrastada por correntes imprevisíveis. Leo não sabia nadar. Ele se agarrou em Judith, primeiro apavorado, depois inerme.

Tentava reencontrar no rosto de Judith aquele pelo qual tinha se apaixonado outrora; estava lá, era claramente visível, mas ao mesmo tempo estava estranhamente devastado, como se Judith tivesse passado por alguma experiência terrível e destruidora. O que poderia ter sido? O que tinha acontecido com ela? Sem ele? Só podia ter sido algo que afetara até as raízes de sua existência, algo mortal, pensou Leo; surpreso, interrompeu sua aula, a morte, será que ela — viveu a própria morte? Rapidamente voltou a falar. Contava sobre seu trabalho, sobre sua continuação da *Fenomenologia do Espírito*, que levaria a história da consciência até o presente e a encerraria. Soava como se ele trabalhasse diariamente, mas na verdade ele falava sobre trabalho em vez de trabalhar. Informava a respeito daquilo que tinha escrito, mas na verdade tratava-se do que teria querido escrever, se escrever pudesse. Desenvolvia teses perante Judith como se elas fossem os resultados de longos e penosos processos de reflexão, mas na verdade tinham acabado de lhe ocorrer naquele instante; sua obra fazia progressos somente quando falava, ou nem isso, porque tudo o que era dito se perdia em seguida, era esquecido. Nem mesmo nos braços de Judith, diante do seu olho interior, Leo conseguia erigir a própria obra; queria entregar-se a essa obra enquanto Judith o tocava; na sua fantasia, queria vivenciar como que fisicamente o processo através do qual ela ganhava forma; procurava na excitação pensamentos excitantes, tentava encontrar no ritmo desses pensamentos o ritmo da sua linguagem, porque julgava que aí culminava o espírito possuído, resolvendo-se em fertilidade. Mas Leo não tinha mais linguagem, quase não tinha mais palavras, fechava os olhos, abria os olhos, porém tudo o que via, tudo o que sabia, tudo o que lhe ocorria era Judith, e então escapou-lhe da boca o seu nome: Judith!, ele disse, e assustou-se como se tivesse dado com a língua nos dentes, depois de cometer uma infidelidade.

De fato ele estava sendo infiel porque não trabalhava, mas, na presença de Judith, sempre dizia "a obra!". Pelo menos falar de sua obra, repetidamente, sem dar o braço a torcer, era para ele a única possibilidade de não deixar naufragar sua pretensão nessa vida que ele agora levava. Como, contudo, a obra não existisse realmente, nem enquanto algo em processo de gestação, Leo acabou por trazê-la, definitivamente, para a categoria do mito. Assim podia contar da sua "árvore de Oblomow", à cuja sombra tivera o seu estalo, a sua iluminação. E caso Judith achasse surpreendente que ele, a quem ela tinha conhecido como um homem avesso à vida e ao prazer, preso à mesa de trabalho, justamente ele passasse de repente tardes inteiras deitado prazerosamente embaixo de uma árvore, sonhando o tempo que quisesse e ao seu bel-prazer, ele responderia que era necessário que ela visse com toda clareza que nesse meio tempo ele, Leo, tinha aprendido a combinar harmoniosamente prazer e necessidade. Leo estacou um pouco quando disse "preso à sua mesa de trabalho", apressando-se em acrescentar "sonhando". O sonho. Judith não apenas o havia desamarrado da mesa da cozinha, tal como ele havia sonhado, mas também da mesa de trabalho. Esse foi um pensamento que irrompeu rápido como um raio, Leo continuou a falar sem deixar transcorrer nenhum intervalo de tempo, combinar com harmonia prazer e necessidade. Embora não fosse verdade o que estava contando de si, a meta de suas mentiras era a verdade; ele queria construir aquilo de que estava falando. Se quisesse conquistar Judith, suas eternas polêmicas contra "a vida" não iriam levá-lo muito longe, isso ele tinha entendido. Claro que com suas mentiras produzia sistematicamente uma imagem falsa de si — mas a propaganda não era permitida se, no fim, demonstrasse corresponder à verdade? Leo acreditava honestamente que, graças a Judith, ele viria finalmente a ser do jeito de que já estava se gabando de ser agora: genial, aplicado e, mesmo assim, um grande apreciador dos pequenos prazeres da vida.

Judith, todavia, sentiu que ele não queria se transformar num outro; sentiu, pelo contrário, que ele queria que ela se transformasse numa outra, a saber, em alguém que estivesse disponível, que fosse previsível e submissa a ele. Na medida em que Judith se negava sistematicamente a tudo isso, ela lhe parecia caótica e irracional. Leo não estava entendendo. Pelo que achava, sistemático teria sido ele poder construir tudo em cima dos fundamentos já lançados na companhia de Judith, em vez de ter de retroceder constantemente a um estágio anterior. Quando Judith passava uma noite com Leo, pressupunha que ela, quando se encontrassem no dia seguinte, voltaria a fazê-lo com toda naturalidade. Mas ela dizia: o que você está pensando, Leo? Que você fez uma espécie de assinatura comigo? Quando os dois tinham se encontrado durante três dias seguidos e haviam combinado de se encontrar também no quarto dia, Judith telefonava pouco antes da hora marcada para dizer que não viria. Queria estar sozinha. Quando Leo, no dia seguinte, depois de uma noite péssima conseguia controlar passavelmente sua dor de cabeça e, olhando teimoso para a escrivaninha, refletia se não era o caso de agir em consonância com o absurdo dessa vida, Judith telefonava dizendo que tinha de vê-lo imediatamente, sem falta. E Leo pegava o carro e ia ao encontro dela sem demora. Não conseguia entender Judith. Não a entendia nem mesmo quando ela falava com toda clareza. Uma vez Leo a convidou para um piquenique à sombra de sua "árvore de Oblomow". Era um belo dia de sol, que fazia com que tudo parecesse simples e natural. Mesmo assim deu tudo errado. Na vida de Leo, nem mesmo o tempo combinava com o decurso da ação, conforme ele tinha aprendido nos belos livros de ficção. Tinha se esforçado tanto, comprara até mesmo uma cesta de piquenique para poder transportar condignamente a comida para o jardim. Judith deveria ver que ele sabia como viver a vida. Viver a vida de verdade. Porque o estilo e a forma dominam e ordenam a vida. Mas ela não disse uma só palavra sobre a belíssima e caríssima cesta, provavelmente achou que fosse natural que ele dispusesse de um equipamento apropriado, já que estava convidando-a para um piquenique. O primeiro problema foi que embaixo da "árvore de Oblomow" havia um imenso formigueiro. Judith perguntou com ironia se Leo costumava realmente deitar-se ali. O formigueiro nunca esteve aqui antes, disse Leo, não estou entendendo, de onde será que ele veio? Isso é coisa rápida, as formigas são bichos muito trabalhadores.

Mas também o tempo pode mudar rapidamente, sobretudo em São Paulo. Depois de terem decidido mudar de lugar, o céu começou a ficar encoberto com nuvens escuras e ameaçadoras. Um vento forte começou a soprar, fazendo a toalha, que Leo havia acabado de estender no gramado, voar alguns metros adiante. Judith e Leo correram até a casinha do porteiro e chegaram até ela no momento em que começou a chover. A piora do tempo havia melhorado o humor dos dois, que acharam tudo muito engraçado e riram bastante. Que sorte, pensou Leo, que está chovendo, porque agora estavam fazendo piquenique na sua cama. Daí veio a desgraça seguinte. Leo assumiu de repente aquele olhar fatal e começou a bolinar Judith. Ela deixou, e até chegou a enroscar o corpo no dele, com os olhos fechados, que ela só voltou a abrir quando Leo colocou os pratos e a comida no chão e disse: depois, a gente continua a comer!

Judith se levantou, arrumou a roupa e disse com voz seca e metálica, como se tivesse que usar agora uma armadura, porque lhe havia sido arrancada a pele: eu não teria nada contra se em vez da palavrinha "depois" você tivesse dito "mais tarde".

Era isso que Leo considerava caprichoso e irracional, ele não conseguia entendê-la, mas ainda acreditava ser necessário fazer-se entender por ela. O prazer e a necessidade. O amor realizado numa convivência ordenada e a obra. Ela tinha que entender isso. Leo falava e explicava; todas as vezes que se encontravam, ele falava sem parar. Para convencê-la de suas idéias, para tornar plausíveis os seus atos ou omissões a ela e, no fim das contas, também para impedir que ficassem em silêncio, juntos. Porque Judith nunca contava nada. A idéia de que pudessem estar juntos em alguma ocasião sem que uma única palavra fosse dita era extremamente desagradável para Leo. Como se não tivessem nada a se dizer. Todos os seus esforços teriam então chegado ao fim, mas não à meta. Leo sempre se propunha a interrogar Judith no próximo encontro, a levá-la a falar, deixá-la contar. Mas, depois, quando a encontrava, era ele quem começava imediatamente a falar, acordando feliz da letargia de sua solidão, e ao falar vinham-lhe sempre novas idéias e pensamentos que ele precisava de qualquer forma elaborar e levar até o fim. Entusiasmado com o efeito instigante que Judith tinha sobre ele, Leo chegava regularmente às grandes questões da filosofia, da literatura, da humanidade, em vez de chegar até ela. Mais tarde, voltava a não entender por que Judith, que era capaz de discutir acaloradamente sobre filmes ou livros, revelava tão pouco de si mesma; desse jeito, em última instância, tudo o que dizia respeito à pessoa dela continuava indefinido e obscuro.

Não conseguia avançar nem um palmo com Judith. O amor dela não podia ser obtido à força, e muito menos a produtividade que deveria ser o fruto desse amor. Por outro lado, também não podia transformar em trabalho as desilusões que ela lhe infligia, porque na verdade não lhe infligia qualquer desilusão, simplesmente não reagia às ilusões dele. Uma vez Leo lhe deu para ler o ensaio sobre "Eticidade e cultura", aquele escrito na época em que acreditou que ela estava morta. Claro que não contou nada sobre as circunstâncias do surgimento do trabalho, felizes os tempos. Queria não apenas impressioná-la com a lúcida beleza do longo ensaio, mas também iludir-se, ou seja, mostrar produtividade para si mesmo, algo de que, como se podia ver, ele sem dúvida era — havia sido capaz, e tirar o trabalho da gaveta naquele momento fazia com que voltasse a senti-lo.

Judith nunca comentou o ensaio. Passado algum tempo, Leo ficou impaciente, queria até perguntar se ela tinha gostado, quando passou pela sua cabeça a idéia aterradora de que o silêncio dela talvez pudesse ter um motivo que seria melhor ignorar. Possivelmente ela tinha percebido que o trabalho não havia sido escrito naquele momento, mas fazia já um bom tempo, e, pior ainda, que o ensaio fora uma tentativa de conferir um belo sentido à morte de Judith. Como das outras vezes, suas iniciativas visando a um avanço tinham se transformado no contrário. Dera-lhe o trabalho para ler na esperança de que elogios entusiasmados viessem a reacender sua própria ambição, de modo a produzir em seguida um novo ensaio do mesmo calibre. E, ao mesmo tempo, alimentava a expectativa de que o entusiasmo de Judith pela obra se estendesse também a sua pessoa. O que, caso se realizasse, permitiria ao relacionamento deles atingir uma nova qualidade. Em vez disso, Leo passou a não falar mais a respeito do seu trabalho, para não tocar em algo do passado, algo que era melhor que ficasse guardado na escuridão. O ensaio, o único trabalho de fôlego que ele jamais havia completado, sumiu no silêncio de Judith e, em lugar de servir como fundamento para algo novo e melhor, acabou sendo também para Leo como se nunca o tivesse escrito.

Às vezes, ele sentia como se, na sua relação com Judith, ambos estivessem sendo constantemente jogados não de volta ao seu começo, mas para muito antes dele. No começo tinha havido, apesar de tudo, uma certa evidência do amor e da crença de que, a partir dele, viria a se desenvolver automaticamente uma vida centrada essencialmente na produtividade. Agora isso não era tão evidente assim. O fato de Leo continuar, apesar de tudo, a lutar por Judith, a encontrar-se com ela toda vez que podia, a estar sempre disponível para ela, isso era mera conseqüência do automatismo da situação: ele nem saberia que outra atitude tomar. Agora, ele nada mais era do que um homem rico. Havia desaprendido a trabalhar. Com Judith, podia ao menos falar sobre o trabalho que imaginava, conferindo-lhe assim existência como parâmetro a partir do qual pudesse medir os trabalhos que outros tinham feito de fato, deles extraindo até mesmo prazer, porque os discutiam e criticavam. Se Leo não tivesse aquela pretensão de dominar e melhorar o mundo, teria até mesmo uma vida agradável: não tinha problemas financeiros, de vez em quando lia literatura filosófica e de ficção, que depois discutia com Judith, ambos tinham seus prazeres miúdos, como o de irem juntos ao cinema, o de comerem em bons restaurantes, o de se embebedarem perdidamente nos bares. Mas sua identidade teria implodido se ele não tivesse desejado sempre algo mais. Ele não desistia, mesmo quando seus avanços se tornaram mais lentos e mais simples, até que passaram a consistir essencialmente apenas em nunca se afastar de Judith. O homem, que outrora quisera tomar Judith nos braços com força, tinha virado uma criança que, superexcitada, assustada e cansada, corria ao lado dela, puxando-lhe a manga o tempo todo, porque queria ser carregada.

A criança anciã. Leo fez quarenta anos mas parecia ter cinqüenta. Inchado pelo álcool — bebia para relaxar quando encontrava Judith, e, quando não a encontrava, bebia para se deixar entorpecer. Havia engordado tanto graças à bebida que todos os seus ternos ficaram apertados. Encomendou meia dúzia de ternos novos num alfaiate — em pouco tempo estavam como se ele os vestisse para dormir. Como as calças não o apertavam mais na barriga, esqueceu que tinha barriga. De tanto fumar havia perdido o fôlego — por isso quase não saía mais para passear. Quando o fazia por amor a Judith, caminhava muito devagar, não mais com as mãos cruzadas às costas mas sobre o peito, os ombros puxados para cima, a cabeça bastante inclinada para a frente. Seus cabelos ficaram brancos, o que não o incomodou de início, mas ficaram também preocupantemente ralos; toda manhã ele via um monte de cabelos sobre o travesseiro, sempre havia uma quantidade surpreendente deles no lavatório e no piso do boxe do banheiro. Quando passava as mãos pela cabeça, pensativo, ficava com tufos entre os dedos. E quando certa vez Judith fez uma observação no sentido de que a sua tonsura estava ficando cada vez mais visível, Leo ficou com medo. Não queria perder a possibilidade de seduzir Judith, sua chance, por um motivo tão banal. Uma cabeleira cheia e viçosa não era sinal de força? Tingiu o cabelo de preto e passou a freqüentar um cabeleireiro nos Jardins três vezes por semana para se fazer massagear o couro cabeludo com uma tintura, que, segundo diziam, combatia a queda dos cabelos. Daí em diante, seu cabelo tinha sempre um aspecto um pouco engordurado, mas a leve sensação de oleosidade, quando cuidadosamente punha a mão na nuca, já lhe parecia sinal de um novo crescimento. Isso era suficiente para uma reconstrução relativa da auto-estima, mas apenas quando conseguia evitar se olhar no espelho. No dia em que, ao sair do chuveiro, escorregou no chão molhado e, num movimento reflexo para se agarrar a algum objeto firme, arrancou o espelho da parede e o quebrou, Leo nem sequer comprou um novo. Agora estava totalmente imunizado contra qualquer espécie de autocrítica. A idéia de que possivelmente não tinha muito mais tempo, essa não lhe veio à cabeça. Ele estava apenas no início. Na verdade, ainda tinha o início pela frente.

Porém, o início deslocou-se ainda para mais longe. Leo havia conseguido finalmente o que tanto almejava: Judith declarou-se disposta por fim a morar com ele. Logo ficaria claro que também esse passo seria um retrocesso.

Judith tomou a decisão de aceitar a oferta de Leo e de se mudar para a casa dele numa noite em que, mais uma vez, havia telefonado para desmarcar um encontro. Preferia ficar sozinha. Ela estava em seu apartamento na rua Pamplona, alugado às pressas e sem maior reflexão logo após a sua chegada, apenas para ter o mais rapidamente possível seu sossego entre quatro paredes. Sossego, é claro, também em relação a Leo, que empreendia um ataque após outro para convencê-la a ir morar com ele, mas que mesmo assim insistira em levá-la de carro a todas as imobiliárias e a todos os imóveis disponíveis para locação, somente para poder dar uma olhada em cada um deles e comentar com desdém como ela estaria bem melhor na casa dele. Judith havia assinado o contrato de aluguel do apartamento pelo único motivo de que queria terminar de uma vez por todas aquela discussão tão chata. Foi um erro. Antes disso, já tinha visto apartamentos mais agradáveis e, depois, ela certamente teria encontrado algo bem melhor. Nesse apartamento, não apenas o ruído que vinha da rua era alto demais, mas, sobretudo, os cômodos eram pequenos demais; na verdade, havia apenas uma sala, porque o assim chamado quarto era tão minúsculo que ela acabou usando-o como closet. Num primeiro momento, Judith tinha até achado que aquilo era uma vantagem: um apartamento sem quarto de dormir seria o ideal para quem, como ela, sofria de insônia crônica, pois assim talvez o sono perdesse aquele caráter extremamente ameaçador que assumia para ela. Mas, com isso, como na única sala de que dispunha ainda precisava caber uma cama, o aposento tornou-se pequeno demais para que pudesse caminhar livremente, tal como costumava fazer em suas noites insones. A cada passo que dava precisava se desviar de algum móvel, e o seu andar adquiriu um certo balanço, uma oscilação, que não deixavam de se ajustar à realidade, pois ela bebia uma vodca atrás da outra nesse seu caminhar. Fazia quase um ano que Judith morava naquele apartamento. Precisava decidir logo se renovaria o contrato por mais um ano ou não. O aumento do aluguel pedido pelo locador era absurdo e, mesmo que desse para pechinchar um pouco, ficaria bem acima do que o apartamento valia. Apartamento. Era uma cela, o lugar em que ela vivia. Mas não seria esse o motivo que a levaria a se decidir pela mudança para a casa de Leo. Porque também na casa dos pais ela teria podido dispor de um quarto bem maior. Mas tampouco lá havia querido ficar. Judith odiava aquela cela; e, se é que isso é possível, odiava-a sem sentir uma emoção real. No fim das contas, considerava irrelevante esse aperto exterior. Era irreal. Havia colocado uma série de espelhos em todas as paredes, que pareciam assim abrir-se aos olhos e afastar-se muitas vezes umas das outras a sua distância real.

A verdadeira cela estava em seu interior. A cela da prisão de suas lembranças. Eram lembranças demais para um espaço só, que precisava abrigar até mesmo um caixão. Para não se chocarem, todos os seus pensamentos e sensações precisavam desviar-se a cada passo, parecendo oscilar e cambalear. Por isso o apartamento minúsculo em que vivia não era um problema real para ela. Não tinha nada a ver com o seu aperto existencial. Para ela, expressão exterior deste último era antes o seu corpo, cada dia mais magro e delgado. Essa era, contudo, uma correlação que lhe causava medo: paredes de um corpo, tão apertadas que entre elas nem mesmo parecia haver espaço suficiente para o volume de ar de um suspiro de alívio. Quando ela se deteve, de pé, a se observar diante de um dos seus inúmeros espelhos, o espelho não ficou embaçado. Judith vestia um roupão branco. Os cabelos pretos caíam molhados sobre os ombros. Era absurdo comparar Leo com Michael. Sabia disso. Doía. Tinha acabado de tomar um banho de chuveiro para estar fresca quando Leo viesse buscá-la, e nesse momento aconteceu de novo. Tinha se ensaboado contente, as mãos deslizando pelo corpo cheias de uma alegria antecipada, quando de repente estacou, porque teve consciência de ter esquecido por alguns instantes com quem iria se encontrar. Havia sido uma alegria que não se referira a Leo, independente dele. Era assim que ela se sentia quando ia se encontrar com Michael. O jato de água escorreu sobre sua pele sem que ela se mexesse. Distraída pela desimportância de gestos quase autônomos como são os do banho, ela tinha sido pega desprevenida por uma lembrança, por uma sensação que a empolgara como se fosse real, e o que havia agora era uma dor insuportável. Fechou a torneira, e abriu a porta do boxe com violência, como se estivesse sufocando. O vapor encheu instantaneamente o minúsculo banheiro e embaçou o espelho. Sem se enxugar, correu para a sala, pegou o telefone e ligou para Leo, para dizer-lhe que não viesse. Perplexa, permaneceu sentada durante alguns minutos junto ao telefone, depois vestiu o roupão, encheu um copo de vodca e começou a andar de um lado para o outro na sua jaula. Sabia que como sempre não suportaria estar sozinha à espera do sono. Vai começar tudo de novo, e vai deixá-la louca. Por outro lado, não podia simplesmente ver Leo agora e fazer de conta que estava tudo na santa paz. E abrir-se com ele, nem pensar. Não apenas porque Leo quase não a deixava falar. É que não ia dar para contar-lhe algo para o que não tinha palavras. Acabaria virando uma história banal, que apenas despertaria reações mais banais ainda, um palavreado tolo de encorajamento ou uma consternação desamparada que só refletiria cegamente o seu próprio desamparo, com o que ela teria comunicado o incomunicável. Era injusto. Injusto para com Leo, com quem não conseguia se comunicar. E era injusto da parte de Michael seguir interpondo-se em seu caminho. Michael, esse era o objeto de seus pensamentos, aquele do qual ela precisava se desviar no ir-e-vir de suas idéias. Leo. Não tinha sentido. Ela não o amava. E tampouco ele a amava. Embora sempre insistisse em que sim. Mas ela conhecia Leo bastante bem. Para ele, esse amar era antes uma daquelas premissas teóricas das quais partia. O amor de Leo, com todas as suas inserções publicitárias, estava para o amor como — como a TV para a vida real. Esse era o problema. Para o amor real não há símile, imagem, não há possibilidade de descrição. Dele nada pode ser dito.

Judith havia conhecido Michael na época em que Leo estava deixando Viena, e foi amor real. Ponto. O sentimento absoluto emudece, assim como o nada absoluto, a morte. A felicidade ilimitada e a dor ilimitada fogem a qualquer descrição. Por isso a literatura está cheia de descrições do amor. Porque as pessoas que não o conhecem querem conjurá-lo mediante sua descrição. Quem ama emudece instantaneamente. Judith estava convencida disso. Por isso, naquele momento, só podia ler livros que falassem de fracassos e não da perfeição. Livros que se desviassem de suas metas em vez de partirem em seu encalço, porque a meta, a felicidade maior, não pode ser alcançada sistematicamente, podendo até nos surpreender pelas costas, como a morte.

Judith bebeu mais um copo de vodca. Sua caminhada pelo quarto ganhou algo de artístico, do jeito que ela se esgueirava por entre os móveis. Fumava um cigarro atrás do outro. Em todos os cantos da sala havia cinzeiros dispersos, diante dos quais ela se detinha brevemente para dar uma tragada longa e voraz enquanto observava o crescimento da cinza, que depois depositava no cinzeiro. Não tinha repelido Leo sempre porque não se tratasse de amor. A gente não pode decidir o amor por si mesmo e muito menos pode exigi-lo do outro. Seria absurdo, portanto, interromper algo só porque não pode ser uma situação ideal. Mas talvez ela tivesse medo pelo fato de que com ele talvez não houvesse nenhuma relação que fosse possível. Como repetição, era demasiado insosso; como anestesia, demasiado fraco; como fuga, não levava longe o bastante; as possibilidades de descrição e definição que havia para o caso de Leo eram quase inimagináveis, esse era o ponto, havia palavras demais à disposição, sem falar nas muitas palavras das quais Leo dispunha.

Por outro lado, o que ela sabia? Ela nem tinha entrado na dele. O que ele estaria fazendo agora? Provavelmente estaria trabalhando. É o que ele vai dizer amanhã. De Leo, porém, ela podia ao menos esperar afeto, respeito, interesse e uma fidelidade estranhamente inquebrantável. Era surpreendente. A fidelidade. Não era por fidelidade a Michael que ela não queria se decidir por Leo. Seria absurdo. Ser fiel a um morto. Ela queria viver. A morte é um escândalo. Como é que alguém pode provocá-la voluntariamente era algo que ela jamais poderia entender. Alguém que ama. Ali estava ele de novo. Michael. Por ele teria ficado em Viena, não teria visto Leo nunca mais. Mas agora tinha voltado para o Brasil, estava de novo com Leo, embora às vezes nem conseguisse vê-lo de fato, porque a imagem de Michael continuava se interpondo entre eles, a horrível imagem que carregava consigo e que só poderia destruir destruindo a si mesma, o que, na impossibilidade de fazê-lo de modo radical, acabava por permitir àquela imagem seguir lentamente destruindo sua vida.

Judith esvaziou rapidamente o copo, tornou a enchê-lo e bebeu mais um gole. Olhou para o espelho que pendia à sua frente, com uma rigidez que ainda era a tentativa de se blindar contra aquilo que já começava a se manifestar naquela rigidez, o horror que ela não mais conseguia reprimir diante da imagem ante a qual já não podia fechar os olhos, mesmo quando os fechava. O rosto horrorizado que ela via no espelho era apenas uma parte da imagem, que se abria rumo a um espaço dentro do qual Michael pendia de uma corda de varal amarrada no gancho do lustre, Judith se afastou, deu alguns passos, bateu numa cadeira, no abajur, na mesa, Michael deve ter subido na mesa para amarrar a corda no gancho do lustre, depois o laço em torno do próprio pescoço, depois um passo. Judith parou. Teria essa imagem para sempre na mente e jamais uma explicação para ela. Dizer que para tudo havia uma explicação era uma heresia, talvez, a origem mesma de todo sofrimento. A causalidade é extremamente superestimada. A procura pelas causas sempre pisa em cadáveres e, por fim, no próprio. Aquilo que ela tinha vivido era tão sem sentido que privava ainda de todo o sentido a continuidade da vida. Os dois tinham pouco dinheiro, muito pouco para poderem se permitir um apartamento maior, comum. Isso não era motivo. Ele tinha deixado o quarto em que era sublocatário para ir morar com ela. Estavam felizes. É fácil dizê-lo. Era assim. Ela tinha levado sua escrivaninha para o quarto para que ele pudesse usar a sala, melhor iluminada, como ateliê. Michael pintava, estudava na Academia de Belas-Artes. Os pais não lhe mandavam dinheiro. Isso não era motivo. Ganhava a vida como porteiro noturno num hotel de alta rotatividade. Não era trabalho para ele. Judith estava disposta a trabalhar. O dinheiro que os pais mandavam para ela era pouco para os dois, e menos ainda para mais um: a arte. As tintas, as telas, todo o material de trabalho, a participação nos custos da galeria e do catálogo, tudo era importante, pois tratava-se da primeira exposição individual de Michael. A exposição suscitou críticas favoráveis, mas quase nenhum quadro foi vendido. Isso não era motivo. Afinal, tinha havido reações positivas. Judith continuava a dar aulas de português no Instituto Latino-Americano. Naquela noite também tinha ido trabalhar. Voltou para casa. Abriu a porta da sala. Michael havia dito que naquele dia, depois de longos preparativos, queria acabar um quadro de grandes dimensões. Judith estava contente de poder ver o quadro.

O quadro. Não há palavras para o choque e a dor que ela sentiu. Judith se viu andando pela sala vienense, infinitamente multiplicada, do mesmo jeito que se via agora nos muitos espelhos de sua salinha paulistana; no seu horror, sentia-se como que pulverizada, dissolvida em muitos fantasmas desprovidos de corpo e de espírito: a Judith que procurava uma carta de despedida, a Judith que olhava para os esboços nos quais ele devia ter estado trabalhando imediatamente antes, rascunhos da grande tela já começada, esboços mostrando cenas de um hotel — a idéia era mostrar o ruído caótico da sociedade normal quando ela deixa cair, num lugar secreto, suas máscaras e disfarces, ou melhor, quando enfim pode realmente mostrá-los; lá estava a Judith ainda parada e olhando, mais tarde ela iria se perguntar por que ficara tanto tempo com os olhos cravados no morto que pendia, como se quisesse gravar essa imagem dentro de si; mas lá estava também a Judith que cortou a corda com uma faca de cozinha, a Judith que tentou reanimá-lo, do jeito que ela imaginava que isso era feito; e a Judith que finalmente o despiu. Não havia nenhuma carta de despedida, nenhum papel explicando o inexplicável. A grande interrogação sobre o porquê, aliás irrespondível, dividia-se em muitos porquês miúdos para Judith, como se ela pudesse recompor uma resposta como quem monta um quebra-cabeça, mas as peças, os detalhes, cada um tão irrespondível como o todo, apenas incrementavam cruelmente o enigmático horror. Por que, antes que ela saísse, ele tinha dito que queria acabar sem falta o quadro naquele mesmo dia, um quadro do qual nada existia, afora um esboço? Acabar? Por que Michael, antes de fazer aquilo, tinha vestido roupas de Judith? Havia posto o vestido de malha azul, um dos que ela mais gostava de usar no inverno, ela o havia usado com tanto prazer e tanta freqüência que se via a si mesma o tempo todo nesse vestido quando pensava num inverno em Viena. Embaixo do vestido, Michael tinha posto um sutiã, que não havia conseguido fechar nas costas, e uma meia-calça. A polícia não deveria vê-lo daquele jeito. Nu também não, com aquela ereção torta à qual ela só conseguia relacionar um sentimento de vergonha. Judith vestiu-o com uma cueca, havia de ser o bastante, já tinha abusado de suas forças. Não pelo nojo de mexer num morto. Ela até ficou surpresa do quanto era irrelevante a sensação de tocar num morto. Teria gostado de dizê-lo para Michael, quando ele voltasse à vida. Não poder lhe dizer isso nem mais nada era terrível. Por que ele fez aquilo, mesmo sabendo que ela estava grávida? Lá estava a Judith que pegou o telefone e ligou para a polícia. Passado, presente e futuro se juntaram numa coisa só. O que ela viu, ela via e veria para todo o sempre. Como se o que havia acontecido estivesse fixado num quadro monumental e terrível que ela precisasse contemplar eternamente. Até que o cheiro de decomposição do quadro se tornasse o seu próprio cheiro, enquanto ela morria de olhos abertos. Morria enquanto segurava a respiração, como se pudesse respirar pelos olhos. O suspiro com o qual, quando não agüentou mais, voltou a inspirar foi um pequeno e sofrido grito. O agora rápido subir e descer de seu tórax trouxe vida ao quadro. Ela não se via telefonando? Pois ela telefonou. Ligou para Leo. Sem nenhuma reflexão prévia. Não precisava pensar nem formular com palavras em sua cabeça aquilo que ela estava vendo agora com uma clareza tal que já continha a decisão. Tinha que sobreviver àquele quadro, fazer com que ele fosse repintado pela vida, ou morreria diante dele.

Leo atendeu o telefone falando com a língua presa, do mesmo jeito dela, que, enquanto esperava a ligação se completar, havia esvaziado rapidamente o copo. Leo, por favor, venha depressa, venha já, você pode vir até aqui? Vou. Quanto tempo você vai demorar? Uns quarenta e cinco minutos. Por favor, depressa. Estou a caminho.

Imobilizada pela dor e pelo medo, Judith ficou acocorada junto ao telefone. Por que ele tinha feito aquilo? Não entendia a paciência que Leo tinha com ela. Mas talvez essa paciência fosse a salvação. A paciência que faria dela uma vítima das ambições dele. As ambições não eram nada. Os grandes gestos com os quais Leo acreditava poder dirigir o mundo, Judith os via de repente como pinceladas que talvez pudessem repintar o quadro cuja vista ela não mais conseguia suportar. Nesse quadro berrava o medo da própria morte. Judith, que cortou a corda da qual pendia um cadáver vestido com as roupas dela. O vestido estava apertado, o cadáver era mais corpulento do que Judith. Naquele tempo, ela estava no quarto mês de gravidez. Os dois tinham ficado contentes com essa criança. Se houvesse uma explicação para aquele passo, Michael nunca o teria dado. Só porque não havia nenhuma explicação, só porque não havia absolutamente nada, nem mesmo uma explicação, nenhum motivo de nenhuma espécie, só por isso Michael pudera fazê-lo. Mas isso significava que a criança também não tinha mais nenhuma significação para ele. Enquanto esperava pela chegada da polícia, Judith pensou na criança que carregava no ventre e soube imediatamente que não queria tê-la. A criança de um homem para quem ela nada mais significava. De um homem que jazia diante dela como um boneco de macumba no seu vestido, como se fosse apenas um despacho visando à sua maldição, um despacho feito na verdade para matá-la. Não foi Michael que se matou. Um boneco que deveria representar Judith foi dependurado em sua sala. Ela tinha que sair imediatamente daquele apartamento. Leo estava demorando. Ela tinha que sair de sua cela. Tomou mais um copo de vodca. O álcool amortece aquilo que mata. Não tudo, nem totalmente. Mas um pouco, quase tudo. Judith deu uma risada que mais parecia uma mistura de soluços contidos entremeados por uma rápida inspiração. Assustou-se. É aterrorizante fazer barulhos quando se está sozinho. Depois do choque, ela havia começado a elaborar solilóquios, fazia-se perguntas, encontrava para si mesma as respostas, nas quais todas as possibilidades eram mais reais do que a própria realidade. Mas sobre uma questão não queria conversa: não queria dar à luz aquela criança. A síntese entre ela e Michael que a criança deveria ter sido, essa síntese ela já estava vendo diante de si, o homem com aparência de mulher, e essa síntese ela a veria eternamente na criança. Judith não queria dar à luz a morte. Só a morte daquela criança poderia anular essa morte.

Saiu daquele apartamento sem levar uma só peça da mobília. Alugou o primeiro quarto mobiliado que encontrou. Na Áustria era impossível fazer um aborto no quarto mês de gravidez. Não se atrevia a falar com os médicos sobre a possibilidade de um aborto ilegal. Tinha medo de ser denunciada e, em conseqüência, obrigada a ter a criança. As amigas e conhecidas com as quais falava dividiram-se em dois campos. Umas tentavam convencê-la a ter a criança. Uma tarefa, um novo sentido, uma emoção que faria com que tudo o que havia acontecido no passado fosse deixado bem para trás. As outras lhe passavam dicas de como seria possível abortar. Tomar banhos extremamente quentes, pular várias vezes de uma mesa, enfiar salsinha na vagina. Durante uma semana ficou ruminando os conselhos. Depois subiu na sua mesa e pulou. Antes mesmo de chegar ao chão, deu um grito de horror. Teve a sensação de um aperto ao redor do pescoço, como se um laço estivesse se fechando de repente. Não sabia mais o que fazer. Chegou a pensar que só conseguiria matar a criança matando a si mesma. Essa era a maldição. Mas Judith queria viver, ver-se livre da morte que tinha visto. Tudo aquilo não tinha sentido. Se o choque com a visão do cadáver de Michael não havia provocado um aborto, a salsinha não iria ajudar. Começou a se informar sistematicamente com as suas conhecidas. O tempo urgia. Já estava no quinto mês quando lhe passaram o endereço e o telefone de um médico na Hungria, perto da fronteira com a Áustria, que fazia abortos clandestinos. De manhã pegou o trem para Sopron. Uma casa descuidada à beira da cidade, tudo era negro devido à fuligem das fábricas vizinhas. Ao ver as chaminés, Judith pensou em crematórios.

O consultório ficava num porão, sem iluminação natural. Paredes pintadas de verde. Um médico de avental branco, rosto acinzentado e cabelo amarelo. Nenhuma assistente, nenhuma enfermeira, nenhuma outra mulher, só ela e aquele homem. Com gestos, ele lhe indicou que tirasse a roupa e deitasse sobre uma maca pintada de branco. O médico contou o dinheiro, depois lavou as mãos. Judith estava certa de que, mesmo que a dor fosse muito forte, não iria gritar. A situação era tão fantasmagórica como num filme mudo de terror. Ela gritou como nunca tinha gritado. As paredes começaram a cintilar e a vacilar, depois ficaram vermelhas, depois roxas, pretas, depois voltaram a ser verdes. Teve duas horas para descansar, depois a volta até a estação, o trem para Viena.

Durante a noite teve fortes hemorragias. No dia seguinte, febre alta. Quase morreu em conseqüência do aborto. Foi a única vez em sua vida que desejou ardentemente dormir. Sobreviveu. A morte, ela pensou por fim, havia sido vencida. Terminou rapidamente os estudos, com uma concentração tão intensa como se não existisse mais nada no mundo. Era esse, também, o motivo de sua concentração nos estudos: que não houvesse nada mais no mundo.

Finalmente o retorno ao Brasil. Judith pensou que fosse o retorno definitivo à inocência. No Brasil, nada iria lembrá-la de Michael, pensou. E, na medida em que assim pensava, levou-o consigo. Para ela, não havia nada no Brasil, além do que levava consigo. Com sua formação em teoria literária, não achava trabalho, e com suas lembranças de um morto não achava o acesso para a vida. Se entre os espelhos de seu apartamento as imagens se multiplicavam em sua cabeça até o infinito, por outro lado sentia a casa de Löwinger ou a casa dos pais como mundos falsos e chatos; os bastidores de pedra de São Paulo se impunham a ela como um cenário exagerado até a loucura, composto apenas de imensas lápides justapostas. Não agüentava mais. Tinha que dar uma chance à vida. Pensava-o nesses termos. Julgou a formulação patética. Olhava para o copo em sua mão. As idéias que lhe vinham à cabeça. Patéticas. Tudo bem. Tomou mais um gole e pensou de novo naquelas palavras, enfatizando cada uma delas, como se tivesse que memorizar uma fórmula complicada: dar uma chance à vida. Não devia esquecer. Levantou-se e olhou-se no espelho. Queria abandonar aquela mulher que estava vendo. Com os polegares e os indicadores, massageou os olhos inchados. Queria sair daquela câmara de torturas na qual vivia. Fechar a porta por fora e nunca mais voltar. Tinha que tentar. Leo não a amava, ela não o amava. Ele nunca poderia feri-la mortalmente. Mas a forma conseqüente e solícita com que ele a estava envolvendo poderia resultar numa rede que impedisse qualquer ameaça de se intrometer em sua vida. Talvez. Talvez o bom fosse justamente isso: que não houvesse amor em jogo. Um jogo que é tão difícil de se ganhar. Talvez por isso a fidelidade de Leo fosse tão séria. Porque era uma fidelidade pura, sem amor, sem qualquer jogo. Essa fidelidade vai asfixiar tudo. Inclusive a morte.

Foi até a janela, inclinou-se para fora, para ver se Leo já estava chegando. Levou um susto. O apartamento ficava no nono andar. A rua Pamplona oscilava, cintilava fria na luz branca dos faróis e nas lanternas vermelhas dos carros; por alguns momentos ocorreu-lhe a idéia de que eram todos veículos de primeiros socorros, rabecões que juntavam os cadáveres dos que tinham se jogado pelas janelas. Tantas janelas de tantos apartamentos minúsculos. Tantos carros. Um socorro para cada pessoa chegando sempre depois de tudo acabado. Rapidamente fechou a janela. Abriu a porta do apartamento com um tranco e olhou para o corredor, para o elevador, para ver se a luzinha que indicava a subida estava acesa. O elevador estava parado. Olhou através da janelinha da porta para o vão. O cabo estava imóvel. Ficou olhando para ele durante alguns instantes, depois correu de volta para o apartamento, sem fechar a porta de entrada, correu para o assim chamado quarto de dormir, no qual havia apenas um armário com as portas revestidas de espelhos, pegou uma sacola de viagem, na qual começou a jogar peças de roupa. O que mais? Sapatos. Tinha três pares, que ainda conseguiu enfiar na sacola. Jóias? Só tinha um colar de pérolas de sua mãe. Lá estava. Quis colocá-lo na sacola, vacilou, ergueu-se e pôs o colar em volta do pescoço frente ao espelho. Em volta do pescoço. Para Leo. Esperou angustiada para ver se aconteceria alguma coisa. No espelho só via o seu pescoço delgado com o colar. Não aconteceu nada. Era um colar de pérolas em volta do pescoço. Talvez Leo gostasse. Deixou cair lentamente o roupão. Depois remexeu novamente no armário com agitação febril, decidiu-se por uma saia e uma blusa, que vestiu. Correu para o banheiro, juntou as coisas de toalete, que ainda conseguiu enfiar na sacola. Estava fechando o zíper quando ouviu passos na sala. Leo tinha chegado. Judith saiu do quarto, colocou a sacola aos pés de Leo e perguntou: sua oferta ainda está de pé?

Leo havia imaginado esse momento de um jeito bem diferente. Mais feliz, mais eufórico, mais triunfal. Agora estava levando para casa uma bêbada. Sentada apaticamente ao seu lado no carro, Judith olhava pela janela e não dizia nada. Embora ele sempre tivesse tido a certeza de que mais cedo ou mais tarde viriam a morar juntos, a espontaneidade inexplicável da decisão de Judith tinha algo de suspeito. Mais ainda se combinada com a impressão de letargia, de melancolia e resignação que ela dava. Leo não sabia — o quê? Dirigia lentamente e com insegurança, como se o caminho estivesse iluminado apenas pelas estrelas; ele também tinha bebido demais. Embora não tanto quanto Judith. O estado dela o irritava. Ao chegarem em casa, ela quase não conseguia manter-se em pé. Por outro lado, quantas vezes ele já a tinha visto embriagada, tudo bem. O importante agora era que ele a tinha trazido para casa. Agora, tudo ia lhe parecer novo, embora familiar; aventuroso embora próprio. Segurou-a com firmeza pelos ombros enquanto a conduzia em direção a casa. Leo decidiu assumir a situação tal como se apresentava, sem questionar. Vista assim, deveria ser motivo para uma imensa euforia, sem dúvida. Mas, coisa esquisita, ele não estava sentindo euforia nenhuma e precisava se esforçar para demonstrá-la. Judith não queria ir direto para a cama, queria beber algo mais. Queria festejar, claro, naturalmente. Você tem razão, disse Leo, temos que festejar. Feliz, foi pegar uma garrafa de cachaça e dois copos. Judith sentou-se de um jeito esquisito e torto na poltrona em que Leo costumava ler e olhou ao redor estremunhada, como se acabasse de despertar de um sonho e ainda não soubesse onde estava. Então Leo também olhou ao redor, viu o quarto — como pensou, comovido — com os olhos de Judith, e verificou com satisfação que iriam ficar bem ali. Bem-vinda em casa, disse ele, saúde. Judith tomou o conteúdo do seu copo em dois goles e caiu dura. Não adormeceu, desmaiou. Leo carregou-a até a cama, tirou-lhe a roupa e a deitou a seu lado. Estava tão agitado que não conseguiu adormecer por muito tempo. Prendendo a respiração, pôs cuidadosamente a mão sobre o ventre de Judith. Ela não reagiu, estava como morta ao lado dele, e ele estava feliz por sentir tanta vida dentro de si, talento, energia, as mais belas esperanças. Seu conceito de uma vida essencial. Agora poderia se expandir sem obstáculos, sem dúvida nenhuma. Nada de ficar errando nas profundezas de uma vida sem rumo. Com muito cuidado, deixou sua mão caminhar pelo corpo de Judith. Ela parecia morta. Leo via diante de si a sua obra, o seu livro, não um objeto inanimado, mas algo cheio de vida para o seu leitor; observou Judith na semi-escuridão, um texto enigmático, fonte de conhecimento para aquele que soubesse interpretá-lo corretamente. Amanhã mesmo ele começaria o trabalho, logo depois do café da manhã. Lembrou-se de que não tinha nada em casa para o café. Logo cedo, enquanto Judith estivesse dormindo, curando a bebedeira, ele iria rapidamente fazer compras e prepararia o café antes que ela acordasse. Presunto, salame e queijo, não, queijo não, Judith não gostava de queijo, e pãezinhos frescos e champanhe, claro, champanhe para o café da manhã, o que exigia caviar, mas onde conseguir caviar?, nunca tinha comprado, talvez no mercado central. Ou talvez ostras, mas ele não tinha aquela faca para abri-las, com uma faca normal não dá para abrir aqueles troços, então nada de ostras, era bem possível que machucasse a mão ao tentar abri-las, um troço escorregadio e esquisito como uma ostra combinava com uma garota como Regina, mas não com Judith, talvez salmão. E naturalmente laranjas para fazer suco na hora, e frutas, uma travessa cheia de frutas coloridas, manga, melão, carambola, caqui, uva — e um abacaxi, claro, lembrança dos primeiros tempos do amor dos dois, não, nada de abacaxi, nada que fizesse lembrar a briga daquele dia na banheira, melhor figos. Seria uma festa aquele primeiro café da manhã de sua vida em comum. E ele teria que pôr a mesa bem bonita, Judith haveria de ficar encantada, uma toalha branca, talvez os talheres de prata do tio Zé, e naturalmente flores, orquídeas, ou algumas flores do hibisco do jardim, jogadas sobre a toalha branca, e velas, não, nada de velas de manhã. E depois do café da manhã, ao trabalho. Um pouco mais tarde, uma pausa a dois, na cama. Não, melhor ir para a cama logo depois do café da manhã, descansados e reconfortados, iluminados pelo alto-astral que o café ia trazer com toda certeza, a teleologia de cair um nos braços do outro, para recuperar aquilo que agora, tão tarde da noite, esgotados e alcoolizados, não tinham podido curtir. Sem dúvida, para a cama, logo em seguida ao café da manhã, melhor assim, porque depois ele poderia trabalhar sem parar, claro, Judith ficaria encantada, hoje ficou tarde demais para festejar de forma adequada, por mais que Judith tivesse gostado, mas amanhã vai ser uma festa.

Leo pensou que tinha acabado de adormecer quando Judith o acordou. Acorde, Leo, não dá para ficar a vida toda na cama. Ficou totalmente confuso, pensou que era sua mãe quem estava falando, não, não, imortal nos sonhos, um eco perpétuo, Leo se virou na cama, abriu os olhos e viu Judith, de pé diante da cama e abotoando a blusa, o que foi, Judith? Claro, Judith.

Que horas seriam? É tarde, é muito tarde, disse ela, vai, levanta, temos um monte de coisas para fazer, muitas compras, e isso me deixa contente,

Claro, disse Leo, sentando-se na beira da cama, não temos nada em casa para o café da manhã, na verdade eu queria,

A gente toma um café na rua, numa padaria, vem, levanta de uma vez.

Como na rua, aonde é que a gente vai? Esfregou os olhos; tinha uma dor de cabeça atroz.

Uma dor que não melhoraria ao longo do dia, no meio dos engarrafamentos por entre os quais a foi conduzindo de uma loja para outra, aos showrooms de móveis e acessórios para o lar, correndo apressado atrás de Judith. Ela não queria comprar logo, queria primeiro fazer uma pesquisa. Em todos esses lugares havia cheiros irritantes de tinta, esmalte, plástico, purificador de ar, havia centenas de armários, prateleiras, mesas, estofados que ele desconhecia completamente, para que iriam precisar disso tudo? Leo não estava entendendo nada, embora nada tivesse para contrapor aos argumentos de Judith: agora que tinham decidido viver juntos, teriam que instalar a casa em conjunto, de acordo com as necessidades e os gostos de ambos. Porque, se assim não fosse, ela se sentiria eternamente como uma sublocatária, na melhor das hipóteses como uma hóspede bem-vinda numa casa alheia, e nunca chegaria a ter a sensação de estar realmente em sua própria casa. Conviver com Leo, ela dissera, isso tem que ser bem mais do que algumas roupas no seu armário e uma segunda escova de dentes no banheiro.

O que Leo poderia ter dito diante disso? Que Judith tinha toda liberdade para arrumar um dos cômodos da casa só para ela, do jeito que quisesse? Isso não era argumento, pois ela havia deixado claro que não queria se sentir como uma sublocatária. E se eles fizessem tudo aquilo com mais calma, com mais tempo para pensar, deixando as modificações para depois, para quando, tendo tido já a oportunidade de uma certa convivência, soubessem melhor o que queriam mudar ou completar na casa? Não tinha nenhum sentido fazer essa proposta; Judith estava explodindo de tanta energia e vontade de agir. Além do mais, pensou ele, seria só uma prorrogação, melhor fazer logo tudo o que era obviamente inevitável hoje, pois, mais tarde, quando ele estivesse enfronhado em seu trabalho, seria muito mais importuno.

O seu trabalho. Três semanas mais tarde, parecia ter ficado mais distante do que nunca. Dia após dia Leo acompanhava Judith pela cidade, para as grandes e pequenas casas de móveis e acessórios, decoradores, brechós, antiquários, marceneiros e tapeceiros; e até mesmo para as residências de estrangeiros que deixavam o país e tinham anunciado no jornal que vendiam tudo. A casa ficou cheia de folhetos, catálogos, orçamentos, planos de financiamento, revistas de decoração. Nesse meio tempo, dois terços dos móveis que estavam na casa tinham sumido, Judith havia cuidado disso junto com Löwinger, que no fim das contas era o dono daqueles móveis todos. Leo havia olhado para muitas mesas e sofás em incontáveis lojas, num misto de surpresa e apatia, porque não entendia em que seriam melhores do que a mesa e o sofá que ele já tinha. E teve que ajudar quando seu sofá foi levado embora mesmo sem ter entendido por que ele tinha perdido sua função, como o fato de substituí-lo por um novo parecia querer evidenciar. Judith pagou o sinal pela compra de dois armários, enquanto Leo ainda estava olhando para a amostra em exposição, incapaz de decidir se gostava ou não. E para que dois armários, eu já tenho um armário, mais um só já seria suficiente para a roupa dela. Por favor, Leo, nenhum armário novo iria combinar com o seu armário velho, disse Judith, ou você quer ter quartos separados? A atividade febril e a irritação de Judith paralisaram Leo. Sua própria casa foi se tornando estranha para ele; a cada nova peça de mobília que chegava, ele se sentia cada vez mais como um hóspede na casa de Judith, um velho conhecido prestativo que lhe dava uma mão para empurrar os móveis, até que ela encontrasse o lugar onde ficariam melhor. Judith providenciou uma nova divisão dos espaços sem consultá-lo, pressupondo a anuência de Leo, que concordou, simplesmente deixando-a fazer o que quisesse, porque sentia que ela já estava exigindo demais dele. O que o deixou realmente louco foi Judith ter mandado pendurar espelhos em todas as paredes; Leo considerava esse amor hiperbólico de Judith por espelhos algo doentio, mas disse para si mesmo que, estando perfeitamente informado, não podia se queixar dele. Até no quarto de dormir ela mandara colocar um espelho no teto, em cima da cama, que era macia demais, e nesse espelho Leo se via deitado sozinho, esgotado, enquanto Judith ainda estava na sala, bebendo e fumando e olhando folhetos, em vez de ir se deitar.

Objetivamente — isso precisava ser visto com toda clareza — o experimento da convivência tinha demonstrado ser um retrocesso, contrariamente às suas expectativas. Em vez de ter aclarado todos os pressupostos, permitindo-lhe se dedicar ao trabalho, tinham sido criados novos pressupostos, que, por sua vez, demandavam esclarecimentos. Diante disso, a situação anterior tinha sido bem melhor. Antes, ele podia ler com regularidade, não podia? Depois da chegada de Judith, seu contato com os livros se reduziu a tirá-los das prateleiras e empilhá-los no chão. Quando a nova estante estivesse pronta, ele poderia voltar a guardá-los. E quando poderia ler? Enquanto experimentava as cadeiras nas lojas de móveis? Antes, ele podia ter discussões inteligentes com Judith sobre filmes, livros, filosofia, não podia? Nas últimas semanas não tinham ido ao cinema e à noite ele sempre estava caindo de cansaço. E sobre o que discutiriam agora? Sobre as tendências no desenvolvimento tecnológico de eletrodomésticos ou de aparelhos de som? Sobre a teoria das cores, com ênfase especial nos tecidos das cortinas? Sobre a estética dos lambris? E antes, antes de Judith vir morar com ele, não conseguira obter dela uma ternura esporádica, que, em retrospecto, parecia maior do que a de agora? Não é verdade? Desde o momento em que passaram a viver juntos, ela estava mais distante dele do que nunca. Ele estava lá, deitado sozinho naquela merda de cama que ela quisera comprar de todo jeito, porque, para duas pessoas dormirem juntas, é preciso uma cama mais larga — onde já se viu ter uma cama sem aquela gaveta de baixo para guardar a roupa de cama ? —, mas ela ficava sentada na sala, ou andando de um lado para o outro pela casa, sem querer vir se deitar. Ou será que ele deveria tirar a roupa, fazer uma tanga com um daqueles folhetos de luminárias e entrar sorrateiro na sala, a fim de seduzi-la? Simplesmente, não havia nada a fazer. Dessa sua convivência não tinha surgido nada de produtivo, e o que havia antes, tinha sido destruído. Com muito esforço Leo conseguia ainda ir uma vez por semana ao cabeleireiro, para a massagem no couro cabeludo.

Ouviu passos na sala. Será que Judith tinha se decidido finalmente a vir para a cama? Não, tinha colocado um disco na vitrola, o seu amado Ataulfo Alves, com certeza ia retomar a perambulação pela sala. Ele a odiava, embora dissesse continuamente para si mesmo que não era ela e, sim, a situação na qual os dois se encontravam que odiava. Provisoriamente. Ele se agarrava com toda a força a essa palavra. Só por causa das perspectivas que ainda vislumbrava, suportou tudo com estóica serenidade, como imaginou, e sem contradizer Judith. Discussões irritadas e brigas mesquinhas logo no começo poderiam anular o seu triunfo. No fim das contas, ela tinha vindo morar com ele e disso, sem dúvida, surgiriam conseqüências maravilhosas a médio prazo. Não devia pô-las em risco. A febre consumista de Judith diminuiria com o tempo. E então ela iria sentir-se bem à vontade em sua casa — isso era algo que ele não devia esquecer — e ele encontraria a sua paz. Graças a esta fixação no futuro, Leo fechou os olhos para os acontecimentos de todos aqueles dias, os quais denominou "preliminares". Achou que seria suficiente não mostrar irritação nem impaciência, e muito menos desespero durante essas preliminares, evitando qualquer discussão, qualquer briga, para não ameaçar a harmonia que mais tarde, quando todos os pressupostos estivessem definitivamente esclarecidos, poderia se traduzir em plena produtividade. Quando Judith cozinhava, Leo ficava sentado na sala e sonhava que logo iria sentar-se à mesa da cozinha, lendo seus fichamentos e fazendo companhia, enquanto ela cozinhava. Leo não percebia que Judith sentia falta de que ele discutisse com ela; ele verificava quais peças de mobília e quais acessórios ainda faltavam, mas não percebia que Judith tinha outras necessidades também. Achava que ela também estivesse pensando no futuro quando fazia propostas para atividades em comum e as ignorava por completo, com gestos que exprimiam a sua tolerância e indiferença. O maior desamparo vinha aos domingos, quando as lojas estavam fechadas. Leo não via sentido em começar seu trabalho se no dia seguinte não poderia continuá-lo; ficava sentado, melancólico, olhando cheio de inveja para Judith, que lia e acabava propondo irem ao centro para ver vitrines. Talvez encontrassem, assim, uma mesa para a sala de jantar que acabasse por agradá-la. Daí, na segunda-feira, poderiam voltar para comprá-la, e o caso estaria encerrado. Não obstante sentir-se aliviado por não precisar mais ficar sentado em casa sem ter o que fazer, Leo sentia-se amargurado, porque sua vida agora só consistia em ir de uma loja de móveis para outra; consolava-se, porém, pensando na gratidão de Judith por mais uma vez ele ter demonstrado vontade de ajudar.

De repente, tudo aconteceu com grande rapidez. Leo teve a impressão de que também Judith estava querendo acabar com aquela fase de compras e instalações. Os móveis comprados foram sendo entregues, e um mês e meio depois da vinda de Judith, ele se encontrava numa casa em que nada mais podia ser mudado, ou tudo. Suspirou aliviado. Tinha chegado a hora. Pela primeira vez, durante o café da manhã, voltou a falar em sua obra. Depois foi para o escritório, igual a uma criança que finalmente pode desembrulhar um pacote como quem sabe muito bem o presente que contém. Olhou com carinho para a escrivaninha, para a estante nova, para a chaise-longue, que Judith tinha achado que combinaria tão bem com o resto. Com seu lenço, deu brilho ao quebra-luz de latão da lâmpada, apontou alguns lápis e sentou-se junto à escrivaninha. Pôs ordem nas pastas que continham suas anotações, entusiasmado com o afinco até agora demonstrado. Por onde devia começar? O que estaria fazendo Judith agora? A casa estava em silêncio, e esse silêncio o deixou nervoso. Judith não podia ter saído sem dizer nada só para não incomodá-lo. Leo saiu imediatamente do escritório para procurar Judith. Estava sentada no sofá da sala e olhava para o ar. Ele se deteve surpreso junto à porta, para finalmente se encaminhar até a mesa do canto, pegar a caixa com as Palomitas e dizer: tinha me esquecido dela. Judith não disse nada. Bom, disse Leo, vou trabalhar. Tudo bem, vá.

Voltou ao escritório e acendeu uma cigarrilha. Olhou absorto para a sua escrivaninha. O que havia com Judith? Por que ela estava sentada lá, daquele jeito ausente? Agora que estava tudo em ordem. Agora ela deveria estar feliz. Procurou na estante a *Fenomenologia* de Hegel. Demorou um tempo até encontrar. Os livros estavam fora de ordem. Antes os livros também não estavam dispostos segundo ordem nenhuma, só que ele sabia onde cada um deles estava. A desordem de agora era totalmente nova, e ele não sabia o que fazer com ela. Precisaria encontrar um sistema para organizar a sua estante; antes disso, nem pensar em trabalhar. Retirou todos os livros das prateleiras e os empilhou no chão. Ficou pensando em qual sistema devia adotar. Por ordem alfabética de autores? Com isso o Hegel, de que ele precisaria todos os dias, ou iria parar na prateleira mais alta, que não dava para alcançar sem subir numa cadeira, ou, se começasse pela outra ponta, na prateleira mais baixa, e ele teria que se ajoelhar toda vez que quisesse pegar o livro, sobretudo porque não tinha as obras completas de Goethe, cujos volumes teriam ao menos deslocado Hegel para a segunda prateleira. Seus sentimentos tendiam mais para um sistema que refletisse suas preferências. Os livros importantes para ele, ao alcance da mão, os de uso menos freqüente, no alto, e aqueles dos quais ele não gostava, embaixo. Por outro lado, não podia colocar noventa por cento dos livros na prateleira do meio da estante, que ocupava uma parede inteira do escritório. Além do mais, esse critério não seria sistemático, porque voltaria a surgir a questão da seqüência em que os livros deveriam ser ordenados. Para não falar nos livros de Judith. A decisão de juntar os livros de ambos numa mesma biblioteca tinha levado à necessidade de contratar um marceneiro para fazer aquela imensa estante. Quando colocaram os livros nela pela primeira vez, ficaram misturados, e agora Leo não sabia mais quais eram os dele e quais os de Judith. Era impossível separá-los e colocar os dela nas prateleiras de baixo, entre os que ele não gostava. Uma tal separação anularia o projeto da biblioteca comum. Leo olhou para a estante vazia e para os livros empilhados no chão, sem saber o que fazer. Abriu a porta e chamou Judith. A sugestão dela de ordenar os livros segundo as áreas do conhecimento e, dentro das áreas, historicamente, ou seja, segundo a época em que foram escritos, era naturalmente o método mais razoável. Eu também pensei nisso, disse Leo. Mas por que ela tinha que responder de forma tão seca e irritada, batendo a porta daquele jeito ao sair? Leo tornou a abrir a porta e gritou para ela: eu só perguntei porque — deveria ser nossa biblioteca comum, ele pensou, fechando novamente a porta, ela não quer ouvir mesmo. O que é que havia com ela? Por que ela não podia ter nem uma fração da paciência que ele tinha? E por que não podia, quando algo a chateava, dizer claramente o que era? Desse jeito, ela provocava uma inquietude, um nervosismo, uma sensação de insegurança que anulava qualquer tentativa de concentração. Como é que ele poderia trabalhar num ambiente desses? Leo odiou Lukács, de quem acabara de pegar um livro na mão. Sua *Estética* deveria ir para o setor "filosofia" ou para "teoria da arte"? E *História e consciência de classes*, ia para "história" ou "teorias políticas"? E os escritos de Lukács sobre a sociologia da literatura? Setor "teoria literária" ou "sociologia"? *O jovem Hegel* ia para "literatura subsidiária sobre filosofia", embora também tratasse da relação entre dialética e economia, mas na verdade deveria ficar no conjunto de livros necessários para o trabalho dele. Não era possível, contudo, dividir a obra de um só autor em cinco, seis setores, e, além do mais, em algum lugar ainda estavam os escritos políticos de Lukács. Havia ainda "política", mais essa. A idéia da divisão por setores era bobagem, sem dúvida, contradizia flagrantemente sua visão universalista do saber. Deixou cair a *Estética* de Lukács de novo no chão e pisou em cima dela, claro que não de verdade, mas interiormente, por assim dizer. Judith!, gritou. Nem pensar em trabalhar enquanto reinasse esse caos no escritório, um problema insolúvel enquanto ele não soubesse o que havia com Judith. O que é que havia com ela?

Durante dias Leo ficou girando ao redor de Judith, como uma mosca ébria de calor, sempre repelido por gestos cansados, ou, na melhor das hipóteses, tolerado por ela, suportado como um dado inevitável e circunstancial, como o calor que fazia naqueles dias, até dentro de casa, feito uma respiração contida durante longo tempo, na qual toda a vida parecia ter se detido. As conversas que Leo tentava iniciar com Judith eram interrompidas tão bruscamente como se ele estivesse tentando, sem muito jeito, sintonizar uma estação no rádio. Girava e girava o dial, mas só conseguia pegar alguns farrapos de fala e, depois, um longo zumbido. O tio Zé, disse Leo, tinha convidado os dois para jantar. Eu não estou conseguindo trabalhar, disse ele, o que está acontecendo, Judith? O que é que há com você?, perguntou, por que você está tão — não lhe veio à cabeça nenhuma palavra. As respostas curtas de Judith nada esclareciam, e Leo tampouco melhorava a situação ao tentar encontrar conceitos para nomear o comportamento dela, crente de que assim estaria sendo compreensivo e ajudando-a a se exprimir. Você é como minha mãe, que também sempre dizia que Löwinger. Minha mãe também nunca levou meu trabalho a sério, também sempre achava absurdo que eu Minha mãe também sempre ficava sentada tão dura e orgulhosa, que nem se preocupava em saber se papai e eu.

Na sala dos espelhos que era sua casa, Leo sentia a solidão de Judith duplicar-se insuportavelmente, mas quando ela saía, o que ele via nos espelhos era a sua própria solidão multiplicada ao infinito. No quarto de dormir, na sala, na cozinha, no banheiro, em toda parte ele se via imediatamente sitiado por sua imagem refletida, como por um terceiro, um desconhecido, de quem ele não sabia como tinha chegado até ali, aquele velho, que não era ele, um estranho, que, com o pretexto de imitá-lo, sugeria-lhe sem cessar uma atitude, que acabou por se afirmar, à revelia dele, nos gestos e nos movimentos do corpo de Leo, aquele cansaço melancólico, um desespero inchado, uma postura arqueada no corpo balofo, o desleixo de cabelo ralo, o aspecto preocupado que o nariz pontudo e os lábios afilados lhe conferiam, aquele ar atônito de quem está prestes a desfalecer. Leo transformou-se naquele outro dos espelhos, que lhe mostrou como era possível colocar entre a consciência de si próprio e a própria aparência uma parede de vidro bisotado através da qual não se tem mais acesso a si mesmo, de tal modo que a gente acaba por representar-se sempre do avesso, até dar a volta por trás da parede de vidro, tornar-se o outro e olhar do espelho para fora — para o nada.

Uma vez, deitado com Judith na cama, um ao lado do outro, Leo estendeu o braço para cima, para pegar a imagem de Judith no espelho, e viu com horror que apenas sua própria mão vinha ao seu encontro do alto.

Minha namorada, disse Leo enquanto observava pensativo no espelho o cabeleireiro massageando o seu couro cabeludo, tem espelhos por tudo quanto é canto da casa, em todas as paredes, em todos os quartos, estou ficando maluco, mas não dá para falar disso com ela.

Interessante, disse o cabeleireiro, o senhor precisa relaxar mais a cabeça, a nuca. Está tudo muito tenso. Não enrugue a testa o tempo todo, isso, assim, muito bem, viu.

Acho que o senhor, como cabeleireiro, está acostumado pela própria profissão a lidar com espelhos. O senhor trabalha o dia todo diante de um espelho. Mas o que ia achar se sua mulher revestisse as paredes da casa com espelhos, e depois nem fosse capaz de lhe explicar, quer dizer —

Entendo, disse o cabeleireiro, ela não fala nada. E nem pode falar. O senhor já ouviu falar em tabu? Já? Pois então, ela não pode explicar porque é tabu. Aposto que ela tem problemas com a fase anal. Não me leve a mal, disse o cabeleireiro, e por favor relaxe, estou falando de um ponto de vista puramente científico. Eu estudo psicologia. A psicologia deveria ser matéria obrigatória na formação de todos os cabeleireiros. O senhor nem imagina quantos problemas de cabelo têm origem psicossomática. Eu não poderia cuidar direito de meus clientes se não soubesse nada de psicologia. E o senhor nem imagina as histórias que os clientes me contam. Tudo problema psicológico. E se eu não soubesse reagir à altura, as pessoas não voltariam aqui. Veja só como o senhor enruga a testa o tempo todo, e sua nuca está toda tensa, aqui, está sentindo? Duro como pedra. Isso é totalmente contra-indicado para o senhor, com os problemas de cabelo que o senhor tem. Desse jeito não há raiz que agüente. Como é que vai conseguir ter uma boa circulação se o senhor fica tão tenso? Isso, assim está melhor. É psicossomático o seu problema, aposto. Vai ver que o problema com a sua namorada o irrita tanto porque tem a ver com uma angústia que o senhor tem no seu inconsciente, quer dizer, o senhor tem medo de que por trás, ou melhor dizendo, de que algo possa lhe acontecer pelas costas, por isso é que sua nuca está sempre tensa desse jeito. Isso, assim, relaxando é melhor. O senhor já pensou no fato de que as pessoas podem ouvir o que acontece atrás delas, mas só enxergam o que está à sua frente? Foi o que eu pensei. O senhor se proíbe de pensar nisso. Porque, senão, o senhor teria que ficar o tempo todo pensando que alguma coisa poderia chegar a atingi-lo por trás, sem que o senhor a visse. Isso provoca angústia. Por isso, melhor não pensar. Sexualidade anal reprimida, é claro. Agora o senhor está com essa angústia na nuca. Sabe, esse negócio de fase anal é fogo. Acho que é a coisa mais pesada do curso. É incrível o que as pessoas fazem com as crianças, e isso deixa seqüelas para a vida inteira. Os psicólogos escreveram muitos livros sobre isso, o senhor nem faz idéia. Eu pensei bastante no assunto. Vi logo que esse é o principal problema. E eu tenho as minhas teorias. Vejamos o problema em si. O ânus, veja bem, de um ponto de vista estritamente científico, o ânus é, por assim dizer, o nosso instrumento de produção e de comunicação mais enigmático, porque nós mesmos nunca podemos observar diretamente o que acontece nele. Na fase oral e na fase genital, a gente se confronta com coisas que pode enxergar sempre. Na fase anal, não. É algo terrível. Porque a primeira coisa que o ser humano dá de si, produz, ele o produz pelo ânus. Mas não conseguimos enxergar como o fazemos. Produzimos por trás. Só vemos o produto, pronto e acabado, chamam isso de objetivação, porque o produto também poderia ter sido produzido por outra pessoa. O senhor nem imagina quanto uma criança sentada no penico se preocupa com isso, de forma inconsciente, é claro. Pode ter certeza. Muita gente não chega a uma fase genital normal justamente porque não resolveu o problema da anal. Relaxe. Acredite, eu tenho muita experiência. A dona Caetana, aquela senhora loira que cortou o cabelo com a Maria de Lourdes há pouco, é, ela mesma, o senhor deve ter reparado, pois é, ela sofre de bulimia, quer dizer, não consegue reter a comida, devolve tudo. Claro, ela enxerga o que põe na boca, mas, no caso dela, é pela boca que o que comeu tem que sair. Fase anal totalmente recalcada. E sabe o que ela me contou? Que fica trombando com as coisas o tempo todo porque vive virando o corpo e olhando para trás. Como se tivesse medo de que pudesse lhe acontecer algo pelas costas, de que algo possa vir por trás sem que consiga ver, ela diz. Mas o senhor sabe do que é que ela tem medo de fato, não sabe? Claro que sabe, que atrás possa acontecer algo — claro, que por trás possa sair alguma coisa por onde ela não vê, de onde ela não pode admitir que saia porque quer que aquilo que entre pela boca também saia pela boca, pois aí ela pode enxergar o que está fazendo. Está vendo, é exatamente assim. Um tremendo problema. Bem, ela já está bem melhor, está fazendo tratamento. Eu sugeri que comesse durante um tempo no escuro, para ir se acostumando com as coisas que não dá para enxergar. Não, isso eu não aprendi na faculdade, foi mais intuição. Acho que a intuição é o que há de mais importante na minha profissão, o conhecimento profissional sozinho não é nada, a gente precisa ter intuição, é o que eu sempre digo. A sua namorada é muito magra? Ah, é? Está vendo? Já vi tudo. Pura intuição. Vai ver que com os espelhos ela quer se proteger do grande enigma, daquilo que está por trás. Pergunte para ela se tem problemas com o que há atrás dela. Talvez apareça alguma coisa, quer dizer, talvez ela comece a falar. O senhor vai ver. Ela colocou espelhos no quarto também? Está vendo, eu bem que imaginei. É possível que sua namorada, falando em termos científicos e cá entre nós, vai ver que na cama ela tem uma fixação anal. Estou certo ou estou errado? Relaxe, por favor. Eu já fiz as minhas experiências. Espelhos ao lado da cama e sobre a cama, isso só conheço com gente que tem fixação anal total, total mesmo. Querem resolver o enigma de como algo entra e sai deles, num lugar que não podem enxergar. A pessoa que está na fase genital não precisa de espelhos. Tem tudo diante dos olhos. Ó, seu Leo, a cabeça, relaxe, por favor. Se o senhor passar por uma livraria, dê uma olhada, vai ver que tem um monte de livros sobre esse assunto, até para leigos, não vai fazer mal para o senhor se informar um pouco. Eu já fiz as minhas experiências, acredite. Às vezes eu acho que as pessoas no seu inconsciente não pensam em outra coisa senão na sua sexualidade anal. As histórias que eu ouço no meu trabalho... Bom, na minha opinião, o senhor deveria falar com sua namorada sobre isso. Nem que seja só por causa do seu cabelo. Essa sua tensão permanente deve ter um motivo, o senhor vai ver. Freud explica. Aliás, da próxima vez a gente vai ter que renovar a tintura, está vendo, quando penteio os cabelos para trás já dá para ver um pouco do branco. A carequinha aqui atrás está estabilizada. Não avançou. Não esqueça, relaxe, relaxe sempre.

Durante o caminho de volta Leo se perguntou seriamente se ainda fazia sentido trabalhar cientificamente, se a eficácia e a práxis do esforço científico não serviam apenas para os cabeleireiros atormentarem os seus fregueses. Aquela teoria dos espelhos era uma doideira. Aliás, até que ponto a psicologia é realmente uma ciência? Evidentemente não o é. Ficou com os cabelos em pé, a circulação no seu couro cabeludo estava totalmente restabelecida, ele gostava dessa sensação, depois da massagem na cabeça, gostava da sensação levemente oleosa nos dedos, quando os passava pelo cabelo, e gostava do cheiro que ficava neles. Sentiu-se como um marmanjo cabeludo e surpreendeu-se olhando-se no retrovisor do carro.

Quando chegou em casa, viu um caminhão de entregas diante da porta. Seguindo as instruções de Judith, dois homens carregavam para dentro um objeto estreito e muito alto, embrulhado em papelão,

Que bom que você chegou, disse Judith, olha só o que acabei de comprar.

Ela pediu para que deixassem o embrulho na sala. Estava bem mais animada e bem-humorada que nos últimos tempos. Logo que os homens saíram, Judith começou a abrir o embrulho. Eu já lhe mostro, disse ela, eu já vou mostrar, você vai ver.

Surgiu uma moldura de madeira ao redor de um vidro escuro; parecia uma janela da altura de um homem, sustentada por um pedestal de madeira, de modo que podia ficar em pé no meio da sala. Leo não entendia o que aquele objeto poderia representar. Era um espelho? Para um espelho, o vidro era escuro demais. Uma janela? Mas para que a gente precisa de uma janela montada num pedestal, no meio da sala? Judith recolheu rapidamente o material da embalagem, pegou Leo pela mão e observou o objeto com visível contentamento. Você conhece o Roberto, não é, o Roberto do Bar Persona no Bexiga, é ele que faz estes objetos. Ele os chama de "espelhos para o autoconhecimento", mas há quem os chame de "espelhos mágicos". É legal, você vai ver. Funciona de um jeito bem simples. Venha, tire a roupa. Leo ficou superexcitado, numa alegria quase estonteante. O feitiço tinha sido quebrado, a letargia e a depressão estavam vencidas, sua paciência e sua aguçada sensibilidade tinham valido a pena. Embora ele não pudesse imaginar o que vinha a significar esse tal de espelho mágico, o que ia ficar claro logo mais. O mais importante lhe pareceu ser o entusiasmo de Judith, a animação com que tirava a roupa e o incentivava a fazer o mesmo, com uma sofreguidão misteriosa que parecia impulsioná-la a se lançar à solução de todos os enigmas. Enquanto tirava a calça, Leo sentiu-se contagiado pelo entusiasmo dela, aquilo era claramente o começo de — o começo. O começo, pronto.

O princípio é bem simples, explicou Judith, o vidro reflete mas ao mesmo tempo fica transparente se tiver luz por trás. Ela acendeu duas velas e diminuiu a luz na sala. Pôs uma delas na mão de Leo. E agora ponha-se diante do espelho, ela disse.

Leo via-se a si mesmo. Sentiu-se um pouco ridículo, nu e com uma vela na mão diante de um espelho numa sala em penumbra. Judith foi com a outra vela para trás do espelho. Devido à luz dessa segunda vela, o espelho havia ficado também transparente. Leo continuava a ver a si mesmo, mas agora também via Judith. Ela ria. Mexa-se, Leo, está vendo? O que você diz agora?

Leo olhou e não soube o que dizer.

Se a gente se mexer com jeito, com cuidado, está vendo?, disse ela, podemos sincronizar os nossos corpos no espelho, sim, isso mesmo! Um precisa sempre acompanhar os movimentos do outro. Eu posso ser a sua imagem refletida, você pode ser a minha, as nossas duas imagens refletidas se fundem numa só. Olhe! Está vendo?

Leo via como seu corpo parecia perpassar o de Judith, unir-se a ele, seus movimentos pareciam surgir dos movimentos de Judith, continuá-los, e vice-versa, embora ele se mexesse com uma certa rigidez por causa da vela.

Vamos nos concentrar primeiro nas nossas caras, mas não chegue perto demais do vidro, Leo, senão fica embaçado, isso, assim!

O seu rosto e o dela, seus olhos e os dela, seu nariz e o nariz dela, sua boca e a dela superpunham-se agora, os dois rostos pareciam fundir-se num só, de certa forma no rosto ideal de ambos. Se ele se perguntasse se era ele mesmo, teria que afirmar: sim, sou eu! Mas ao mesmo tempo era também, sem dúvida, Judith, clara e nitidamente era o rosto de Judith. Isto aqui é — divertido, disse Leo com um fio de voz. Judith inclinou a cabeça de repente, e com isso sua cabeça escorregou para fora da imagem comum; assim, eles tinham agora duas cabeças sobre um único corpo, a de Leo e a de Judith. Ela separou os pés; agora tinham quatro pernas, as duas de fora eram dela, as duas de dentro, dele, enquanto o pênis, num começo de ereção, confuso, como se quisesse voltar para ele, erguia-se da barriga de Judith em sua direção. Olhe, disse ela, a gente pode se acariciar, cuidado, sempre acompanhando o contorno da pele, e podemos também penetrar um no outro, sair um do outro, mas tudo o que um faz com o outro, estará fazendo também consigo mesmo. Então voltaram a assumir a posição em que os dois corpos pareciam fundidos num só, e quando um se mexia era um movimento comum, cada um podia complementar com seus movimentos os movimentos do outro, levá-los além, fazê-los no campo do outro, para depois retornar à superposição total.

Leo percebeu com clareza que naquele espelho via exatamente aquilo que durante anos tinha sido o seu anseio, era exatamente o que ele tinha querido sentir o tempo todo. Era a solução do enigma. E, ao mesmo tempo, um novo enigma. Como poderia tornar-se realidade o que ele estava vendo, como é que ele poderia realmente sentir, sentir no próprio corpo aquilo que agora estava apenas vendo diante de si? Precisaria poder atravessar o espelho, dar um passo através do vidro e abraçar Judith.

Não chegue tão perto do vidro, Leo, tome cuidado!

Assustado, deu um passo atrás e perguntou: O que você está querendo me mostrar com isto? Que a união e a fusão são apenas ilusão?

Não, não é ilusão. Está acontecendo de verdade, você não vê? Mas que é um truque, isso também é verdade!

Judith apagou sua vela com um sopro e Leo só pôde ouvir sua risada fantasmagórica por trás da superfície escura do espelho, em que ele se via, de novo, sozinho.

Quis dar a volta para o outro lado do espelho, à procura de Judith. Não, Leo, fique parado, fique bonzinho aí do seu lado. É justamente esse o problema da unificação, ele ouviu paralisado, dizem que primeiro precisa acender uma luz na gente, por assim dizer, para que possamos ver como funciona. Sem luz, está vendo?, não dá para ver nada do outro, embora ele esteja ao alcance da mão — se não houvesse uma parede de vidro no meio. Apague a vela, o que você está vendo?

A mim mesmo, disse Leo.

Pois é, disse Judith, você está nu e enxerga a sua miséria, eu estou disfarçada e escondo a minha miséria — Judith veio do outro lado do espelho, inteiramente vestida, tinha posto a roupa nesse meio tempo, atrás do espelho, como se fosse um biombo — e de repente nada se encaixava mais. Não funcionou, Leo. Sabe o que teria sido bonito neste truque? Que a gente pudesse escolher os movimentos e a pessoa com a qual queremos fundir nossos movimentos. Mas, na verdade, não funcionou.

Eu não sei o que você está querendo dizer, disse Leo, está perfeitamente claro que —

O quê? O que está perfeitamente claro, Leo?

A única coisa que lhe veio à cabeça foi a frase: que eu amo você.

Judith deixou a casa como tinha chegado: só com a sua sacola de viagem.

Enquanto Judith arrumava a sua sacola para deixar a casa, Leo teria podido fazer inúmeros e comoventes discursos sobre quanto sua vida pregressa fora rica em sofrimento e dor. Dez minutos mais tarde nem mesmo era capaz de pensar na palavra dor, muito menos de utilizá-la como um conceito para denominar a sensação que o invadia. Estava como que desmaiado de olhos abertos. Ficou sentado como se um peso maior do que toda medida humanamente imaginável o apertasse contra o assento. Veio a noite. Da grande janela de sua sala ele via a lua, como através da janela da cabine de um avião. A terra estava a uma distância incomensurável e com isso também as leis vigentes no mundo. Por exemplo, aquela que diz que tudo o que ocorre na vida pode ser transformado em outra coisa através da interpretação. Não valia mais. O fato de Judith tê-lo abandonado não podia ser suprassumido mediante nenhuma interpretação sensata. Aquela que diz que a surpresa é o começo da filosofia. Não valia mais. Sua surpresa era totalmente estúpida. Não entendia mais o mundo. Estava num espaço negro que abafava todos os sons, que engolia todos os gritos antes mesmo de virem a ser proferidos, antes mesmo de terem sido pensados.

De dia, tudo mudou de figura. Visto à luz do dia. As coisas voltavam a ganhar contornos nos espelhos pendurados nas paredes.

Simulação de realidade. As palavras escorregavam das superfícies prateadas dos vidros, que apenas na aparência se abriam para a profundidade.

Esta casa em que Leo se encontrava não era uma casa, mas a objetivação de uma estrutura mental na qual parecia que tudo havia sido pensado. Porém uma coisa não havia sido pensada: que ela não funcionaria na prática. A felicidade privada com base numa vida essencial a partir da qual deveria surgir a consciência abrangente do mundo. Algo inexplicável tinha acontecido. O inexplicável. A irrupção da irracionalidade. O inesperado, o que não podia ser calculado de antemão. Como se um aceno com a cabeça para confirmar um pensamento sensato tivesse originado um sopro que houvesse crescido até virar uma tempestade e devastar tudo.

Os muitos espelhos nas paredes, como se fossem cacos de um só espelho, anteriormente grande e agora destruído. Fragmentos que não refletiam mais nada que pudesse ter um valor geral mostravam apenas os últimos pedaços da existência estilhaçada de Leo: a expressão de sua dor privada. Nem mesmo isso. Tratava-se de uma expressão em nada diferente daquela um pouco ridícula de um bêbado, que olha espantado para a luz do dia cujo raiar ele não esperava que chegasse tão cedo.

Leo não podia mais ficar naquela casa, que já não era a sua casa, mas tinha se tornado a casa de Judith. Não suportava a idéia de viver junto com ela sem ela, num museu privado de ilusões, as ilusões que ele tinha criado sobre uma vida em comum. Judith que mandasse retirar imediatamente os seus móveis e espelhos. Leo sentia a devastação de seus pressupostos de vida de modo tão avassalador que, por um instante, surpreendeu-o que o telefone funcionasse.

No antigo apartamento de Judith, quem atendeu foi um desconhecido. Ela entregara as chaves ao se mudar para a casa de Leo, e já havia outra pessoa morando lá. Na casa dos pais de Judith atendeu uma empregada. Não tinha ninguém em casa, disse, o senhor Ricardo e a dona Ruth estão viajando. E Judith? Judith não mora mais aqui mas eu posso lhe dar o número do telefone. Leo anotou o número e depois ficou olhando durante uns quinze minutos para ele, que era o seu próprio número. Levou o espelho mágico para a cozinha. Como não tinha intenção de cozinhar agora que estava sozinho, não o veria enquanto estivesse guardado ali. Por um momento pensou em empurrar todos os móveis da sala para os quartos e em instalar a sua cama lá. Assim pelo menos a sala já ficaria vazia, e ele não teria que ficar olhando para o espelho que havia sido instalado no teto do quarto de dormir ao acordar. Mas sentiu que não tinha forças suficientes. Além do que, pensou, também dá para dormir de bruços.

Foi para a cidade.

Durante duas semanas Leo ficou andando sem rumo pela cidade, tomando café e pinga nas padarias, comendo um sanduíche nalguma lanchonete quando sentia fome e cochilando nos cinemas quando ficava cansado. Às noites, embriagava-se nos bares, até estar seguro de que adormeceria imediatamente ao chegar em casa. Por duas vezes, ficou tão bêbado que não conseguiu voltar para casa e pernoitou num hotelzinho barato no centro. Pensou em viajar, mas achou que só poderia fazê-lo depois de Judith dar alguma notícia. Tinha que falar com ela, tinha que combinar o transporte dos móveis.

Não, disse Judith, não quero ficar com os móveis, não preciso deles. Mas são seus, disse Leo, também não quero ficar com eles. Na verdade são seus, disse Judith, você pagou quase tudo, eu nem teria tido dinheiro suficiente para comprá-los. Mas só os paguei porque você os queria, para mim sozinho nunca os teria comprado. Ele quase disse: eu estava feliz do jeito que era antes.

Leo calou-se surpreso. O crepúsculo caía sobre a praça Dom José Gaspar, onde ele encontrara Judith no Paribar, depois de um inesperado telefonema dela. Cada vez mais gente saía dos prédios de escritórios das redondezas rumo à praça; os pedestres que caminhavam em todas as direções começaram a formar massas humanas, um bando de pombas levantou vôo, deu uma volta em torno de um monumento e desapareceu na copa da seringueira atrás da Biblioteca Municipal. Por trás da biblioteca, no alto de um edifício, brilhava um luminoso. No final de uma palavra surgia uma estrela de néon, algum logotipo que para Leo parecia um asterisco remetendo a uma nota de pé de página, explicando o enigma de uma frase não pronunciada. Abaixou o olhar e viu a biblioteca, uma coleção de muitos milhares de volumes contendo notas nos pés das páginas; será que alguma vez ele encontraria aquela nota em especial? Via-se a si mesmo em meio a livros, e exatamente essa era a nota de pé de página que explicava a sua frase: tinha sido feliz em meio aos seus livros, do jeito que era antes, no tempo em que ele pensava que Judith estava morta. Tinha sido capaz de uma produtividade contínua e feliz, porque contava então com um impulso inesgotável, isto é, o de um anseio que parecia irrealizável. Bem no começo, ele ainda sabia com clareza: o que precisava para trabalhar era de um estado de anseio permanente. Seu erro foi tentar concretizar esse anseio, quando subitamente pareceu surgir a possibilidade de fazê-lo. Sua teoria da vida essencial tomou forma e acabou indo de encontro à vida real. A tentativa de levá-la para a prática de uma convivência real havia destruído a teoria e a vida. Destruído o trabalho, porque ele o havia sacrificado à realização de seu anseio; destruído o anseio, porque o havia tornado realidade; destruída a realidade, porque ela se esvaziara e nela não havia mais nem trabalho nem anseio. É possível pensar quando se anseia por amor, mas não é possível amar nem pensar quando se anseia pelo pensamento. Para o pensamento, os espelhos constituíam ainda uma metáfora para a reflexão, mas para a vida e para a mulher amada, não são nada mais do que espelhos reais, os quais ele não podia senão contemplar abobalhado. O paraíso que, apesar de tudo, tinha sido capaz de pensar, ele o tinha abandonado no momento em que julgou estar adentrando-o de verdade, batendo a porta atrás de si.

Leo esfregou os olhos; doíam como se ele de fato tivesse lido um trecho impresso com letras miúdas. Sem dúvida o seu problema não estava em que Judith tivesse ido embora, mas no fato de ele ter realmente querido que ela fosse morar com ele. Será que isso era verdade? Será que uma teoria podia destruir a vida daquele que quisesse pô-la em prática?

No que você está pensando, Leo, qual é o seu problema com os móveis? Por que você não deixa tudo como está, uma casa maravilhosamente bem instalada, cheia de paz e onde você pode trabalhar à vontade?

Sem dúvida, disse Leo, à vontade, deixar tudo como está, sim. Diga, você se lembra da minha interpretação do começo da *Fenomenologia* de Hegel, da história com os espelhos que a consciência filosófica coloca para explicar à consciência individual os problemas da reflexão, você lembra?

Lembro sim, disse Judith.

E então?

Como e então?

Leo olhou para Judith e perguntou para si mesmo se ela realmente não estava entendendo em que ele estava pensando ou se apenas fingia não entender. De repente achou que dava na mesma. Não mudava em nada o problema. O problema se chamava eficácia e concretização do pensamento. Tratava-se de saber se os incontáveis espelhos de Judith nas paredes eram a concretização consciente da metáfora filosófica dele ou não; de qualquer maneira, eram a concretização dela, e por isso a destruição de Judith, e por isso o vazio. Ele se tornara eficaz antes de poder tornar-se real e abrangente.

Leo tinha ido ao encontro com a intenção de descarregar de algum modo o seu ódio por Judith, e o descarregara antes mesmo de poder exprimi-lo, antes mesmo de poder se queixar dela, e só por causa de um pensamento confuso, que se insinuara, anestesiando estranhamente os seus sentimentos. O que havia de mais confuso era que agora ele teria que dirigir o seu ódio contra si mesmo. Por que ele não tinha apenas escrito e sonhado com Judith, por que não tinha continuado a trabalhar e a escrever com toda a energia de seu anseio? Por que tinha parado de escrever e pensar, só para poder conquistá-la? Leo tinha já quase se acalmado, quando, de repente, começou mesmo a sentir raiva de Judith, raiva de sua satisfação morna, que estava expressa no seu rosto de um jeito tão incrivelmente insípido, raiva por não a estar censurando e por parecer tratá-la como a um velho amigo, com perguntas do tipo "você lembra?", uma bobagem que ele não queria ter formulado daquele jeito. Sim, ele a odiava, ele a odiava porque, depois dos erros que ele provavelmente tinha cometido, não era mais possível voltar atrás e, se tinha cometido um erro, pelo menos havia sido por um bom motivo, razão pela qual mesmo o errado haveria de ter funcionado. Se a práxis funciona somente com base num equívoco, o que ele tinha a fazer era justamente cuidar para que funcionasse. Mediante controle, mediante exclusão de qualquer contradição. E, de qualquer jeito, tudo está errado mesmo, então por que não elevar o erro à categoria de princípio, premissa inquestionável? Ele tinha sido mole demais. A gente só pode mostrar tolerância quando não existe mais contradição. Por que ele não se levantava e ia para a boca, dali dava para ir a pé, por que ele não tirava Regina do Locomotiva e casava com ela? Um romance de amor corriqueiro, era indiferente quem ele amasse, ou o que ele amasse; a cafonice que havia nisso tudo era de qualquer jeito insuportável para qualquer ser pensante, as belas palavras para isso só existiam nos romances ruins e nos filmes. Mas funciona, as pessoas se multiplicam, fogem do abraço dos mal-amados para cair nos braços de outros mal-amados, e acham que isso é a felicidade. Leo pediu a conta. Vamos, ele disse para Judith. Para onde? Vamos, ele disse, levantou-se e tentou pegar Judith com firmeza pelo punho, ela resistiu dizendo-lhe: não, eu não vou com você para a sua casa. Para a sua casa sim, disse Leo, a minha casa é a sua casa. Novamente tentou puxá-la para si com força, mas já estava se sentindo tão ridículo que desistiu, era algo que não podia fazer. Eu não sou normal, pensou Leo, enquanto Judith dizia: o que você quer, Leo? Despertar minha compaixão? Sinto muito, disse ele.

No dia seguinte, Leo só conseguiu se lembrar de uma coisa dessa noite, na qual se embebedara tanto, que tivera de pernoitar outra vez num hotel: lembrava-se de que em algum bar da boca, onde garotas nuas dançavam diante de espelhos, um homem muito alto e magro, com um gigantesco pomo-de-adão, ficara de pé, ao seu lado, junto ao balcão.

Na manhã seguinte, quando chegou em casa, estava de ressaca. Olhou rapidamente em torno, saiu novamente de casa e foi até a esquina da avenida Vereador José Diniz com a rua Vieira de Moraes, onde ele já tinha visto muitas vezes os caminhões de aluguel e os motoristas que matavam o tempo esperando por clientes. Teve sorte, havia caminhões no ponto. Pediu a um dos motoristas que o seguisse até em casa, tinha um carreto para ele. Leo conduziu o homem pela casa e explicou que todos os móveis, todos os espelhos e todos os outros objetos, como lâmpadas, cortinas etc., deveriam ser tirados dali, exceto os livros e as roupas. Os armários também? Também, claro, pode pôr as roupas no chão. E esta estante? Está chumbada na parede. Pode desparafusar, disse Leo, quero que tudo vá embora, o que está chumbado e o que está solto, menos os livros, a roupa e o que tiver dentro das gavetas da escrivaninha. O fogão também? Não, o fogão fica. A geladeira também fica. O que mais fica? Mais nada. O resto tem que ir embora, tudo. Está certo, disse o homem. Só que isso dá mais do que só um carreto. E vou precisar de um ajudante. Vai ficar um pouco mais caro. Além disso, depende de para onde o senhor quer levar as coisas. Para onde o senhor quiser, disse Leo, a minha oferta é a seguinte: como pagamento por levar tudo embora, o senhor pode ficar com tudo.

O homem olhou surpreso para Leo e meio desconfiado, depois olhou mais uma vez em volta e disse: tudo bem, a gente faz trabalho limpo, pode deixar comigo, chefe, o senhor vai ficar satisfeito, e pelo pagamento que o senhor disse, está tudo bem, chefe, não tem problema. Saiu para ir pegar o ajudante, voltou logo e se pôs a trabalhar.

Tem uma coisa que eu queria lhe perguntar — disse Löwinger, Leo estava sentado ao seu lado no salão, bebiam vinho do Porto e fumavam. Leo olhou para ele, esperando a pergunta, mas Löwinger calou-se, com a boca entreaberta, como se fosse continuar a falar imediatamente, mas não falou durante um tempo cruelmente longo, seus olhos de um azul aguado pareciam como que voltados para dentro do crânio, procurando as palavras em seu interior; toda a expressão do seu rosto transmitia um tal desamparo que Leo ficou assustado. O tio Zé tinha envelhecido de um jeito terrível. Tinha emagrecido muito e parecia fragilizado, parecia ter encolhido, a cabeça desproporcionalmente grande no alto do pescoço fino e enrugado e do corpo franzino. A cor de seu rosto tendia para o amarelo, assim como o cabelo, até a camisa branca estava amarelada, Leo sentiu nojo, pensou em urina, achou que estava até sentindo o cheiro, o tio Zé está com incontinência, pensou, sua cama deve estar encharcada de urina e ele rola nos lençóis molhados, sem perceber, porque ninguém o ajuda, porque ele não paga alguém para que o ajude. E por que ele não dizia mais nada, se afinal queria fazer uma pergunta? Finalmente Löwinger falou: você está decepcionado, meu filho? Quer dizer, porque acabou sendo tão diferente.

Mais uma pausa, só que muito curta, e agora ele falava com precipitação, afobado, como se tivesse medo de ter dado lugar a um mal-entendido, embora Leo não tivesse entendido nada, apenas temia, talvez, tê-lo entendido.

Tudo foi tão diferente do que eu pensei que seria, disse Löwinger. As pessoas são pacientes demais, a paciência não é uma boa qualidade, bem entendido. Ela permite que as coisas evoluam desnecessariamente de uma forma demasiado complicada e demorada demais, de um modo tal que não dá lugar mas apenas esperanças à razão. A razão não se conserva por tempo indefinido; com o tempo, ela estraga. A paciência, deixe que eu lhe diga isso, é a maior inimiga da razão. Pausa. Falar estava deixando Löwinger cansado. Leo estava achando cansativo ouvir.

Leo carregava seu ódio consigo para onde quer que fosse. Tinha deixado com ódio os carregadores que estavam esvaziando sua casa para ir à casa de Löwinger, porque estava na cara dos dois, sobretudo na do motorista, que estavam certos de terem passado a perna em Leo, nesse imbecil que estava pagando com móveis quase novos um serviço que não valia nem uma fração daquilo que os móveis valiam. O servilismo natural do motorista tinha cedido lugar a um servilismo fingido, o jeito como ele chamava Leo de "chefe" o tempo todo parecia o de um ator de quinta categoria querendo parecer objetivo, comercial, quase um sócio; aquele cara, pensou Leo, está se diminuindo porque se sente o maior, o grande empresário do futuro, que já se estava vendo comprar um segundo caminhão usado com o resultado da venda dos móveis. Leo teria adorado dar um murro no meio do sorriso do motorista. Escuta aqui, ele teria gostado de dizer, você não vai sair é nunca dessa merda, não você. Com a sua burrice horrorosa e fedorenta, você nunca vai vender esses móveis a bom preço, porque com essa cara que você tem todo mundo vai achar que você os roubou. No final você vai ser enganado por algum receptador e a única coisa que vai sobrar dessas suas ilusões para o futuro, que você encobre tão mal, vai ser alguma garrafa de cachaça extra para você engolir melhor o seu eterno arroz com feijão. Leo não disse isso, mas sim: tome cuidado com os livros quando desmontar a estante, se acontecer algo com os livros, vai ter. Depois, ainda se esforçou por exibir um olhar severo e dominador — teria gostado de esmurrar o homem — e foi embora.

E agora Leo estava sentado ao lado de Löwinger e voltava a sentir ódio. Ódio porque o tio Zé o obrigava a sentir compaixão. Não queria sentir compaixão pelo tio Zé. Ele mesmo tinha direito à compaixão, e não a queria. Aquilo que Löwinger estava falando de forma tão vaga sobre paciência e razão parecia confuso, um sinal constrangedor de decadência. Leo lembrou-se de seu pai, no final, quando foi visitá-lo no hospital. Todo encolhido e chupado, apenas uma caricatura daquilo que representara em vida. Tudo o que Löwinger tinha antes de inconfundível, conferindo-lhe uma grandeza soberana e uma poderosa identidade, agora parecia esquisito, até mesmo desagradável. O jeito de ele mexer a mão esquerda — com o antebraço apoiado no encosto, a mão ficava estendida no ar, como se ele ainda estivesse controlando os fios das marionetes, mas puxando-os agora a todo momento do alto, com um esforço fantasmagórico, como se quisesse puxar de volta aquilo que havia muito se tinha emancipado dele, se subtraído ao seu controle, movimentando-se despreocupadamente, fazendo barulho, fora de sua casa, do seu jardim, do seu alcance, ao passo que ali dentro reinava um silêncio de morte, mesmo quando falava, como se, ao mover os lábios imperceptivelmente, Löwinger estivesse literalmente pensando em voz alta pensamentos de uma impotência inaudita.

Durante um tempo Leo havia deixado de prestar atenção, só a frase pedindo-lhe que contasse voltou a acordá-lo, o quê, o que era que ele devia contar? Um ficou olhando para o outro com ar interrogativo e Löwinger voltou a falar. A gente se enganou, disse, eu pensei que ela iria embora logo, mas ela ficou, vai ficar eternamente. Leo engoliu em seco, do que o tio Zé está falando?, pensou, pelo amor de Deus, quem é que fica? A ditadura, disse o tio

Zé, está falida, mas as pessoas têm paciência demais. Agora o presidente está falando em abertura, numa transição lenta, gradual e segura para a democracia. Lenta, bem entendido, eles especulam muito bem com a paciência dos brasileiros e essa paciência vai levar a que no futuro ninguém mais seja culpado de nada. Também os colaboracionistas da ditadura vão ter, então, uma participação na construção da democracia. A transição vai ser tão suave que tudo vai ficar na mesma, todos os criminosos da ditadura vão virar heróis da abertura e poderão continuar com os seus crimes. Precisa só de paciência, a paciência dos outros, assim dá para ir embora ficando. A honestidade intelectual não vai mais ter valor nenhum, passou tempo demais, a razão é — Löwinger fez um gesto depreciativo com a mão e começou a tossir, um ataque de tosse que fez com que seu corpo encarquilhado se erguesse de repente, até que, também de repente, ele ficasse quieto, sentado, abanando a cabeça e apertando um lenço contra a boca, no qual escarrou. Parecia uma paródia nojenta e ordinária da elegância com que, ao comer, sempre limpara os lábios com o guardanapo antes de falar. Emudeceu, enquanto se recuperava do ataque de tosse.

Agora Leo não mais podia evitar sentir compaixão — e por si próprio. Tão forte e tão chocante que era até mesmo uma furiosa tristeza. Via, e era isso o chocante, via de repente a si mesmo na figura de Löwinger, via pela primeira vez a semelhança que, sem que soubesse disso, tinha suscitado comentários entre os conhecidos de Löwinger. Sentiu essa semelhança não porque Löwinger o lembrasse de seu pai morrendo, o que o faria vê-lo como seu pai e a si mesmo como filho, e por isso necessariamente parecido com ele. Leo via antes uma espécie de semelhança ideal, que do mesmo modo podia incutir-se, como que por motivos existenciais, na aparência dos homens; agora que Löwinger tinha perdido poder e influência, tendo ficado isolado, mostrando um grau de fracasso que o levava a envelhecer rapidamente, agora Leo se via espelhado nele. Enquanto o motorista e seu ajudante desmontavam os espelhos em sua casa lá embaixo e os carregavam no caminhão, espelhos em que nos últimos tempos ele se havia contemplado tantas vezes, e de tal forma que tinha sua imagem mais nitidamente diante de si do que gostaria, Leo estava se vendo com maior intensidade ainda na figura de Löwinger, como num espelho que fosse metade deformante, metade mágico, e que lhe abrisse a horrível perspectiva do futuro que ele também não tinha mais. Num gesto de embaraço, tomado de um temor gelado que avançava até as pontas dos dedos, Leo passou as mãos lentamente pelos cabelos, mas não havia nenhuma sensação de viço nem de plenitude, via as grenhas brancas e ralas através das quais transparecia o couro cabeludo de Löwinger. O fato de ter que olhar para Löwinger sem poder se sentir ele mesmo um jovem, cheio de força e de esperança e com todo o tempo do mundo diante de si, sem poder e sem influência pelo mero fato de estar apenas no começo de um desenvolvimento, aliás ascendente, o fato de não ser nada disso, mas de estar sentado frente ao tio Zé como diante de um igual, ou de se sentir como tal, aquilo era o que deixava Leo enfurecido.

Queria sair, levantar-se e ir embora.

Ela também fez com que você perdesse o seu trabalho e a sua carreira, disse Löwinger, eu havia achado o contrário, errei quando pensei que seria uma vantagem que a ditadura tivesse impedido sua carreira acadêmica. Mas o tempo vai passando, nada muda, e de repente é tarde demais. Você continua a trabalhar assim mesmo?

Sim, disse Leo.

É bom. A honestidade intelectual precisa de tempo, mas o tempo corrói a receptividade para a honestidade intelectual.

Tio Zé, disse Leo, ele queria dizer que precisava ir embora, que não agüentava mais,

Talvez você volte a me dar algo do que está escrevendo para ler, disse Löwinger, desculpe, eu o interrompi, eu nem deixo você falar e na verdade só quero que você me conte.

Olhavam um para o outro, ambos sem saber o que fazer, de novo aquela sensação de espelho, Leo não conseguia dizer que queria ir embora, tentou obrigar-se a se levantar, queria fugir de Löwinger e de si mesmo, mas não podia deixar nem Löwinger nem a si mesmo sozinhos agora. A tentativa de se levantar deu num cruzar de pernas, Löwinger cruzou as pernas quase no mesmo instante, pigarreou e disse: você não gostaria de me contar por que Judith nos deixou tão depressa?

Espelho!, disse Leo, tão depressa que ele mesmo ficou surpreso e, depois, inseguro: A gente se separou por causa dos espelhos. É difícil de explicar.

Ela encheu a casa de espelhos.

A gente nem mais estava se vendo.

Só através dos espelhos.

Sem dúvida foram os espelhos

Sobretudo aquele. O espelho mágico.

Difícil de explicar.

Eu olhei para dentro dele. Ela olhou para fora dele.

Judith tinha uma teoria sobre aquele espelho.

A teoria foi que arrebentou com tudo.

De que as pessoas se reconhecem mutuamente naquele espelho.

Ela acreditava nisso. Acredito eu.

Eu odiava os espelhos de Judith.

As pessoas acabam ficando tão parecidas umas com as outras, que de repente a gente precisa ficar sozinho.

Dos espelhos, Leo tinha se livrado. A casa estava vazia. Tudo havia sido levado embora. Agora ele só precisava se livrar do seu ódio. No trabalho. Apesar de tudo o que tinha acontecido e de tudo o que isso poderia significar. Talvez o ódio fosse um motor mais forte do que o anseio. Ele obriga a ser implacável frente à realidade, obriga à crítica, e não à utopia. Leo olhou ao seu redor. A casa vazia era um novo começo. Era assim que deveria ver as coisas. Uma coisa, pelo menos, tinha ficado clara com o fracasso da sua utopia de conviver com Judith, o problema que antes ele não teria podido solucionar. Por que houve a reviravolta, por que o espírito retrocedeu da sua perfeição para o ponto de partida? Pela pretensão de se realizar na prática. Ele tinha aprendido isso. No fim das contas, a história com Judith havia tido um sentido, sim. E isso era o bastante. Todo o resto se fora. A concretização da filosofia era o começo do seu fim. Com isso era que o seu trabalho precisaria começar. O ponto central seria a subsunção da cultura na eticidade, a insistência brutal e ditatorial no erro, até que ele se perceba por si só na práxis. E, no fim, a desespiritualização absoluta, a infinitude geral e feliz da tolice. Título do trabalho: *A fenomenologia da desespiritualização. História do saber em desaparecimento.* Esse era o trabalho que ele precisava escrever agora, o trabalho que refletiria a história a partir de Hegel e que a atualizaria. Mas onde? No chão? Em sua casa não tinha mais nada, não tinha mesa, não tinha cadeira, nada que pudesse servir de apoio para escrever. Sua roupa estava no chão do quarto: livros, papéis e material para escrever, no chão do que antes tinha sido o escritório. E no meio da sala estava aquela Pietà, uma grotesca escultura em madeira sobre um pedestal revestido em vermelho; Leo tinha ficado tão incomodado quando Löwinger literalmente lhe impingira esse objeto. Achava que estava mal trabalhada, que era quase ridícula, patética em excesso. Século XIV, segundo Löwinger, provavelmente da região do Reno. Sem aquele excesso de móveis, a escultura ficaria realmente valorizada na casa de Leo e daria ao seu quarto de trabalho uma nota especial, Löwinger dissera.

Leo tinha querido libertar-se da absurda configuração de sua vida, para poder organizá-la novamente segundo os mais severos princípios da razão, e agora estava numa casa sem nenhuma mobília, em cujo centro havia uma Pietà tão espantosa quanto valiosa.

No fundo, pensou ele, num renovado ataque de insegurança, esta tarde com Löwinger é uma continuação, e cruelmente concentrada, daquilo que ele estava tentando encerrar e deixar para trás. Depois de suas tentativas desajeitadas de explicação, segundo as quais os espelhos teriam sido os culpados pela sua separação, Löwinger assentiu com um movimento de cabeça e, após breve reflexão, disse que queria mostrar a Leo um quadro que não exibira nem mesmo para ele até aquele dia. Leo julgou que Löwinger não sabia ao certo o que dizer daquela explicação ou que não queria entrar mais fundo na questão, que tinha ficado satisfeito, porque Judith não era um tema no qual ele quisesse insistir. Ao mesmo tempo, porém, ficou irritado porque achava que Löwinger não era mais capaz de se concentrar num tema só, um sinal de decadência, sem dúvida. Os longos corredores daquela casa imensa. A subida de uma longa escada, mais um corredor, uma outra escada, mais estreita e íngreme, rumo a uma mansarda onde Leo nunca tinha estado. Durante o percurso, as tiradas de Löwinger contra os pérfidos atos de vingança da ditadura; agora estavam dizendo que ele devia uma quantia espantosa à Receita Federal, que teria sonegado impostos durante anos, como se só agora, quando não mais precisavam dele, tivessem descoberto que ele tinha acumulado uma fortuna, pura extorsão, estão de olho na minha coleção, disse, querem ficar com a minha coleção de arte. Podem ficar com ela, disse, eu vou doá-la ao Museu Nacional de

Belas-Artes, claro que não tudo, bem entendido. As verdadeiras obras de arte eu vou guardar, sem que eles saibam, murmurou Löwinger com ar de conspiração e com um sorriso amarelo, porque eles nem sabem da existência delas, porque são quadros dos quais não existem reproduções, não aparecem como ilustrações nos livros de história da arte nem nos compêndios, não existem como cartão-postal. São, sussurrou Löwinger, os últimos originais num mundo que, com tantas reproduções, não consegue mais ver um original sem achar que se trata de mais uma cópia; sacudiu a cabeça, venha, meu filho, eu lhe mostro agora uma obra de arte que é realmente única, excepcional, porque você só pode vê-la aqui e em nenhum outro lugar.

Não obstante seus passos lentos e inseguros, Leo teve a sensação de que, apoiado em seu braço, Löwinger o estivesse impelindo e empurrando com impaciência. Ficou enjoado por causa do cheiro de urina e de, como achava, putrefação, que Löwinger exalava e que se misturava com o cheiro de umidade e de mofo da imensa casa inanimada. Löwinger conduziu-o para um quarto na mansarda, em direção a uma parede coberta por uma cortina iluminada pela luz intensa, mas uniformemente coada pela névoa seca do céu paulistano, entrando por uma janela inclinada que fazia parte do telhado.

Toda obra de arte tem a sua hora e a sua vez, o momento certo para se dar a conhecer, disse Löwinger, e eu acho que hoje é o dia certo para lhe mostrar este quadro aqui. Soltou o braço de Leo, deu um passo à frente para dentro do jorro de luz que entrava pela janela, Leo viu como o couro cabeludo de Löwinger, com suas inúmeras sardas, brilhava por entre os cabelos ralos. Löwinger puxou um cordão, e a cortina se abriu, deixando ver um quadro que se apresentava repentinamente diante dos olhos de Leo com tanto brilho como se um slide estivesse sendo projetado sobre uma tela. Diga, o que você está vendo?

Leo ficou impressionado, sem dúvida, mas não estava seguro se por causa do quadro ou por causa da peculiaridade da situação em que a obra lhe estava sendo apresentada. Além do mais estava sentindo muitos gases, que intensificavam o seu ódio diante do mundo, o seu ódio diante de si e a sua impaciência, pois Löwinger parecia querer obrigá-lo a se defrontar com aquele quadro como se fosse algo sagrado, enquanto seu problema profano exigia concentração quase integral. Olhava para a pintura sem saber o que dizer e só conseguia desejar uma coisa: poder ficar tão intocado por toda a banalidade da vida como aquela vida que consiste apenas em tinta e tela. A tela mostrava um homem quase obeso, barbudo, de uns quarenta anos de idade, cabelos ralos, boca sensual, olhos claros que, na opinião de Leo, se esforçavam com certa rigidez por aparentar um olhar visionário. Havia algo de sufocante, mas que oscilava estranhamente naquele quadro, de tal modo que Leo não estava seguro se não seria o caso de dizer que havia ainda na figura daquele homem qualquer coisa de devoto, uma impressão certamente reforçada pelo estranho avental, na verdade um hábito, que o vestia, conferindo-lhe uma aparência que ficava a meio caminho entre São Francisco e Rasputin. Leo não era um historiador da arte altamente qualificado, mas reconhecia sem dificuldade um quadro da escola modernista vienense da virada do século. Era característico esse contraste entre, por um lado, a técnica naturalista do retrato, a minuciosidade sensível com a qual eram reproduzidas a cabeça e as mãos, e, por outro lado, a estilização radical e a rígida bidimensionalidade do entorno, da roupa e do espaço. O avental quase não deixava entrever qualquer aspecto da corporeidade do retratado, seu tecido mal apresentava pregas ou dobras, consistia apenas num denso feixe de linhas, nas quais a interrupção dos ornamentos transmitia a impressão do contorno das dobras. Estes ornamentos, triângulos dourados e prateados contendo olhos estilizados, deram a Leo a impressão de uma tentativa desagradável de saturar a pintura com simbolismo e significação. No fundo do quadro, um plano marrom, havia uma série de ornamentos retangulares pretos, os quais não cobriam a superfície toda, pois o homem retratado estava enquadrado por uma moldura preta que interrompia o fundo marrom e a série de ornamentos. O que se via ali era antes uma superfície prateada, um outro fundo, que parecia ir mais além em sua profundidade, embora a figura pintada dentro dessa superfície prateada fosse o principal foco de atração do quadro, concentrando a atenção do observador e, com isso, ocupando o primeiro plano.

Leo percebeu a impaciência de Löwinger. Antes, quando Leo ainda era criança, numa oportunidade como essa o tio Zé teria insistido em que Leo olhasse longa e pacientemente para o quadro. Mas isso não era motivo nem para lembranças nostálgicas nem para alívio. Porque Leo não estava sentindo nenhum estremecimento metafísico mas sim uma reles dor de barriga. E mesmo com a maior das impaciências, tudo duraria tempo demais.

Pode ser um Klimt?, ele perguntou

Isto não é um Klimt, é Klimt.

Você quer dizer que este quadro representa Klimt?

Certo.

E por isso está pintado no estilo de Klimt?

É.

Quem pintou?

Klimt.

Então é um auto-retrato. Mas tio Zé —

Por que Leo o estava contradizendo? Talvez por cortesia. Era evidente que Löwinger queria saborear a surpresa da revelação, e isso somente seria possível se Leo demonstrasse incredulidade — mas não pode ser, é fato mais do que sabido que não existe nenhum auto-retrato de Klimt, que ele não gostava de auto-retratos, que falou sobre isso e o justificou.

É, disse Löwinger, é mais do que sabido.

Leo perguntou como o quadro tinha chegado às mãos dele.

É uma longa história, disse Löwinger. Mas se sua pergunta pretendeu sugerir que eu poderia ter sido enganado por um falsificador que soubesse imitar o estilo de Klimt com tanta perfeição, eu posso tranqüilizá-lo. Este Klimt é legítimo. Você sabe que quem decide em última instância o que é legítimo e o que não é sou eu. Minhas perícias são reconhecidas internacionalmente. Quando há insegurança e opiniões divergentes sobre a legitimidade de um quadro, o caso vem parar nas minhas mãos, para que eu emita um parecer. Museus, galerias, leiloeiros, colecionadores privados e tudo o mais, eles tremem à espera das minhas avaliações. Quadros mundialmente famosos, que estavam em grandes museus atraindo turistas feito ímãs, foram desmascarados por mim como sendo falsificações e desapareceram em algum depósito. O *Homem com o capacete dourado* não é de Rembrandt, eu consegui prová-lo; a *Tempestade no mar*, certamente uma pintura fascinante, mas é de Breughel? Não. Nunca. Mas este Klimt é legítimo. Sem a menor dúvida. Para mim seria até mais fácil provar que todos os outros quadros de Klimt, inclusive o beijo, foram pintados na verdade pela sogra de Klimt.

O tio Zé teria ficado louco? Ou sempre fora e ele, Leo, o estava percebendo só agora que sua visão da realidade tinha ficado mais clara e objetiva, porque liberta de esperanças e anseios? Leo não sabia o que dizer. O tio Zé era o único ser humano que lhe sobrava, o único a quem ainda podia procurar, com quem ainda podia falar, em quem ainda podia depositar alguma esperança, pensara Leo. E agora, não haveria mais ninguém? A perda de poder no banco, o isolamento social, a idade, a vida opressiva nessa casa fantasmagórica, grande demais, tudo isso poderia levar alguém a perder a razão? Ou tinha sido o contrário, e o poder, a riqueza, a influência daí decorrente tinham enlouquecido o tio Zé a ponto de ele confundir a si mesmo com o mundo, e seus interesses de colecionador com a verdade da arte e de seu mercado? E só agora, sem poder nem influência, sem o hábito de ouro e prata, a sua essência se apresentava, nua e constrangedora, aos olhos do observador? Seria possível uma coisa dessas? O que estava acontecendo? Para que estava lhe mostrando esse quadro? Por aquilo? Por causa daquele estúpido e todo-poderoso hábito de ouro e prata, no qual Klimt aparentemente tinha se retratado a si mesmo? Leo não tinha a menor dúvida de que só podia ser uma falsificação, a roupa nova de Löwinger, o trabalho de um cínico artesão, encomendado por um doido.

É claro que você tem toda razão, você reconheceu a verdade, não é?, disse Löwinger, que agora tinha retrocedido e saído da área iluminada, de modo que seu rosto ficou escurecido, parecendo estar coberto com uma pátina. De fato, não existe um auto-retrato de Klimt. Na parte de trás desta tela Klimt escreveu de próprio punho o título, que é: *Retrato da minha imagem no espelho*. Isto aqui, esta moldura preta, isto é um espelho. Ele está pendurado nesta parede de madeira marrom. Os ornamentos pretos são marchetarias no lambris. É, portanto, uma imagem num espelho. Por isso é que é tão irritante. Embora Klimt olhe do quadro para fora, a gente não tem a sensação de que ele esteja nos olhando. Até parece que, não obstante esse olhar dirigido para o observador, ele não conta com a presença de um observador. A explicação para esta aparência enigmática está em que se trata, justamente, de uma imagem espelhada. Ao olhar para fora do quadro, Klimt está olhando para si mesmo. A isso se contrapõem os ornamentos em forma de olhos na sua roupa que, voltados para todos os lados graças às dobras do tecido, exprimem uma visão abrangente em todas as direções, uma captação onisciente de todos os pontos de vista — e isso justamente não faz parte da fisionomia casual do artista, mas de seus acessórios, de sua configuração, de sua composição, de sua forma. Assim é.

Löwinger passou a observar o quadro em silêncio, quando subitamente a luz começou a diminuir, talvez devido à mudança de posição do sol ou à passagem de uma nuvem; quase simultaneamente, ele voltou a puxar o cordão e o quadro sumiu por trás da cortina. Enganchou, então, seu braço no de Leo e o conduziu, apoiando-se nele, para fora do quarto — onde sentaram-se num conjunto de poltronas, do qual era possível ver aquela Pietà que agora estava na sala de Leo. As impressões que Leo havia colhido começavam a se expandir dolorosamente, como se um perigoso temor parecesse querer se instalar no seu interior. Podia ser que Löwinger continuasse a raciocinar sobre Klimt e acabasse falando sobre a "Judith" do próprio Klimt, ligando assim aquela imagem refletida ao nome da mulher que havia cercado Leo de espelhos. De agora em diante, será que seu passado iria olhar para ele, como que espelhado, a partir de tudo o que visse pela frente? Leo olhava infeliz para a Pietà, sofrendo por causa de seu inchaço, quando reparou que Löwinger havia recomeçado a falar fazia algum tempo.

... têm algo em comum, você percebe, Leo? O quadro de Klimt, de 1907, ou seja, do começo do século XX, e esta Pietà do século XIV, estes dois artistas não podem ter nada em comum quanto à sua postura diante do mundo, sua experiência de vida, saber, intenções, realidade exterior; estas duas obras de arte não parecem ser comparáveis em nada, nem no tema, nem na intenção, no material, na forma, mas mesmo assim há algo que as une, algo que é característico de toda a arte de todos os tempos, algo que faz com que todo aquele que aprende a vê-lo fique reconciliado com a história e com a vida, mas o torna também, ao mesmo tempo, irreconciliável com a vida, enquanto ela não tiver voltado a ser paradisíaca. É que — Löwinger levantou-se e acendeu um spot para iluminar a Pietà —, deixe-me formular da seguinte maneira: quando falamos no quadro do Klimt, nós vimos a oposição entre a fisionomia concreta do retratado e a configuração, quer dizer, a forma. Observe agora esta Pietà, você vai encontrar também aqui a configuração da mesma oposição e sua síntese, de um jeito bem diferente, bem entendido, mas trata-se da solução do mesmo problema. Olhe para os rostos, para a anatomia dos corpos, está tudo errado, no sentido do naturalismo, bem entendido, a gente poderia até falar em erros primitivos — mas mesmo assim não há a mínima possibilidade de se falar em incapacidade técnica. É certo que as deformações são terríveis, mas no conjunto são terrivelmente belas. Seria possível dizer que o artista pretendeu deixar conscientemente de lado a natureza, digamos, a natureza específica daquilo que estava retratando. Da mesma forma que, na pintura de Klimt, o olhar específico, individual do artista, recai sobre si mesmo e é manifestado para o mundo por meio da configuração, pela solução formal, neste caso ornamental, dada ao quadro, você também pode ver aqui, nesta escultura, que as figuras apresentam-se livres da sua individualidade particular graças à configuração formal, liberta da natureza, ao mesmo tempo que a ênfase crua dada às feridas e à dor redime a objetividade e a generalidade do tema de seu distanciamento dos seres humanos. Acho que era isso que eu queria lhe dizer, meu filho. Nada daquilo que nos acontece tem mais significação. O mundo poderia acabar e nós nem perceberíamos. A não ser que surgisse um mundo melhor. Só aquilo que tem significação geral e, ao mesmo tempo, significação concreta para cada indivíduo é realmente significativo. É isso que dá para reconhecer na arte, que uma obra só tem sentido quando, na consciência daquele que a observa, ela se transforma num órgão da visão, da audição, da sensação da humanidade — da humanidade em cada indivíduo.

Leo tinha novamente o tom da fala de Löwinger bem nítido em seus ouvidos, enquanto em sua sala, agora vazia, olhava para a escultura de madeira. Löwinger havia de fato dito tudo aquilo? Talvez Leo estivesse tentando agora, para se afeiçoar à escultura e conferir algum sentido à presença dela em sua casa, preencher lacunas nos trechos da conversa de Löwinger que lhe ocorriam com palavras e seqüências de frases próprias. Leo já não se lembrava direito. Estivera tão embotado enquanto Löwinger falava. Só acordou de repente, assustado, quando Löwinger disse que queria lhe dar a escultura.

Por que você não poderia aceitá-la? O que quer dizer com "ela é valiosa demais"? Colocá-la em sua casa não diminuiria em nada o valor da peça. Aliás eu sou um velho, os valores materiais e a propriedade não têm mais importância para mim. Aceite a escultura como empréstimo, pelo menos. Com isso você vai me deixar contente e, já que é um empréstimo, não precisa ficar encabulado por causa do valor. Ponha-a no seu escritório. Naquele espaço bem iluminado; agora que não tem mais tantos móveis, ela vai ficar valorizada e vai dar ao escritório um ar todo especial. Talvez sua presença ali incentive o seu trabalho.

O trabalho. O problema de recriar condições de trabalho. Isso era algo que Leo queria atacar amanhã mesmo. Na geladeira, ainda encontrou uma garrafa de vodca e três de cerveja. Desse modo, conseguiu dormir aquela noite no chão, vestido, colocando o paletó embaixo da cabeça como travesseiro. Vou me lembrar disso, ainda pensou antes de adormecer. Na forma, um refugiado;

na essência, um retornado. Em casa, finalmente, isso significaria: infinitamente longe do mundo, das suas necessidades banais, das mesquinhas configurações da vida privada.

Em primeiro lugar, pensou Leo, precisava arrumar uma escrivaninha. Antes disso nem pensar em trabalho. Olhou em sua volta com desânimo. Teria gostado de sentar ou deitar, mas onde? No chão de novo? A noite dormida no chão havia lhe deixado o corpo dolorido. Ligou para Löwinger e perguntou se poderia ter de volta sua velha cama, aquela que havia sido tirada com a chegada de Judith. Löwinger prometeu mandá-la no mesmo dia. Perguntou-lhe se queria algo mais dos velhos móveis. Não, disse Leo, talvez ainda o armário, nada mais. E a escrivaninha? Não, mas talvez a mesa da cozinha com as cadeiras. Obrigado, disse Leo, afora isso ele realmente não precisava de mais nada.

Por que Leo não quis sua velha escrivaninha de volta? Poderia ter começado imediatamente com o trabalho. Mas esse era o problema. Precisava, pensava ele, de uma escrivaninha inocente. Não aquela mesma que tantas vezes ficara olhando, apenas esperando que Judith viesse finalmente morar com ele e o redimisse para o trabalho. Provavelmente, sua velha escrivaninha, pelo mero fato de vê-la, voltaria a desencadear nele o sentimento de outrora, o da absoluta incapacidade de trabalhar. Por outro lado, o simples fato de escolher e comprar uma escrivaninha nova, apropriada para o que precisava fazer, seria também, por si só, o primeiro passo para um retorno à vida produtiva. Era necessário criar condições totalmente racionais. Leo resolveu transformar seu quarto de dormir em escritório. Era o maior e o mais bem iluminado dos espaços da casa, o único com duas janelas. Para que ele precisava de uma sala de estar? Queria trabalhar, e não apenas viver, morar — afinal o que é morar, o que é que a gente faz quando mora? Além do mais, aquele quarto era o primeiro em que se entrava ao chegar à casa. Se passasse a ser um escritório, ficaria claro logo de cara: aqui se trabalha. A instalação deveria ser estritamente funcional, como que minimalista, não deveria haver nada que não servisse ao trabalho. Somente num espaço que não estivesse sobrecarregado, a mente concentrada poderia evitar a distração e se expandir com toda liberdade. Leo alongou os braços, enrolando os ombros, tentou massagear a própria nuca. As dores musculares eram tão irritantes, teria adorado poder se deitar num sofá confortável para relaxar. Mas não tinha mais sofá. Só tinha a Pietà. Olhou para o Cristo quase com inveja do jeito que ele descansava no colo da Virgem. Leo fez um esforço, tinha que se ocupar da questão da escrivaninha. Qual seria o melhor lugar para ela? No meio do quarto? Seria a expressão extrema da sua resolução de pôr o trabalho no centro de sua vida, sem concessões. Contudo, essa posição faria o quarto parecer menor e poderia atrapalhá-lo durante o trabalho. Talvez a escrivaninha devesse ficar encostada numa das paredes. O que o obrigaria a ficar olhando para a parede. As paredes. Estavam devastadas, cheias de ganchos por causa dos espelhos. Leo até achou que enxergava os contornos dos espelhos como áreas mais claras nas paredes. Sem querer, essas áreas voltaram a se configurar diante dos seus olhos como os espelhos que ele havia mandado tirar. Tentou olhar com cuidado para não ver nada, mas não conseguiu. Estava claro que, antes de mais nada, tinha que mandar pintar a casa. Pegou a lista telefônica e ligou para pintores e empresas das redondezas, até achar alguém que estivesse disposto a vir de imediato para fazer um orçamento. Leo ficou impressionado consigo mesmo. Estava tão ativo. Nem mesmo seu estado físico, nada bom mesmo, podia lhe arrefecer o ânimo. Com esse elã ele certamente faria rápidos progressos no trabalho. Enquanto esperava pelo pintor, acendeu uma Palomita. Ficou enjoado. Ainda não tinha comido nada. A cinza caiu no chão. Leo não tinha pensado que, ao esvaziar a casa, também os cinzeiros sumiriam. Não tinha importância. Não ia voltar a dormir no chão e, além do mais, depois da pintura, o chão teria que ser limpo mesmo.

O pintor chegou. Leo mostrou-lhe claramente quem era o patrão, para não se deixar fazer de bobo mais uma vez. Tinha aprendido com os seus erros. Nada de amabilidade, nada de generosidade. Nenhum trabalhador ia voltar a olhar para ele com aquele sorriso maroto do caminhoneiro. Isso ele devia à reconstrução de sua auto-estima. Disse brevemente ao pintor o que deveria ser feito, perguntou pelo preço, pôs de lado com desprezo o papel com o orçamento do pintor, ofereceu uma soma bem inferior e disse que o trabalho deveria começar hoje mesmo.

Logo depois, teve que voltar ao telefone para chamar outro pintor.

Esperar, de novo.

Entrementes, a própria situação pareceu-lhe absurda. Ele tinha uma obra-prima na cabeça, a qual não podia levar para o papel, porque no seu quarto de trabalho não havia nada além de uma terrível escultura em madeira. Seu trabalho iria mudar o mundo, mas ele não podia escrevê-lo, porque o mundo era como era. Cheio de trabalhadores desavergonhados, dos quais ele dependia irremediavelmente para criar suas próprias condições de trabalho.

No fim dessa investida, Leo estava tão enfraquecido pela fome, tão enervado pelas dores e tão tonto, com a cabeça como que enevoada pelo fumo, que ficou totalmente à mercê da enxurrada de palavras do pintor que acabou chegando.

O senhor não deveria esquecer, disse o pintor, como estava caro o material, e a mão-de-obra, apesar da inflação, ia ficar pelo preço velho, só para o senhor, mas os aumentos de custo do material teriam que ser repassados para o cliente, o preço que estava fazendo era realmente muito bom, um precinho especial para um trabalho de primeira qualidade, o senhor vai ficar satisfeito, ele disse sem olhar para Leo, inspecionando ininterruptamente os quartos, raspando numa parede com a unha, passando as pontas dos dedos numa outra, balançando a cabeça com preocupação, o trabalho não era nada fácil, mas pode deixar comigo, eu dou conta do recado. Começar no mesmo dia seria impossível, tinha outros serviços para terminar, era muito procurado por causa da qualidade do seu trabalho, mas em três semanas era garantido — bem, se isso era um prazo demasiado longo, ele entendia, talvez pudesse encontrar uma solução para o problema, sempre se podia dar um jeito, o trabalho ali não era tão grande assim, dava para fazer num dia, podia adiantar o serviço, encontrar um tempinho entre um serviço e outro, depois de amanhã, no domingo, domingo à noite estaria tudo pronto, só que sem as portas, pintar as portas levava muito tempo e faria com que o serviço ficasse bem mais caro. Leo perdeu a paciência e aceitou a oferta do pintor. Domingo, sem as portas. Leo interrompeu as negociações relativas ao preço quando o homem começou a argumentar com a quantidade de filhos que tinha, que precisavam comer, por isso não dava para trabalhar de graça, o senhor há de entender, ele também entendia o problema de Leo e por isso estava fazendo um precinho especial.

A única satisfação que Leo obteve foi a de poder abaixar o preço até um ponto em que ficou só um pouco mais alto do que o orçamento do primeiro pintor.

Agora, finalmente, à escrivaninha! Após engolir rapidamente um lanche, que lhe causou primeiro dor no estômago e depois novamente gases, Leo foi ao centro, para a avenida São João. Bem perto do hotel em que havia passado suas primeiras semanas em São Paulo, a maior loja de móveis usados que jamais tinha visto havia chamado sua atenção. Tinha certeza de que lá encontraria a bom preço uma escrivaninha usada, mas bem-feita, que pudesse ser de seu agrado.

O Lixão era um imenso galpão cheio de poeira, no qual parecia que o espólio de todos os habitantes de uma cidade de médio porte, subitamente falecidos, havia sido amontoado de qualquer jeito. Leo se esgueirou pelos corredores e galerias, entre os móveis e utensílios domésticos empilhados, e estava a ponto de ir embora, enojado pela bagunça e pela sujeira, quando um vendedor o interpelou e lhe perguntou o que estava procurando. Talvez tenha sido a dor que sentia em seus braços e pernas e o esgotamento, juntamente com a confusão que lhe causava aquele local desagradável, o que o levou a balbuciar algo a respeito de uma poltrona confortável, talvez também um sofá, ou um conjunto de estofados, um sofá, repetiu Leo quase em tom de súplica, ele só queria ir embora, sair para a luz do dia, sentar num lugar qualquer para se recuperar. O vendedor o conduziu triunfalmente até um conjunto estofado em couro, cujo excelente estado de conservação e beleza salientou, embora estivesse soterrado embaixo de uma mesa de jantar com os pés para o alto e de um armário grande. Mesmo assim, Leo pôde ver alguma coisa como uma banqueta ordinária revestida de curvin preto e imundo, e foi o suficiente, ele recusou e tentou sair da loja. Mas o vendedor não permitiu nada disso. Sua experiência lhe dizia que Leo fazia parte daquele tipo de cliente que, sendo enredado numa boa conversa, só acreditava poder se libertar comprando alguma coisa. De repente apareceram mais dois homens que, obedecendo a uma breve ordem, começaram a desmontar a pilha de móveis e a reordená-los, enquanto o vendedor explicava a Leo prolixamente que ele teria que ver o conjunto todo com cuidado, ficaria entusiasmado, e não era desconfortável não. Leo sentiu náuseas por causa do mofo, da poeira e do cheiro de suor do vendedor, estava deprimido por causa da luz amarelada no meio da qual dançavam as partículas de poeira e se encaracolava a fumaça dos cigarros dos carregadores. Pretendendo desviar-se dos movimentos deles, Leo bateu repetidamente no canto de vários móveis, o que lhe deu a sensação de estar totalmente preso, numa cela apertada cujas paredes se fechavam por cima dele. Nem pensar em comprar o grosseiro conjunto estofado em plástico, mas a movimentação das outras peças fez aparecer duas poltronas, pelas quais Leo fingiu se interessar para distrair a atenção do vendedor daquele conjunto horroroso, que o estava levando a exercitar uma retórica francamente terrorista. Só para experimentar, Leo sentou numa das duas poltronas, era surpreendentemente confortável. Suspirando aliviado, esticou as pernas e apoiou os braços nas almofadas dos braços da poltrona. Fechou os olhos e nem queria se levantar mais. Ouro Preto, ele ouviu o vendedor dizer, as poltronas vinham de Ouro Preto, a cidade barroca de Minas Gerais, e eram elas próprias legítimo barroco brasileiro, Leo ouviu o vendedor dizer, formando um belíssimo conjunto com um sofá de dois lugares no mesmo estilo, que deveria estar por ali em algum lugar. Ouviu então os rangidos e estalos de móveis sendo deslocados novamente pelos carregadores, ouviu os suspiros provocados pelo esforço, as rápidas ordens dadas pelo vendedor, tudo foi ficando cada vez mais tênue, sumia como em meio a algodão, do qual parecia agora constituir-se também a sua consciência, ouviu de repente um "aqui está" triunfal e excessivamente ruidoso, "aqui está, não é maravilhoso?". Leo abriu os olhos, diante de si estava o sofá, ele o observou longamente, como se tentasse reconhecê-lo, pôs os óculos, havia recuperado a consciência. Um quarto de trabalho instalado com funcionalidade também precisa de um canto onde a gente possa sentar confortavelmente, pensou Leo, para ler ou para relaxar um pouco após as muitas horas de trabalho extenuante. Começou a gostar daquele conjunto barroco, não apenas porque, como lhe parecia, combinava bem com a Pietà — claro que apenas se a gente não fosse um purista quanto aos estilos —, mas também porque tinha uma leveza que não iria sobrecarregar o ambiente. Ademais, as peças estavam razoavelmente bem conservadas, pelo menos o tecido do estofamento, uma seda vermelha, não estava rasgado. Perguntou pelo preço. O vendedor sentou-se junto a uma escrivaninha, puxou uma calculadora do bolso e começou a fazer contas as mais complicadas, que Leo não acompanhou, porque uma escrivaninha atraía toda a sua atenção. Era uma secretária com tampa arredondada de enrolar, tipo persiana, exatamente o que ele estava procurando, como percebeu de imediato. Sem qualquer dúvida havia encontrado a sua escrivaninha. No seu entusiasmo, veio-lhe à mente uma citação que o comoveu e elevou: o herói moral encontra mesmo quando não procura, porque suas metas lhe estão dadas de forma evidente e imediata. Isso ele mesmo tinha escrito alguma vez, mais ou menos com as mesmas palavras, anos atrás, naquele seu trabalho sobre moral e cultura, durante o tempo em que havia acreditado que Judith estivesse morta. Aquilo que acreditava ter perdido, aquilo a que já havia renunciado, eis que ressurgia, e sobre essa base poderia reerguer sua construção. Ou seja, podia voltar ao trabalho.

Essa escrivaninha eu vou levar, disse Leo. E o conjunto barroco?, perguntou o vendedor. Leo levantou-se, olhou agradecido para a poltrona em que estivera sentado, sentia-se mais descansado e forte. Vou levar também, é claro, ele disse.

Em meio à repentina euforia, ele encontrou ainda uma mesinha redonda com enfeites metálicos que lhe pareceu combinar com o conjunto barroco. O vendedor garantiu com entusiasmo que os móveis poderiam ser entregues em domicílio, bastava pagar uma pequena taxa. Ficou combinado para a segunda-feira seguinte.

As paredes brancas brilhavam, novamente inocentes. Os móveis foram entregues, a escrivaninha foi arrumada. Leo ficou imbuído de vontade de trabalhar? Ficou. Saiu para festejar. Era tarde demais para começar a trabalhar naquele mesmo dia. Era o caso de começar no dia seguinte, bem cedo, pensou Leo, logo depois do café da manhã: o dia também deveria ser inocente. Foi de bar em bar e achou que era absolutamente coerente que o início do seu festejo coincidisse com o período que os bares denominavam "happy hour". Bebeu só do bom e do melhor, começando com champanhe, depois bagaceira importada em lugar da pinga brasileira que bebia em outras oportunidades. Bebeu demais, como alguém que quisesse esquecer. Judith. Ele nem pensava em ceder a uma repentina melancolia, a uma depressão nebulosa e inexplicável. Não queria esquecer, ao contrário, queria manter vivo em sua consciência, lembrar continuamente o fato de estar festejando e o motivo desse festejo. Quanto mais embriagado ficava, tanto mais intransigentemente ele memorizava uma frase que, no fim, quando ficou totalmente anestesiado pelo álcool e esqueceu tudo, continuava a lembrar. Num tom de triunfo, recitava a frase, como se fosse a fórmula da salvação, a contra-senha que lhe abriria as portas do paraíso: amanhã começa a vida essencial.

O porteiro noturno do pequeno hotel no centro da cidade já conhecia Leo; ele não entendeu o que Leo dizia, também não lhe interessava. Sem dizer uma só palavra deu-lhe a chave de um quarto e voltou a se concentrar no preenchimento do volante da loteria esportiva.

Quando Leo chegou em casa na manhã seguinte, ele estava com uma terrível dor de cabeça. Mas não podia, de jeito nenhum, sucumbir à autocomiseração. Nesse aspecto, era duríssimo consigo mesmo. Obrigou-se a fazer uma análise racional da situação. Sem dúvida, ele deveria sacrificar mais esse dia em prol de seu restabelecimento físico, para poder lançar-se ao trabalho no dia seguinte, descansado e de posse de todas as suas forças.

Teve que sacrificar ainda muitos outros dias. A cada dia ficava claro que as condições ainda não correspondiam às exigências de seu trabalho, sendo necessários, portanto, mais investimentos em tempo e dinheiro. Os livros ainda estavam amontoados no chão do seu antigo quarto de trabalho. Tinha que levá-los para o novo. Mas onde pô-los? De novo, no chão? Desse jeito, não daria para trabalhar. Não haveria ordem nenhuma. Ele iria tropeçar o tempo todo nos livros sem encontrar aquele de que precisaria em um determinado instante. Primeiro era necessário separar os seus livros dos de Judith. Aliás, essa separação deveria ter sido feita muito tempo antes. A cada um dos livros de Judith que ele pegava, surpreendia-se pelo fato de alguma vez no passado ter podido idealizar aquela mulher tão imensamente. Literatura decadente, como Sterne, Proust, Kafka, ou epígonos como Machado de Assis, ou epígonos decadentes, como as últimas obras de Érico Veríssimo. Horroroso. Leo sentia como se estivesse folheando a vida interior de Judith, cuja verdade se mostrava ali, com absoluta clareza. Precisou de muito tempo para esse trabalho, uma semana toda, porque folheava e lia trechos de cada um dos livros de Judith, e porque, ao ver os trechos que Judith tinha grifado ou assinalado de alguma forma, e ao lembrar a própria Judith, sentia-se tão intoxicado que precisava parar, sair, ventilar a cabeça, beber, para poder retomar o trabalho no dia seguinte. Finalmente todos os livros de Judith estavam separados, embalados em caixas e guardados no escritório velho. Mas ainda não se havia estabelecido nenhuma ordem em seu novo local de trabalho. Os seus livros ainda estavam no chão. Era necessário solucionar o problema dos livros espalhados de forma racional e definitiva, isso ele percebeu, uma meia solução só serviria para atrapalhá-lo em tudo. Lembrou-se de uma loja na avenida Ibirapuera onde, no tempo em que acompanhara Judith em sua fúria de instalação, tinha lhe chamado a atenção uma grande variedade de estantes e prateleiras. Tinha que ser decidido, pensou Leo, e ir até aquela loja. No fim das contas, estava numa encruzilhada histórica do seu desenvolvimento pessoal. Finalmente estava livre para o trabalho. Agora ou faria tudo certo ou tudo errado. Não podia ser por mero acaso que seu trabalho, de certa forma um estudo filosófico ideal, o coagisse a criar condições ideais de trabalho. Não poderia se furtar, por comodismo, a essa tendência coercitiva. Além do mais, pensou em meio a um repentino e peculiar estado de ânimo, mistura de euforia e melancolia, além do mais agora dava realmente para se ver um fim: aquela seria a última compra necessária. Foi até a loja das estantes e lá encontrou dois móveis adequados, feitos da mesma madeira da escrivaninha, mogno, o que faria com que combinassem bem entre si, achou. Eram prateleiras fechadas, com portas envidraçadas que protegeriam seus livros da poeira. Por trás dos vidros havia um revestimento de seda verde, algo que Leo achou muito sensato. Desse modo, os livros ficariam subtraídos ao seu olhar e não poderiam incutir-lhe modéstia nem desânimo só pelo fato de serem obras acabadas, enquanto a dele ainda estava em elaboração. Dentro daqueles móveis, seus livros adquiririam seu verdadeiro valor, ficando encerrados, no sentido de suprassumidos, quer dizer, fechados à chave até que ele fosse consultá-los em caso de necessidade. Comprou os dois móveis, que foram entregues já no dia seguinte. O restante do dia Leo ficou guardando seus livros. Abriu alguns, dos quais tirava a poeira antes de classificá-los, começou a ler, primeiro em pé, depois sentado confortavelmente em seu sofá, com as pernas apoiadas numa das poltronas, e durante instantes ficava tão feliz que não podia continuar a leitura, a ponto de ficar apenas olhando emocionado para o livro que estava segurando nas mãos. Anoiteceu, não havia mais nenhum livro sobre o chão, o quarto de trabalho estava arrumado na mais perfeita ordem funcional. Leo começou a andar de um lado para o outro, fumando Palomitas e imaginando como seria quando começasse, amanhã mesmo, a escrever o trabalho ali. O assoalho rangia. Isso irritou Leo. Era possível que esse rangido atrapalhasse sua concentração. O seu trabalho. Ele não podia permitir que nada o atrapalhasse. Tentou concentrar seus pensamentos apenas no trabalho. *O sistema da ciência*, pensou Leo, de Leopold Joachim Singer. *Última parte*, ele pensou, a *Fenomenologia da desespiritualização. História do saber em desaparecimento*, ele pensou, pensou e repensou com tanta intensidade que chegou a ver, com seus olhos interiores, essas palavras escritas, como título de um livro já impresso. Sentiu necessidade de continuar pensando, porque tais pensamentos lhe davam prazer. Agora já estava vendo o livro nas vitrines das livrarias, via a sua lombada — Singer *Fenomenologia* — em tudo quanto era estante ou prateleira, uma imensa variedade se descortinava aos seus olhos, tal como vira no dia anterior na loja onde comprara os dois móveis. Estantes de todos os estilos, a biblioteca universal ideal, todas as prateleiras estavam vazias porque ainda esperavam pelo seu livro, que iria superar todos os outros, e de repente todas as prateleiras estavam carregadas com exemplares dele, e logo ficavam vazias de novo, certamente porque todo o mundo estava lendo seu livro em meio a uma concentração coletiva tão forte que no mundo inteiro só se ouvia um ruído: farfalhar e ranger. O assoalho não rangia com a mesma intensidade em todos os lugares. Leo se deteve, irritado. Bem tinha imaginado. Aquele assoalho iria distraí-lo e levá-lo a ter pensamentos desencontrados. Passou a andar sistematicamente pelo quarto, balançando o corpo após cada passo sobre as pontas dos pés, para verificar quais eram as tábuas que apresentavam problemas, quais rangiam mais alto e onde o piso estava firme sob os pés, não fazendo nenhum ou muito pouco ruído. Queria encontrar um caminho ideal para o seu pensamento dentro daquele quarto, um caminho que ele pudesse percorrer sem ter sua concentração interrompida. Passado algum tempo ficou desesperado e desistiu. Não havia um caminho ideal. Quis olhar para fora pela janela, pensativo, tal como o faziam em situações semelhantes tantos heróis que lhe eram familiares na literatura — e só pôde ver a si próprio. Também nisso ele não tinha pensado. Durante a noite as vidraças se transformavam em espelhos, uma situação irritante que iria destruir por inteiro sua capacidade de trabalho, sobretudo nas horas tão importantes do entardecer e da noite, durante as quais sua criatividade, como a de todas as pessoas fecundas, atingia o seu ápice. Era algo que requeria uma solução imediata, caso contrário nem poderia pensar em trabalhar. Sem hesitar, saiu de casa e bebeu até chegar a um grau de embriaguez e de cansaço que lhe permitiu adormecer.

No dia seguinte Leo foi até a Jotapetes, a maior loja de tapetes e cortinas da cidade, certo de que encontraria sem dificuldades um tecido apropriado para as cortinas de que precisava. Sentia-se exaurido e desanimado. Já tinha gasto quase toda a sua energia antes mesmo de ter conseguido transformá-la em trabalho. De novo estava a caminho de uma loja qualquer. Ele, que estava destinado a escrever um trabalho sobre o fim da história, não conseguia criar as condições necessárias para finalmente iniciar esse trabalho. Sentia como se estivesse caminhando numa esteira, fazendo um imenso esforço para se movimentar, mas sem sair do lugar. É claro que a culpa era de Judith, sem qualquer dúvida. Tudo tinha começado com sua fúria de instalação. Era ela quem o havia empurrado para esta esteira. E agora ele se via obrigado a procurar uma loja após outra para solucionar os problemas de decoração que ela causara. Não, pensou com determinação, ainda um último investimento, cortinas, para poder cobrir as janelas que viravam espelhos à noite, e depois teria escapado da esteira de Judith e poderia progredir no seu trabalho. Leo ficou totalmente confuso diante da imensa variedade de tecidos, entregue à exagerada amabilidade do vendedor de um modo tão indefeso que se deixou convencer a comprar um tecido caríssimo de seda vermelha. Pelo menos, ele pensou, o tecido combinaria bem, tanto na cor como no material, com o conjunto barroco. Além disso, Leo comprou um grosso carpete, também vermelho, porque a concordância cromática lhe pareceu ser o único critério para uma rápida tomada de decisão. A confecção das cortinas e a colocação do carpete demorariam uma semana. Leo passou esse tempo nos bares, nos quais ficava como em salas de espera.

Quando finalmente voltou para o seu quarto de trabalho ficou horrorizado. O vermelho era demais. Proibiu-se de fazer qualquer tipo de associação. Sem dúvida iria se acostumar à situação, pensou. Em pouco tempo o domínio opressivo da cor vermelha não mais iria espantá-lo, logo pareceria a expressão lógica, coerente, do seu mundo. Só que não deveria pensar de jeito nenhum no fogo do inferno ou em sangue, não deveria pensar em nada, na melhor das hipóteses em alvorada, em algo novo, no progresso. No progresso que agora certamente haveria em seu trabalho. Pelo menos o chão não rangia mais. As janelas não mais o espelhavam. E, no mais, precisaria apenas se ater, ao levantar os olhos do seu trabalho, ao branco liso e inocente das paredes. As paredes. Esse era agora o problema seguinte. Leo percebeu que as paredes estavam cheias de fendas e rachaduras, as quais passou imediatamente a investigar com nervosismo. A tinta estava começando a formar bolhas do tamanho de um pires e a descascar tão logo Leo apoiava a mão nas paredes. Pelo visto, o pintor não havia raspado bem a pintura velha antes de passar a nova, ou não tinha feito raspagem nenhuma, motivo pelo qual a pintura nova, ao secar, não podia ter aderência. Era uma catástrofe. A mera idéia de mandar repintar tudo era insuportável para Leo. Mas também não podia ficar como estava. Leo ficou desesperado durante dias, perguntando-se o que deveria fazer. Finalmente chamou um aplicador de papel de parede. Escolheu um papel com finas listras longitudinais na cor verde, para compensar o excesso de vermelho em seu quarto de trabalho e, além do mais, essa cor combinava com o verde da seda que ficava por trás dos vidros das portas dos armários da biblioteca. Leo controlou o tempo todo a aplicação do papel de parede, para impedir qualquer erro. Depois de acabado o trabalho, estranhamente, ele não se sentiu aliviado, mas quase um pouco triste. Ah, se o seu trabalho fosse tão diretamente vinculado aos sentidos como o dos operários! Leo achou bonito contemplar aquele trabalho, chegou até a invejá-los pelo fato de poderem pegar nas mãos aquilo com que trabalhavam, e porque sua técnica e seus atos mostravam um resultado imediatamente perceptível. Ah, se ele pudesse servir-se dos seus pensamentos como aqueles dois se serviam dos baldes de grude, se ele pudesse desenrolar suas teses com a mesma simplicidade com que os dois desenrolavam o papel de parede, se suas teorias pudessem ser visualizadas de forma tão convincente e natural como aquelas paredes revestidas com tanta perfeição. Leo tentou recobrar a razão e ver as paredes com o olhar gélido daquele que agora deveria passar a pensar apenas na essência do trabalho. Mas o que ocorreria se ele acabasse ficando irritado pelo fato de ver listras verdes em todas as paredes? Aliás, listras. Não lembravam as grades de uma cadeia? Esse símile era coerente ou apenas irritante? Após dias de reflexão e de procura achou numa loja de antigüidades um gobelino grande e bonito, que mandou afixar numa das paredes do quarto, onde estava o conjunto barroco. Um aperfeiçoamento sem dúvida, mas ainda não a perfeição. O teto do quarto, que evidentemente não tinha sido revestido de papel pintado, começou a apresentar rachaduras. Leo comprou um lustre em estilo veneziano, e mesmo que ele não estivesse seguro de que lembranças de Veneza lhe fossem agradáveis, o lustre pelo menos atraía imediatamente sua atenção quando ele dirigia seu olhar para cima. Dessa forma o problema do forro e de suas rachaduras estava mais ou menos resolvido. Poderia agora começar com seu trabalho? Ainda não. A predominância da cor vermelha ainda não o deixava tranqüilo. Havia vermelho demais naquele quarto, as cortinas, o carpete, o estofamento do conjunto barroco. O problema nisso tudo estava em que agora, quando Leo via as grandes marcas de sangue coagulado na Pietà, não conseguia fugir à impressão de estar nadando em sangue, naquele quarto. Isso com certeza era absurdo e não podia ficar assim. Comprou um grosso tapete verde, no mesmo tom das listras do papel pintado, e o estendeu por sobre o carpete vermelho.

O espaço todo ganhou assim um caráter muito peculiar. Certamente não era o quarto que ele imaginava como o lugar ideal para trabalhar, pensou. Por outro lado, nunca tinha imaginado concretamente o seu quarto de trabalho ideal. Tinha se instalado por si mesmo, desenvolvendo um dinamismo próprio, que se traduzira no empenho com que se dedicara às compras. Lá estava, e Leo não sabia se deveria sentir-se aliviado porque felizmente a instalação havia chegado ao fim, ou confuso e deprimido, porque o resultado era aquilo que ele estava vendo. Se aquele quarto exibia as condições ideais de trabalho, aquelas que o seu trabalho demandava, ele não sabia — procurou palavras em sua cabeça, queria evitar a todo custo a idéia de que não sabia se ainda estava convicto do seu trabalho. Nesse instante tocou o telefone. Era Judith.

Leo ficou estarrecido ao ouvir-lhe a voz. Não obstante tratar-se de um mero telefonema, algo aparentemente tão inofensivo, dos abalos provocados por Judith em Leo, este foi a gota d'água, o que faltava para que ele desmoronasse definitivamente. Como é que ele estava indo? Ora, Leo estava tão fora de si que precisou também procurar a resposta fora de si. Olhou a sua volta. Bom, no seu quarto agora realmente não havia mais o que fazer. Viu o corpo dolorido, ensangüentado de Cristo no colo da Virgem.

Você sabe como é doloroso o meu trabalho, disse. Mas já acabei os rascunhos, só falta passar o texto a limpo. Leo ainda não o teria admitido, mas já intuía que aquilo não era mais verdade.

Judith queria ter seus livros de volta. Nesse meio tempo, ela havia achado e se mudado para uma casa não muito grande, no Brooklin, perto da fábrica de munição, na região onde Leo já tinha morado. A maior parte das coisas de que ela precisava já estavam organizadas, só faltavam os seus livros.

Leo ofereceu-se para levar-lhe as caixas com os livros em seu carro.

A casa de Judith. Na sala não havia nada além de um sofá de dois lugares, bem no meio, embaixo de uma lâmpada nua pendendo de um fio elétrico. No chão, um toca-discos e alguns discos. No quarto, apenas uma cama e um armário. No outro quarto, que Judith usava como escritório, havia uma escrivaninha e uma cadeira. Isso era tudo. Ponha as caixas aqui no chão, disse Judith, e daí escolho os livros de que preciso. Leo olhou em torno e teria gostado de exclamar: sim, eu fico aqui. Não queria voltar nunca mais para casa. Seu próprio quarto de trabalho parecia-lhe agora totalmente absurdo. Ele tinha querido apagar as pegadas de Judith em sua casa e com isso tinha criado condições que também não lhe diziam respeito. Enquanto aqui tudo era como se

Você quer um cafezinho, Leo?

Quero sim, obrigado, disse ele, Judith saiu e Leo sentou-se junto à escrivaninha. É, isso mesmo, era assim mesmo. Era como ele tinha imaginado, se tivesse podido imaginar algo. Ao mesmo tempo, não teria tido que imaginar nada. Porque no começo, quando voltou ao Brasil, não tinha morado nas mesmas condições? Em condições espartanas como aquelas, apropriadas para ele, nas quais o espírito poderia certamente se expandir livremente, coisa que então só não tinha acontecido, porque de início ele tivera que se concentrar exclusivamente na venda dos terrenos. E o cheiro de pólvora. O cheiro de Judith. Leo teria gostado de chorar. Seus olhos ficaram úmidos de fato, e ele fechou e abriu rapidamente as pálpebras algumas vezes. Ali estava em casa — e nunca poderia estar. Tinha retornado ao início, mas não para começar de novo, apenas para ser obrigado a ver que tinha feito tudo errado. Se Judith não se tivesse mudado para a casa dele, mas se agora se mudasse para ali, para perto de Judith —

Você não teria gostado de ter seus móveis de volta?, perguntou Leo, quando Judith chegou com o café, depositou a bandeja sobre a escrivaninha e, na falta de uma segunda cadeira, ficou em pé ao seu lado.

Não, para quê?, disse Judith, para mim sozinha o que eu tenho aqui chega. Estes são os móveis que eu tinha no meu quarto, na casa de meus pais, são por assim dizer os móveis da minha infância, e eu não preciso de mais nada.

Leo sentiu um cansaço do qual pensava nunca mais poder se livrar, porque era o grande e derradeiro cansaço. Em sua casa ele iria — que outra coisa poderia fazer? — passear pelo jardim, pensando, lá ficava o esconderijo de quando brincava de Lampião, e aqui está a árvore de Oblomow, embaixo da qual deitava quando sonhava com uma carreira acadêmica. E quando ele visitasse Judith, estaria numa casa montada com sobriedade espartana no

Brooklin, com cheiro de pólvora, ali havia começado sua vida adulta, pela primeira vez longe da mãe, sonhos patéticos com o grande amor e com o grande êxito. E também Judith tinha retornado a esse ponto, no fundo aquilo ali era o seu quarto de menina, só que desengatado da casa paterna, ali ela sonhara com Viena, e o que quer que os dois acreditassem que ainda tinham pela frente na verdade já seria apenas passado, porque ambos viviam só nas lembranças do tempo em que tinham de fato coisas pela frente. Só faltava o Café Sport.

Não longe de sua nova casa, na avenida Adolfo Pinheiro, Judith tinha descoberto um bar inaugurado há pouco. O Bar Esperança. Quis mostrá-lo a Leo. Daria para tomarem algo juntos e continuar a falar.

Dos velhos tempos?

Por que não?

É, por que não?

O dono do Bar Esperança era um vienense e por isso o local tinha se transformado em pouco tempo no ponto de encontro dos austríacos que moravam em São Paulo. Era, portanto, como o Café Sport em Viena, só que seu antípoda, a clientela também se constituía sobretudo de estrangeiros. Os habitués se dividiam em dois grupos: por um lado, empresários e executivos austríacos, funcionários de empresas multinacionais, pelo outro, artistas e intelectuais, que vinham porque Oswald, o dono do bar, era um pintor bastante valorizado em São Paulo naquele momento. O dinheiro obtido na venda dos quadros de uma exposição individual muito comentada tinha dado para comprar o bar. Os dois grupos, após um consumo etílico suficiente para levar a uma embriaguez de onipotência, chegavam a um acordo a respeito da própria superioridade diante dos nativos, denominados, com desprezo, de "os brásis". Quando o consumo etílico avançava ainda mais, essa harmonia se desfazia, levando à troca de zombarias e insultos entre ambos os grupos. Os artistas censuravam os empresários e executivos pela sua ignorância cultural e intelectual, que seria ainda maior do que a dos brásis analfabetos. Riam das atitudes desses novos ricos, que consistiam em importar mobiliários completos da Áustria, no estilo falsamente camponês, só para impressionar os brásis, ou em aceitar comportadamente os convites do cônsul austríaco, totalmente gagá, para irem a um concerto dos Meninos Cantores de Viena e, depois, terem que ouvir as congratulações das esposas dos milionários brasileiros pela refinada cultura austríaca. Os empresários, por seu lado, caçoavam da falta de realismo e da ignorância em assuntos econômicos por parte dos artistas, que precisariam ir morar junto com os brásis na favela se não recebessem subsídios ou bolsas do governo austríaco, chamavam os intelectuais de parasitas e de malucos, que acreditavam em teorias abstrusas que não se sustentavam na prática, a qual, eles, os empresários e executivos, conheciam melhor do que ninguém, evidentemente. Estas discussões desenvolviam-se num campo de tensão delimitado por frases que começavam com as palavras "o ser humano" ou "sua besta". Com mais um avanço do consumo etílico, atendido por Oswald com maestria, voltava a se estabelecer uma confraternização que se manifestava através de mútuas congratulações pelo fato de terem todos eles ido muito além dos "remanescentes" em termos de experiência de mundo, e todos desancavam os compatriotas que ainda viviam na Áustria pelo seu provincianismo. Chegada a hora de fechar, tinha se estabelecido uma peculiar euforia generalizada, alimentada sentimental e voluptuosamente pela consciência feliz de que nenhum deles estava em casa em lugar nenhum, ou seja, de que todos eram elite em qualquer lugar do mundo. Tratava-se ali, portanto, dos assuntos mais banais que atingem o emigrante circunstancial, e qualquer ser pensante teria fugido imediatamente daquele lugar.

Leo iria tornar-se habitué do Bar Esperança.

Para ele, a atmosfera do lugar tinha algo de sedutor, que o impelia a continuar freqüentando o bar. Por mais estranho que parecesse, o bar tinha sido como que criado para ele. Pela primeira vez em sua vida gozava de reconhecimento geral. As casualidades e as omissões de sua vida organizavam-se neste bar, formando a imagem de um triunfo que ele festejava diariamente até a hora de fechar. Porque ele era o único freguês considerado como autoridade pelos dois grupos que conviviam ali, ou seja, por todo o mundo. Os empresários e executivos o aceitavam como protegido do veterano banqueiro Löwinger, como alguém que também tinha chegado sozinho a ser dono de um apreciável patrimônio. E os intelectuais o aceitavam não apenas como amigo íntimo do legendário colecionador de arte Löwinger, mas também como velho combatente da teoria crítica, como aquele que, como eles muito bem lembravam, alguns anos atrás tinha criado um certo qüiproquó com as suas teorias vanguardistas relativas ao pensamento de Hegel, alguém que era capaz ainda hoje de fazer palestras sobre qualquer assunto, sem nenhum problema.

Após pouco tempo Leo ganhou, no Bar Esperança, o apelido de "professor", o que para os intelectuais era expressão de reconhecimento justamente pelas suas qualidades intelectuais, e para os empresários e executivos, reconhecimento pela sua ascensão econômica. Para uns ele era um livre-pensador, para outros, um homem economicamente bem-sucedido, e Leo só podia viver tudo isso com satisfação, a qual, contudo, desaparecia por inteiro quando ele voltava para casa, após o bar ter fechado, motivo pelo qual ele se tornou cada vez mais dependente daquele lugar.

Ao raiar de um dia em que estava de pé em seu quarto de trabalho, bêbado e ainda trazendo consigo a parcela de alegria conquistada no Bar Esperança, vendo os móveis tão empoeirados que daria para escrever com o dedo sobre a tampa da escrivaninha, Leo pensou que aquele quarto era a única obra que ele tinha acabado de verdade. A minha obra principal, ele pensou. Na verdade, deveria abri-lo à visitação pública, cobrando ingresso, como expressão objetivada das aporias da existência de um intelectual. Ou então, refletiu, enquanto enchia um copo de cachaça para poder cair definitivamente no sono, ou então deveria tentar vender o quarto todo ao Museu de Arte Moderna.

Na manhã seguinte, considerada à luz do dia, não teria achado essa idéia tão divertida, mas então felizmente ele a tinha esquecido.

Com Judith sucedeu o que Leo poderia ter imaginado de mais terrível no passado. Surgiu uma amizade morna, na qual todo o passado, tudo aquilo que antes tinha produzido constantes separações, funcionava, agora, como uma argamassa confiável. Para Leo, o Bar Esperança se transformou, de fato, na grande síntese da vida; Leo e Judith apresentavam-se ali como um velho casal, algo que na verdade eles jamais tinham sido, como a aliança de dois aposentados que tivessem decidido que tinha chegado a hora de dar uma oportunidade aos mais jovens, cujas qualidades eles discutiam, tomando como base um vigor mutuamente concedido, que lhes permitiria reassumir o comando a qualquer instante, caso fosse necessário. Enganosa, essa concordância; cada um dos dois sabia muito bem que o outro nunca tinha tido o comando de nada, o que dava lugar a mútuas expressões de cinismo, as quais, quando se tornavam demasiado verdadeiras e dolorosas, faziam-nos recair em saudosas juras de amor.

De vez em quando os dois até iam juntos para a cama, não sem se perguntarem, enquanto tiravam a roupa, de qual dos jovens do bar o outro teria gostado naquele dia, depois do que os dois, feridos e irados, davam-se as costas e tentavam adormecer. Judith começou a cheirar cocaína e ficou rapidamente dependente dessa droga, que a deixava eufórica e que, mais importante ainda, parecia libertá-la temporariamente do sono que ela tanto temia. Leo a criticava por isso, e ela reagia chamando-lhe a atenção para sua dependência do álcool. Judith emagrecia a olhos vistos de tanto cheirar, Leo de tanto beber, era como se os dois tivessem decidido não fazer mais nada a não ser sumir lentamente do mundo, quilo a quilo.

Judith tinha perdido as esperanças de alguma vez encontrar um trabalho que estivesse de acordo com o que ela tinha estudado e vivia do dinheiro que ganhava dando aulas de alemão numa escola de línguas. Ao mesmo tempo, ela havia começado a escrever um trabalho sobre Laurence Sterne, sem, contudo, alimentar pretensões ou esperanças com ele, talvez para manter algo do apreço por si mesma, talvez apenas como terapia ocupacional, para preencher suas horas de insônia. Claro que Leo via isso num contexto lógico e histórico: após ter voltado para o seu quarto de menina, ela tinha que reler o livro infantil preferido.

Leo tinha abdicado de sua pretensão de escrever a continuação da obra de Hegel. Bastava-lhe a cátedra no bar, a qual lhe dava pelo menos a sensação de ter cumprido de alguma forma com essa pretensão. Pena, disse Judith, o mundo esperou em vão durante quinze anos que Leo o mudasse para melhor.

Era a unidade na decomposição, da qual eles se alimentavam, enquanto se consumiam um ao outro.

Uma despedida na rua, diante do bar, depois de ele ter fechado. Judith passou a mão nos cabelos de Leo e perguntou se ele ainda se fazia massagear o couro cabeludo. Sim, disse Leo, e apertou o rosto contra o pescoço de Judith, dando-lhe um beijo, de modo a não vê-la, para poder vê-la apenas como a tinha gravado na memória. Isso já poderia ter sido um fim, porque as coisas poderiam ter permanecido dessa maneira para sempre, não fosse o aparecimento de um novo freguês no Bar Esperança.

O contato de Leo e Judith com o novato começou com um estrondo. Na verdade, foi um tiro, mas não passou de um estrondo. De início, era uma noite bastante tranqüila no bar, deixando de lado o fato de Leo e Judith estarem brigando. Judith tinha cheirado cocaína no banheiro, coisa que Leo percebeu logo quando ela voltou ao balcão do bar. Ela apareceu numa mistura de desleixo e excitação que irritou Leo profundamente. Era um estado de embriaguez que ele não conseguia afinar com a sua embriaguez etílica, uma vibração enervante, uma embriaguez que não era legal. Leo quis censurá-la mais uma vez, quando a porta abriu e por ela irrompeu um homem de aspecto miserável, de uns trinta anos de idade, com uma arma na mão. Ninguém se mexe!, ele gritou. Ficou parado com as pernas escancaradas, movimentando lentamente a mão com o revólver, de um lado para o outro. Vestia uma camiseta desbotada, calça jeans surrada, tênis. Seu cabelo estava desgrenhado. A pele provavelmente morena clara tinha assumido uma coloração entre o sujo e o cinzento, como a das fachadas dos prédios no centro da cidade.

Assaltos como esse estavam se tornando freqüentes nas metrópoles brasileiras. A miséria aumentava. Muita gente não via a menor chance de conseguir trabalho nem de ter uma renda regular. Uma renda, qualquer que fosse sua origem, bastava. Não existia seguro-desemprego. Assaltar um restaurante era menos arriscado do que assaltar um banco. Os desesperados, que tiravam dinheiro e jóias dos fregueses e ainda levavam uma quentinha da cozinha, não achavam que estivessem fazendo mal a ninguém. Depois do assalto, as vítimas pegariam seus carros e iriam para suas belas casas ou apartamentos e, no dia seguinte, se tivessem vontade, iriam jantar noutro restaurante. Não eram vítimas. Vítima era aquele homem.

No bar fez-se um silêncio mortal. Embora já tivessem lido ou ouvido falar desses assaltos, todos ficaram realmente surpresos, como comentaram mais tarde. Esse assalto tinha duas coisas incomuns. Primeiro, porque estava ocorrendo naquele bairro, onde praticamente não havia vida noturna, e segundo, porque o assaltante estava sozinho. Aquele homem não poderia ter todo o mundo sob seu controle o tempo todo. Queria dinheiro vivo, relógios e jóias. Pôs uma sacola de plástico sobre uma mesa, bota tudo aí dentro, depressa! Deu uns passos para trás, em direção ao balcão, indicou com um gesto nervoso feito com sua arma que todos os que estavam junto ao balcão deviam sair dali e se juntar aos outros. Lentamente cada uma dessas pessoas passou ao lado do homem, que virou o corpo de repente, talvez porque ficara mais nervoso ainda devido a algum barulho, e apontou a arma novamente para os fregueses que estavam sentados às mesas. Nesse instante ele ficou bem na frente de Judith, dando-lhe as costas.

Eu nunca teria feito uma coisa dessas, ela disse mais tarde, se não tivesse cheirado coca imediatamente antes. Fui rápida demais para poder controlar-me, a idéia, a sensação de invulnerabilidade e a ação, tudo isso ocorreu ao mesmo tempo. Judith transformou-se numa heroína arrependida. Porque sentia pena daquele homem e porque só mais tarde teve consciência do perigo a que havia exposto os outros fregueses do bar.

Ela pegou uma garrafa de pinga do balcão e a arrebentou na cabeça do homem.

Os acontecimentos seguintes também pareceram ocorrer simultaneamente. A garrafa se estilhaçou, o homem caiu desmaiado, um tiro foi disparado, um freguês deu um grito e também caiu ao chão. Então todo o mundo começou a berrar.

O assaltante não oferecia mais nenhum perigo. Estava desmaiado, no chão, com a cabeça ensangüentada. Oswald pegou o revólver e chamou a polícia. Os outros se aglomeraram em volta do freguês atingido, era um jovem que ninguém conhecia e que tinha aparecido pela primeira vez no bar. Estava deitado de costas, com a cabeça apoiada na parede, uma perna recolhida e cruzada sobre a coxa da outra, os braços cruzados sobre o ventre. Parecia estar dormindo com a cabeça levantada e sentia uma imensa pressão na bexiga. Os outros pensavam que o tiro tivesse atingido o seu abdome. Judith começou a passar mal e sentou-se.

Está vivo!, ela ouviu alguém exclamar. Está vivo! Está vivo! Temos que mudá-lo de posição, ela ouviu, senão ele pode se asfixiar, se ficar com a cabeça desse jeito. Pelo amor de Deus, nada disso, é muito perigoso mexer nele, se ele tiver ferimentos internos. É isso, é isso, ele tem que ficar do jeito que está, até a polícia chegar. Ele não precisa da polícia, precisa de uma ambulância. Alguém já chamou uma ambulância? É capaz de se asfixiar, eu sei do que estou falando, fiz um curso de primeiros socorros e, não, pare com isso, tudo bem, se você quiser, mas a responsabilidade é toda sua. Não dá para ver sangue, ele não está sangrando. Isso foi Leo quem disse. Judith levantou-se e abriu passagem por entre as pessoas. Nesse momento o jovem abriu os olhos e sorriu entre surpreso e envergonhado. Murmúrios. Ele se ergueu com cuidado e passou os olhos pelo próprio corpo. Agora o silêncio era o mesmo que reinara durante o assalto. Ninguém se mexia. Você está ferido?, perguntou Leo finalmente.

Não sei, disse o homem, ouvi o tiro, senti uma pancada aqui, nos quadris e, minha cabeça, ele disse, massageando a nuca. Abriu o paletó e observou o seu quadril esquerdo, aqui, não dava para ver nada, nenhum orifício de bala, nada de sangue. Gozado, ele disse, eu achei que, e a pancada me jogou ao chão, massageou de novo a nuca, e devo ter batido com a cabeça na parede, e depois não me lembro de mais nada. A não ser que, ele disse e passou a observar o paletó, aqui! Mas não é possível! Não é possível uma coisa dessas! No bolso do seu paletó havia um pequeno buraco, quase invisível, ele pôs a mão no bolso e tirou dele um livro, dentro do qual, como todos quiseram verificar, estava de fato incrustado um projétil. Leo reconheceu o livro imediatamente. Era a *Fenomenologia do Espírito* de Hegel. A edição de capa preta, com o extenso anexo bibliográfico, que Leo também tinha.

O choque generalizado e a imensa surpresa dissolveram-se em gargalhadas de alívio, quase histéricas, justamente no momento em que chegou a polícia.

Os guardas não demoraram a entender o verdadeiro motivo da peculiar algazarra que reinava no local. Abanando a cabeça, o mais novo dos dois policiais observava sem parar o livro com a bala incrustada. Esse tal de Hegel, será que ele escreveu outros livros além deste?, perguntou por fim, sorrindo. Escreveu algo para o coração? Estou dizendo isso porque eu sempre tenho medo de levar um tiro no coração.

Pelo rádio os policiais pediram que viesse um ônibus para levar todos os presentes até a delegacia, para lavrar o boletim de ocorrência. Na sala da delegacia, iluminada por luz fluorescente, diante dos escrivães com suas máquinas de escrever antediluvianas, logo se estabeleceu uma atmosfera de ressaca. Pela porta aberta dava para ver um corredor e gente sendo puxada de um lado para o outro, bêbados caindo de maduros ou travestis seminus. Judith não podia tirar os olhos daquela porta, tinha a impressão de estar olhando pelo visor de uma câmara com o zoom enlouquecido, puxando rostos para um close-up e arremessando-os para um plano longínquo, bochechas com a barba malfeita e bocas desdentadas, olhos avermelhados. Leo estava de pé ao lado de Judith e acariciava sua mão o tempo todo, para acalmá-la; tinha medo de que a polícia percebesse que ela havia cheirado cocaína. Havia como que um silêncio absoluto nessa sala, embora continuamente fossem feitas perguntas e dadas respostas, e os escrivães martelassem nas suas máquinas. Saímos do Bar Esperança para deixar toda esperança ao entrar aqui, disse o jovem que havia recebido o tiro. Alguns dos outros fregueses agradeceram a piada esfarrapada com sorrisos esfarrapados.

Depois de todos terem sido ouvidos e de o boletim de ocorrência ter sido lavrado, todo o mundo foi embora o mais depressa possível.

De repente, Leo, Judith e o jovem ficaram sozinhos no meio da noite, na calçada, na porta da delegacia. Que tal uma saideira nalgum lugar perto daqui?, perguntou Leo. É para já, disse o jovem, eu nem sei o que faria sozinho numa hora dessas. Esse foi o começo — não, não de uma amizade, foi o começo de um relacionamento.

Encontraram um barzinho não muito longe, que ainda estava aberto, uma espécie de garagem, dentro da qual havia um balcão com a beirada de metal cromado, os banquinhos presos. Na frente, num cimentado, algumas mesas e cadeiras dobráveis, de ferro, muito enferrujadas, mostrando ainda restos da tinta amarela original. O barzinho ficava bem em frente da Jotapetes, com vitrines valorizadas por uma iluminação feérica, mas Leo as ignorou. Pediram ovos de codorna e cerveja.

O jovem chamava-se Roman Gilanian e vinha de Viena. Tinha vinte e seis anos de idade, um pouco mais do que Leo tinha imaginado. Era um jovem talentoso, imaginem, com a *Fenomenologia* de Hegel no bolso! Mas também sabia sair do sério.

Nem dá para imaginar o que teria acontecido se você não estivesse com o livro no bolso, disse Judith. Eu teria sido culpada da sua

Talvez ainda apareça uma outra oportunidade para eu me tornar sua vítima, disse Roman, inclinando-se em direção a Judith com olhar maroto.

Bem, disse Leo, pigarreando nervoso, o que eu queria dizer era que. Leo estava impaciente. Queria saber mais coisas sobre Roman, o que ele fazia, por que ele andava com a *Fenomenologia* no bolso.

Roman contou que tinha chegado havia pouco em São Paulo. Trabalhava na universidade.

Dá aulas de filosofia?, perguntou Leo.

Não, literatura austríaca, era leitor junto à cadeira de alemão.

E Hegel, o senhor lê Hegel como diversão?, perguntou Leo, incrédulo.

Não, nada disso, eu até ficaria grato se o senhor pudesse me mostrar como se pode ler Hegel como diversão, disse Roman. É uma história esquisita, continuou, temo que o senhor não iria acreditar, se eu contasse. Por outro lado, depois do que aconteceu hoje —

Conte, disse Leo. Sim, conte, disse Judith.

Muito bem, disse Roman, a história aconteceu há pouco tempo em Viena, pouco antes de minha partida, e eu mesmo só me envolvi de passagem. Uma vez por semana eu jogava futebol num time de amadores. Com lentes de contato, é claro, ele disse, ao perceber os olhares surpresos dos outros dois em direção aos seus grossos óculos, além do que, disse, eram amadores mesmo, a gente jogava só para se divertir, éramos todos uns pernas de pau. A única exceção era o nosso goleiro. O Bloch, esse era o seu nome, já havia jogado num time da primeira divisão, mas parecia que lhe faltava ambição para fazer carreira de futebolista e ganhar dinheiro. Era um goleiro brilhante, tinha excelentes reflexos, mas, e é importante que eu diga isso, por causa da minha história, eu nunca achei que ele tivesse fantasia. Muito pelo contrário. Quem o conhecia sabia que ele nunca teria tido a idéia de comparar a si mesmo, como goleiro, a um tigre. O tigre dos estádios, algo assim. Nada disso. Para ele um tigre era um tigre e um goleiro, um goleiro. Aliás, ele ganhava a vida como montador. Uma profissão que também não desperta excessivamente a fantasia. Vocês sabem o que um montador faz, concretamente? Pois é. Até mesmo o nome da profissão não permite grandes fantasias. Muito bem. A história começou depois de um jogo que a gente só ganhou porque o Bloch defendeu todas as bolas. Nesse jogo, ele conseguiu defender ou devolver as bolas mais incríveis, mais indefensáveis. Claro que, como ex-profissional, ele era um goleiro bem treinado, muito melhor do que os goleiros de todos os outros times de amadores. Mas nesses jogos entre amadores, o goleiro tem que defender lances bem mais difíceis, porque os jogadores da defesa costumam ser pesados e lentos, ruins mesmo, só fazem besteira e dão mil oportunidades aos atacantes do outro time que, por piores que sejam, costumam aproveitar sem dar chance ao goleiro adversário. Bem, eu me atrevo a afirmar que naquele jogo nenhum dos melhores goleiros profissionais do mundo, nem o Dino Zoff, nem o Sepp Maier, nem o Friedl Koncilia nem quem quer que fosse teria evitado que o nosso time levasse pelo menos um gol. Depois do jogo nós fomos, como de costume, comer num restaurante. Alguns jogadores do outro time foram junto. Vocês podem imaginar que a extraordinária performance do Bloch foi amplamente comentada e elogiada. De repente ele disse: Isso não é nada, isso de apanhar uma bola de couro com as mãos. Nós pensamos que ele quisesse modestamente diminuir o que seu modo de jogar tinha de extraordinário, quando ele começou a dizer algo sobre espírito e matéria, dizia que a realidade não resistia diante do espírito e assim por diante. Eu ainda estava perplexo com aquele seu jeito de falar, quando ele disse que, como conseqüência lógica, o saber absoluto deveria dominar absolutamente a realidade. Tudo o que há no mundo funciona de acordo com um só princípio, disse Bloch, haveria por assim dizer um só espírito que se exprimiria tanto na política quanto na religião, na arte, na moral, na comunidade, no comércio, na indústria e também no esporte. O espírito absoluto produziria a partir de si próprio tudo o que objetivamente é e o manteria pacificamente sob seu poder. Em outras palavras, disse Bloch, se, portanto, o mundo material é conduzido pelo espírito, então o espírito, quando avança em direção ao absoluto, ele pode fazer com a matéria o que quiser. Ele poderia manter até a matéria mais agressiva pacificamente sob seu poder. Isso era algo que ele, Bloch, poderia demonstrar muito facilmente, não apenas com uma bola de futebol. Nesse momento, Bloch se levantou da cadeira, puxou um revólver e o ergueu no ar. Vocês podem imaginar o susto no restaurante. Prestem atenção, disse Bloch, agora eu vou segurar com os dentes uma bala disparada contra mim. Casualmente ele estava ao meu lado, portanto ele pôs o revólver em minha mão, afastou-se alguns passos e disse: atire em mim, vá, atire. É claro que eu não podia, não podia simplesmente atirar nele. Fiquei com a arma na mão, sem saber o que fazer, quando um jogador do time adversário gritou em minha direção que eu atirasse, que o revólver devia estar descarregado. Descarregado, exclamou Bloch, pulou em minha direção, arrancou-me o revólver da mão e atirou contra um quadro que estava numa das paredes do restaurante, mostrando um cervo bramindo. O tiro abriu um buraco bem no meio do corpo do animal. Está vendo, disse Bloch para o rapaz que havia duvidado que a arma estivesse carregada, o revólver está carregado sim! Mas é sabido que nem um quadro, nem um cervo são dotados de espírito, e eu temo que você também não tenha chance contra uma bala, rapaz. Daí ele pôs a arma na mão do outro e disse: Atreva-se, atire, aponte para a minha cara. Deu-lhe as costas e foi até o fim do salão em que estávamos. Foi lamentável o jeito como as pessoas reagiram, eu inclusive. Havia alguns que só queriam ver um espetáculo e gritavam atire! atire! Os outros, para os quais tudo isso estava excedendo todos os limites, ficaram sentados, quietos, sem dizer nada. Ninguém fez o menor gesto para pegar a arma e descarregá-la nem para acalmar Bloch e o outro rapaz. Havia um medo meio voluptuoso, como se tudo fosse um filme. Bloch estava de pé, de cabeça erguida, com os braços apoiados nas cadeiras. Aquele doido atirou. Bloch fez um movimento de abocanhar e veio para a nossa mesa com os lábios abertos, como se quisesse fingir um sorriso para tirar uma foto. Entre os dentes trazia a bala. Foi passando diante de cada um de nós, rindo daquele jeito absurdo, para que todos pudessem ver. Depois tirou a bala da boca, gritou: homens de pouca fé! e foi embora.

Depois disso começou imediatamente uma discussão acalorada. Provavelmente, disseram logo alguns, provavelmente só a primeira bala era de verdade e a segunda de festim, e Bloch carregava uma bala de verdade consigo, que ele tinha posto na boca, sem que nós, alvoroçados como estávamos, pudéssemos perceber. Mas, argumentou o outro, ele não teria podido ter certeza de que eu não fosse atirar logo de cara, e então a bala de verdade, aquela que fez o buraco no quadro, teria sido disparada contra ele. A discussão parecia não querer acabar quando o Peter, um cara que era muito devagar, muito cheio de fantasias — aliás, ele era o nosso líbero, e isso era um dos motivos pelos quais o Bloch tinha tido trabalho naquele dia, até um pênalti o Peter tinha cometido —, o Peter disse de repente que podia imaginar muito bem que as coisas materiais de repente pudessem perder todo significado para a gente, tornando-se apenas palavras, que nada mais significassem para além de si mesmas. O que Bloch havia pego com os dentes não era uma bala, ele tinha apenas posto uma palavra na boca. A palavra bala. Vejam, disse Peter, eu também posso fazê-lo. Pegou do bolso do seu paletó uma esferográfica — daí a palavra esferográfica!, ele disse — e escreveu a palavra "bala" sobre uma bolacha como essas daqui, de pôr embaixo do chope, e enfiou a bolacha entre os dentes. Com um olhar envergonhado enfrentou a roda das pessoas que estavam à sua volta. Então todo o mundo caiu na gargalhada. Esse truque é bom, Peter, disse um, vá para o circo com ele, e as gargalhadas aumentaram. Quer dizer que um revólver é também uma esferográfica, alguém disse, e outro: e o cervo é uma bolacha de papelão. Cada um queria ganhar do outro, levar a piada até o limite. Mas o dono desta birosca é o dono da birosca, disse o dono, que acabou aparecendo e pediu ressarcimento pelos danos causados ao quadro e à parede. Bem, eu não preciso me alongar mais nessa parte da história. Só que, para mim, essa experiência não estava liquidada com aquelas piadas com as quais todos estavam tentando se tranqüilizar e vencer a própria perplexidade. A história não me saía da cabeça, e eu acabei contando-a para um colega do Departamento de Filosofia, com quem costumava bater papo. É claro que ele não acreditou. Bem bolado, ele disse, engraçado mesmo. Eu jurei que havia visto tudo aquilo com os meus próprios olhos e pedi novamente a opinião dele, na hipótese de que a história tivesse ocorrido de verdade. Bem, nesse caso eu diria que foi um truque, disse ele. Olhou para mim pensativo e disse: você realmente não inventou essa história? Não, disse eu. Você sabe o que há de mais esquisito nisso tudo?, ele perguntou. Que o cara se chame Bloch. Você conhece o filósofo alemão Ernst Bloch, não conhece? Uma vez ele escreveu que, no fundo, só existem dois autores, a saber Karl May e Hegel, todo o resto só seria mistura. Bem, e a história do homem que consegue apanhar uma bala com os dentes, eu a conheço de Karl May, do seu conto A *água mágica*, e a explicação do espírito absoluto é claro que me lembra Hegel, a *Fenomenologia do Espírito*.

Vocês podem imaginar que eu fiquei estupefato. E esse foi o motivo pelo qual comprei o livro de Hegel, e é claro que também comprei o de Karl May. Tudo isso era um enigma para mim. Que o Bloch se chamava realmente Bloch, disso eu tinha certeza. No livro do Karl May eu li como funcionava o truque da bala entre os dentes e resolvi que no domingo seguinte, quando voltássemos a jogar futebol, eu iria falar com Bloch sobre isso tudo. Mas ele não apareceu. Nas semanas seguintes também não. Ninguém sabia por que ele não vinha, ninguém tinha seu endereço nem o telefone. Eu pensei que nunca mais iria ouvir falar dele, quando, alguns dias depois, vi seu nome no jornal. O montador Bloch, dizia a notícia, tinha assassinado a bilheteira de um cinema. "O facínora estava desempregado", dizia o jornal, isso como amostra da linguagem da nossa imprensa. Alguns dias mais tarde o fim que Bloch levou virou manchete. Bloch tinha fugido de Viena, mas foi reconhecido, houve uma perseguição, e um destacamento policial conseguiu encurralá-lo na floresta de Regelsbrunn, nos arredores de Viena, onde parece que ele queria se esconder. A polícia passou o pente fino pelo bosque, acabou encontrando Bloch e deu alguns tiros de advertência para que ele, que corria desvairadamente, parasse e se entregasse. O jornal dizia que Bloch, embora percebesse que não tinha chance de escapar, não fez caso dos gritos dos policiais para que se entregasse e chegou a atirar neles. Finalmente um dos atiradores da polícia disparou contra ele e acabou matando-o. Quando os policiais viraram o cadáver, que estava caído de bruços, viram que ele tinha os lábios entreabertos, como se quisesse sorrir. E segurava a bala entre os dentes. Bloch tinha sido atingido na nuca, a bala atravessou o crânio, passou pela boca e ficou presa nos dentes. O policial que dera o tiro mortal justificou-se dizendo ter agido em legítima defesa, porque Bloch estaria armado até os dentes. Pois é, por isso é que de lá para cá eu tento ler Hegel e, de certa forma, essa história acabou me pegando, hoje, no Bar Esperança. Leo ficou evidentemente entusiasmado com essa história, embora não estivesse seguro de realmente acreditar nela. Contudo, ele disse, os acontecimentos daquele mesmo dia, no bar, tinham demonstrado que tudo o que é absolutamente improvável podia acontecer de fato. Leo queria acreditar nessa história. A isso vinha se juntar o fato de que, com o passar do tempo, Roman foi ficando cada vez mais plausível, na medida em que ele parecia ser especialista em experiências que, pelo menos na sua somatória, eram bastante implausíveis. Uma hora ele caiu do banquinho do bar. Não que estivesse bêbado. Apenas ficou balançando no banquinho de um lado para o outro até perder o equilíbrio de repente. Alguns dias depois, dessa vez ele estava realmente bêbado, saiu de um bar para a rua com tanta falta de cuidado que um carro teve que dar um freada violenta para não atropelá-lo. O carro acabou parando a meio metro de Roman enquanto este, numa reação em câmara lenta, pulou para o lado ao mesmo tempo que um outro carro batia com estrondo no primeiro. Dois fregueses foram testemunhas e voltaram imediatamente ao bar, para contar o que tinha acontecido. Em outra ocasião, Roman foi de carro com uma colega para passar o fim de semana na praia, e acabou caindo com o veículo de uma ponte para dentro de um rio. Não aconteceu nada sério. Já de volta, Roman mostrou a Leo a foto do carro amassado. Logo depois vieram dias em que Leo esperou por Roman em vão. Onde será que ele se meteu?, Leo dizia a Judith. Falei com ele pelo telefone, contou ela, e ele disse que está com sífilis, que precisa tomar penicilina —

Não é possível uma coisa dessas, disse Leo, e queria dizer que não era possível que Roman tomasse penicilina, porque para Leo a sífilis ainda tinha a aura do gênio, e contra ela ele não se defenderia com medicamentos.

Pois é, disse Judith, ele foi com uma daquelas putas que fazem o trottoir na frente da USP para — bem, para ver como é que era. Seja como for, ele diz que não tem graça vir para um bar e não poder beber nada alcoólico.

E você, por que você só está tomando água mineral hoje?, perguntou Leo.

Porque não quero tomar álcool todo santo dia, disse Judith, porque eu não sou uma alcoólatra, como você.

Pare com isso, disse Leo.

Quando Roman não aparecia, Leo, agora, ficava ainda mais inquieto do que quando Judith não dava as caras no bar. O que mais o atraía em Roman era o fato de ele dar aulas na universidade. O fato de que, agora que o regime militar estava ficando mais frouxo, um jovem vienense tivesse sido convidado para dar aulas na universidade, ao passo que não havia a menor chance de ele retomar sua própria carreira acadêmica, que havia sido destruída pelos militares, esse fato deixava Leo muito preocupado. Acabou tendo a idéia fixa de transformar Roman em seu discípulo. Sentia uma satisfação como que inebriante ao pensar que ele, que tinha sido posto à margem pelo regime, pudesse influenciar e marcar a nova geração, a que tinha agora sua hora e sua vez, podendo assim desenvolver ainda uma atuação que se insurgia astutamente contra a violência da história. Nesse contexto, todas as contradições, imaturidades e peculiaridades que o irritavam em Roman, Leo as via naturalmente como coerentes e, em última instância, necessárias. Na verdade, Roman não estava pronto e acabado, e assim é que o discípulo devia ser, para que o mestre pudesse conformá-lo e conduzi-lo pelo caminho certo. O maior problema estava em que Roman, não obstante todas as suas notáveis iniciativas intelectuais, era demasiado sedento de vida, tinha como que desenvolvido uma dependência de aventuras permanentes. Aquelas nas quais ele se metia o tempo todo, sem fazer nada para provocá-las ou para evitá-las, pareciam não lhe bastar. Foi assim que um belo dia ele quis conhecer uma favela por dentro. E simplesmente foi entrando por uma delas, a do Buraco Quente, que não ficava longe.

Não é possível, disse Leo quando Roman lhe contou, olhou para ele estupefato, duvidando que Roman ainda estivesse vivo e de corpo presente ali, junto ao balcão do bar.

É possível, sim, disse Roman. E contou que até tinha sido convidado para um churrasco. Leo ficou se perguntando como Roman teria podido vencer a desconfiança inata dos favelados. Balançou a cabeça. Imagine só, professor, comemos churrasco e tomamos Pitu, aquela pinga terrível que vem nas garrafas com tampinha metálica, e eu já estava totalmente bêbado quando percebi que aquilo era churrasco de gato. O pessoal da favela não tem dinheiro para comprar carne de boi, então pegam os gatos que andam pela rua.

Churrasco de gato, disse Leo, que horror, você vomitou, não foi?

Não, por que eu ia vomitar, ninguém vomitou, e

A observação sensível da miséria, disse Leo, não conduz a uma nova qualidade que vá além do sentimento geral de compaixão que toda alma dotada de moral abriga já antes de uma tal experiência. E as causas da miséria permanecem ocultas também, mesmo quando se visita uma favela concreta. Portanto, essa visita foi totalmente inútil. Espero que você tenha aprendido pelo menos isso.

Bem, não sei, professor, disse Roman, em todo caso foi muito interessante.

As histórias de Roman com mulheres naturalmente também tinham tudo para irritar Leo. Não só porque fossem ingênuas, do jeito que Roman as contava, mas porque iam fundamentalmente contra a idéia que Leo fazia de um espírito asceticamente entregue aos estudos.

Roman contava que tinha ido algumas vezes à boca do lixo. Eu nunca fui com prostitutas, quero dizer em Viena, lá eu não teria nem imaginado uma coisa dessas. Mas aqui, ele disse radiante, as putinhas são muito mais carinhosas do que todas as assim chamadas namoradas que eu tive em Viena.

Quantas terão sido?, pensou Leo, lembrando brevemente do seu próprio tempo em Viena. Certamente o entusiasmo de Roman pela boca não era mais do que uma compreensível necessidade de recuperar o tempo perdido, pensou Leo, algo que agora, quando se tratava de aprofundar a formação filosófica de Roman, deveria ser encerrado.

Leo nem queria pensar na possibilidade de encontrar Roman alguma vez na boca. Com dureza, criticou a tendência de Roman de idealizar as garotas de lá, porque desse modo seria muito fácil cair numa mentira. Explicou-lhe o seu conceito da vida essencial, que seria diametralmente oposto a andar por aí e viver a vida como se nada fosse.

Eu certamente não sou nenhum monge, disse Leo, mas

Por isso também a sua luta contra a tonsura, disse Judith.

Oh, Judith, pare com isso.

Em todo caso, Roman, com seus óculos grossos e seus movimentos deselegantes, não parecia um dom-juan, pensou Leo. Será que Judith pensava de forma diferente, ou ela queria apenas causar essa impressão, de pura maldade, para irritar Leo? Às vezes, de qualquer maneira, ela mostrava claramente gostar de Roman, flertava abertamente com ele e o dominava com seu encanto.

Nesses momentos Leo conseguia ficar furiosamente enciumado. Imediatamente tentava recuperar toda a atenção de Roman e até o pegava pelo braço enquanto falava com ele. Mas Judith sempre interrompia as palestras de Leo com observações irônicas, do tipo: essa tese, Leo, você já a apresentou tantas vezes, não seria o caso de você botá-la no papel de uma vez por todas?

Oh, Judith, pare com isso.

Roman, que tinha se tornado leitor de Hegel por mero acaso da vida, estava sendo sistematicamente doutrinado por Leo, contra a vida, para fazer dele um estudioso de Hegel. Leo levou-o até a livraria alemã em São Paulo, onde ele poderia comprar outro exemplar da *Fenomenologia*. No bar, fazia regularmente palestras sobre Hegel, tentando mostrar a Roman como era possível lê-lo com prazer, sendo que o prazer deveria surgir principalmente pelo fato de que Roman, durante a leitura de Hegel, deveria pensar na teoria de Leo. Sua teoria acabaria, pois, espalhando-se pelo mundo afora, graças à carreira acadêmica de Roman, tornar-se-ia eficaz, como uma bomba-relógio. Leo ficou possuído por essa idéia. Totalmente imbuído do papel de professor, começou a imaginar lições de casa, que passava a Roman regularmente.

Compare o capítulo sobre o estado de direito na *Fenomenologia* com o grande excerto sobre James Mill de Karl Marx e diga-me amanhã o que chamou a sua atenção.

No começo, esta relação entre os dois desenvolveu-se com muita felicidade. Roman era uma pessoa totalmente desorientada. Certa vez contou a Leo que havia freqüentado a escola em regime de internato, foram doze anos como que de prisão, ele disse. Quando terminou o curso secundário, ou seja, quando foi posto em liberdade, não tinha o menor preparo para a vida, não sabia como enfrentá-la. Tinha completado dezoito anos e ficava com palpitações quando entrava sozinho num café para pedir um pingado. Ficava vermelho quando alguém lhe dirigia a palavra. Aos dezoito anos, pela primeira vez andou sozinho de bonde em Viena. Teve muito medo de se perder durante a viagem, tinha pedido que lhe explicassem o percurso com todo cuidado e ficou sabendo que deveria ir até o ponto final de uma linha e lá fazer baldeação para outra linha. Para ter certeza absoluta de não errar, ao pegar o primeiro bonde perguntara ao cobrador: Desculpe, este bonde vai até o ponto final?

Seus anos de estudo na universidade tinham sido suficientes apenas para tirar o diploma e para entender que ele não sabia nada, mas que precisaria saber tudo, entender tudo, para estar mais protegido e para poder se movimentar com segurança e autodeterminação. Por isso, Leo pôde transformar-se realmente numa autoridade para Roman, alguém que lhe transmitia a sensação de estar aprendendo a ver o mundo com um olhar sensato, a partir do qual era possível dominá-lo pelo menos ao ponto de encontrar para cada fenômeno uma explicação inteligente, que não estava no jornal.

Em pouco tempo, Roman passou a ser conhecido no bar como "o discípulo predileto do professor". Admirava Leo, ouvia-o com prazer e fascinação e só o contradizia por engano, por exemplo, quando contava uma história — algo que fazia com excessivo prazer — que, para desgosto de Leo, começava com as palavras: Imagine, professor, o que me aconteceu ontem...

Leo não percebeu imediatamente, e não iria entender nunca, que essa relação docente-discente iria mais uma vez virar a sua vida do avesso. Ultimamente até parecia que Leo finalmente estava com os dois pés fincados no chão da realidade e, com isso, podia até se sentir um tanto feliz.

Sua decantada amizade com Judith. A satisfação que lhe trazia, numa mistura de realismo com resignação, o seu papel de professor de bar. Estava tudo acabado. Com Judith quase que só dava briga. As observações irônicas dela, que antes ele via como expressão de uma especial intimidade, proferidas agora, na presença de Roman, o deixavam furioso. A tarefa científico-pedagógica para a qual a presença de Roman o tinha convocado deixava Leo eufórico. Qualquer coisa que Judith dissesse, Leo a entendia como uma tentativa de destruir sua euforia, de diminuí-lo diante de Roman, de minar a sua autoridade, de desviar a atenção de Roman. Leo não podia aceitar nada disso; muito menos quando as flechas de Judith acertavam o alvo.

Coitadinho do Leo, disse Judith certa vez, agora ele tem um discípulo, mas ainda não tem uma obra.

Judith zombava de Leo, porque ele não sabia o que fazer com a independência e a liberdade que sua riqueza lhe havia trazido, ele não iria escrever o seu livro nem se entregava aos prazeres da vida. Seu único prazer, Leo, é falar desse livro.

Ela estava o tempo todo em apertos financeiros. A sua dependência da cocaína não podia ser financiada com as aulas de alemão. Embora repetisse continuamente que cocaína não criava dependência, ela logo acabou ficando dependente, pelo menos psiquicamente, a ponto de pedir dinheiro até mesmo a Leo. Ele sabia para que ela precisava do dinheiro, e sempre se negara a dá-lo, por princípio, para não falar em amor. Agora, porém, ajudava-a regular e generosamente. Porque sabia que quando Judith tinha com o que comprar coca, ficava dias sem aparecer no bar. Antes o seu sumiço o teria preocupado; agora ele preferia que ela não viesse, para deixá-lo em paz e para não confundir a cabeça de Roman. Contudo, Leo ficava fora de si quando Roman também não aparecia. Daí sentia-se traído pelo mundo todo, impedido de exercer sua função, proibido de exercer sua atuação e invadido por um sentimento de inutilidade da vida, um sentimento que, até então, tinha o acesso vedado àquele bar. Embriagava-se mais rapidamente do que de costume, reagia com irritação às conversas e brigas imbecis dos freqüentadores do bar e deixava de ser o centro das atenções de todos, aquele que conseguia conciliar os campos adversários, para se tornar um marginalizado, que xingava agressivamente todos os outros.

Uma vez Leo ficou sabendo que Judith e Roman se tinham encontrado num outro bar e que por esse motivo não tinham ido ao Bar Esperança. No dia seguinte, armou uma cena diante de Judith, evidentemente não na presença de Roman, que culminou quando disse que ela não devia esquecer que tinha idade suficiente para ser a mãe de Roman.

Você só fala isso porque gostaria de ser o pai, disse Judith, não é verdade?, Roman, o seu filho, a sua criação, a sua obra. E, ao mesmo tempo, como costuma acontecer com os filhos, ele é o sucedâneo da sua obra, o seu substituto, aquele que deve fazer aquilo que você não conseguiu fazer.

Por favor, Judith, pare com isso. Nenhuma palavra mais, ele gritou, tão alto, que por um instante houve silêncio no bar todo.

Quando Roman finalmente apareceu, com seus olhos saltados por trás dos grossos óculos e contando mais uma vez entusiasmado o que lhe havia acontecido, Leo ficou tão desanimado que teve que fazer um esforço descomunal para levar a conversa por caminhos racionais e para poder apresentar sua teoria.

Leo havia perdido todo e qualquer senso da realidade, se é que alguma vez o tivera. Sua madura sabedoria tinha sido apenas fogo de palha. Agora estava apagado. Olhava-se para as cinzas sem sentir compaixão. Não apenas Judith estava farta dele. Também no bar a sua posição estava destruída. O jeito como Leo cortejava Roman e reagia contra Judith era objeto de sorrisos e comentários maliciosos. E o jeito descontrolado com o qual ele badernava e xingava todo mundo quando estava sozinho no bar tinha lhe granjeado muitas inimizades. O apelido "professor" adquiriu uma conotação nitidamente irônica, até mesmo de desprezo.

Leo deveria ter percebido que, com isso, havia de certo modo destruído os fundamentos emocionais de sua vida. Mas havia Roman. Roman era a esperança de Leo numa reabilitação dos pensamentos que ele tivera durante toda a vida, a esperança da eficácia posterior de sua teoria diante do mundo. Diante disso, o que lhe importava o estado de ânimo no Bar Esperança? Em primeiro lugar, as aulas que Roman daria na USP estariam imbuídas do espírito das teses de Leo. Depois, ele retornaria a Viena, para dar aulas. E isso seria apenas o começo. Na sua mente, Leo via num país atrás do outro as novas gerações sedentas do conhecimento de suas teses e de suas idéias. O mundo não poderia resistir a esse ímpeto.

Roman achou de fato interessante o jeito como Leo lhe explicava o mundo. Ele era seduzível. Mas também havia outras coisas que considerava interessantes, era seduzível também por outras pessoas, por Judith, com a sua cocaína, por tudo aquilo em que ele entrava aos tropeços, pestanejando com insegurança por trás das grossas lentes de seus óculos. Perdeu a vontade de ir toda noite ao Bar Esperança, já que havia tantas outras coisas interessantes a serem descobertas. Além do mais, o professor estava ficando demasiado possessivo.

Cada vez mais isolado no bar, Leo havia se deslocado até o extremo do balcão. Refletia. Sem dúvida, ele pensava, o problema estava em que não podia passar às mãos de Roman uma obra escrita e acabada. Não podia haver a menor dúvida de que Roman era um homem que pensava e trabalhava com seriedade. Portanto, ele próprio tinha que se ater às regras do jogo acadêmico. Isso significava que toda tese precisava ser passível de comprovação, que toda citação deveria poder ser relida por qualquer outro. E isso era perfeitamente razoável, pensou Leo, porque não queria apenas exercer sua eficácia, mas queria também que essa eficácia fosse ligada a seu nome. A conseqüência lógica disso tudo era que ele precisava mesmo escrever a sua obra. Não havia nenhuma outra possibilidade. A sua obra. Ela a via nitidamente diante de si. Graças às palestras que tinha dado para Roman, a obra tinha efetivamente feito progressos. Estava num estágio mais concreto, mais plástico, havia maior clareza nos detalhes. Leo pensou que não era por acaso que só agora ele poderia escrever. Primeiro, havia tido que livrar-se de sua fixação por Judith, também no que ela tinha de negativo. A obra, para poder surgir, exigira essa objetivação.

A conta!, gritou Leo. Levou tanto tempo até que lhe trouxessem a conta que Leo, numa mistura de raiva e megalomania, chegou a pensar em comprar o bar para fechá-lo de vez. Achava que nunca mais precisaria dele.

Leo nem perdeu tempo em tirar a poeira da sua escrivaninha, por medo de que uma coisa acabasse por levar a outra, e de que ele então voltasse a passar semanas a fio remodelando seu quarto de trabalho. Leo realmente só queria fazer uma coisa: escrever. Mas depois de tantos anos sem ter escrito nada, faltavam-lhe toda rotina e prática, e sem elas ele teria regredido para o estágio de um principiante ingênuo e despreocupado. Cheio de escrúpulos, trabalhou e retrabalhou uma única frase até o ponto de ela ficar tão complicada e abstrusa que ele amassou a folha de papel e a jogou no lixo. Decidiu começar com uma citação, uma citação extensa, e teve um breve lampejo de euforia ao copiá-la a mão. Uma folha estava começando a ficar cheia. Escrevia. Mas imediatamente depois de fechar as aspas, o desespero voltou a tomar conta dele. Talvez algo teria acabado por surgir, se Leo se tivesse dado o tempo necessário, se tivesse tido paciência. Mas justamente tempo era o que ele achava que não tinha mais. Queria simplesmente verter o trabalho da sua cabeça para o papel. Teria que ficar pronto de uma vez, enquanto Roman estava ainda ao seu alcance. Tempo, isso ele havia tido durante os quinze anos anteriores Agora não o tinha mais. Era tudo ou nada. E com esse trabalho queria tudo. Não podia nem por um segundo pensar em outra coisa que não fosse tudo. Não podia aceitar nenhuma frase isolada, porque cada frase era apenas uma frase e ainda não era tudo. Não conseguia escrever nenhuma frase sem tentar dizer tudo naquela única frase. Portanto, não conseguia escrever nem uma.

A isso veio se juntar o fato de ele ficar doente. Seus gases crônicos tinham evoluído para cólicas, que por vezes o faziam se curvar de dor. Leo descobriu sangue em suas fezes. Voltou às salas de espera, aos consultórios médicos. Uma semana de hospitalização, para observação e exames. Impossível. Proibição total de álcool. Impossível. Primeiro tinha que terminar o seu trabalho. Tinha apenas fichamentos e anotações, nada mais do que isso. Afirmou que precisava de algum tempo para terminar um trabalho muito importante, não muito tempo, só um pouco. A internação foi adiada. Receitaram-lhe um medicamento, cápsulas grandes, metade vermelha, metade transparente, e dava para ver o recheio de pontinhos multicoloridos. As cápsulas pareciam balinhas de confete. O que Leo estava fazendo não era coisa séria e, ao mesmo tempo, era muito sério, porque poderia ser mortal. Engolia as cápsulas, tomava uma birita, ficava em delírio no seu quarto de trabalho, lutando com a primeira frase.

Lembrava-se de suas palestras no bar. No fundo, já tinha ditado todo o seu trabalho, só que infelizmente ninguém tinha feito anotações. Por que razão não conseguia escrevê-lo agora do jeito como pudera proferi-lo antes diante do seu público? Ficou com um medo narcotizante da morte. Não tinha chegado ainda aos cinqüenta anos, mas parecia um velho, embora continuasse a tingir de preto os cabelos, que entrementes tinham ficado totalmente brancos. Na carteira, carregava uma ficha de internação. Fracassar agora neste trabalho seria a morte. Dava na mesma saber quanto tempo iria viver depois. Durante a vida toda, acreditara que essa idéia de uma vida póstuma através da obra era mera coqueteria. Agora, tornara-se coisa séria.

Talvez fosse medo da morte o que o levou a sair de sua casa de repente, como que fora de si, e pegar o carro para ir até a casa de Judith. Essa decisão não tinha sido precedida de nenhuma reflexão, por isso também não tinha telefonado antes para saber se ela estava em casa e se poderia ir. Quando deu partida no carro, ele próprio não tinha certeza de que não acabaria indo para o bar. Foi para a casa de Judith.

Desceu lentamente a ladeira da avenida Morumbi, ao longo dos muros que fechavam as residências dos ricos que haviam se fixado naquela região, bem acima do resto da cidade, entre o palácio do governador e a ponte do Morumbi. Passou por um terreno baldio do lado esquerdo, que deixava ver de repente o mar de luzes da cidade. No meio-fio, diante desse panorama, os carros dos casais de namorados se enfileiravam e, na calçada, um carrinho de pipoca.

Leo dirigia lentamente, com movimentos automáticos; sua cabeça estava tão vazia como uma folha em branco. Passou pela bifurcação que, à direita, leva ao cemitério do Morumbi, e tomou a esquerda para pegar a ponte que conduz ao Brooklin. Atravessou a avenida Santo Amaro, não virou à direita para entrar nela, embora, para alcançar o bar, pudesse também continuar até a Vereador José Diniz. Só que ele não foi até lá, mas entrou pela Barão do Triunfo e parou diante da casa de Judith.

Todas as janelas estavam iluminadas, Judith estava em casa. O portão da grade rangeu. Os passos de Leo ressoavam nas pedras do chão do jardim da frente. A porta de entrada não estava trancada. Judith não estava na sala. Leo foi para o escritório. Encontrou-a de pé, inclinada sobre a escrivaninha, de costas para a porta, com os braços apoiados no tampo. A superfície da camiseta deixava entrever o desenho de suas vértebras. Judith se ergueu com um grito, seu susto foi tão grande que até Leo estremeceu, como se não tivesse sido ele a entrar na casa sem ser percebido, mas uma outra pessoa.

O que estava fazendo ali? Leo se perguntou a mesma coisa. Por que tinha vindo? O próprio Leo não sabia. Ela tinha pensado que estava tudo acabado, terminado e encerrado, queria sossego, sossego e mais nada. Leo percebeu imediatamente que Judith tinha cheirado cocaína. O nariz pingava o tempo todo, a inquietação impaciente, excitada, os movimentos irrequietos. O que é que ele estava querendo? Aproximou-se dela. Leo, você me assustou para valer. Voltou a se inclinar por sobre a mesa. Leo continuava a procurar as palavras, uma justificativa para a sua vinda. Não deveria mais ser necessário explicá-lo. Na escrivaninha de Judith estavam espalhadas dúzias de folhas escritas, pastas, livros abertos. Em cima de um livro um pequeno espelho com o pó branco e uma gilete. Ela picava o pó com a gilete sem dar a mínima atenção para a presença dele. Judith, eu — disse ele, desamparado. Você também quer?, perguntou ela, enrolando uma cédula em forma de canudinho para aspirar o pó, depois ergueu o corpo e entregou a Leo, aspirando mais uma vez fortemente pelo nariz, a cédula de dinheiro. Ah é, você não quer, você nunca quis, eu até prefiro, não tenho tanto pó assim, e se amanhã eu não tiver mais nenhum, vou ficar procurando os grãozinhos, talvez algum tenha caído do pires, talvez eu tenha soprado um pouco sobre a mesa ao respirar, talvez tenha caído um pouco no chão. Havia algo de infame, uma certa dose de ultraje, de trágica autocaricatura no jeito como ela se ajoelhou, molhou a ponta do dedo com a língua, passou o dedo pelo chão para depois massagear as gengivas com ele. Judith estava fora de si. Agora ela estava de novo de pé diante de Leo. Como estava branco o seu rosto, como estavam vidrados os seus olhos. Poderia Leo se espelhar nos olhos dela? Ouviram-se breves assobios em rápida seqüência. A respiração dela. E o tempo todo essa inquietação nervosa em seu rosto. Judith molhava os lábios sem parar, os mordia, passava a língua pelas gengivas, esfregava o dorso da mão pelo nariz. Seu rosto estava como que caído. A vida fantasmagórica numa ruína.

Leo, você trouxe dinheiro? Preciso de dinheiro. Fiquei sem nada, nem um tostão. Eu devolvo. Verdade. Você precisa me ajudar.

Ajudar, sim, claro, eu.

Vá embora, gritou Judith de repente, dê o fora! Leo estarreceu. Acho que seria melhor se eu — ele disse, e então Judith estendeu o braço diante de Leo, em direção à janela, balançou a mão e fez uns ruídos sibilantes. Dê o fora, suma-se daqui, gritou, os olhos fixos na janela, a mão ainda estendida, balançando, sibilando de novo, agora ela até batia com o pé no chão. Vá embora! Leo virou a cabeça e olhou também para a janela. Manda esse gato embora daqui, Leo, gritou, está lá, atrás da janela. Está olhando o tempo todo para mim. Por que é que esse gato me olha? O que é que ele sabe? Dê o fora, suma! Leo tentou pegar Judith pelos ombros e sacudir o seu corpo. Judith!, ele gritou. Leo!, ela gritou, retrocedendo, por favor, enxota esse gato! Não há nenhum gato ali. Lá, disse Judith, ele está lá. O peito de Judith subia e descia como se fosse estourar a qualquer instante. Reinava um horror que o deixava totalmente confuso no seu modo de ser sóbrio. Tinha vindo para ser salvo. Mas agora ele mesmo já estava disposto a enxergar um gato, um par de olhos enviesados e brilhantes por trás da vidraça. Judith via um gato, Leo também o via, o enxotava, e os dois estavam salvos. Mas ele não via gato nenhum. Não havia salvação. Lentamente foi até a janela e a abriu. Não tem nenhum gato aqui.

Judith aproximou-se temerosa. Olhou para fora, fechou a janela, olhou pela vidraça, voltou a abrir a janela.

Leo?

Sim?

Se não tinha nenhum gato lá —

Não tinha nenhum gato não.

Então deve ter sido esta planta aqui. Estas duas folhas, está vendo?, estas são as orelhas, e aqui, estas duas folhas são os olhos.

É, são os olhos.

Não é mesmo? Olhe, quando fecho a janela, ela reflete, porque lá fora está escuro, mas este arbusto, tão perto da vidraça, ele trilha, quer dizer, ele brilha com a luz aqui de dentro. Por isso parece como se — foi o arbusto.

Foi, uma ilusão de ótica.

É.

Ela abanou a cabeça, voltou-se, estremeceu e mexeu novamente a cabeça de um modo abrupto para olhar por cima do ombro. Mas, Leo, um arbusto não pode observar a gente e nós fomos observados, eu senti direitinho. A voz de Judith, que já tinha ficado mais calma, voltou a ficar alta e aguda. O alívio de Leo congelou. Alguém está olhando aqui para dentro, ela gritou, estou sentindo, eu não agüento, vem Leo, vamos sair daqui, vamos ver o que é. Judith pegou sua bolsa, que estava no chão ao lado da escrivaninha, e tirou dela uma pequena pistola. Vem, vamos para fora. Leo teve que olhar duas vezes até acreditar no que via. Como é que ela tem uma pistola na bolsa? Por favor, deixe essa arma para lá, ele disse quase sem voz e com um gesto apaziguador. Judith parecia tão confusa que Leo temeu que ela pudesse começar a atirar em sua volta. O quę é que ele estava fazendo aqui? Quanto tempo fazia — dez minutos?, meia hora? — que ele tivera medo de ter de se justificar por ter vindo.

Ele sentia-se como se estivesse em meio a um filme de horror, no qual um homem comum se mete numa situação de exceção e tem que dar de si o que não pode. Segurando a respiração, o público se pergunta se ele vai conseguir. Leo era ao mesmo tempo também o público. Mas não lhe veio nada à cabeça a não ser dizer e repetir "Por favor, Judith" ou "Escute, Judith". Judith estava fora de si, não sabia mais o que estava fazendo. Em comparação com ela, Leo estava "consciente", como se diz. Mas na verdade tampouco ele o estava. Só parecia ser assim, porque não era ele quem gritava histericamente, não era ele quem gesticulava com uma pistola na mão. Estupefato e sem saber o que fazer, Leo olhava para Judith como se entre eles houvesse um vidro escuro, um espelho mágico, no qual o seu próprio medo da morte se refletia como a autodestruição de Judith e se fundia com ela. Faça-me o favor, Judith! De repente ela parecia totalmente esgotada e apática. Num fio de voz, disse que Leo devia ter razão, que o gato também tinha sido uma ilusão. Voltou a guardar a pistola na bolsa. Leo respirou aliviado. Ela disse que estava se sentindo mal. Perguntou-se por que estava passando tão mal. Ele tentou justificar aquele estado pelo uso da droga, ela devia ter exagerado na dose, mas Judith abanava lentamente a cabeça. Não, não pode ser por causa da cocaína, com a cocaína ela sempre se sentia bem, a não ser quando não tinha cocaína. E, pouco antes, ela estava se sentindo otimamente bem, antes de Leo chegar, ele chega e de repente ela passa mal. E estava tão cansada. Não queria ficar cansada, já que não podia desligar a cabeça.

Judith voltou a se inclinar sobre a escrivaninha, sobre o seu espelho com a cocaína. Leo viu como ela enfiava a cédula enrolada numa narina. Ela fez um movimento brusco para a frente com a cabeça, recolheu os ombros e fez de novo o mesmo movimento, com ânsia e agitação, não!, ele gritou, isso vai te matar, quis ir até onde ela estava, tropeçou nos livros espalhados pelo chão, ela já tinha se virado, os dois ficaram frente a frente, Judith com as mãos apoiadas nas costas, o tórax inclinado para a frente subia e descia como o ventre de um pássaro caído do ninho. Ambos arfavam, nunca antes tinham arfado juntos num ritmo tão uniforme.

Leo, me deixe sozinha, por favor. Você chega e eu passo mal. Estava cansada. Não quero me sentir cansada. Por favor, Leo —

Ele a olhou nos olhos, viu o jeito como ela o olhava. Por um breve instante, teve diante dos olhos a imagem de Judith que ele guardava na cabeça, aquele modelo de há muitos anos, mas que agora começava a se dissolver, como depois de um atentado com ácido, começavam a se desenhar sulcos, rugas, manchas, sombras, os contornos se apagavam, a boca de Judith abria-se como pintura que rachava, descascava. Nesse instante, ela disse de forma quase inaudível: fique! Subitamente, ela começou a caminhar pelo quarto de um lado para o outro, com as mãos apoiadas nas cadeiras, respirando profundamente, em pânico, procurando encher os pulmões de ar pela boca bem aberta, apertando as costelas com as mãos, apoiando-as depois novamente nas cadeiras, empinando o corpo a cada arfada. Saiu do escritório e foi para a sala, onde tinha mais espaço, perambulava arquejando em torno do sofá, dava como que salvas de gritos curtos, enquanto tentava respirar. Sentou-se subitamente no sofá, mas apenas para se levantar de imediato e continuar com sua marcha pela sala, sempre respirando em pânico, tentando desesperadamente conferir um ritmo mais calmo à sua respiração. Leo estava paralisado de terror, o pânico tinha tomado conta dele também, acompanhado de uma vontade desamparada de ajudar — mas como?

Por favor, fique, disse Judith, qualquer coisa, foi demais. Está me rasgando o coração. Quero dizer, de verdade. Isso eu não agüento. Isso o coração não pode agüentar. Eu acho que estou morrendo. Puta merda. Tudo isso ela sussurrava, interrompida a cada instante por seu ofegar em pânico à procura de ar. Uma morte tão estúpida, não, Leo, ajude-me.

Leo não tinha a menor idéia do que devia fazer. Judith correu para o banheiro, ele atrás. Ela se inclinou sobre o lavatório e jogava água fria no rosto. Enfiou o dedo indicador no nariz, bulia e coçava dentro das narinas, como se ainda pudesse retirar algum dos cristais de cocaína que talvez ainda não tivesse se dissolvido e penetrado nas mucosas, agora, no último momento, antes que fosse tarde demais, antes que viesse a ser tarde demais. Pegou um cotonete, assoou várias vezes o nariz, procurando colocar o rosto embaixo do jato d'água. Leo observava desamparado essas manobras inúteis. Então Judith voltou para a sala, sentou-se no sofá, voltou a se erguer de um salto, a apertar arfando o peito com as mãos e a correr pela sala como uma possuída.

Se eu parar, o coração também pára.

O que é que devo fazer? Posso fazer alguma coisa?

Fique comigo. Que morte estúpida.

Devo chamar uma ambulância?

Sim. Não. Você me leva a um pronto-socorro. Não. Leo, você está doido. Nada de médico, ele percebe logo o que está acontecendo. Já estou melhor, já está passando.

Leo não conseguia ficar mais sem fazer nada. Pensou que poderia preparar leite quente com mel para Judith. Dizem que o leite é desintoxicante e que o mel acalma os nervos. Judith tinha leite e mel em casa. Ela bebeu com concentração, em pequenos goles, mas o seu estado ainda parecia assustador para Leo, embora agora pelo menos não continuasse a correr arfando e lutando pela sala. O modo como ela sorvia o conteúdo do copo, alternando os goles com as tentativas desesperadas de levar ar aos pulmões, se assemelhava aos últimos estertores de um corpo na hora da morte. Leo voltou para o escritório e pegou o envelopinho com cocaína que ainda estava sobre a escrivaninha. Depois voltou para a sala. Judith estava sentada, curvada e imóvel, no sofá. Judith! Ela ergueu a cabeça. Isto é tudo?, ele perguntou. Ela o olhou sem entender, com olheiras como a boca de uma mina esgotada. Ou você tem mais cocaína escondida nalgum lugar? Ela negou com lentos movimentos da cabeça. Muito bem. Leo jogou o pó na privada, junto com a gilete envolta em papel higiênico e até mesmo a cédula que ela tinha usado, e deu descarga. Depois, lavou e esfregou o pequeno espelho e o colocou numa prateleira do banheiro. Pegou uma toalha e limpou a escrivaninha, para o caso de terem ficado restos da droga, algum grãozinho que os peritos pudessem identificar. A escrivaninha ficou bem limpa, nenhum traço de vida nem de morte, só traços do trabalho. Traços. Se Judith fosse encontrada morta nesse lugar, fariam uma autópsia, verificariam ter havido uma intoxicação, pensariam na possibilidade de ela ter sido envenenada. Tentariam encontrar o autor provável do crime, procurando indícios de pessoas que tivessem estado na casa. Depois de pensar nessas coisas, Leo quase perdeu a cabeça, mas continuou com seus afazeres sistematicamente, mais do que isso, aprimorou-se neles com um esmero clarividente. Passou um pano por todos os lugares em que tinha posto a mão, não esqueceu nenhum. Estava apagando os traços antes mesmo de ter cometido qualquer crime. Acometeu-lhe um pavor de ser descoberto, e, como não tivesse cometido crime algum, seu medo não podia aplacar-se, mas apenas redundar no ato ainda não praticado. Mas isso Leo não pensava, ou disso ainda não sabia naquele instante. No momento, apenas olhava o tempo todo para a janela, para ver se alguém estava olhando para dentro e vendo-o ali. Alguém estava olhando para dentro e observando tudo, isso Leo sentia com toda precisão. Bobagem. Imaginação. Perguntou a Judith como ela estava se sentindo. Mal, ela disse, mas está melhorando. O que você está fazendo aí? Só estou fazendo uma pequena faxina, disse em voz exageradamente alta, e mais baixo: o que mais poderia fazer? Agora fazia todos os movimentos para o seu observador ver, tentava passar o pano com o maior desembaraço, com uma naturalidade que não despertaria suspeitas, tentou até polir a maçaneta da porta, como se isso fosse a mais normal das atividades naquela hora da noite.

A crise tinha passado. Quando Leo voltou a olhar para Judith, ela havia deitado no sofá e respirava com mais regularidade. Acho que está passando, ela disse. Quer que eu carregue você para a cama? Não, disse ela. Queria ficar deitada daquele jeito mesmo. E pediu-lhe que ainda ficasse a seu lado, para qualquer coisa. Ela falara em voz baixa e abafada, depois fechou os olhos. Leo ficou em pé diante dela a observá-la. Via como seu peito subia e descia, e era como se os olhos dele trepidassem à visão daquela marionete desarticulada, inanimada, jogada sobre o sofá, com o rosto de cera e os pés singularmente virados para dentro.

Era esquisito, mas Leo não sentiu alívio ao ver que ela estava mais calma. O que haveria de aliviá-lo? Aquele corpo seco e danado? Aquela ruína de um anseio? Destruído como as esperanças que ele acalentara e que ela havia destruído como a sua própria beleza, como a si mesma? O estado lamentável em que ela se encontrava parecia a Leo mais do que justificado, esse estado que ela mesma tinha provocado, sem ter o mínimo direito. Nenhuma compaixão, só nojo e horror. Ela vai dormir até passar o efeito da droga, vai melhorar um pouco, amanhã vai voltar a se alimentar e vai voltar à droga quanto antes, assim que for possível, vai retomar tudo do ponto em que hoje quase acabou com tudo, vai ter idéias de um brilho efêmero, sem perceber nem um mínimo do mundo que a rodeia, pensou Leo, nem a ele, nem a si mesma, que se tinha tornado a coisa mais insignificante do mundo, não vai desejar mais ninguém, ninguém mais vai sentir vontade de tê-la nos braços, mas ela prefere destruir sua vida, em vez de conviver com ela, pensou Leo, um monte de merda que ainda acha que é superior aos outros, indestrutível e nobre como um diamante no meio do carvão. Não, nada de compaixão, mas apenas —

Agora ele estava vendo o pescoço de Judith, a jugular pulsando tênue, tinha que olhar com toda a calma e concentração para ver essa pulsação, os cabelos molhados de suor encaracolados sobre as têmporas, as tenras pálpebras, quase transparentes jazendo como lágrimas gelatinosas sobre os olhos. Agora Leo se sentia comovido, e achou que era amor, comovido por causa da delicadeza de que era capaz ao observá-la. Judith abriu os olhos, durante três a quatro segundos retribuiu o olhar dele, olho no olho, depois ergueu-se lentamente até ficar sentada e perguntou: Por que foi que você veio mesmo?

Tive saudade de você, disse Leo.

Ela sorriu e respirou profundamente. Leo, acho que mais uma vez eu dei a volta por cima. Ela bateu com a mão na almofada ao seu lado, venha, sente-se aqui perto de mim.

Leo sentou-se com uma certa reticência, temendo ser um estorvo, não se atrevia a tocá-la, a irritá-la com sua proximidade física, ou com uma frase, olhava fixamente para ela, mas não via nada, talvez uma superfície amarelada, como uma folha envelhecida pelo tempo, e dentro dela uma área um pouco mais clara, mas afora isso não via mais nada. Queria de algum modo manter o olhar de pouco antes, de quando ele estivera de pé diante dela, e ao mesmo tempo não queria ver a destruição e a decomposição do seu rosto, queria ver a imagem que conservara da Judith de antes, a imagem que via quando pensava nela, queria esta imagem como se fosse a da Judith que estava vendo agora, diante de seus olhos como uma foto num álbum. Mas a imagem não estava mais lá, só a mancha um pouco mais clara na superfície amarelada de sua retina indicava: havia estado ali algum dia.

Leo não entendia mais nada, tampouco entendia por que Judith de repente o puxava para junto de si, nem sequer percebeu logo que ela o estivesse fazendo, puxava sem força, só com a pressão imperceptível do peso da mão sobre o ombro dele, o peso aumentou um pouco, começou a se fazer sentir sobre o seu corpo, quebrou-se no seu volume, que começou a ceder diante daquela pressão, ele não sentia mais nada, só um ir-até-o-fim, aonde aquilo ia levar. De repente, a cabeça de Leo estava no colo de Judith, ela começou a acariciá-lo, com movimentos agitados os dedos mergulhavam nos seus cabelos, puxando-os para trás. Um sentimento tenso e melancólico de felicidade invadiu-o, não tinha coragem de relaxar e gozar, temia que ao menor movimento levasse Judith a interromper com as carícias. Por isso ficou deitado com o corpo tenso e a respiração contida, esperando temeroso para ver se a mão de Judith, uma vez chegada à nuca, retornaria em direção à testa para recomeçar o movimento da carícia. E ela retomava o movimento e passava sua mão pelos cabelos dele, e mais uma vez, e — sim, outra vez ainda, ela só tinha acomodado melhor o corpo e por isso interrompido as carícias por um instante. Ela o acariciava num ritmo tão estereotipado, de um jeito tão mecânico e ausente, tão distante, independente, sem exprimir qualquer sentimento, que Leo foi ficando cada vez mais irritado. Era um movimento cego, talvez o último e apagado reflexo do efeito da droga, que ainda atuava dentro dela, que o exteriorizava. Leo estava deitado no seu colo numa posição bizarramente angulosa e tentava ficar feliz pelo fato de ela o estar acariciando. Naquela posição o cós da calça o apertava, além de sentir um doloroso repuxão nas costas, que descia em ângulo pelos quadris até a perna; também quase não se atrevia a respirar, porque temia que não mais pudesse controlar o ar que estava preso em seu ventre. Lembrou que precisava tomar seu medicamento. Não o tinha trazido. A qualquer instante esperava que retornassem as cólicas insuportáveis. Leo ficou agressivo com Judith, porque ela não percebia que seus dedos volta e meia se enroscavam nos cabelos dele, arrancando-os, aquilo já não era uma carícia, era esfregar e enredar e arrancar, algo que o deixou em pânico. Duvidava que Judith soubesse que o estava acariciando, a ele, que tinha que ser acariciado na cabeça com todo o cuidado, e nunca a contrapelo. Ela ainda vai me arrancar os últimos fios de cabelo com as suas carícias, pensou, e seu couro cabeludo como que se carregou com eletricidade defensiva. Seu rosto ardia entre o colo e a mão de Judith, sentia uma dor incrível e, ao mesmo tempo, o amortecimento total dessa dor, sua suprassunção, no quê?, numa imagem, que imagem?, ele era o Cristo no colo da Virgem, no colo daquela Pietà primitiva e malfeita.

As carícias de Judith ficaram cada vez mais lentas, sua mão tornou-se mais pesada, até que por fim se deteve. Judith dormia. Estava salva.

Leo se levantou. O que fazer agora? Voltar para casa? Não podia voltar para sua casa. Junto à porta, via a janela da sala, que, devido à escuridão da noite lá fora, havia se tornado um espelho em cujo fundo se reproduzia a própria sala. Se Leo saísse da sala pela porta junto à janela, voltaria a entrar na mesma sala. E, na duplicação espelhada dessa sala, havia de novo uma janela, por trás da qual se refletia mais uma vez a sala, para a qual ele teria novamente de sair e assim por diante, eternamente. Um passo para fora e seria a sua sina vaguear sem descanso por um corredor que consistiria numa seqüência eterna de salas de Judith. Indeciso, Leo perambulava pela casa, foi até o quarto de Judith e sentou junto à escrivaninha, com as mãos nos bolsos da calça. O perigo de ela morrer parecia ter passado, mas ele continuou tomando cuidado para não tocar em nada e para não deixar impressões digitais. Era como uma ordem interna que, não obstante a origem, houvesse se tornado independente dele, que a obedecia cegamente, sem se perguntar por quê. Inclinou-se sobre o tampo da escrivaninha, que ele tinha limpado cuidadosamente havia pouco, sobre as folhas escritas e as pastas que lá estavam, e começou a ler. De modo totalmente superficial de início, pulando com os olhos de um lugar para o outro, sem paciência para decifrar palavras escritas com desleixo ou de forma pouco clara.

Depois levantou-se, foi até a cozinha, pôs as luvas de borracha que tinha visto sobre a pia e voltou a se sentar junto à escrivaninha. Queria poder mexer nas folhas, ordená-las, abrir as pastas.

As mãos dentro das luvas de borracha pareciam não mais pertencer a Leo, pareciam ser as ferramentas de algum poder objetivo. Ele agora era apenas um aglomerado insensível, apenas aquele resto de corpo entre as mãos e os olhos necessário para respirar e para manter a atividade de seus órgãos internos, a fim de que o saber objetivo pudesse se produzir na sua mente. Não sentia nada, no máximo sentiu tudo quando examinou com mais cuidado as folhas e pastas.

Numa pasta estava o trabalho de Leo sobre moral e cultura. Judith nunca tinha dito nada sobre esse trabalho. Mas o tinha guardado, e evidentemente também o tinha lido. Ao abrir o trabalho numa página qualquer, ele viu um trecho grifado com marcador amarelo: "O dever mata a vida". Três outras pastas estavam cheias de folhas soltas, que continham uma mistura de anotações de conversas, anotações de um diário, trechos de livros e dissertações sobre a obra preferida de Judith, o *Tristram Shandy* de Laurence Sterne. Durante inúmeras noites de insônia, ela devia ter anotado tudo o que vivia e ouvia, de forma maníaca, fazendo atas as mais exatas possíveis, ou pelo menos resumos muito detalhados. As anotações começavam uns nove meses antes, mais ou menos quando Judith começara a cheirar cocaína. Tudo o que Leo tinha dito para ela durante esse tempo, tudo o que ele tinha pontificado diante dela e de Roman no bar, ele o reencontrava registrado ali, suas tentativas paulatinas de ensinar a sua tese sobre Hegel a Roman no bar, tudo estava documentado ali, parcialmente ampliado com citações da bibliografia à qual Leo tinha feito referência e que Judith tinha de fato lido. "Hoje Leo falou sobre... Roman perguntou... ao que Leo respondeu..." Esses registros eram brilhantes. Os trechos em que havia lacunas ou erros eram fáceis de completar ou corrigir. Não tinha sido hoje mesmo que Leo procurara desesperadamente por uma primeira frase para o seu livro? Parecia-lhe que havia passado anos. Ali, na verdade, estava pronta a primeira versão integral da sua obra. Judith não tinha sempre caçoado dele, de que ele só falava mas não fazia nada? Aquilo ali ele tinha feito. Era o seu livro. Leo era uma instância objetiva a contemplar a objetivação do seu pensamento. Não tinha mais dificuldades para completar sua obra. Seria apenas necessário polir, retocar, completar, retirar as bobagens. As digressões de Judith sobre o *Tristram*. Para ele era totalmente incompreensível como Judith podia, partindo da teoria de Leo, voltar sempre para o Tristram, para o modo como Tristram fugia da tarefa a que tinha se proposto. Isso tinha que ser riscado, é claro. Também as conversas com Roman sobre o *Tristram Shandy*. Mas Judith não tinha apenas discutido com Roman. Tivera também um caso com ele. Magro consolo saber que tinha acabado logo. "Roman sempre olha para a gente como para uma vitrola, ele é o cachorrinho que ouve *His Master's Voice*." Descrições minuciosas do caso. A euforia que Judith sentiu com outro. A cocaína como alto-falante dessa euforia, como amplificador. Cada palavra uma provocação, tanto mais provocantes em sua seqüência, até as frases começarem a vibrar e a zunir, produzindo um som, seqüências de sons, a voz de Judith. Leo ouvia a voz de Judith enquanto lia, como se ela estivesse lhe contando aquilo tudo, agitada, e quando ele percebeu que, enquanto lia, tinha a voz dela nos ouvidos, foi como se essa voz percebesse que Leo a estava ouvindo, porque de repente Leo ouviu uma frase que não estava escrita ali, mas que tinha sido dirigida a ele, e que dizia: Você chega e eu passo mal.

Essa voz devia emudecer. Aquelas passagens tinham que ser riscadas, é claro. Depois só sobraria uma coisa: sua obra. As mãos nas luvas de borracha juntaram os papéis, voltaram a colocá-los nas pastas e as amontoaram numa pilha. As ferramentas do poder objetivo tomavam para esse poder o que lhe pertencia.

Leo tirou a pistola da bolsa de Judith e foi para a sala. Inclinou-se sobre ela, que estava deitada no sofá, e enfiou-lhe a pistola na mão aberta, fechando cuidadosamente os dedos em torno do coldre. Ela não acordou. Ele não sentia compaixão e não vacilou nem um segundo. Estava totalmente fora de si e, ao mesmo tempo, nunca tinha estado tão certo de si como agora. Judith tinha que morrer. Tinha que morrer, se a vida de Leo ainda tivesse que ter algum sentido, se a falta de sentido de sua vida pregressa tivesse que ser apagada e expiada. E, no fim das contas, Judith queria mesmo morrer. Preferia destruir-se a si própria a viver com ele. E zombar dele, naquelas anotações que documentavam seu fracasso. Mas ele poderia devolver o sentido à própria vida, seu êxito estava contido neste fracasso, só precisava ser libertado dele. Leo levantou a mão armada de Judith até a altura da têmpora e olhou para o seu rosto. Não conseguia se imaginar destruindo naquele rosto algo além de tudo o que já estava destruído. Odiava-a sem emoção, fria e calmamente. O que é a destruição de uma estátua funerária? Nada mais do que uma antecipação da decadência e da decomposição a que está destinada. E a constituição de uma correspondência com a decomposição que, inanimada, ela vela. A alma de Leo ficou esvaziada de todo conteúdo psicológico, uma folha em branco, limpa, sobre a qual o destino escreve sua ordem absurda, e esta ordem é cega, audaz e cruelmente executada. Leo sentia a própria cegueira como visão, sua crueldade como bondade, sua capacidade de agir como misericórdia. Apertou o gatilho. Ergueu-se e pôs-se a escutar. Não dava para ouvir nada, nem um cachorro latia na vizinhança. Na máquina de escrever de Judith, sem tirar as luvas de borracha, escreveu uma carta de despedida. Depois levou a máquina de escrever para junto do cadáver e apertou os dedos da mão esquerda de Judith sobre as teclas, a fim de ter certeza de que suas impressões digitais pudessem ser encontradas ali, caso a polícia pensasse em procurá-las. Pegou as pastas que tinha juntado, saiu, jogou-as no porta-malas do carro e foi embora para casa. Tomou um banho de chuveiro e trocou de roupa. Depois, foi até a delegacia do Brooklin para dar parte do que vira. Tinha ido visitar Judith e a encontrara morta, suicídio, ao que tudo indicava. Por que ele tinha ido visitá-la de madrugada? Porque ela sempre trabalhava durante a noite, como aliás ele também. Costumavam se encontrar de madrugada. Não foi o senhor que esteve aqui há pouco tempo, como testemunha do assalto naquele bar perto daqui? Foi. A falecida era aquela senhora que naquela ocasião havia batido com a garrafa — Devia ser meio doida. Era totalmente imprevisível. Se ele tinha mexido em alguma coisa depois de tê-la encontrado? Não, disse Leo, não mudei nada.

A polícia não levantou nenhuma suspeita. Não foram feitas mais investigações. Agora Leo era o próprio viúvo inconsolável. No bar, voltou a ser o centro das atenções, mas por discrição e delicadeza, era deixado em paz. Era motivo de admiração, de pé junto a um extremo do balcão, pétreo, "forte", diziam, ou "incrivelmente controlado", tomando sua cerveja ou sua pinga. Não dizia nada, e ninguém falava com ele. Mas davam-lhe um copo de pinga atrás do outro, davam-lhe tapinhas nas costas em sinal de solidariedade, faziam acenos de cabeça em sua direção, como expressão de pêsames. Leo não precisava fingir. O sentimento de uma existência trágica e profunda era-lhe plenamente condizente, e podia agora exprimir-se da forma mais pura, de certo modo legítima. Todas as tragédias de sua vida tinham se tornado história, tinham ficado marcadas em seu rosto, que ele inclinava num silêncio teimoso por sobre o copo. Não tinha mais motivos para discursos, agora tinha sua obra. E o fato de ele já poder encerrar essa obra a que jamais dera início não lhe infundia uma euforia que pudesse delatá-lo, não o tornava loquaz, mas apenas aprofundava o sentimento, apresentado num silêncio gélido, de sua profunda importância.

Abriu uma única exceção, numa conversa com Roman. A ele, Leo anunciou o pronto encerramento do trabalho ao qual vinha se dedicando havia tantos anos. Era algo que devia a Judith, disse Leo, e quase se denunciou ao contar que tinha encontrado, nos manuscritos que Judith deixara na escrivaninha, algumas digressões sobre sua teoria. Conseqüências de nossas longas discussões, acrescentou rapidamente, que tinham entrado no trabalho de Judith sobre o *Tristram Shandy*, um ensaio bastante interessante de teoria literária, pena que ela não tivesse podido terminá-lo e publicá-lo. De resto, tratou Roman com frieza. Diante da pergunta de Roman, se ele, Leo, a havia amado muito, respondeu com outra pergunta, se Roman não tinha também amado Judith. Tenso, Leo saboreou a dificuldade de Roman em encontrar uma resposta adequada. Achara significativo o comportamento de Roman no enterro de Judith. Roman começou a chorar e foi embora.

Quando Roman procurou Leo em sua casa, algum tempo depois, porque precisava falar com ele sem falta, Leo o botou no olho da rua sem delongas. Não tinha mais nada a falar com Roman. Queria ficar sozinho e trabalhar.

E dedicou as semanas seguintes exclusivamente à conclusão de sua obra. Riscou as passagens sobre o *Tristram Shandy*, tirou tudo o que havia de pessoal nas anotações de Judith, destruiu com frieza as páginas correspondentes, era agora inteiramente o poder objetivo, para quem o particular nada significa. O que sobrou foi um extrato de sua própria teoria, do jeito que ele a tinha apresentado sucessivamente a Judith e a Roman, Leo ordenou este conjunto de folhas em capítulos e os retrabalhou. Ao fazê-lo, contudo, não pôde evitar uma sensação muito particular de triunfo diante de Judith e de Roman. O trabalho ganhava forma rapidamente. Não havia muito a ser complementado. As frases que faltavam surgiam sozinhas das outras. Ele quase achou que poderia reclinar-se e ficar observando como o trabalho se escrevia por si mesmo. Verificou com surpresa que agora era capaz até mesmo de rescrever por inteiro passagens que Judith havia resumido demais. As correspondentes seqüências de frases pulavam sozinhas no texto como faíscas entre um bloco acabado e o seguinte, que ele podia voltar a deixar como estava. Tinha achado que não poderia mais escrever? Bobagem. Ali estava o seu livro. Ele mudaria o mundo. Na medida em que lhe daria consciência. Assim que soubesse mais a seu próprio respeito, adquirindo consciência de si, o mundo não poderia continuar a ser como era. Isso estava claro. Levado pela agitação que surgia desse pensamento, Leo escreveu imediatamente mais três páginas. No fim, quando o trabalho estava já quase pronto, escreveu ainda um prefácio. Depois releu mais uma vez o livro todo, do começo ao fim, fez alguns últimos retoques e correções. A obra estava acabada. Não era muito volumosa, mas, pensou Leo, isto aumentaria a sua eficácia.

Leo passou ainda mais um dia junto à escrivaninha. Seu livro continha tudo aquilo que tinha sido relevante durante o seu tempo com Judith. Todo o resto havia submergido, sumido como se nunca tivesse existido. Havia uma boa porção de sarcasmo nisso, mas foi da volúpia que Leo sentia na colocação de pontos finais que adveio a vontade de dedicar o livro a Judith, de querer de certa forma devolvê-lo a ela. Esboçou numerosas versões de uma dedicatória, extensas, dúbias, vulgares, frias e heróicas e, no fim da noite, esgotado, finalmente se decidiu por: "Para Judith Katz, em grata memória".

Não tinha paciência agora para mandar o manuscrito para tudo quanto era editora e esperar eternamente por uma resposta. Dirigiu-se a uma editora de livros científicos, pequena mas de bom nome, que se dispôs a publicá-lo caso Leo assumisse os custos de impressão. Leo pagou setecentos e vinte mil cruzeiros para uma primeira tiragem de dois mil exemplares. Ficou surpreso em saber como era barato conquistar o mundo.

Löwinger adoeceu. Leo passou dias ao lado do leito do tio Zé, a quem contava entusiasmado que o primeiro volume do seu sistema filosófico estava para ser publicado. Löwinger, contudo, não tinha mais condições de ouvir, decaiu rapidamente e morreu, antes de o livro de Leo chegar às livrarias. Leo herdou a mansão de Löwinger e mais um patrimônio aplicado a prazo fixo, cuja renda era mais do que suficiente para pagar os custos de manutenção da casa e os salários dos empregados. A coleção de arte foi transferida para uma fundação, criada e muito bem dotada ainda em vida por Löwinger.

Leo mudou-se para a casa grande. Para os empregados, nada mudou. Eles serviam a um velho senhor, que perambulava com o corpo curvado e arrastando os pés pelos corredores ou pelos jardins daquela casa grande demais, cuja fama havia esmaecido fazia tempo. Só depois de passadas algumas semanas, Leo voltou a descer até a casa do zelador para visitar seu antigo escritório.

Havia seda demais nele, cor de vinho, seda púrpura. As cortinas eram desse material e também o estofamento do conjunto barroco encostado a uma das paredes menores, defronte à segunda porta, diante de um gobelino que cobria quase toda a parede. As poltronas e o sofá barrocos, com as pequenas almofadas sobre os braços, rodeavam uma mesa redonda com enfeites metálicos. Os armários com os livros ocupavam as paredes do lado das duas portas. Eram feitos de mogno, como a escrivaninha, ou melhor, a secretária com tampa arredondada de enrolar, tipo persiana, situada entre as janelas. Os armários tinham portas de vidro, forradas de seda verde. Enviesado diante do conjunto barroco podia-se ver uma obra de arte, uma grande escultura em madeira pintada, elevada sobre um pedestal revestido de tecido vermelho, algo intimamente assustador, uma Pietà, simples e impressionante, quase grotesca: a Madona com a cabeça coberta por um pano, a boca marrom contraída e obliquamente aberta num lamento, o Cristo morto em seu colo, a cabeça caída ostentando os espinhos, o rosto e os membros manchados de sangue escorrido, grossas gotas de sangue coagulado na ferida do lado e nas marcas dos pregos nas mãos e nos pés. A cor verde das listras verticais do papel de parede era a mesma do tapete que estava estendido sobre o carpete vermelho. Do forro pendia um pequeno lustre veneziano.

Leo levantou os óculos por cima da testa. Também este quarto deveria sumir no esquecimento. Voltou-se, retornou lentamente para a casa grande. Pediu que lhe trouxessem uma lista telefônica, procurou o telefone de uma demolidora, ligou e acertou a demolição da casinha do zelador.

A casinha tinha sumido, o jardineiro começava a trabalhar no local onde ela estivera, e foi então que apareceu o livro de Leo. *A fenomenologia da desespiritualização. História do desaparecimento do saber.* Semanas cheias de tensão se passaram, durante as quais não foi publicada nenhuma resenha. Finalmente Leo redigiu um artigo, no qual chamava a atenção para o conteúdo e a importância do livrinho, e o publicou na revista *Leia Livros*, como opinião de redação, claro que teve que pagar por isso. Deixou alguns exemplares dessa edição da revista no bar.

No fim do ano, recebeu a primeira prestação de contas da editora. Tinham sido vendidos cinco exemplares. As bibliotecas das universidades de São Paulo e de Porto Alegre tinham comprado um exemplar cada. Só três exemplares haviam sido vendidos nas livrarias.

Quatro meses depois Leo ficou sabendo que sua editora tinha falido.

E se perguntava por que não morria. Desde aquela noite na casa de Judith tinha parado de tomar o seu medicamento. Fez um check-up. Disseram-lhe que estava bem de saúde. Leo não entendia mais o mundo: quando lia os jornais, assistia à televisão, ia ao cinema, ouvia o que as pessoas conversavam nos bares, tinha constantemente a confirmação de que o mundo era realmente do jeito que ele o havia descrito. Mas o mundo não tomava conhecimento disso.

E, então o prazer. Foi à boca. A Locomotiva não existia mais. No fundo, só tinha mudado de nome. Agora chamava-se Vagão. Leo não conhecia a garota que veio até sua mesa quando ele perguntou por Regina. Ninguém se lembrava da Regina à qual ele se referia. Portanto, foi para um hotel com aquela nova Regina, que ficava o tempo todo sorrindo para ele. O nome tinha permanecido o mesmo, no fundo só a mulher tinha mudado. Mas Leo não teve prazer. No momento em que Regina o abraçou, lembrou-se das resenhas sobre seu comportamento sexual que tinha encontrado nas anotações de Judith e que havia destruído. Ficou tão agressivo que quase surrou a garota. Não o fez. Vá embora!, ele gritou, rua, fora!

Não, ela não podia sair daquela forma de jeito nenhum, porque lhe deixaria ainda mais lembranças das quais ele não seria capaz de dar conta.

Fique!, ele disse, e não tinha a menor idéia do que fazer.

Para se distrair, viajou para a Europa. Talvez, pensou, pudesse aproveitar a oportunidade para estabelecer contatos com universidades européias, com o Instituto de Filosofia da Sorbonne, em Paris, com a Universidade Livre de Berlim, com a Universidade de Viena. Claro que não conseguiu. Depois de sua chegada a Viena, foi direto para o sétimo distrito, para sua antiga casa. Quando chegou ao pátio da segunda escada, deteve-se surpreso. Os anjos não estavam mais lá.

A zeladora contou-lhe que Zahradnik tinha morrido. Deixara tantas dívidas que os anjos tiveram que ser leiloados. Leo teve a impressão de que a zeladora, enquanto lhe contava isso, olhava saudosa para o pátio vazio. Eles poderiam ter nos deixado pelo menos um dos anjos, disse ela. Havia um de que eu gostava muito, aquele com as asas estendidas. Ele tinha um olhar como se pudesse perscrutar o futuro. Agora ele deve estar em algum túmulo, ela disse, guardando os mortos.

Leo foi embora. O vento começou a soprar com força. Enquanto os homens precisarem de anjos para seus túmulos, pensou ele, a história não terá fim. Não terá fim.

ESTA OBRA FOI COMPOSTA PELA SPRESS EM ELECTRA E IMPRESSA PELA PROL
EDITORA GRÁFICA EM OFF-SET SOBRE PAPEL PÓLEN SOFT DA COMPANHIA
SUZANO PARA A EDITORA SCHWARCZ EM NOVEMBRO DE 2000